Li

C

I

L

A

p

o

—

NORA ROBERTS

TYLOS
SLĖNIS

Jotema

5641718   891·92

UDK 820(73)-3
Ro-04

Nora Roberts
VALLEY OF SILENCE
Jove Books, New York, 2006

Roberts, Nora
Ro-04   Tylos slėnis: [romanas] / Nora Roberts; [vertė Rasa Racevičiūtė]. —
Kaunas: Jotema, 2008. — 304 p.
ISBN 978-9955-13-171-7

Šešetas deivės Morganos išrinktųjų persikelia į mokslininkės Moiros ir gebančiojo keisti pavidalą Larkino tėvynę, kur jų laukia didžioji kova už pasaulių gyvybę. Žuvus motinai, Moira paveldi Pažadėtosios žemės valdovės karūną. Gležnus jaunosios karalienės pečius užgula sunki pareigos ir atsakomybės našta: jai tenka sutelkti savo krašto kariuomenę ir nugalėti tamsos valdovę Lilitą. Tokiam tikslui pasiekti vien ryžtingo nusiteikimo neužtenka: švelnumu, pagarba, aistra ir meile karalienė Moira pažadina paslaptingojo Kiano jausmus ir tuo lemtingai sustiprina Morganos kovotojų branduolį.

UDK 820(73)-3

SL 250. 19 sp. l. Užsak. Nr. 8.693
UAB „Jotema", Algirdo g. 54, 50157 Kaunas
Tel. 337695, el. paštas: info@jotema.lt
Spausdino AB spaustuvė „Spindulys", Vakarinis aplinkkelis 24, 48184 Kaunas

*Visiems mano
draugams ir šeimai*

Juk žinom, kad gėris ir blogis šio pasaulio laukuose auga kartu beveik neatskiriami.
DŽONAS MILTONAS

Įsivaizduok, kad nebesu toks, koks buvau.
ŠEKSPYRAS

Prologas

Liepsnoje regėjosi paveikslai — slibinų, pabaisų ir karių. Juos regėjo ir senolis, ir vaikai. Senolis puikiai žinojo, kad patys mažiausieji ir patys seniausieji neretai gali matyti tai, ko nematė ir niekada nepamatys kiti.

Jis vaikams jau nemažai yra papasakojęs. Pradėjo nuo burtininko, kurį aplankė deivė Morgana. Hoitas iš Makenų giminės dievų buvo įpareigotas keliauti į kitus pasaulius, kitus laikus ir suburti kariuomenę, kad stotų į lemiamą kovą su vampyrų karaliene. Pažadėtojoje žemėje, Tylos slėnyje, per pačias Vėlines turėjo įvykti didis mūšis tarp žmonių ir demonų.

Senolis papasakojo vaikams apie burtininko Hoito brolį Kianą, kurį nužudė ir vampyru pavertė tūkstančio metų amžiaus vampyrė Lilita. Ir Kianas turėjo nugyventi beveik tūkstantį metų, o tada prisidėjo prie Hoito ir raganos Glenos, kad taptų pirmaisiais iš šešių narsuolių. Kiti išrinktieji — keičiantis pavidalą Larkinas ir mokslininkė Moira, kurie atkeliavo iš Pažadėtosios žemės, kad prisidėtų prie pirmųjų. O paskutinė pas juos atvyko kovotoja — Makenų kraujo turinti demonų medžiotoja Blera.

Senolis pasakojo vaikams istoriją apie kovas ir narsą, mirtį ir draugystę. Ir apie meilę. Apie meilę, kuria vienas kitam užsidegė burtininkas ir ragana, keičiantysis pavidalus ir kovotoja. Apie meilę, kuri, kaip ir pridera tikrai magijai, sustiprino narsuolių draugiją.

Bet dar nemažai liko papasakoti. Apie pergales ir praradimus, baimę ir drąsą, meilę ir pasiaukojimą — viską, ką su savimi atsineša tamsa ir šviesa.

Stebėdamas tolesnio jo pasakojimo belaukiančius vaikus, senolis svarstė, kaip geriau pradėti istorijos pabaigą.

— Jų buvo šeši, — galiausiai prabilo jis, tebežvelgdamas į liepsną. Vaikai tuoj pat liovėsi kuždėjęsi ir muistęsi. — Kiekvienas jų galėjo rinktis — priimti ar atmesti tą iššūkį. Juk net tada, kai tavo rankose pasaulių likimas, privalai pasirinkti, ar galėsi stoti akis į akį su tuo, kas juos grasina sunaikinti, ar verčiau pasiduosi be kovos. O kartą pasirinkus, — tęsė jis, — tenka rinktis ir daugybę kitų dalykų.

— Bet jie buvo tikri drąsuoliai! — šūktelėjo vienas iš vaikų. — Jie nusprendė kovoti.

Senolis šyptelėjo.

— Tikra tiesa. Bet vis tiek kiekvieną jiems likusią dieną ir kiekvieną naktį tiems šešiems teko rinktis iš naujo. Juk prisimenat, vienas iš jų buvo net ne žmogus, o vampyras. Todėl kiekvieną jam likusią dieną ir naktį vis buvo primenama, kad jis nebe žmogus. Jis tebuvo šešėlis tuose pasauliuose, kuriuos nusprendė ginti. Ir štai vieną naktį, — kalbėjo senolis, — tas vampyras susapnavo.

1 skyrius

Jis sapnavo. Tame sapne jis tebebuvo žmogus. Jaunas, nelabai protingas, neabejotinai neapdairus. Ir tada pasirodė ta nepaprasto grožio, kerinti būtybė, kurią jis manė esant moterį.

Ji vilkėjo puikią sodriai raudonos spalvos suknią ilgomis žemę siekiančiomis rankovėmis. Kaimo užeigai atrodė pernelyg elegantiška. Toji besiliejantį bordo vyną primenanti suknia puikiai išryškino jos dailias formas ir skaisčią baltą odą. Iš po puošnaus galvos apdangalo vilnijo auksinės garbanos.

Jos apdaras, laikysena, ant kaklo ir pirštų spindintys papuošalai — viskas rodė, kad ji tikrai pasiturinti ir puikų skonį turintį ponia. Blausioje užeigos šviesoje ji jam priminė liepsną, vejančią šalin šešėlius.

Dar prieš jai pasirodant du tarnai paruošė atskirą kambarėlį, kad galėtų netrukdoma vakarieniauti. Vien savo buvimu ji nutildė kalbas ir muziką. Tada jos mėlynos it vasaros dangus akys susitiko su jo akimis. Tik jo vieno.

Kai atėjęs vienas iš tarnų pasuko tiesiai jo link ir pranešė, jog ponia pageidaujanti, kad jis su ja pavakarieniautų, Kianas nedvejojo.

Kodėl būtų turėjęs dvejoti?

Jis patenkintas klausėsi padrąsinančių savo kompanionų komentarų ir paliko juos nedelsdamas.

Nutvieksta židinio ugnies ir žvakių šviesos ji pylė į taures vyną.

— Man taip malonu, — prabilo ji, — kad sutikai su manimi pavakarieniauti. Baisiai nemėgstu valgyti viena. O tu? — Ji prisiartino prie jo tokia lengva ir grakščia eisena, kad atrodė, jog sklendžia oru. — Vadinuosi Lilita, — prisistatė ir ištiesė jam taurę vyno.

Jos kalboje galėjai jausti kažką nepaprasta, kažką, kas priminė įkaitusį smėlį ir žydinčius vynmedžius. Jis jautėsi beveik sugundytas ir visiškai pakerėtas.

Jie dalijosi paprastu maistu, bet Kianas nesijautė alkanas. Jis gėrė tik jos žodžius. O ji pasakojo apie šalis, po kurias buvo keliavusi, apie kurias jam teko tik skaityti. Pasakojo, kad jai teko vaikštinėti tarp piramidžių, nutviekstų mėnesienos, važinėti Romos kalvomis, gėrėtis Graikijos šventyklų griuvėsiais.

Jam niekada nebuvo tekę išvykti iš Airijos, ir jos žodžiai bei jų sukelti vaizdiniai žavėjo jį taip pat, kaip ir ji pati.

Atrodė, kad ji pernelyg jauna būti tiek patyrusi. Jis taip ir pasakė. Bet ji tik nusišypsojo žvelgdama per taurės viršų.

— Ko vertas pasaulis, — tarė ji, — jeigu negali juo mėgautis? Aš tai ir darau. Juk vynas yra tam, kad jį gertum, maistas tam, kad jį valgytum, o žemė tam, kad ją tyrinėtum. Tu pernelyg jaunas, — tarė išmaningai šypsodamasi, — kad pasitenkintum tuo, ką turi. Negi netrokšti patirti nieko daugiau?

— Esu galvojęs, jog kai tik galėsiu, iškeliausiu kokiems metams pamatyti pasaulio.

— Metams? — ji nusijuokė ir spragtelėjo pirštais. — Metai — gryni niekai. Vos akimirka gyvenimo. Ką darytum, jeigu prieš akis turėtum visą amžinybę? — Pasilenkusi prie jo, pažvelgė savo bedugnėmis mėlynomis akimis. — Ką su ja darytum?

Nelaukdama jo atsakymo pakilo ir nuėjo prie langelio, palikdama paskui save kvepalų šleifą.

— Kokia nuostabi naktis. Švelni it šilkas, — atsisukusi ji pažvelgė į jį švytinčiomis akimis. — Aš myliu naktį. Man atrodo, kad tu taip pat. Tokie kaip mes geriausiai atsiskleidžia sutemus.

Jai atsistojus pakilo ir jis, ir dabar, jai vėl prisiartinus, jos kvapas ir vynas visiškai užvaldė jo jusles. Bet buvo dar kažkas, kažkoks nepaaiškinamas jausmas, kuris jį svaigino dar stipriau.

Ji loštelėjo galvą ir pabučiavo jį tiesiai į lūpas.

— Tai kodėl, kai tamsa priklauso mums, jos valandas turėtume leisti vieni?

Jam viskas atrodė kaip sapne, lyg per miglą ir kažkaip sujaukta. Net pats neprisiminė, kaip atsidūrė jos karietoje, lietė jos pilnas krūtis, bučiavo karštas, jo trokštančias lūpas. Ji nusijuokė, kai jis negrabiai pradėjo čiupinėtis po jos sijonais, ir provokuojamai išskėtė kojas.

— Stiprios rankos, — sumurmėjo ji. — Mielas veidas. Štai ko man reikia. Ir aš tai gausiu. Ar vykdysi mano įsakymus? — Ji vėl nusijuokė ir dantimis grybštelėjo jam ausį. — Ar vykdysi, stiprių rankų gražuoli?

— Žinoma, vykdysiu.

Jis nebegalėjo galvoti apie nieką daugiau, tik apie tai, kaip paskęs joje. Ir kai pašėlusiai siūbuojant karietai tai įvyko, ji atsiduodama atmetė galvą atgal.

— Taip, o taip, taip! Koks tu stiprus, koks aistringas. Trokštu daugiau, dar daugiau. Suteik man tai ir mainais gausi apie ką negalėjai net svajoti.

Kai jis vėl paniro į ją, visiškai netekęs amo ir jausdamas artėjančią viršūnę, ji staiga pakėlė galvą. Jos akys nebebuvo mėlynos ir raiškios. Jos buvo pasruvusios krauju ir atrodė laukinės. Sukrėstas jis pabandė atsitraukti, bet ji apsivijo jį rankomis, nepermaldaujamomis it geležinės grandinės, o liemenį suspaudė kojomis, neleisdama jam išeiti iš jos. Jis pasijuto lyg spąstuose. Stengdamasis nepasiduoti jos neįveikiamai jėgai, išvydo, kaip tamsoje blykstelėjo jos iltys.

— Kas tu esi? — Jį užvaldžiusi baimė nepaliko vietos maldai. — Kas tu esi?

Ji toliau ritmingai judino klubus mėgaudamasi jo kūnu, ir jis prieš savo valią artėjo prie malonumo viršūnės. Suėmusi už plaukų, atlenkė jo galvą atgal, taip apnuogindama kaklą.

— Nuostabu, — tarė ji. — Aš esu nuostabi, ir tu toks būsi.

Tada ji puolė ir suleido dantis jam į kaklą. Jį užvaldė siaubas ir skausmas, ir paties riksmas jam pasirodė tolimas lyg aidas. Deginimas buvo nenusakomas, per odą smelkėsi tiesiai į kraują ir kaulus. O kartu atėjo nepaprastai stiprus, bet ir šiurpus pasitenkinimas, paskandinęs jį lyg tamsus gaudžiantis krioklys, ir Kianas pasijuto išduotas savo kūno, kuris pamažu niro į mirtį. Jis dar bandė priešintis, nes nedidelė jo dalelė tebesiveržė į šviesą, bandė išgyventi. Bet skausmas ir malonumas traukė gilyn į bedugnę.

— Tik tu ir aš, mano gražuoli. Tik tu ir aš. — Ji atsilošė tebelaikydama jį savo glėbyje. Nagu šiek tiek įsidrėskė sau krūtį. Iš pjūvio pradėjo sunktis kraujas. Kraujas varvėjo jai nuo lūpų. — O dabar gerk. Atsigerk manęs, ir gyvensi amžinai.

Ne! Jis negalėjo ištarti nė žodžio, bet visa esybe tam priešinosi. Jausdamas, kad gyvybė jį palieka, dar bandė pasipriešinti iš paskutinių likusių jėgų. Tebesipriešino net ir tada, kai ji prispaudė jo galvą sau prie krūties.

Galų gale jis paragavo to tiršto kraujo, pajuto jo sodrų skonį, jame pulsuojančią gyvybę. Ir kaip kūdikis iš motinos krūties pradėjo žįsti savo paties mirtį.

Vampyras atsibudo visiškoje tamsoje ir visiškoje tyloje. Taip jis atsibusdavo nuo pat tada, kai prieš daugybę metų buvo paverstas vampyru — kiekvieną saulėlydį pasitikdavo tyloje, kurios netrikdydavo net jo paties širdies plakimas.

Ir nors per nesuskaičiuojamą daugybę metų tą sapną jis sapnavo galybę kartų, kritimas nuo skardžio jį visada nemaloniai nuteikdavo. Matyti save, savo paties veidą, kurio nebuvo matęs nuo pat pirmo prabudimo tą naktį, — tai jį ne juokais suerzindavo.

Jis nesiskundė likimu. Vis tiek tai neturėjo jokios prasmės. Jis priėmė tai, kuo tapo, ir tuo naudojosi. Naudojosi jam suteikta amžinybe kaupti turtui, mėgautis moterimis, patogumais ir laisve. Ko dar galėtų trokšti vyras?

Tai, kad nebegirdėjo plakant savo širdies, buvo tik menka kaina už visa, ką turėjo. Plakanti širdis sensta, silpsta ir galiausiai sustoja kaip sugedęs laikrodis.

Kiek senstančių ir mirštančių kūnų jis regėjo per tuos devynis šimtus metų? Nebūtų nė suskaičiavęs. Ir nors negalėjo išvysti savo atspindžio, žinojo, kad jo veidas nė kiek nepasikeitė nuo tos nakties, kai jį užvaldė Lilita. Jo kaulai tebebuvo tvirti, oda stangri, elastinga, be raukšlių. Regėjimas buvo puikus, akys jaunatviškai blizgėjo. Plaukai nebuvo ir niekada nebus pražilę, jis niekada neturės apdribusio pagurklio.

Kartais tamsoje, kai būdavo visiškai vienas, jis bandydavo pirštais patyrinėti savo veidą. Iškilūs skruostikauliai, nedidelė duobutė smakre, gilios akys, kurias atsiminė esant mėlynas. Lenkta nosis, ryškus lūpų išlinkis.

Viskas kaip buvę. Niekas nesikeičia. Bet kartais vis tiek norėdavosi pasitikrinti.

Jis atsikėlė aklinoje tamsoje, slepiančioje jo nuogą sausą, raumeningą kūną, atmetė atgal juodus plaukus. Gimė kaip Kianas Makenas, bet nuo tada pakeitė daugybę vardų. Dabar vėl grįžo prie Kiano, ir tai buvo jo brolio nuopelnas. Hoitas niekaip kitaip jo nevadintų, ir kadangi šiuo karu, kuriame jis sutiko dalyvauti, jo egzistencija galėjo baigtis, Kianas nusprendė, kad teisingiausia būtų grįžti prie savo prigimtinio vardo.

Jis nenorėjo, kad egzistencija baigtųsi. Jam atrodė, kad tik bepročiui ar labai jaunam žmogui mirtis gali atrodyti kaip nuotykis. Bet jeigu jau jo likimas toks — mirti šiuo metu ir šioje vietoje — jis tai bent jau padarys tinkamai. Ir jeigu pasaulyje egzistuoja teisybė, jis pavers dulkėmis ir Lilitą.

Jo rega buvo tokia pat aštri kaip ir kiti pojūčiai, todėl tamsoje jautėsi it žuvis vandeny. Nuėjęs iš skrynios pasiėmė vieną iš kraujo pakelių, kuriuos atsigabeno iš Airijos. Atrodo, dievai nepriešaravo tam, kad pro jų vartus iš vieno pasaulio į kitą keliautų kraujas ir vampyras, kuriam to kraujo reikia.

Kita vertus, tai tebuvo kiaulės kraujas. Žmogaus kraujo Kianas nebuvo ragavęs jau kelis amžius. Pats taip nusprendžiau, mąstė atidarydamas pakelį ir pildamas jo turinį į taurę. Valios ir, tiesą pasakius, gerų manierų reikalas. Juk jis gyveno su žmonėmis, su jais dirbo, net ir miegodavo su jais, kai tam būdavo tinkama nuotaika. Atrodė kažkaip nemandagu jais misti.

Kad ir kaip ten būtų, paprasčiau gyventi taip, kaip jam patiko, ir niekam nekristi į akis, kai nereikėjo kasnakt pasiimti kokios bejėgės dūšelės. Aišku, misti gyva auka buvo kur kas maloniau ir nepaprastai jaudino, bet, po teisybei, kėlė per daug problemų.

Jis priprato prie ne tokio rafinuoto kiaulės kraujo skonio ir prie patogumo visada jo turėti po ranka vietoj būtinybės leistis į medžioklę kas kartą, kai užklumpa alkis.

Kraują jis gerdavo taip, kaip žmonės rytais geria kavą — iš įpročio ir kad lengviau išsibudintų. Išgėrus kraujo prašviesėdavo protas, o kūnas pasirengdavo veikti.

Kad nusipraustų, nesivargino nei degti žvakių, nei kurti židinio. Nebūtų galėjęs pasakyti, jog yra patenkintas Pažadėtosios žemės patogumais. Nors čia buvo ir pilis, vis tiek toje viduramžiškoje aplinkoje jis jautėsi anaiptol ne savo vežėčiose, kaip turbūt ir Glena su Blera.

Jau buvo gyvenęs panašiu laikotarpiu ir to jam visiškai pakako. Kur kas labiau prie širdies kasdieniai santechnikos, elektros ir į namus užsakomo maisto teikiami patogumai.

Kianui trūko jo automobilio, jo lovos, pagaliau jo mikrobangės krosnelės. Trūko miesto gyvenimo, jo garsų ir visko, ką toks gyvenimas galėjo pasiūlyti. Jeigu žūtų čia, šiame pasaulyje, kuris taip priminė tą, iš kurio jis buvo kilęs, palaikytų tai likimo antausiu.

Apsirengęs jis išėjo iš kambario ir patraukė į arklides pasirūpinti savo žirgu.

Pakeliui sutiko nemažai žmonių — tarnų, sargybinių, dvariškių — kurie gyveno ir dirbo pilyje. Daugelis jų vengė jo — nusukdavo akis, paspartindavo žingsnį. Kai kurie sau už nugaros rodydavo nuo blogio apsaugančius ženklus. Jam tai nerūpėjo.

Jie žinojo, kas jis toks, ir matė, ką tokie padarai kaip jis sugeba, kai Moira, toji mokslingoji gladiatorė, nukovė vieną jų žaidynių lauke.

Moira neprastai sugalvojo, mąstė jis, paprašyti jo, Bleros ir Larkino paimti į nelaisvę tuos du vampyrus, kurie nužudė jos motiną karalienę. Moira puikiai suprato, kaip svarbu parsigabenti tuos vampyrus gyvus ir parodyti žmonėms, kas per vieni tie padarai. Ir kad žmonės pamatytų, kaip Moira pati su jais kaunasi ir įveikia bent vieną iš jų, taip įrodydama, kad yra tikra kovotoja.

Vos po kelių savaičių ji ves savo žmones į karą. Kai šalis taip ilgai gyveno taikoje kaip Pažadėtoji žemė, jai reikėjo tikrai stipraus ir valingo valdovo, kuris sugebėtų įtikinti visus tuos ūkininkus, pirklius ir persenusius patarėjus imtis ginklo.

Jis abejojo, ar ji pasirengusi tokiai užduočiai. Aišku, Moira labai narsi, mąstė jis iš pilies išėjęs į kiemą ir žengdamas arklidžių link. Labai protinga. Per pastaruosius du mėnesius ji gerokai nušlifavo savo kovos įgūdžius. Nuo pat gimimo buvo mokoma valstybės reikalų ir protokolo, be to, buvo išmintinga ir guvaus proto.

Taikos metu ji būtų valdžiusi savo gražų pasaulėlį be jokių sunkumų. Bet karo metu valdovas turėjo būti dar ir generolas.

Jeigu būtų jo valia, jis tą pareigą perleistų Ridokui, Moiros dėdei. Bet čia jo nuomonė mažai kam rūpėjo.

Staiga Kianas suirzo: nors Moiros dar nesimatė, jis išgrido jos žingsnius, o dar prieš tai ją užuodė. Jau ketino apsisukti, kad grįžtų iš kur atėjęs. Jį erzino, kad tuoj susidurs su moterimi, apie kurią kaip tik galvojo.

Visa bėda buvo ta, kad jis apie ją pradėjo galvoti pernelyg dažnai.

Kita vertus, vengti jos irgi nebuvo gera išeitis, nes šiame kare jie vienas nuo kito neatskiriami. Būtų buvę visai nesunku tiesiog pasprukti, bet kartu ir bailu. Išdidumas, kaip visada, neleido jam rinktis lengvesnio kelio.

Jo žirgą Vladą jie laikė tolimajame arklidžių gale, per du gardus nuo visų kitų žirgų. Jis suprato ir toleravo tai, kad arklininkai ir žirgus kaustantys kalviai labai apdairiai elgiasi su demono žirgu. Lygiai taip pat jis toleravo ir tai, kad Larkinas ar Hoitas rūpindavosi temperamentinguoju Vladu ir jį rytais šerdavo.

Dabar, atrodo, Moirai parūpo palepinti jo žirgą. Ji buvo atsinešusi morkų ir, pasidėjusi vieną ant peties, visaip įkalbinėjo arklį, kad jis tą morką paimtų.

— Juk žinau, kad nori, — murmėjo ji. — Ji tokia skani. Tau tereikia ją paimti.

Lygiai tą patį Kianas būtų galėjęs pasakyti moteriai.

Ji buvo apsivilkusi paprasta linine klostyta suknia. Iš to jis suprato, kad visos šios dienos treniruotės baigtos. Kaip princesė ji rengėsi tikrai paprastai. Suknia buvo neryškios mėlynos spalvos, su neįmantriais nėriniais puoštu korsažu. Ant kaklo jai kabėjo sidabrinis kryžius, vienas iš tų, kuriuos nukalė Hoitas su Glena. Rudi plaukai buvo palaidi ir žvilgančiomis bangomis krito ant nugaros iki pat juosmens. Galva papuošta jos luomui privalomu plonu vainikėliu.

Ji nebuvo gražuolė. Kianas dažnai sau tai primindavo, beveik kiekvieną kartą, kai tik apie ją pagalvodavo. Geriausiu atveju ji buvo daili. Smulkutė ir liauna, neišraiškingų veido bruožų. Bet jau tos akys... Veide jos užgožė visa kita. Pilkos, kai ji buvo rami, susimąsčiusi ar suklususi. Kai susijaudindavo, jos patamsėdavo.

Kadaise jam teko bendrauti ne su viena tikra gražuole. Būdamas nekvailas ir apsukrus vyras per kelis amžius jis tam turėjo pakankamai galimybių. Taigi ji nebuvo gražuolė, bet niekas jo negalėjo priversti liautis apie ją galvojus.

Žinojo, kad būtų lengvai ją užkariavęs, jei būtų bent kiek pasistengęs. Ji buvo jauna, nesugadinta ir smalsi, ir kaip tik todėl lengvai pažeidžiama. Kaip tik todėl, užsimanęs pramogos, kompanijos ar atsipalaidavimo, jis geriau jau būtų suvedžiojęs vieną iš jos freilinų.

Nekaltybe jis pasisotino jau seniai, kaip ir žmogaus krauju.

Bet, atrodo, jo žirgas tiek valios neturėjo. Reikėjo tik kelių akimirkų, ir neištvėręs Vladas sukinkavęs galva pastvėrė morką Moirai nuo peties.

Ji nusijuokė ir paglostė žiaumojančio eržilo ausis.

— Na matai, juk visai nieko baisaus, ar ne? Juk mes draugai. Žinau, kad kartais jautiesi vienišas. Kaip ir mes visi.

Jau buvo besiūlanti antrą morką, kai iš šešėlių pasirodė Kianas.

— Jeigu paversi jį į šunytį, kas liks iš to karo žirgo iki Vėlinių?

Ji krūptelėjo, bet, kai atsisuko į Kianą, atrodė rami.

— Tu prieš? Jam juk irgi malonu kartais būti palepinamam.

— O kam nemalonu, — sumurmėjo jis.

Lengvas jos skruostų nuoraudis išdavė, kad ji išgirdo jo žodžiuose paslėptą trikdančią prasmę.

— Treniruotės šiandien praėjo labai sėkmingai. Žmonės renkasi iš visų Pažadėtosios žemės vietų. Tiek norinčiųjų kovoti, kad mano dėdės žemėse nusprendėme įrengti dar vieną vietą treniruotėms. Ten galės dirbti Tininas ir Nailas.

— O kaip bus dėl apgyvendinimo?

— Dėl to tikrai turim rūpesčių. Kiek tilps, apgyvendinsim čia. Taip pat ir pas mano dėdę. Be to, yra užvažiuojamieji namai, o daugelis netoliese gyvenančių stambių ir smulkių ūkininkų jau priglaudė savo artimuosius ir draugus. Nė vienas nebus atstumtas. Ką nors sugalvosim. Kalbėdama ji žaidė su savo kryžium. Ir ne dėl to, pagalvojo Kianas, kad bijotų jo, tiesiog toks įprotis.

— Na, reikia pagalvoti ir apie maistą. Tiek žmonių turėjo palikti savo pasėlius ir gyvulius, kad atvyktų čia. Bet kaip nors susitvarkysim. Tu jau valgei?

Vos tik ištarusi tuos žodžius ji dar stipriau paraudo.

— Turiu galvoje, kad svetainėje tuoj bus padengta vakarienei, jeigu...

— Suprantu, ką tu turi galvoje. Ne. Tiesiog pirmiausia norėjau pažiūrėti, kaip laikosi mano žirgas, bet, atrodo, juo čia puikiai pasirūpinta. — Vos tik jis tai pasakė, Vladas bakstelėjo nosimi Moirai į petį. — Be to, jis gerokai išlepintas, — pridūrė Kianas.

Ji susiraukė, kaip paprastai susiraukdavo būdama suirzusi ar susimąsčiusi.

— Čia tik morkos. Jos jam tikrai nekenkia.

— Jei jau prakalbom apie maistą, tai kitą savaitę man reikės kraujo. Tai jeigu tau nesunku, pasirūpink, kad, kai artimiausiu metu bus skerdžiamos kiaulės, jų kraujas nenueitų perniek.

— Žinoma.

— Argi tu ne šaunuolė!

Jos veide jis pastebėjo susierzinimą.

— Tu iš kiaulės pasiimi tai, ko tau reikia. Aš juk irgi nesuku nosies nuo kiaulienos gabalėlio. — Ji įbruko paskutinę morką Kianui į ranką ir patraukė laukan.

Tačiau sustojo.

— Niekaip nesuprantu, kaip tu sugebi mane taip lengvai suerzinti. Ir ar tu tai darai specialiai, ar ne. Tiesą pasakius, — tarė ji ir iškėlė ranką, lyg norėtų jį nutildyti, — visai ir nenoriu to žinoti. Bet norėčiau su tavim kokią minutę ar dvi šnektelėti kitu klausimu.

Jos juk vis tiek niekaip neišvengsi, priminė jis sau.

— Turiu minutę ar dvi.

Ji apsižvalgė po arklides. Tokiose vietose ausis turėjo ne tik arkliai.

— Tai gal pasivaikščiotum su manim tą minutę ar dvi? Nenoriu, kad kas nors nugirstų.

Jis gūžtelėjo pečiais ir, sušėręs Vladui paskutinę morką, patraukė paskui Moirą laukan.

— Valstybės paslaptys, jūsų didenybe?

— Ko tu iš manęs šaipaisi?

— Visai aš nesišaipau. Tu šįvakar kažko suirzusi.

— Gal ir taip, — ji atmetė atgal plaukus. — Kai prieš akis karas ir galbūt pasaulio pabaiga, o tenka rūpintis tokiais kasdieniškais dalykais kaip švarūs skalbiniai ir maistas kariuomenei, tai nori nenori truputį suirzti.

— Visko pati viena neaprėpsi.

— Aš ir nesistengiu. Bet darbams paskirstyti vis tiek reikia nemažai laiko ir pasukti galvą. Ne taip lengva surasti tinkamus žmones ir jiems išaiškinti, kaip viską reikia daryti. Tik visai ne apie tai aš norėjau su tavim kalbėtis.

— Sėskis.

— Ką?

— Prisėsk. — Jis paėmė ją už rankos nekreipdamas dėmesio į tai, kad ji visa įsitempė, ir nusivedė prie suolelio. — Prisėsk ir leisk pailsėti bent kojoms, jeigu jau negali nė penkioms minutėms išjungti nenuilstančios galvelės.

— Nepamenu, kada paskutinį kartą turėjau kokią valandą sau ir knygai. Nors, tiesą pasakius, prisimenu — dar Airijoje, tavo namuose. Pasiilgstu knygų ir jų teikiamos ramybės.

— Turėtum sau bent retkarčiais tai leisti. Antraip tiesiog perdegsi, ir iš to nebus naudos nei tau, nei kam nors kitam.

— Turiu tiek rūpesčių, kad net rankos svyra, — ji pažvelgė į savo rankas, kurias laikė susidėjusi ant kelių. — O jėgų jau trūksta. Kaip ten Blera sako? Šlamštas, šlamštas, šlamštas.

Ji nustebo išgirdusi jį juokiantis ir pati nusišypsojo.

— Man atrodo, Pažadėtoji žemė niekada neturėjo tokios karalienės kaip tu.

Jos šypsena iškart išblėso.

— Turbūt tu teisus. Greitai viskas išaiškės. Rytoj vos išaušus keliausim prie akmens.

— Suprantu.

— Ir jeigu aš pakelsiu tą kalaviją, kaip prieš mane pakėlė mano motina, o prieš ją jos tėvas, ir taip iki pat pirmojo valdovo, Pažadėtoji žemė turės tokią karalienę kaip aš, — ji pažvelgė pro krūmynus pilies vartų link. — Pažadėtajai žemei nebus iš ko rinktis. Kaip ir man.

— O ar norėtum ko nors kito?

— Nežinau, ko norėčiau, todėl nieko ir nenoriu — kad tik greičiau visa tas reikalas būtų atliktas. Tada galėsiu daryti tai, ką reikia daryti toliau. Norėjau tau pasakyti, — kai ji vėl pažvelgė į jį, atrodė lyg sugrįžusi iš kažkur toli. — Tikėjausi, kad galėsim visa tai atlikti naktį.

Kokios švelnios akys, pagalvojo jis, ir kokios rimtos.

— Pernelyg pavojinga visokias ceremonijas atlikinėti po saulėlydžio lauke, ir dar už pilies sienų.

— Žinau. Šiame rituale gali dalyvauti visi norintieji. Bet tu negalėsi. Man labai gaila. Tai taip neteisinga. Jaučiu, kad tokiu metu turėtume būti kartu visi šeši.

Ji vėl palietė savo kryžių.

— Žinau, kad Pažadėtoji žemė ne tavo žemė, bet tai labai svarbus momentas, kaip ir tai, kas bus po to. Kur kas svarbiau, negu aš įsivaizdavau anksčiau. Negu kada nors būčiau galėjusi įsivaizduoti. — Kiek patylėjusi ji trūkčiojamai atsiduso. — Jie nužudė mano tėvą!

— Apie ką tu čia?

— Geriau pasivaikščiokim. Negaliu sėdėti. — Ji greitai atsistojo trindamasi rankas, nes tik dabar pajuto, kaip atvėso oras ir kaip ta vėsa skverbėsi pro odą. Per kiemą ji pasuko į vieną iš sodelių. — Aš niekam to nepasakojau. Neketinau ir tau pasakoti. O ir kokia prasmė? Vis tiek neturiu jokių įrodymų. Tik aš viena tai žinau.

— Ką tu žinai?

Ji pajuto, kad visa tai pasakoti jam bus kur kas lengviau, negu buvo maniusi. Gal todėl, kad jam visa tai bus suprantama geriau negu kam nors kitam.

— Vienas iš tų dviejų, kurie nužudė mano motiną, kuriuos jūs sumedžiojot. Tas, su kuriuo aš koviausi, — ji pakėlė ranką, ir jis suprato, kad ji po truputį atgauna šaltakraujiškumą, — prieš man jį nužudant kai ką pasakė apie mano tėvą ir apie tai, kaip jis mirė.

— Gal jis tiesiog norėjo tave suerzinti, išmušti iš pusiausvyros.

— Jam tai pavyko, bet jis pasakė ne tik dėl to. Aš žinau, — žvelgdama į Kianą ji prispaudė ranką sau prie krūtinės. — Žinojau tai, kai pažvelgiau į tą, kurį nudėjau. Žinojau, kad jie nužudė ne tik mano motiną, bet ir tėvą. Manau, Lilita juos čia atsiuntė todėl, kad jiems kartą jau buvo pavykę. Dar kai buvau maža.

Ji ėjo toliau. Ant sunkių minčių nunarintos galvos deglų šviesoje spindėjo vainikėlis.

— Visi manė, kad tėvą užpuolė pasiutęs lokys — jis tada medžiojo kalnuose. Buvo nužudytas ne tik jis, bet ir mano mamos jaunėlis brolis. Dėdė Ridokas į medžioklę nevyko, nes teta tuoj turėjo susilaukti vaikelio. Aš...

Ji nutilo išgirdusi žingsnius ir vėl prašneko tik tada, kai šie nutolo.

— Žmonės, kurie juos rado ir pargabeno namo, manė, kad čia žvėries darbas. Taip ir buvo, — šitai tariant jos balse pasigirdo plieninės gaidelės. — Tik tie žvėrys vaikšto dviem kojom, kaip ir žmonės. Ji pasiuntė juos nužudyti mano tėvo, kad, be manęs, daugiau nebebūtų vaikų.

Kai Moira pasisuko į jį, jos išblyškusį veidą nurausvino deglo šviesa.

— Matyt, tuo metu ji žinojo tik tiek, kad vienu iš karžygių taps Pažadėtosios žemės valdovas. O gal tuo metu jį nužudyti buvo lengviau negu mane, nes aš buvau tik kūdikis ir labai akylai prižiūrima. Be to, ji turėjo daugybę laiko vėl atsiųsti mano žudikus. Bet vietoj manęs jie nužudė mano motiną.

— Tie, kurie tai padarė, jau mirę.

— Ar tai turėtų mane paguosti? — ištarė ji. — Nežinau, kaip turėčiau jaustis. Žinau tik tiek, kad ji iš manęs atėmė abu tėvus. Atėmė juos, kad sustabdytų tai, ko neįmanoma sustabdyti. Susitiksim su ja mūšio lauke per Vėlines, nes taip lemta. Ir visai nesvarbu, ar būsiu karalienė, ar ne — vis tiek kausiuos. Ji nužudė juos be jokios priežasties.

— Kad ir ką būtum dariusi, niekaip nebūtum jos sustabdžiusi.

Ji suprato, kad jis tikrai bando ją paguosti. Keista, bet jo sausa pastaba ją šiek tiek paguodė.

— Turbūt tu teisus. Bet kaip tik dėl to, kas įvyko, žinau, kad tai, kas neįvyko, kas dar turi būti padaryta ir laukia mūsų rytoj, yra nepalyginti svarbiau už visas ceremonijas ir ritualus. Kad ir kas rytoj pakeltų kalaviją, vadovaus šiam karui ir atkeršys už pralietą mano tėvų kraują. Jai nepavyko to sustabdyti ir nepavyks. — Ji šiek tiek atsitraukė ir mostelėjo ranka aukštyn. — Matai tas vėliavas? Slibinas ir širdį laikančios rankos. Pažadėtosios žemės simboliai nuo pat jos gyvavimo pradžios. Kol dar neprasidėjo karas, pasirūpinsiu, kad iškeltų dar vieną.

Kurį laiką jis mąstė, ką ji galėtų pasirinkti — kalaviją, baslį, strėlę. Bet paskui suprato: tai bus ne ginklas, ne karo ir mirties įrankis, bet vilties ir amžinybės simbolis.

— Saulė, skleidžianti pasauliui savo šviesą.

Ji nustebo, bet kartu ir nudžiugo.

— Taip. Puikiai supranti mano mintis ir poreikius. Auksinė saulė baltame fone, kad simbolizuotų šviesą ir rytojų, už kurį kovosim. Ta saulė, tokia pat skaisti kaip šlovė, taps trečiuoju Pažadėtosios žemės simboliu, kurį jai padovanosiu aš. O Lilitai tai taps prakeiksmu. Jai ir tam, ką ji čia atnešė, — iškaitusi Moira giliai atsiduso. — Tu moki klausytis. O aš per daug įsiplepėjau. Laikas eiti vidun. Tuoj visi susirinks vakarienės.

Jis sustabdė ją paliesdamas jos ranką.

— Iš pradžių maniau, kad karo metu iš tavęs bus nekokia Pažadėtosios žemės karalienė. Bet atrodo, kad čia vienas iš tų retų kartų, kai suklydau.

— Jeigu pakelsiu tą kalaviją, — pasakė ji, — tu būsi klydęs.

Kai jie pasuko vidun, jis pagalvojo, kad šis pokalbis buvo ilgiausias per visus pažinties mėnesius.

— Turėtum pasakyti apie tai ir kitiems. Pasakyti, ką sužinojai apie savo tėvo mirtį. Jeigu jau mes komanda, tarp mūsų neturi būti jokių paslapčių, kurios silpnintų mūsų ryšį.

— Tu teisus. Tu visiškai teisus.

Kai ji žengė pirmyn, galva buvo aukštai iškelta, o žvilgsnis aiškus.

2 skyrius

Ji nemiegojo. Kokia moteris galėtų miegoti, kaip atrodė Moirai, paskutinę savo gyvenimo naktį? Jeigu rytoj jai bus lemta ištraukti kalaviją iš jo akmeninių makštų, ji taps Pažadėtosios žemės karaliene. Tapusi karaliene viešpataus, vadovaus, valdys. Tokioms pareigoms ji buvo rengiama nuo gimimo. Bet išaušus rytojui ir visoms kitoms dienoms ji kaip karalienė turės vesti savo žmones į karą. Jeigu jai nelemta pakelti kalavijo, ji noriai seks į mūšį paskui tą, kuriam tai bus lemta.

Ar gali kelių savaičių treniruotės ką nors parengti tokiam žygiui, tokiai atsakomybės naštai? Taigi jai liko paskutinė naktis būti moterimi, tokia, kokia visada norėjo būti, net ir tapusi karaliene.

Kad ir ką atneš artėjanti aušra, ji žinojo, jog jau niekas nebebus taip, kaip anksčiau.

Iki motinos mirties jai atrodė, kad nuo to momento ją skiria ištisi amžiai. Ji tikėjosi, kad dar metų metus mėgausis motinos draugyste, jos paguoda ir patarimais, turės metų metus taikos pasirengimui, o kai ateis laikas, bus ne tik pasiruošusi priimti karūną, bet ir jos nusipelniusi.

Iš dalies ji tikėjosi, kad motina valdys dar bent kelis dešimtmečius, o ji pati ištekės. Tolimoje ir miglotoje ateityje karūną vietoj jos būtų perėmęs vienas iš jos vaikų.

Deja, viskas pasikeitė tą naktį, kai mirė motina. Ne, pasitaisė Moira, viskas pasikeitė kur kas anksčiau, net ne tada, kai buvo nužudytas jos tėvas, o daugybę metų iki to.

Iš tikrųjų gal visai niekas ir nepasikeitė, tiesiog vyko tai, kas buvo surašyta likimo knygos puslapiuose.

Dabar jai teliko ilgėtis savo motinos išminties ir ieškoti savyje stiprybės, kuri padėtų nešti ir karūną, ir kalaviją. Ji stovėjo ant aukštų pilies kuorų po siauru mėnulio pjautuvu. Kai jis pasieks pilnatį, ji bus toli nuo čia, šaltoje mūšio lauko žemėje. Moira užkopė ant dantytos sienos, nes žaidynių lauke išvydo liepsnojančius deglus. Čia ji galėjo stebėti naktines treniruotes ir klausytis ją pasiekiančių garsų. Kianas veltui neleido nakties valandų ir mokė čionykščius žmones kautis su padarais, kurie buvo stipresni ir greitesni už žmones. Ji žinojo, jog jis nuvarys juos taip, kad jie nesilaikys ant kojų. Lygiai taip pat, kaip jis nualindavo ją ir kitus iš jų būrio dar tada Airijoje, ir taip kiekvieną vakarą, ištisas savaites.

Ji puikiai žinojo, kad juo pasitikėjo ne visi. Kai kurie net neslėpė savo baimės, bet gal tai buvo ir į gera. Juk jis čia atvyko ne draugų ieškoti, o rengti karius.

Jis nemažai prisidėjo ir prie to, kad ji tapo stipria kovotoja.

Moirai atrodė suprantama, kodėl jis nusprendė kovoti su tokiais kaip pats, kodėl pasiryžo rizikuoti dėl žmonijos. Iš dalies dėl išdidumo, kurio turėjo apsčiai — juk niekada nebūtų nulenkęs galvos prieš Lilitą. Iš dalies dėl ištikimybės savo broliui, nors ir nenorėjo to pripažinti. Kažkiek visa tai buvo susiję ir su jo narsa, ir su prieštaringais jausmais.

Ji žinojo, kad jis nebejausmis. Aišku, negalėjo nė įsivaizduoti, kokie jausmai virė, kokia kova jame vyko po tūkstančio egzistencijos metų. Jos pačios jausmai vos po poros mėnesių kraujo ir mirties buvo sumišę tiek, kad jai pasidarė sunku juose susigaudyti.

O ką tada kalbėti apie jį po visko, ką jam teko išvysti ir patirti, įgyti ir prarasti? Apie pasaulį, jo teikiamus malonumus, skausmą ir galimybes jis žinojo daugiau už bet kurį iš jų. Ne, ji negalėjo nė įsivaizduoti, ką reiškia žinoti viską, ką žino jis, ir vis tiek rizikuoti savo paties išlikimu.

Tačiau gerbė jį už tą riziką, už tai, kad jis negailėjo nei savo laiko, nei įgūdžių treniruodamas karius. O jį gaubianti paslaptis, visi su juo susiję neatsakyti klausimai tebežavėjo.

Ji nežinojo, ką jis apie ją mano. Nesuvokė net ir tada, kai jis ją pabučiavo tą vienintelį kartą, karštai ir beviltiškai. O neišsiaiškinti visko iš esmės ji tiesiog negalėjo.

Išgirdusi žingsnius atsisuko ir pamatė besiartinantį Larkiną.

— Ar neturėtum dabar būti savo lovoje? — paklausė jis.

— Kas iš to, kad gulėsiu lovoje ir negalėdama užmigti spoksosiu į lubas. Čia vaizdas kur kas geresnis. — Ji paėmė jam už rankos — savo bičiuliui, savo pusbroliui — ir iš karto pasijuto geriau. — Kodėl tu pats nemiegi?

— Pamačiau tave. Mes su Blera nusprendėm šiek tiek pagelbėti Kianui. — Larkinas taip pat žvalgėsi po žaidynių lauką apačioje. — Pamačiau tave stovint čia vieną.

— Šiandien aš nekokia kompanionė, net ir pati sau nelabai patinku. Tiesiog noriu, kad viskas būtų baigta, o tada jau taptų aišku, kas bus toliau. Atėjau čia visko apmąstyti, — pakėlusi galvą ji pažvelgė į jį. — Taip greičiau eina laikas.

— Galėtume nusileisti į šeimyninę menę. Leisčiau tau laimėti šachmatų partiją.

— Leistum? Jūs tik paklausykit! — Ji pažvelgė į jo rudai auksines pailgas kaip ir jos pačios akis. Jos juokėsi, bet tai negalėjo visiškai paslėpti jose atsispindinčio susirūpinimo. — Tad jeigu gerai supratau, tu paprasčiausiai leidai man laimėti tuos šimtus partijų, kurias esam sužaidę per daugybę metų?

— Pagalvojau, kad taip padėsiu tau atgauti pasitikėjimą savimi. Ji nusijuokė ir kumštelėjo jam.

— Esu visiškai įsitikinusi, kad galiu prieš tave šachmatais laimėti bent devynis kartus iš dešimties.

— Gal patikrinam?

— Ne, — ji pabučiavo jį ir nubraukė jam nuo veido gelsvai rudų plaukų sruogą. — Keliauk į lovą pas savo meilę ir negaišk čia laiko stengdamasis atitraukti mane nuo liūdnų apmąstymų. Eime vidun. Gal bespoksodama į lubas pagaliau vis tiek užmigsiu.

— Jei užsimanysi draugijos — tik pabelsk į duris.

— Gerai.

Bet ji puikiai žinojo, kad ir toliau liks viena su savimi iki pat pirmųjų aušros spindulių. Užmigti jai taip ir nepavyko.

Tradicijos reikalavo, jog likus valandai iki aušros ją aprengtų ir ja pasirūpintų damos. Kad ir kaip buvo spaudžiama, ji atsisakė vilktis raudoną suknią. Moira puikiai žinojo, kad jai ši karališka spalva tinka ne per labiausiai, todėl vietoj jos pasirinko miško žalumos suknelę — tamsiai žalią, besimainančią blyškesne spalva.

Ji sutiko pasipuošti brangakmeniais — galų gale jie priklausė jos motinai. Todėl leido sau ant kaklo užsegti sunkų citrino akmenų vėrinį. Tačiau nesutiko nusiimti sidabrinio kryžiaus.

Nusprendė, kad plaukus paliks palaidus, niekuo nepridengtus. Tiesiog sėdėjo klausydamasi moteriškų tauškalų, o Darvela nenuilsdama ją šukavo.

— Negi taip nieko ir nevalgysit, jūsų didenybe? — Viena iš jos moterų, Kiara, dar kartą ištiesė jai lėkštę su meduoliais.

— Paskui, — atsakė Moira. — Po visko, kai jau būsiu nusiraminusi.

Ji atsistojo ir pajuto palengvėjimą pamačiusi įžengiant Gleną.

— Puikiai atrodai!

Moira ištiesė rankas. Ji pati išrinko suknias Glenai ir Blerai ir dabar aiškiai matė, kad neapsiriko. Kita vertus, pagalvojo ji, Glena ir šiaip jau atrodo įspūdingai, kažin ar jai kas nors apskritai galėjo netikti. Bet sodrus mėlynas aksomas tik dar labiau išryškino jos matinę odą ir ugninius plaukus.

— Jaučiuosi beveik kaip princesė, — tarė jai Glena. — Labai tau ačiū. O tu, Moira, atrodai kaip tikrų tikriausia karalienė.

— Tikrai? — Moira pasisuko į veidrodį, bet jame matė tik save. Ir čia pat nusišypsojo išvydusi įžengiant Blerą. Jai buvo išrinkusi rausvai rudą suknią, iš po kurios puikavosi blausaus auksinio atspalvio sijonas. — Nesu tavęs mačiusi vilkint suknelę.

— Ką jau čia ta suknelė. — Blera nužvelgė drauges, tada save. —

Viskas kaip kokioj pasakoj, — tai sakydama persibraukė per trumpus tamsius plaukus, kad juos aptvarkytų.

— Tikiuosi, neprieštarauji? Tradicijos reikalauja atitinkamai apsirengti.

— Man visai patiko sugrįžti į vaikystę. Gal šitos mados ir ne mano laikų, bet visai nieko šitaip pasipuošti. — Čia Blera pastebėjo meduolius ir tuoj pat vieną pasičiupo. — Nerviniesi?

— Ne tas žodis. Norėčiau minutę likti viena su garbiosiomis Glena ir Blera, — pasakė Moira savo moterims. Kai šios išskubėjo lauk, Moira atsisėdo į krėslą priešais židinį. — Jos čia su manim kuičiasi jau valandą. Labai vargina.

— Atrodai išvargusi, — Blera prisėdo ant krėslo ranktūrio. — Visai nemiegojai?

— Mintys neleido.

— Neišgėrei gėrimo, kurio tau daviau, — atsiduso Glena. — Turėjai pailsėti, Moira.

— Man reikėjo pamąstyti. Nors tai ir neįprasta, noriu, kad judvi ir Hoitas su Larkinu kartu su manimi keliautų iki to akmens.

— O ar ne taip ir buvo planuota? — pilna burna paklausė Blera.

— Taip, jūs būtumėte procesijoje. Bet aš turėčiau eiti priekyje. Viena. Taip ir bus, taip privaloma. Bet už manęs turėtų eiti tik mano šeima — dėdė, teta, Larkinas, kiti pusbroliai ir pusseserės. O paskui juos, priklausomai nuo rango ir užimamos padėties, visi kiti. Aš noriu, kad jūs eitumėte kartu su mano šeima, nes jūs ir esat mano šeima. Noriu to ne tik dėl savęs, bet ir dėl Pažadėtosios žemės žmonių. Noriu, kad jie jus matytų. Gaila, Kianas negali dalyvauti.

— Juk žinai, kad negalim iškilmių nukelti į naktį, Moira, — Blera palietė jai petį. — Pernelyg pavojinga.

— Žinau. Bet net jeigu prie akmens ir nebūsim susirinkę visi, jis bus mano mintyse. — Ji pakilo ir nuėjo prie lango. — Aušta, — sumurmėjo atsisukdama. — Aušta nauja diena.

Blyško paskutinės žvaigždės.

— Esu pasirengusi viskam, ką ši diena atneš.

Apačioje jau buvo susirinkusi jos šeima ir jos moterys. Ji leido Darvelai uždėti jai mantiją ir pati užsisegė segę su slibinu.

Kai segdamasi ją pažvelgė aukštyn, pamatė Kianą. Iš pradžių pamanė, kad jis minutėlę stabtelėjo prieš eidamas ilsėtis, bet paskui pastebėjo, kad jis nešasi apsiaustą, kurį Glena ir Hoitas užkerėjo, idant sulaikytų žudančius saulės spindulius.

Ji atsitraukė nuo dėdės ir žengė prie Kiano.

— Ketini eiti? — tyliai paklausė.

— Man retai pasitaiko galimybė pasivaikščioti rytą.

Nors ir kaip nerūpestingai skambėjo jo žodžiai, ji įžvelgė ir slaptą jų prasmę.

— Aš tau labai dėkinga, kad pasirinkai tam būtent šį rytą.

— Jau švinta, — pasakė Ridokas. — Žmonės laukia.

Ji linktelėjo ir, kaip buvo įprasta, prieš žengdama į priešaušrio šviesą apsigaubė mantijos gobtuvu.

Oras buvo vėsus ir ūkanotas, dvelkė vos juntamas vėjelis, beveik netrikdantis miglų poilsio. Per kylančią ūkanų užuolaidą Moira viena per kiemą patraukė vartų link, o palyda liko už jos. Slopioje tyloje ji klausėsi rytinių paukščių giesmių ir vos girdimo upės ir ūkanų kuždesio.

Pagalvojo apie savo motiną, kuri kažkada vėsų ūkanotą rytą irgi ėjo šiuo keliu. Ir apie visus kitus, kurie dar prieš jos motiną žengė pro pilies vartus, dulkėtu keliu, per žalią žolę, taip nugultą rasos, kad atrodė lyg bristum per upę. Ji žinojo, kad palyda seka iš paskos — pirkliai ir amatininkai, arfininkai ir dainiai, motinos ir jų dukros, kariai ir jų sūnūs.

Rytuose pasirodė rausvas ruožas, o nuo žemės kylantis rūkas sužvilgo sidabru.

Uosdama upės ir žemės kvapą ji traukė toliau, į nestačią kalvą. Suknios kraštas prisigėrė rasos.

Vieta, kurioje stūksojo akmuo, buvo ant stebuklingosios kalvos, kur galėjai rasti prieglobstį nedidelėje medžių progumoje. Akmenys šalia šventojo šulinio buvo apžėlę blyškiai gelsvais dygiakrūmiais ir žalsvomis samanomis.

Pavasarį čia žydėtų raudonosios lelijos, šoktų sinavadų žiedeliai, vėliau prasiskleistų žavios rusmenių smailės. Bet dabar gėlės miegojo, o medžių lapuose ryškėjo pirmasis nuoraudis, pranašaująs jų mirtį.

Pats kalavijo akmuo buvo platus, baltas ir priminė altorių, stovintį ant labai seno plokščio pilko dolmeno.

Pro lapus ir miglas prasiskverbę saulės spinduliai palietė akmenį ir sidabrinę jame slypinčio kalavijo rankeną.

Moira pajuto, kad jos rankos sušalusios į ledą.

Tą istoriją ji žinojo turbūt nuo pat gimimo — kaip dievai nukaldino kalaviją iš žaibo, jūros, žemės ir vėjo; kaip Morgana pati atnešė jį ir jam skirtą akmenį į šią vietą; kaip įsmeigė kalaviją iki pat rankenos ir savo dievišku pirštu išraižė akmenyje šiuos žodžius:

ĮSMEIGTAS DIEVŲ RANKOMIS.
IŠLAISVINTAS MIRTINGOJO RANKOS.
TEGUL RANKA SU ŠIUO KALAVIJU
VALDO PAŽADĖTĄJĄ ŽEMĘ.

Moira stabtelėjo akmenų papėdėje, kad dar kartą perskaitytų tuos žodžius. Jeigu dievai taip nuspręs, tai bus jos ranka.

Nutvieksta pro miglą besiskverbiančios saulės, vilkdama mantiją per rasotą žolę ji pasiekė pačią stebuklingosios kalvos viršūnę ir sustojo skirtoje vietoje prie akmens.

Tada ji pirmą kartą pamatė juos — šimtus žmonių, savo žmonių, kurie nenuleido nuo jos akių. Jų buvo pilnas visas laukas, iki pat rusvos kelio juostos. Jeigu kalavijas jai pasiduos, ji taps už visus juos atsakinga. Ji bijojo, kad į ledą sušalusios rankos ims virpėti.

Žvelgdama į žmonių veidus prisivertė nusiraminti ir palaukė, kol trys dvasininkai užims savo vietas šalia jos.

Kai kurie žmonės dar tebekopė per paskutinę kalvą, skubėdami, kad tik nepraleistų svarbiojo momento. Nenorėdama, kad nelygus kvėpavimas ją išduotų, kai prašneks, Moira dar šiek tiek luktelėjo ir pažvelgė į tuos, kurie jai buvo brangiausi.

— Mano ponia, — sumurmėjo vienas iš dvasininkų.

— Dar minutėlę.

Ji lėtai atsisegė segę ir nusimetė mantiją. Kai pakėlė rankas, nusismaukė plačios jos suknios rankovės, bet ji nejuto ryto vėsos. Ją pylė karštis.

— Tarnauju Pažadėtajai žemei! — sušuko ji. — Esu dievų palikuonė. Atėjau čia, į šią vietą, kad nusilenkčiau savo žemės ir savo dievų valiai. Savo krauju, savo širdimi, savo dvasia. Ji žengė paskutinį žingsnį iki akmens. Stojo mirtina tyla. Atrodė, net oras nebejuda. Moira ištiesė ranką ir suėmė sidabrinę rankeną.

Kai pajuto kalavijo karštį, kai kažkur giliai savyje išgirdo jo dainą, iškart suprato — taip, žinoma, jis mano, visada buvo mano. Ji ištraukė kalaviją beveik nepalietusi juo akmens ir iškėlė aukštyn. Žinojo, kad žmonės ją sveikina pritarimo šūksniais, kai kurie net verkia. Ji tai žinojo, nes visi iki vieno priklaupė prieš ją. Bet ji negalėjo atitraukti akių nuo kalavijo smaigalio ir nuo šviesos blyksnio, kuris palietė jį tvykstelėjęs iš dangaus.

Ji pajuto ją savyje — tą šviesą, jos šilumą, spalvą ir jėgą. Staiga pajuto, kaip nudegino ranką, ir odoje radosi atvaizdas — širdį laikančios rankos, lyg jas būtų ištatuiravę dievai ir taip įšventinę ją Pažadėtosios žemės karaliene. Sukrėsta viso to, virpėdama ir išsikamavusi ji pažvelgė žemyn į žmones ir jos akys susitiko su Kiano žvilgsniu.

Tą pat akimirką viskas aplinkui pranyko ir ji matė tik jį, jo veidą, besislepiantį gobtuvo šešėlyje, ir jo akis, žvilgančias ir mėlynas.

Kaip čia yra, kad net dabar, kai savo rankose ji laiko savąjį likimą, mato tik jį? Kodėl atrodo, kad žvelgdama jam į akis geriau įžvelgia savo likimą?

— Tarnauju Pažadėtajai žemei, — ištarė ji nepajėgdama atplėšti nuo jo akių. — Esu dievų palikuonė. Šis kalavijas ir viskas, ką jis saugo, priklauso man. Esu Moira, karingoji Pažadėtosios žemės karalienė. Pakilkite ir tegul nuo šiol jus saugos mano meilė.

Jai taip tebestovint su aukštyn iškeltu kalaviju dvasininkas uždėjo karūną.

Kianui nebuvo svetima nei baltoji, nei juodoji magija, bet jis vis tiek negalėjo prisiminti, kad būtų matęs ką nors įspūdingiau. Kai Moira nusimetė mantiją, buvo mirtinai išblyškusi, bet vos tik palietė kalaviją, jos skruostai pražydo raudoniu. O jos akys, iki tol buvusios tokios paniurusios, tuoj pat sužvilgo it to kalavijo ašmenys.

Kai ji pažvelgė į jį, Kianas pasijuto lyg pervertas kalaviju.

Ji stovėjo ten, tokia liauna ir gležna, ir vis tiek didinga, kaip tikra amazonė. Tikra karalienė, nuožmi ir nenusakomai graži.

Tam, ką ji jame sužadino, čia nebuvo vietos.

Jis žengė atgal ir apsisuko nusprendęs pasišalinti. Hoitas paėmė jį už rankos.

— Turi palaukti jos, karalienės.

Kianas skeptiškai kilstelėjo antakius.

— Užmiršti, kad man karalienės neegzistuoja. Be to, jau pakankamai išbuvau po tuo nelemtu apsiaustu.

Jis spėriai patraukė šalin. Norėjosi greičiau pasislėpti nuo šviesos, nuo žmonių kvapo. Toliau nuo tų užburiančių pilkų akių. Jam reikėjo vėsos, tamsos ir ramybės.

Buvo jau tolokai nuėjęs, kai jį pasivijo Larkinas.

— Moira prašė pasiteirauti, ar tau nereikia žirgo, kad grįžtum į pilį.

— Ačiū, susitvarkysiu.

— Argi visa tai nenuostabu? O ji... Ji spindėjo lyg saulė. Visada žinojau, kad ji ir yra išrinktoji, bet matyti, kaip visa tai vyksta — visai kitas reikalas. Vos tik ji palietė tą kalaviją, iš karto galėjai pasakyti, kad ji tikra karalienė.

— Jeigu nori ja išlikti ir turėti pavaldinių, teks smagiai tuo kalaviju pamosuoti.

— Ji taip ir padarys. Gana, Kianai, šiandien netinkama diena nusiminimui ir prastai nuotaikai. Turim teisę bent kelias valandas pasilinksminti ir atšvęsti. Ir papuotauti, — Larkinas išsišiepė ir niūktelėjo Kianui alkūnę. — Gal ji ir karalienė, bet užtikrinu tave, kad šiandien ir mes valgysim kaip karaliai.

— Duonos ir žaidimų.

— Kaip tai?

— Kažkas yra taip pasakęs. Ką gi, švęskit ir puotaukit. Rytoj ir karalienėms, ir karaliams, ir jų pavaldiniams teks rengtis karui.

— Tarsi mes kada nors būtume darę ką nors kita. Aš nesiskundžiu, — tęsė Larkinas, kol Kianas nespėjo nieko į tai atsakyti. — Jaučiuosi pavargęs nuo visų tų pasiruošimų. Tiesiog norėčiau eiti kariauti.

— Dar nepakankamai prisikariavai?

— Noriu atsimokėti už tai, kad vos nepražuvo Blera. Jos skausmai dar nesiliovė, ji greičiau nuvargsta, tik to neprisipažįsta, — kalbant apie tai Larkino veidas paniuro. — Ji, aišku, sveiksta labai sparčiai, bet neketinu užmiršti, ką jie jai padarė.

— Pavojinga eiti į mūšį dėl asmeninių paskatų.

— Nesąmonės. Visi mes čia turim asmeninių paskatų, antraip ir prasmės jokios nebūtų. Ir nesakyk, kad eidamas į mūšį negalvosi apie tai, ką toji kalė padarė Kingui.

Kianas negalėjo to paneigti, todėl tiesiog nutylėjo.

— Ar palydėsi mane atgal, Larkinai?

— Atrodo, teks. Man buvo užsiminta, kad turėčiau pridengti tave savo kūnu nuo saulės šviesos, jeigu staiga apsiausto kerai išgaruotų.

— Būtų puiku — užsiliepsnotume abu kartu, — nerūpestingai leptelėjo Kianas, bet turėjo pripažinti, kad jam tikrai palengvėjo įžengus į pilies šešėlius.

— Man taip pat liepta paprašyti tavęs ateiti į šeimyninę menę, jeigu nesi pernelyg pavargęs. Ten mums bus paruošti pusryčiai. Moira būtų dėkinga, jeigu skirtum tam kiek laiko.

Ji būtų mielai pabuvusi kelias minutes su savimi, viena, bet ją supo minia žmonių. Atgal į pilį ji žengė lyg sapne, balsus girdėjo lyg per miglą. Jautė, kaip kalavijas svarina ranką, o karūna — galvą. Bet čia pat ją su savimi nusivedė šeimynykščiai ir draugai. Virš kalvų ir laukų skambėjo naująją Pažadėtosios žemės karalienę sveikinančios minios šūksmai.

— Turėsi pasirodyti karališkojoje terasoje, — pasakė jai Ridokas. — Iš tavęs to tikisi.

— Aišku. Bet ne viena. Žinau, kad iki šiol, būdavo, darom būtent taip, — tęsė ji neleisdama dėdei paprieštarauti. — Bet dabar šiek tiek kitoks metas. Noriu, kad drauge pasirodytų mano bendražygiai, — ji žvilgtelėjo į Gleną, paskui į Hoitą ir Blerą. — Žmonės turi pamatyti ne tik karalienę, bet ir tuos, kurie buvo išrinkti vesti juos į šį karą.

31

— Kaip nuspręsi, — linktelėjęs atsakė Ridokas. — Bet tokią dieną Pažadėtajai žemei nederėtų galvoti apie karą.

— Kol nepraėjo Vėlinės, Pažadėtajai žemei nieko daugiau nelieka. Visi mūsų žmonės turi žinoti, kad iki tos dienos valdysiu kalaviju. Ir kad esu viena iš šešių, kuriuos išrinko patys dievai. Jiems žengiant pro vartus ji palietė jo ranką.

— Atšvęsim ir papuotausim. Labai vertinu tavo patarimą — taip buvo visada. Ir būtinai pasirodysiu žmonėms, ir pasisakysiu. Šiandien pasirinkdami mane dievai pasirinko ne tik karalienę, bet ir kovotoją. Tokia ir privalau būti. Ir tarnausiu Pažadėtajai žemei iki paskutinio atodūsio. Nepadarysiu tau gėdos.

Jis pakėlė jos ranką ir priglaudė sau prie lūpų.

— Mano mergaite, visada tavimi didžiavausi. Ir nuo šios dienos iki paskutinio atodūsio būsiu ištikimas savo karalienės tarnas.

Tarnai jau buvo susirinkę ir suklaupė, kai į pilį įžengė karališkoji draugija. Moirai buvo puikiai pažįstami jų veidai, gerai žinomi vardai. Kai kurie iš jų tarnavo jos motinai dar tada, kai pati nebuvo gimusi.

Bet dabar viskas buvo pasikeitę. Ji nebebuvo šių namų vaikas. Ji tapo jų šeimininke. Ir jų visų šeimininke.

— Stokitės, — paliepė ji. — Esu jums dėkinga už ištikimybę ir darbą. Dabar ir aš, kol būsiu karalienė, tarnausiu ir būsiu ištikima jums ir visiems Pažadėtosios žemės vaikams.

Kopdama laiptais ji nusprendė, kad vėliau pasikalbės su kiekvienu atskirai. Tai buvo labai svarbu. Bet šiuo metu jos laukė kitos pareigos.

Šeimyninėje menėje smagiai traškėjo ugnis. Iš vazų ir didžiulių taurių virste virto ką tik sode ir šiltnamyje suskintos gėlės. Stalas buvo serviruotas sidabru ir krištolu, padėta vyno, kad Moiros bendražygiai galėtų pasveikinti naująją karalienę.

Ji giliai įkvėpė ieškodama pirmųjų žodžių tiems, kuriuos mylėjo labiausiai.

Tada ją netikėtai apkabino Glena.

— Tu buvai didinga, — ji pabučiavo Moirą į abu skruostus. — Visa švytėjai.

Moira pajuto, kad jos pečius kausčiusi įtampa pradeda slūgti.

— Lyg ir niekas nepasikeitė, bet taip nėra. Supranti?

— Galiu tik įsivaizduoti.

— Puikiai susidorojai, — priėjusi Blera santūriai ją apkabino. — Galiu žvilgtelėti?

Ji taip pat kovotoja, pagalvojo Moira ir ištiesė Blerai kalaviją.

— Nuostabus, — susižavėjusi tarė Blera. — Svoris — kaip tik tau. Maniau, jis bus išdabintas brangakmeniais ar panašiai, bet gerai, kad taip nėra. Labai gerai, kad tai tikras karo ginklas, ne tik simbolis.

— Atrodo, lyg rankena būtų pritaikyta mano rankai. Kai tik jį paliečiau, pajutau, kad jis mano.

— Taip ir yra, — Blera atidavė kalaviją. — Jis ir yra tavo.

Moira trumpam padėjo kalaviją ant stalo, kad ją galėtų apkabinti Hoitas.

— Tavo galia nesvyruojanti, — tyliai pasakė jis jai į ausį. — Pažadėtajai žemei pasisekė, kad turi tokią karalienę.

— Dėkoju, — atsakė ji ir pasileido kvatoti, nes čia pat ją pastvėrė Larkinas ir tris kartus apsuko aplink save.

— Tik pažiūrėkit, jūsų didenybe.

— Nesišaipyk iš titulo.

— Šito negaliu pažadėti. Bet pažadu, kad niekada nesijuoksiu iš tavęs, *a stór**.

Kai Larkinas ją vėl pastatė ant žemės, ji atsisuko į Kianą.

— Ačiū, kad atėjai. Man tai labai svarbu.

Jis jos neapkabino, net nepalietė, tik nulenkė galvą.

— Niekada nebūčiau praleidęs tokio momento.

— Man buvo labai svarbu, kad atėjot jūs visi, — prabilo ji ir pažvelgė į mažąją pusseserę, įsitvėrusią Moiros sijonų. — Eidina, — Moira pakėlė mergaitę ant rankų ir leidosi jos pabučiuojama. — Kokia tu šiandien gražutė.

— Gražutė, — pakartojo Eidina, siekdama brangakmeniais išpuoštos Moiros karūnos. Droviai, bet kartu ir šelmiškai šypsodamasi ji pasisuko į Kianą ir pakartojo:

* A stór — (*gėl.*) brangioji.

— Gražutė.

— Labai jau nuovoki, — pastebėjo Kianas. Jis matė, kaip mažylės žvilgsnis nukrypo į jo papuošalą, ir nieko negalvodamas kilstelėjo jį, kad mergaitė galėtų paliesti.

Eidinai ištiesus rankutę, staiga per menę pasileido jos motina.

— Eidina, nedrįsk!

Šinona išplėšė mergaitę Moirai iš glėbio ir stipriai prispaudė prie savęs, ten, kur nešiojo savo trečiąjį kūdikį. Stojus spengiančiai tylai Moira tik apmaudžiai sumurmėjo Šinonos vardą.

— Vaikų niekada nemėgau, — ramiai pasakė Kianas. — Prašau man atleisti.

Metusi apmaudo kupiną žvilgsnį Šinonos pusėn, Moira nuskubėjo jam pavymui.

— Kianai, palauk minutėlę.

— Man šio ryto jau pakaks. Laikas ilsėtis.

— Labai atsiprašau, — ji tvirtai suėmė jį už rankos, priversdama sustoti ir atsisukti. Jo akys buvo šaltos it plienas. — Mano pusseserė Šinona — tik paprasta moteris. Aš su ja pasikalbėsiu.

— Be reikalo taip dėl manęs rūpinies.

— Pone, — išblyškusi it drobė prie jo prisiartino Šinona. — Maldauju jūsų atleidimo iš visos širdies. Įžeidžiau jus ir savo karalienę, garbinguosius svečius. Maldauju atleidimo už motinos kvailumą.

Ji gailisi dėl įžeidimo, suprato Kianas, bet ne dėl paties veiksmo. Mergaitė dabar buvo kitame menės gale, tėvo glėbyje.

— Priimta, — jis vos teikėsi į ją žvilgtelėti. — O dabar gal malonėsite paleisti mano ranką, jūsų didenybe.

— Man reikia dar vienos paslaugos, — paprašė Moira.

— Bijau, kad jos niekada nesibaigs.

— Esu tavo skolininkė, — ramiai atsakė ji. — Turiu pasirodyti terasoje. Žmonėms reikia pamatyti jų karalienę, o man atrodo, kad dar ir jos bendražygius. Būsiu dėkinga, jeigu skirsi man dar kelias minutes savo laiko.

— Kaitinančioje saulėje.

Ji nelinksmai šyptelėjo ir tuoj pat nurimo, supratusi, kad irzlus jo tonas reiškia, jog padarys ko prašomas.

— Tik kelias minutes. O tada galėsi mėgautis vienatve ir tuo, kad aš tau jos pavydėsiu.

— Tai tada greitai. Man šiek tiek vienatvės ir pasitenkinimo būtų ne pro šalį.

Moiros sprendimas buvo sąmoningas: jai iš vienos pusės stovėjo Larkinas, Pažadėtojoje žemėje visų numylėtas ir gerbiamas, iš kitos pusės — Kianas, atvykėlis, kurio daugelis bijojo. Ji tikėjosi taip parodysianti savo žmonėms, kad laiko juodu lygiais ir kad jie abu apdovanoti jos pasitikėjimu.

Minia ją sveikino ir šaukė vardu, o kai ji iškėlė kalaviją, sveikinimai virto ovacijomis. Lygiai taip pat sąmoningai ji padavė kalaviją Blerai, kad ši palaikytų, kol ji kalbės. Žmonės turėjo suprasti, kad moteris, su kuria susižadėjo Larkinas, buvo verta laikyti tą kalaviją.

— Pažadėtosios žemės žmonės! — garsiai kreipėsi ji, bet šūksniai nenutilo. Jie ritosi bangomis, kurios nuslūgo tik tada, kai ji prisiartinusi prie akmeninių turėklų pakėlė rankas. — Pažadėtosios žemės žmonės, atėjau čia kaip jūsų karalienė, kaip šios žemės pilietė, kaip jūsų gynėja. Stoviu prieš jus, kaip kažkada stovėjo mano motina ir jos pirmtakai, visi iki pat pirmojo. Stoviu čia kaip viena iš tų, kuriuos pasirinko dievai. Mes esam ne tik Pažadėtosios žemės valdovai, bet ir karžygiai, — ji išskėtė rankas, kad apglėbtų penkis drauge stovinčius bendražygius. — Ne tik aš, bet ir šitie žmonės, kurie stovi čia su manimi. Jais aš pasitikiu, juos myliu. Kaip pilietė prašau, kad būtumėte jiems ištikimi, jais pasitikėtumėte ir juos gerbtumėte. Kaip jūsų karalienė — įsakau. — Ji nutilo kelioms minutėms, kol vėl nuslopo šūksniai ir sveikinimai. — Šiandien Pažadėtojoje žemėje šviečia saulė. Bet taip bus ne visada. Tiems, kas artinasi, reikia tamsos, ir mums teks juos pasitikti. Teks nugalėti. Šiandien mes švenčiame, puotaujame, išreiškiame dėkingumą. Rytoj toliau ruošimės karui. Ir tai darys kiekvienas Pažadėtosios žemės pilietis, kuriam ne per sunki ginklo našta. Tad žygiuosime į Tylos slėnį. Užpildysime žemę savo stiprybe ir savo valia, o tuos, kurie nori mus sunaikinti, paskandinsime šviesoje, — ji ištiesė ranką prašydama kalavijo ir vėl iškėlė jį aukštyn. — Man valdant šis kalavijas nebekabos tyliai ramiai kaip anksčiau. Mano rankoje jis liepsnos ir dainuos, kai kausiuos už jus, už Pažadėtąją žemę ir visą žmoniją.

Ją užgriuvo kurtinama pritarimo šūksnių banga. Staiga orą perskrodė strėlė ir aplink pasigirdo išgąsčio šūksmai. Moirai net nespėjus susigaudyti Kianas pargriovė ją ant žemės. Per visą tą triukšmą ji išgirdo jį riebiai nusikeikiant ir ant savo rankos pajuto šiltą jo kraują.

— O dievai, tave pašovė!

— Bet į širdį nepataikė, — iškošė jis pro sukąstus dantis. Kai atsitraukęs nuo jos atsisėdo, jo veide ji išvydo skausmą.

Kianui betiesiant ranką, kad iš šono išsitrauktų strėlę, šalia suklupo Glena ir atstūmė jo ranką.

— Leisk, apžiūrėsiu.

— Į širdį nepataikė, — pakartojo jis ir suėmęs už strėlės ją ištraukė. — Velniava, kas per sumauta nesąmonė.

— Vidun, — sukomandavo Glena, — veskit jį vidun.

— Palauk, — Moira virpančia ranka suėmė Kianui už peties. — Tu gali stovėti?

— Po velniais, aišku, kad galiu. Kuo tu mane laikai?

— Prašau, pasirodyk jiems, — kita ranka ji vos juntamai, it peteliškės sparnu brūkštelėjo jam per skruostą. — Pasirodykim jiems drauge. Prašau.

Kai jų pirštai susipynė, jo akyse Moira lyg ir pastebėjo jausmo atspindį — to paties jausmo, kurį pajuto ir pati. Tačiau po akimirkos viso to nebeliko nė pėdsako ir jis nekantriai tarė:

— Tai gal vis dėlto leistum atsistoti?

Ji vėl apžvelgė minią. Apačioje siautė chaosas. Žmogų, kuris, kaip ji spėjo, kėsinosi nužudyti, spardė ir kumščiavo visi, kas tik galėjo pasiekti.

— Liaukitės! — sušuko ji iš visų jėgų. — Įsakau jums liautis! Sargyba, nuveskit tą žmogų į didžiąją menę. Pažadėtosios žemės vaikai, patys matot, kad net tokią dieną, kai mums visiems šviečia saulė, tamsos jėgos bando mus sunaikinti. Tačiau joms nekaip sekasi. — Moira paėmė Kiano ranką ir iškėlė ją aukštyn. — Joms nesiseka dėl to, kad šiame pasaulyje yra didvyrių, rizikuojančių savo gyvybe dėl kitų. — Ji palietė Kiano žaizdą ir pajuto, kaip jis virptelėjo iš skausmo. Tada iškėlė aukštyn savo kruviną ranką. — Jis praliejo savo kraują dėl mūsų. Ir tuo krauju, kurį jis praliejo dėl manęs ir dėl jūsų visų, aš įšventinu jį į riterius. Nuo šiol jis seras Kianas, Oicho lordas.

— O Kristau... — sumurmėjo Kianas.

— Tylėk, — negarsiai, bet tvirtai tarė Moira, žvelgdama į minią.

3 skyrius

— Pusiau vampyras, — pareiškė Blera įžengdama į menę. — Daugybė randų nuo įkandimų. O ir minia savo padarė, — pridūrė ji. — Iš paprasto žmogaus po tokio sumušimo liktų tik kotletas. Bet ir šis jaučiasi ne taip jau gerai.

— Juo bus pasirūpinta po to, kai aš su juo pasikalbėsiu. Bet pirmiausia reikia pasirūpinti Kianu.

Per Moiros petį Blera pažvelgė į Gleną, kuri tvarstė Kianui šoną.

— Kaip jis laikosi?

— Jis įpykęs ir nesileidžia tvarstomas, taigi sakyčiau, kad visai neprastai.

— Galim tik džiaugtis jo refleksais. Bet tu irgi neprastai susidorojai, — pridūrė ji vėl žvelgdama į Moirą. — Išlaikei savitvardą ir nepaleidai vadžių. Nieko sau pirmoji diena naujame darbe — vos išsaugojai sveiką kailį. Bet puikiai susitvarkei.

— Nepakankamai. Net nepagalvojau, kad galimas išpuolis ir dieną, kad ne visiems Lilitos pakalikams reikia kvietimo įžengti tarp šių sienų. — Ji prisiminė, kaip Kiano kraujas, raudonas ir šiltas, sruvo jos ranka. — Daugiau tokios klaidos nepadarysiu.

— Mes irgi. Turim išpešti kuo daugiau informacijos iš to nevykėlio, kurį čia atsiuntė Lilita. Tik yra viena problemėlė. Jis ar tai nenori, ar nemoka kalbėti nei angliškai, nei gėliškai.

— Nebylys?

— Ne, jis kalba, tik mes nė vienas nesuprantam. Skamba kaip kokia nors Rytų Europos kalba. Gali būti čekų.

— Supratau. — Moira vėl pažvelgė į Kianą. Jis buvo nusirengęs iki juostos, kūną dengė tik tvarsčiai. Jam gurkšnojant iš taurės, kurioje turbūt buvo kraujas, veide matėsi daugiau suirzimo negu skausmo. Ir nors neatrodė esąs labai geros nuotaikos, ji vis tiek ketino jį prašyti dar vienos paslaugos.

— Vieną minutėlę, — tarstelėjo ji Blerai ir žengė prie Kiano, iš paskutiniųjų stengdamasi nesutirpti nuo deginančio jo mėlynų akių žvilgsnio. — Kuo dar tau būtų galima padėti, kad pasijustum geriau?

— Man reikia tylos, ramybės ir privatumo.

Ir nors kiekvienas jo žodis buvo it botago kirtis, ji stengėsi ir toliau išlikti rami bei maloni.

— Labai apgailestauju, bet kaip tik dabar šito negaliu tau pasiūlyti. Kai tik galėsiu, iš karto gausi viską, ko trokšti.

— Pasipūtėlė, — suburbėjo jis.

— Gal ir taip. Tas žmogus, kuris tave sužeidė, kalba kažkokia negirdėta kalba. Kartą tavo brolis minėjo, kad moki ne vieną kalbą.

Kianas gurkštelėjo didelį gurkšnį nenuleisdamas nuo jos akių.

— Tai neužtenka, kad aš tave pridengiau savo kūnu? Dabar dar nori, kad ištardyčiau žudiką?

— Būčiau dėkinga, jeigu pamėgintum ar bent pavertėjautum. Jeigu, aišku, suprasi jo kalbą. Juk vis tiek turbūt yra tokių dalykų, kurių nežinai net ir tu, tai gal man iš tavęs nebus jokios naudos.

Jo akys smagiai žybtelėjo.

— Nemaniau, kad sugebi būti tokia bjauri.

— Akis už akį, dantis už dantį.

— Gerai jau, gerai. Glena, mano brangiausioji, gal gana tau čia krapštytis?

— Tu netekai daug kraujo, — tarstelėjo Glena, bet jis atsakydamas tik kilstelėjo taurę.

— Kaip tik jį persipylinėju. Nesiliauju net kalbėdamas, — šiek tiek pasiraukęs jis atsistojo. — Man reikia prakeiktos palaidinės.

— Blera, — ramiai paprašė Moira, — gal atneštum Kianui prakeiktą palaidinę?

— Tuoj pat.

— Atrodo, įpratai gelbėti man gyvybę, — tarė Moira Kianui.

— Atrodo. Bet ketinu šio įpročio atsikratyti.

— Nepyksiu ant tavęs už tai.

— Imk, šaunuoli, — Blera ištiesė Kianui švarią baltą palaidinę. — Manau, kad tas žmogėnas yra čekas, gal bulgaras. Ar susikalbėtum kuria nors iš tų kalbų?

— Pažiūrėsim.

Jie nuėjo į didžiąją menę, kurioje sėdėjo žudikas — visas sudaužytas, kruvinas, surakintas grandinėmis ir prižiūrimas gausios sargybos, neišskiriant nė Larkino su Hoitu. Įėjus Kianui, Hoitas pasitraukė iš savo posto.

— Gerai jautiesi? — paklausė jis Kiano.

— Kaip nors ištversiu. Labiausiai mane guodžia, kad jis atrodo kur kas prasčiau už mane. Atšauk sargybą, — pasakė jis Moirai. — Jis vis tiek niekur nepabėgs.

— Jūs laisvi. Dabar čia už viską atsakingas seras Kianas.

— Seras Kianas, kurgi ne, — suburbėjo jis artindamasis prie belaisvio.

Kianas suko apie jį ratus vertindamas padėtį. Vyrukas menko sudėjimo, apsivilkęs prastais drabužiais, kurie būtų tikę nebent ūkininkui ar piemeniui. Viena akis visiškai užtinusi, po kita tamsavo mėlynė. Išmušti keli dantys.

Kianas sukomandavo belaisviui čekiškai. Šis krūptelėjo ir iš nuostabos išvertė savo matančiąją akį. Tačiau nekalbėjo.

— Juk supratai, ką pasakiau, — tęsė Kianas čekiškai. — Klausiu, ar čia dar yra tavo bendrų. Daugiau klausimo nekartosiu.

Kai jį pasitiko tyla, Kianas smogė taip, kad belaisvis su visa kėde tėškėsi nugara į sieną.

— Už kiekvienas trisdešimt sekundžių tylos kentėsi skausmą.

— Skausmo nebijau.

— Bijosi, patikėk, — užtikrino belaisvį Kianas ir prisitraukė jį su visa kėde arčiau. — Ar žinai, kas esu?

— Žinau, — išsišiepė šis sukruvintomis lūpomis. — Išdavikas.

— Na, kaip pažiūrėsi. Bet kur kas svarbiau yra tai, kad galiu suteikti tau skausmo, kurio neištvertų net ir toks kaip tu. Galiu palaikyti tavo gyvastį kelias dienas ar savaites, jeigu prireiks. O tu kęsi nepabaigiamą agoniją, — pro dantis košė Kianas. — Ir man tai patiks. Ką gi, pradėkim nuo pradžių.

Jis nieko nebeklausė, nes jau buvo sakęs, kad klausimų nekartos.

— Man reikėtų šaukšto, — lyg tarp kitko pasakė jis. — Ta kairioji akis nekaip atrodo. Bet jei po ranka pasitaikytų šaukštas, galėčiau juo tą akį iškabinti. Kita vertus, galiu tai padaryti tiesiog pirštais, — tęsė jis pastebėjęs, kaip toji akis pradėjo bėgioti į šonus. — Bet tada susitepčiau rankas.

— Daryk ką nori, — metė belaisvis, bet Kianas pastebėjo, kad jis jau dreba. — Niekada neišduosiu savo karalienės.

— Kokia nesąmonė. — Žudiką apėmęs drebulys ir išpylęs prakaitas rodė, kad jį pavyks palaužti greitai ir lengvai. — Tu ne tik išduosi ją man visko nebaigus, bet ir, jeigu tik panorėsiu, visa tai padarysi šokdamas jūrininkų šokį. Na, gana gaišti, pereikim prie reikalo, nes visi turim daug darbų.

Vos Kianui pajudėjus belaisvis atmetė galvą. Bet, užuot smogęs į veidą, kaip šis tikėjosi, Kianas nutvėrė jį už vyriškojo pasididžiavimo ir spaudė tol, kol aplinkui nebebuvo girdėti nieko, išskyrus nelaimėlio riksmus.

— Be manęs, daugiau nieko nėra! Aš vienas! Aš visiškai vienas!

— Ar tikrai? — Kianas suspaudė dar stipriau. — Nes jeigu meluoji, aš viską vis tiek išsiaiškinsiu. O tada nupjausiu tavo daiktą colis po colio.

— Ji atsiuntė tik mane, — pro ašaras išstenėjo jis, šniurkšdamas nosimi. — Mane vieną.

Kianas šiek tiek atleido gniaužtus.

— Kodėl?

Vietoj atsakymo išgirdo tik kimias dejones, tad vėl sugniaužė pirštus smarkiau.

— Kodėl?

— Nes vienas galėjau lengvai prasmukti nepastebėtas.

— Ką gi, atsakymas logiškas. Eunucho dalios išvengei, bent kol kas. — Kianas nuėjęs pasiėmė kėdę. Pasistatė ją prieš belaisvį ir apsižergė. Ir toliau ramiai su juo kalbėjosi, nekreipdamas dėmesio į verkšlenimus. — Taip juk kur kas geriau, ar ne? Civilizuotai. Kai baigsim mūsų pokalbį, pasirūpinsim tavo žaizdomis.

— Noriu gerti.

— Nė kiek neabejoju. Gausi ir gerti — bet po visko. O dabar dar šiek tiek pakalbėkim apie Lilitą.

Prireikė dar pusvalandžio ir dviejų kankinimų, kad Kianas išpeštų iš belaisvio viską, ką šis galėjo žinoti. Tada Kianas atsistojo. Nevykėlis žudikas dabar nesitramdydamas raudojo. Turbūt iš skausmo, pamanė Kianas. O gal tikėdamasis, kad viskas pagaliau baigėsi.

— Kuo buvai prieš tai, kai ji tave pavertė vampyru?

— Mokytoju.

— Turi žmoną, šeimą?

— Jie tiko tik maistui. Buvau neturtingas ir silpnas, bet karalienė manyje įžvelgė kažką daugiau. Ji suteikė man stiprybės ir tikslą. O kai ji paskers tave ir tavo menkystas bendrus, aš būsiu apdovanotas. Turėsiu puikų namą, kokių tik norėsiu moterų, būsiu turtingas ir galingas.

— Ji pažadėjo tau visa tai?

— Ne tik tai. Sakei, kad duosi atsigerti.

— Sakiau. Bet noriu tau šį tą pasakyti apie Lilitą. — Jis priėjo arčiau pric bclaisvio, kurio vardo taip ir nepaklausė, ir tyliai pasakė šiam tiesiai į ausį:

— Ji melagė. Aš taip pat.

Rankomis jis tvirtai suėmė belaisvio galvą ir vienu staigiu judesiu nusuko jam sprandą.

— Ką tu padarei? — sukrėsta iki širdies gelmių prie jo pasileido Moira. — Ką tu padarei!

— Tai, ką ir turėjau. Šį kartą ji atsiuntė tik vieną. Jeigu tai įžeidė tavo jausmus, įsakyk savo sargybiniams jį iš čia išnešti, o aš tau kai ką papasakosiu.

— Neturi teisės, neturi tam jokios teisės, — ją pykino nuo pat šio tardymo pradžios. — Nužudei jį. Kuo tada skiriesi nuo jo, jei leidai sau nužudyti be jokio teismo, be nuosprendžio?

— Kuo skiriuosi? — Kianas skeptiškai kilstelėjo antakius. — Gal tuo, kad jis buvo daugiau žmogus negu vampyras?

— Ar gyvybė tau tik tiek tereiškia?

— Priešingai.

— Moira, jis teisus, — įsiterpė Blera. — Jis padarė tai, ką ir turėjo padaryti.

— Kaip tu gali taip kalbėti!

— Aš ir pati būčiau taip pat pasielgusi. Jis buvo Lilitos pakalikas, ir jeigu būtų pasprukęs, vėl būtų ėmęsis to paties. Ir jeigu jam nepavyktų prisikasti prie tavęs, jis žudytų bet ką kitą.

— Jis buvo karo belaisvis... — pradėjo Moira.

— Šiame kare belaisvių nebus, — pertraukė ją Blera. — Nė vienoje pusėje. Jei reikėtų laikyti jį uždarytą, tektų atitraukti vyrus nuo treniruočių arba budėjimo vien tam, kad jis būtų saugomas. Jis buvo žudikas, šnipas, karo metu atsiųstas šnipinėti. O kad jis labiau žmogus negu vampyras, tai čia per gerai pasakyta, — pridūrė žvilgtelėjusi į Kianą. — Jis jau niekada nebebūtų žmogumi. Jeigu šioje kėdėje būtų sėdėjęs vampyras, be jokių abejonių ir savigraužos persmeigtum jį basliu. Taigi čia jokio skirtumo.

Bet vampyro kūnas neliktų susmukęs gulėti ant grindų, vis dar prirakintas prie kėdės, pagalvojo Moira. Tada ji pasisuko į vieną iš sargybinių:

— Tininai, išneškit belaisvio kūną. Pasirūpink, kad jis būtų palaidotas.

— Klausau, jūsų didenybe.

Ji pastebėjo Tinino žvilgsnį, kurį šis metė į Kianą, ir pamatė šiame žvilgsnyje pritarimą ir apsisprendimą.

— Mes grįšim į svetainę, — pasakė ji. — Niekas dar nespėjo pavalgyti. Kol stiprinsimės, galėsi mums viską papasakoti.

— Vienišas pasiuntinys, — tarė Kianas ir ilgesingai pagalvojo, kad mielai išgertų kavos.

— Logiška, — pritardama Blera įsidėjo lėkštėn kiaušinienės ir storą kepintos šoninės gabalą.

— Kodėl? — paklausė Moira.

— Jie turi keletą pusiau vampyrų, parengtų kovoti, — Blera linktelėjo Larkino link. — Kaip tie, su kuriais man ir Larkinui teko susidurti tą dieną urvuose. Bet tam reikia nemažai laiko ir pastangų. Ir dar reikia labai daug pastangų, kad taip ir išlaikytum juos pavergtus.

— O jeigu tas ryšys nutrūksta?

— Tuomet — beprotybė, — tepasakė Blera. — Jie visiškai palūžta. Esu girdėjusi pasakojimų, kaip tie pusvampyriai nusigrauždavo ranką, kad išsilaisvintų ir grįžtų pas savo šeimininką.

— Jis buvo pasmerktas dar prieš tai, kai pasirodė čia, — sumurmėjo Moira.

— Nuo pat tos akimirkos, kai pateko Lilitai į rankas. Manau, kad buvo tikimasi suduoti staigų smūgį ir greitai užbaigti šią misiją. Kam dėl to prarasti daugiau negu vieną? Jeigu viskas pasiseks, užteks ir to vieno.

— Teisingai. Vienas žmogus — viena strėlė, — sutiko Moira. — Jeigu jis pakankamai įgudęs ir jam pasiseks — mūsų ratas suardytas. Pažadėtoji žemė kuriam laikui netenka valdovo. Galėjo būti geras ir efektyvus smūgis.

— Na matai.

— Bet kodėl jis laukė mūsų sugrįžtančių? Kodėl nebandė nušauti manęs dar prie akmens?

— Turbūt nespėjo ten atvykti, — pasakė Kianas. — Jis apsiriko dėl atstumo, kurį reikės įveikti, ir kai atvyko, jau buvo šaukštai po pietų. Keliaujant atgal į pilį tave supo žmonės ir jis negalėjo kaip reikiant nusitaikyti, todėl prisidėjo prie eitynių ir laukė geros progos.

— Suvalgyk ką nors, — Hoitas Moirai į lėkštę įdėjo maisto. — Vadinasi, Lilita žinojo, kad šiandien Moira keliaus prie akmens.

— Matyt, laiko ištempusi ausis ir pastačiusi akis, — patvirtino Kianas. — Neaišku, ar ji planavo pasiųsti ką nors, kad bandytų sutrukdyti ritualui dar prieš Blerai susikertant su Lora ar jau po to. Bet aišku viena — ji buvo įsiutusi. Pasak mūsų šaulio nevykėlio, visiškai nesivaldė. Jos santykiai su Lora keisti ir sudėtingi, bet labai nuoširdūs. Kai ji davė jam nurodymus, tebebuvo pusiau netekusi proto. Pasiuntė jį žirgu, kad kuo greičiau pasiektų tikslą, o žirgų jie turi ne per daugiausia.

— O kaipgi mūsų prancūziška bandelė? — pasiteiravo Blera.

— Jis paliko ją randuotą ir klykiančią. Lilita ja rūpinosi asmeniškai.

— Svarbiausia ne tai, — įsiterpė Hoitas. — Būtų gerai žinoti, kur dabar Lora ir visi kiti?

— Deja, mūsų informatorius, nors ir neprastai valdė lanką, nebuvo labai pastabus ir nuovokus. Iš to, ką man pavyko sužinoti, spėju, kad Lilitos bazė yra kelios mylios nuo mūšio lauko. Atrodo, jie įsikūrė nedidelėje gyvenvietėje, prieš ūkį su keliomis pirkiomis ir didžiuliu akmeniniu dvaro pastatu — matyt, jame gyveno žmonės, kuriems priklausė žemė. Ji apsistojo dvare.

— Baluklūnas, — tai tardamas Larkinas pažvelgė į Moirą ir pamatė, kad ji mirtinai išblyškusi, o akys tamsios it naktis. — Čia tikrai Baluklūnas, O'Nilo žemė. Tai šeimai padėjom aną dieną, kai su Blera tikrinom spąstus ir kai Lora ją užpuolė. Jie atkeliavo nuo Drombego pusės, tik šiek tiek į vakarus nuo Baluklūno. Ketinom keliauti dar toliau į rytus, kad patikrintume paskutinius spąstus, bet...

— Aš buvau sužeista, — užbaigė Blera. — Nukeliavom tiek, kiek mums pavyko. Ir mudviem tikrai pasisekė. Jeigu ji jau buvo ten įsikūrusi, o mes būtume užklydę, kažin ar būtume išnešę sveiką kailį.

— Tikrai ne, — patikino ją Kianas. — Jie atkeliavo dieną prieš tavo kivirčą su Lora.

— Ten arba kelyje dar galėjo būti žmonių, — vien pagalvojus apie tai Larkiną nupurtė. — Taip pat ir O'Nilai — net nežinau, ar jie saugiai pasiekė kelionės tikslą. Kaip galim sužinoti, kiek...

— Negalim, — nutraukė jį Blera.

— Jūs su Kianu sakėt, kad turėtume visus iškeldinti, jeigu reikės, net ir prievarta, iš visų gyvenviečių ir ūkių, esančių netoliese kovos lauko. Ir sudeginti jų trobas, kad Lilita ir jos armija neturėtų prieglobsčio. Tada maniau, kad tai beširdiška ir žiauru. Bet dabar...

— Nieko nebepakeisi, — pertraukė jį Moira. — O ir nebūčiau

galėjusi įsakyti deginti žmonių namus. Gal tai ir būtų buvę išmintingiau, gal ir suteiktų mums privalumą, bet tie, kurių namus būtume sudeginę, būtų praradę narsą, kurios reikia kovai. Vadinasi, viską padarėm, kaip ir turėjom.

Jai nesinorėjo net pažvelgti į maistą lėkštėje, ji tepaėmė arbatos puodelį, kad susišildytų rankas.

— Blera ir Kianas išmano strategiją. Hoitas ir Glena išmano burtus. Mes su Larkinu žinom Pažadėtąją žemę ir jos žmones. Būtume sužaloję jų širdis ir palaužę dvasią.

— Jie ar šiaip, ar taip sudegins viską, ko jiems nereikės, — pasakė Kianas.

— Taip, bet tie namai degs ne nuo mūsų rankų. Ir tai svarbu. Taigi, atrodo, žinom, kur jie apsistojo. Ar žinom, kiek jų ten?

— Iš pradžių jis kalbėjo apie daugybę, bet tai buvo melas. Jis nežinojo, — atsakė Kianas. — Nors Lilita ir naudojasi mirtingaisiais, savais jų nelaiko ir nepatiki jiems jokios svarbios informacijos. Jie — tik maistui, tarnystei ir pramogai.

— Galim pažiūrėti, — pirmą kartą prabilo Glena. — Dabar, kai mes su Hoitu žinom, kur apytiksliai jie yra, galime pasinaudoti burtais. Gal pavyktų gauti tikslesnių duomenų, kokių nors skaičių. Iš Larkino kelionės į urvus ir žvalgybos po jų arsenalą žinom, kad jie rengėsi apginkluoti ne mažiau kaip tūkstantį.

— Būtinai pažiūrėsim, — Hoitas apkabino Gleną per pečius. — Bet Kianas nepasakė vieno svarbaus dalyko: kad ir kiek karių jie ir mes turėtume dabar, galų gale jie vis tiek turės daugiau. Kad ir kiek ginklų jie turėtų dabar, vėliau turės daugiau. Lilita visa kam suplanuoti turėjo dešimtmečius, o gal ir amžius. O mes teturėjom kelis mėnesius.

— Ir vis tiek mes laimėsim.

Išgirdęs Moiros pareiškimą, Kianas ironiškai kilstelėjo antakius.

— Nes jūs esat geri, o jie blogi?

— Viskas ne taip paprasta. Tu pats esi to įrodymas, nes nesi nei toks kaip jie, nei toks kaip mes, bet turi visko po truputį. Be to, savo pusėje Lilita neturi nieko panašaus į mūsų grupę.

Moira nusisuko nuo jo ir kreipėsi į Hoitą:

— Hoitai, tu buvai pirmas iš mūsų. Tu mus subūrei.

— Mus pasirinko Morgana.

— Mus pasirinko ji, o gal pats likimas, — sutiko Moira. — Bet visas darbas prasidėjo nuo tavęs. Būtent tu savyje atradai pakankamai tikėjimo, stiprybės ir galios mums suburti. Man taip atrodo. Ir nors aš valdau Pažadėtąją žemę, negaliu valdyti jūsų.

— Ir aš negaliu.

— Turbūt nė vienas iš mūsų. Bet visi turime būti kaip vienas, nepaisant visų mūsų skirtumų. Kaip tik todėl vieni kituose ieškome to, ko mums reikia. Aš nesu pati stipriausia, o mano magiškosios galios labai menkos. Neturiu nei Larkino sugebėjimų, nei pakankamai tvirtybės, kad galėčiau šaltakraujiškai žudyti. Turiu tik žinių ir karališkąją galią, visa tai ir atiduodu.

— Turi kur kas daugiau, — pasakė jai Glena. — Nepalyginti daugiau.

— Ir įgysiu dar daugiau. O kol kas einu sutvarkyti keletą reikalų, — tarė Moira stodamasi. — Kai tik galėsiu, grįšiu prie darbų ir darysiu viską, ką tik reikės.

— Karališka, — pakomentavo Blera jai išėjus iš svetainės.

— Milžiniška našta, — tarė Glena ir pasigręžė į Hoitą. — Tai kokie mūsų planai?

— Išsiaiškinti, kaip galim įveikti priešą. Tam nepakenktų šiek tiek ugnies — ji tebėra mūsų galingiausias ginklas, tad galėtume užkerėti daugiau kalavijų.

— Gana rizikinga įduoti kalavijus į rankas tiems, kuriuos treniruojam, — įsiterpė Blera. — Ypač liepsnojančius.

— Tu teisi, — pagalvojęs sutiko Hoitas. — Bet juk mes patys ir spręsime, kam bus duoti tokie ginklai. Geriausius vyrus reikės apgyvendinti kuo arčiau Lilitos bazės. Jiems reikės kokio nors prieglobsčio, kuriame būtų saugu po saulėlydžio.

— Turi omeny kareivines. Aišku, yra trobos, nameliai, — prisimerkęs svarstė Larkinas. — Jeigu reikės, kitas būstines bus galima statyti dienos metu. Be to, tarp jos bazės ir kitos gyvenvietės yra užvažiuojamieji namai.

— Kodėl mums ten neapsižvalgius? — paklausė Blera atstumdama lėkštę. — Judu su Glena galite žvalgytis savais būdais, o mes su Larkinu galime pralėkti pro šalį. Tu nusiteikęs pabūti slibinu?

— Visada, — jis jai nusišypsojo. — Ypač kai raitelė — tu.

— Tau tik viena galvoje. Esi tikras sekso automatas.

— Tuo ir baikime, — sausai tarė Kianas. — Man laikas į lovą.

Spustelėjęs Glenai ranką, Hoitas šūktelėjo:

— Palauk manęs, — ir nusekė paskui brolį. — Noriu su tavim šnektelėti.

Kianas metė į jį žvilgsnį:

— Aš jau išeikvojau šio ryto savo pokalbių normą.

— Teks dar šiek tiek pakentėti. Mano kambarys arčiau, tai gal einam pas mane, jeigu neprieštarauji. Norėčiau pasikalbėti akis į akį.

— Jeigu ir prieštaraučiau, vis tiek atseksi pas mane ir kamuosi tol, kol užsinorėsiu išrauti tau liežuvį, tai geriau jau einam pas tave.

Pakeliui iš menės į miegamuosius jie matė visur zujančius tarnus. Ruošiasi puotai, pagalvojo Kianas, bandydamas nuspėti, ar tik ne dėl Hoito šnekų apie ugnį jis prisiminė Neroną* ir jo intrigas.

Hoitas įėjo į savo kambarį ir čia pat užkirto kelią Kianui, kad šis negalėtų įeiti.

— Saulė, — tepasakė jis ir iškart užtraukė langų užuolaidas.

Kambarys paskendo prieblandoje. Per daug negalvodamas Hoitas mostelėjo žvakių link, ir jos čia pat užsiliepsnojo.

— Neblogai, — pakomentavo Kianas. — Aš jau nesugebėčiau ir žiežirbos įskelti.

— Visiškai elementaru. Galėtum ir pats, jeigu būtum tam skyręs bent kiek dėmesio ir laiko.

— Per daug krapštymosi. Čia viskis? — susidomėjęs jis žengė tiesiai prie grafino ir šiek tiek įsipylė. — Oho, koks nuosaikumas ir nepritarimas, — gurkštelėjo aiškiai skaitydamas brolio veido išraišką. — Noriu tik priminti, kad man tai — dienos pabaiga. Tiesą pasakius, seniai po jos.

*Neronas — senovės Romos imperatorius (37–68 m. pr. m. e.), pagarsėjęs tironišku būdu ir ekstravagantiškumu. Neronas siejamas ir su pirmųjų krikščionių, kuriuos jis apkaltino sukėlus didįjį Romos gaisrą, persekiojimu.

Jis apsižvalgė ir pradėjo vaikštinėti po kambarį.

— Atsiduoda moterimi. Tokios moterys kaip Glena visada palieka savo pėdsakų, kad tik vyrai jų nepamirštų.

Jis išsidrėbė krėsle ir ištiesė kojas.

— Tai kuo čia taip negailestingai ketini man įkyrėti?

— Kažkada mano draugija tau visai patiko, tu jos net siekdavai. Kianas tingiai gūžtelėjo pečiais.

— Turbūt devyni šimtai metų išsiskyrimo prieraišumo neprideda.

Hoitas, nesugebėdamas nuslėpti apgailestavimo, nusisuko į židinį, kad įmestų daugiau durpių.

— Ar mudu kada nors liausimės kivirčijęsi?

— O kaip tau atrodo?

— Norėjau su tavim vienu pasikalbėti apie tai, ką padarei tam belaisviui.

— Tai dar teks išklausyti pamokslų... Taip, taip, turėjau jam paglostyti galvelę, idant būtų lengviau ištverti teismą ar tribunolą, kad ir kaip tokie dalykai būtų sprendžiami šioje vietoje. Turėjau vadovautis prakeikta Ženevos konvencija*. Kas per nesąmonės.

— Nieko apie tą konvenciją nežinau, bet negali būti ir kalbos apie jokį teismą ar tribunolą, kai tokie laikai — tik tiek galiu pasakyti tokiam pasipūtusiam šikniui kaip tu. Įvykdei mirties bausmę žudikui — kaip ir aš pats būčiau padaręs, gal tik kiek taktiškiau ir ne taip atvirai.

— A, tai tu būtum nusliūkinęs į tą narvą, kur jis laikomas, ir suvarytum peilį jam tarp šonkaulių? — ironiškai pasiteiravo Kianas. — Tikrai, daug geriau.

— Visai ne. Nė vienas būdas nėra geras. Tai, ką mums tenka išgyventi, yra tikras košmaras. Tik noriu pasakyti, kad padarei kas buvo būtina. Už tai, kad bandė nužudyti Moirą, kurią myliu kaip tikrą seserį, už tai, kad sužeidė tave, padaryčiau jam tą patį. Man dar nėra tekę nužudyti žmogaus, nes tie padarai, kurių ne vieną esam pribaigę per

---

* 1949 m. Ženevos konvencija dėl elgesio su karo belaisviais.

pastarąsias kelias savaites, buvo ne žmonės, o demonai. Bet šį būčiau nužudęs, jei tu nebūtum manęs aplenkęs.

Hoitas nutilo, kad atgautų kvapą ir šaltakraujiškumą.

— Norėjau, kad žinotum, ką apie tai manau. Bet atrodo, tik be reikalo švaisčiau mudviejų laiką, nes tau nė velnio nerūpi, ką manau ar jaučiu.

Kianas net nekrustelėjo, tik nukreipė žvilgsnį nuo įniršusio brolio veido į viskio stiklą, kurį laikė rankoje.

— Iš tikrųjų tai man net labai rūpi, ką manai ir jauti. Nors ir norėčiau, kad nerūpėtų. Sužadinai manyje jausmus, kuriuos laikiau užgniaužęs ilgus metus. Šeima seniai palaidota, ir staiga atsirandi tu su savo giminiškais jausmais.

Hoitas atsisėdo į krėslą tiesiai priešais brolį.

— Mes priklausom vienas nuo kito.

Kai Kianas pažvelgė į brolį, jo akys buvo tuščios.

— Aš nuo nieko nepriklausau.

— Gal taip ir buvo po to, kai mirei, bet tik iki to momento, kai tave susiradau. Tik nesakyk, kad niekas nepasikeitė. Ir jeigu tau tikrai rūpi visi tie dalykai, tuomet labai didžiuojuos tavim ir tuo, ką darai. Suprantu, kad tau visa tai kur kas sunkiau negu bet kam iš mūsų.

— Pats matei, kad žudyti vampyrus ir žmones man ne taip jau sunku.

— Negi manai, kad nepastebėjau, kaip kai kurie tarnai tiesiog išnyksta, kai tu netoliese? Manai, nemačiau, kaip Šinona skubėjo gelbėti savo mažylę, lyg būtum ketinęs nusukti jai sprandą kaip tam žudikui? Nemanyk, kad šie įžeidimai liko nepastebėti.

— Ne visi įsižeidžia, kad jų bijoma. Bet visa tai nesvarbu. Visai nesvarbu, — pakartojo jis pastebėjęs, kad Hoitas nori prieštarauti. — Man visa tai — tik akimirka, gal net mažiau. Kai viskas bus baigta, trauksiu savo keliais, nebent kam nors pavyks suvaryti man širdin baslį.

— Tikiuosi, kad keliaudamas tais savo keliais bent kartais aplankysi ir mane su Glena.

— Galbūt. Ji man patinka, — Kianas nerūpestingai šyptelėjo. —

Kas žino, gal vieną gražią dieną ji ateis į protą ir supras, kad išsirinko ne tą brolį. Laiko aš turiu — palauksiu.

— Ji dėl manęs kraustosi iš proto, — pralinksmėjęs Hoitas paėmė iš Kiano stiklą su viskiu ir gurkštelėjo pats.

— Jei nebūtų išsikrausčiusi iš proto, kažin ar būtų su tavim susidėjusi. Moterys keisti padarai. Niekada to nesakiau, Hoitai, bet tau su ja tikrai pasisekė.

— Ji tikras stebuklas, — Hoitas grąžino Kianui stiklą. — Ji vienintelis man artimas žmogus. Ji apvertė mano pasaulį aukštyn kojomis. Norėčiau, kad ir tu...

— Mano likimo knygoje apie tai nieko neparašyta. Poetai mėgsta rašyti, kad meilė amžina, bet galiu pasakyti tik tiek, kad viskas mažumėlę kitaip, kai tu turi tą amžinybę, o moteris ne.

— Ar kada nors iš tiesų mylėjai moterį?

Kianas užsižiūrėjo į viskio stiklą mąstydamas apie savo praėjusius amžius.

— Ne taip, kaip tu įsivaizduoji. Ne taip, kaip judu su Glena mylit vienas kitą. Antra vertus, buvo moterų, kurios man rūpėjo tiek, kad teko jų atsisakyti.

— Meilė tau — pasirinkimas?

— Kaip ir visa kita. — Kianas išgėrė likusį viskį ir pastatė tuščią stiklą. — O dabar norėčiau eit miegoti.

— Šiandien tau teko Moirai skirta strėlė. Tai irgi buvo pasirinkimas, — pasakė Hoitas durų link einančiam Kianui.

Šis sustojo ir atsisukęs nepatikliai pažvelgė į Hoitą.

— Taip jau aš nusprendžiau.

— Man tai pasirodė labai žmogiškas sprendimas.

— Tikrai? — Kianas gūžtelėjo pečiais. — Man jis buvo gana impulsyvus ir baigėsi skausmingai.

Jis išėjo iš Hoito kambario ir pasuko savo miegamojo link, į šiaurinę pilies dalį. Impulsas, pagalvojo jis, be to, pačiam sau teko pripažinti, kad tada pajuto ir nežmonišką siaubą. Juk jeigu tą strėlę būtų pastebėjęs bent sekunde vėliau arba būtų nespėjęs Moiros pridengti, ji būtų nebegyva.

Trumpą siaubo akimirką jis išvydo ją mirusią: į jos kūną įsmigusi strėlė dar tebevirpa, ant jos tamsiai žalios suknios ir kietų pilkų akmenų liejasi kraujas, o su juo jos kūną palieka gyvybė.

Jis baisiai to išsigando — kad baigsis jos gyvenimas ir ji visiškai išnyks iš jo pasaulio. Nukeliaus ten, kur jis negalės jos nei pamatyti, nei paliesti. Ta strėle Lilita būtų atėmusi iš jo paskutinį jam svarbų dalyką, kurio niekaip nebūtų galėjęs susigrąžinti.

Jis melavo savo broliui. Jis myli moterį. Ir negali nieko su savimi padaryti, nes myli naująją Pažadėtosios žemės karalienę.

Aišku, tai juokinga, beprasmiška, ir jis žinojo, kad laikui bėgant kaip nors įveiks tą jausmą. Pora dešimtmečių, ir jis dorai nebeprisimins tų pilkų pailgų akių atspalvio. Jo juslių nebeerzins jos subtilus kvapas. Jis užmirš jos balso skambesį, ramią, santūrią šypseną.

Visa tai išblės, tarė jis sau. Reikia tik palaukti.

Įėjęs į savo kambarį uždarė ir užsklendė duris. Langai buvo uždengti, nedegė nė viena švieselė. Jis žinojo, kad Moira labai konkrečiai nurodė, kaip turi būti tvarkomas jo kambarys. Lygiai taip pat gerai apgalvojusi ji išrinko jam kambarį, kuris buvo šiaurės pusėje atokiau nuo kitų.

Mažiau saulės šviesos, mąstė jis. Kokia rūpestinga šeimininkė.

Nusirenginėdamas tamsoje jis pagalvojo, kad užmigdamas ar nubusdamas norėtų klausytis muzikos. Muzikos, kuri užpildytų tylą.

Bet šioje vietoje, šiame laike nė su žiburiu nerasi nei kompaktinių diskų grotuvo, nei radijo, nei ko kito panašaus.

Nuogas jis išsitiesė lovoje. Ir visiškoje tamsoje, visiškoje tyloje prisivertė užmigti.

4 skyrius

Moira stengėsi nuvogti bent šiek tiek laiko ir sau. Ji paspruko nuo savo moterų, nuo dėdės, nuo pareigų. Ir jautėsi kalta, nerimavo, kad bus prasta valdovė, nes jai taip reikia vienatvės.

Būtų iškeitusi dviejų dienų maistą ar dviejų naktų miegą į vieną vienatvės valandą, kurią būtų norėjusi praleisti su knygomis. Kaip savanaudiška, sakė ji pati sau, skubėdama tolyn nuo triukšmo, žmonių ir jų klausimų. Savanaudiška ieškoti ramybės, kai tiek daug pastatyta ant kortos. Ji neketino slapstytis kokiame nors saulėtame kampelyje su knyga; per tą laiką nusprendė kai ką aplankyti.

Šią dieną, kai tapo karaliene, jai labai reikėjo motinos. Todėl pasikaišiusi sijonus nuskubėjo kalva žemyn ir pro nedidelį plyšį akmeninėje sienoje pateko į kapinaites.

Ir iš karto jai širdy pasidarė ramiau.

Pirmiausia ji leidosi prie paminklo, kurį įsakė pastatyti vos tik grįžusi į Pažadėtąją žemę. Jau buvo pasirūpinusi paminklu Kingui Airijoje, Kiano ir Hoito protėvių kapinaitėse. Bet buvo prisiekusi dar vieną pastatyti čia, kad pagerbtų savo draugą.

Ant žemės padėjusi puokštelę gėlių, Moira perskaitė žodžius, kuriuos buvo nurodžiusi išraižyti šlifuotame paminklo paviršiuje:

Kingas
Šis narsus karys ilsisi ne čia,
o tolimoje žemėje.
Jis atidavė savo gyvybę už Pažadėtąją žemę
ir visą žmoniją.

— Tikiuosi, tau žodžiai ir paminklas patiktų. Tiek laiko praėjo nuo tada, kai tave mačiau. Atrodo, viskas įvyko taip seniai, o kartu atrodo, kad vos prieš akimirksnį. Kianas šiandien buvo sužeistas, nes gelbėjo mane. Bet jis jaučiasi ne taip jau prastai. Vakar su juo pasišnekėjom beveik kaip draugai. O šiandien ir vėl viskas ne taip jau paprasta. Sunku jį suprasti.

Ji palietė paminklą ranka.

— Dabar esu karalienė. Tai irgi nelengva. Tikiuosi, nepriešarauji, kad pastačiau šį paminklą čia, kur ilsisi mano šeima, nes per tą trumpą laiką, kurį tave pažinojau, tapai man toks pat artimas kaip ir jie. Tikiuosi, kad dabar ilsiesi ramybėje.

Jau pasisukusi ji vėl sugrįžo.

— Tarp kitko, stengiuosi pernelyg nenuleisti savo kairiosios, kaip mane ir mokei, — ji pakėlė rankas, lyg ketintų su kuo nors susiimti. — Todėl už visus tuos kartus, kai išvengiau smūgio į veidą, galiu dėkoti tik tau.

Alkūnės linkyje laikydama dar glėbį gėlių per aukštą žolę ir pro antkapių eiles ji pasuko prie savo tėvų kapų.

Ji padėjo gėlių tėvo paminklo papėdėje.

— Pone, menkai jus prisimenu. Turbūt ir tuos pačius prisiminimus, bent jau daugelį jų, man perdavė motina. Ji jus labai mylėjo ir dažnai apie jus kalbėdavo. Žinau, kad buvot puikus žmogus, antraip ji nebūtų taip jūsų mylėjusi. Visi, kurie jus prisimena, sako, kad buvot stiprus ir kartu malonus, mėgot pasijuokti. Būčiau laiminga, jei galėčiau prisiminti jūsų juoką.

Pro paminklus ji pažvelgė tolyn į kalvas ir dar toliau dunksančius kalnus.

— Supratau, kad mirėt ne taip, kaip iki šiol visi manėm, bet buvot nužudytas. Jūs ir jūsų brolis buvot nužudyti demonų, kurie tebėra Pažadėtojoje žemėje ir ruošiasi karui. Dabar iš mūsų šeimos likau tik aš ir tikiuosi, kad jūsų nenuvilsiu.

Ji priklaupė, o likusias gėles padėjo ant motinos kapo.

— Ilgiuosi tavęs kiekvieną dieną. Man teko toli nukeliauti, kad tapčiau stipresnė, *Mathair*.*

Tardama tą žodį ji užsimerkė ir mintyse išvydo savo motiną, visai kaip gyvą.

— Nesugebėjau tavęs apginti. Toji naktis iki šiol man kaip rūke. Tie, kas tave nužudė, nubausti. Vieną jų įveikiau pati. Daugiau nieko dėl tavęs negalėjau padaryti. Dabar man teliko kova, į kurią vesiu savo žmones. Kai kurie iš jų eis pasitikti savo mirties. Dabar man priklauso Pažadėtosios žemės kalavijas ir karūna. Prisiekiu, kad nepadarysiu tau gėdos.

Ji kurį laiką pasėdėjo klausydamasi, kaip lengvas vėjelis šiurena

* Mathair (*gėl.*) — mama.

aukštą žolę, ir stebėdama saulės spindulių žaismą. Kai pakilo ir pasisuko pilies link, prie akmeninės sienos išvydo stovinčią deivę Morganą melsva suknia, padabinta tamsesnių tonų apsiuvais. Jos plaukai it ugnies upeliai sruvo pečiais.

Sunkia širdimi Moira patraukė per žolę pasitikti deivės.

— Mano ponia.

— Jūsų didenybe.

Sutrikusi dėl Morganos nusilenkimo Moira sunėrė rankas, kad nuslėptų nerimą.

— Ar karalienes pripažįsta net ir dievai?

— Žinoma. Mes sukūrėme šitą žemę ir paskyrėme žmones ją valdyti ir jai tarnauti. Esame tavimi patenkinti, dukra. — Suėmusi Moirai už pečių, deivė pabučiavo ją į abu skruostus. — Laiminame tave.

— Verčiau palaimintumėte ir pasaugotumėte mano žmones.

— Tai jau tavo rūpestis. Kalavijas jau ištrauktas. Nors tai ir užmiršta, seniai buvo žinoma, kad vieną dieną jis mūšyje uždainuos. Tai irgi tavo darbas.

— Ji jau praliejo Pažadėtosios žemės žmonių kraują.

Morganos akys atrodė gilios ir vėsios it ežerai.

— Mano vaike, Lilita pralies ištisą vandenyną kraujo.

— Vadinasi, mano tėvų kraujas tėra lašas tame vandenyne?

— Brangus kiekvienas lašas. Ir kiekvienas lašas turi savo paskirtį. Negi kalaviją pakėlei tik dėl savojo kraujo?

— Ne, — prieštaraudama Moira mostelėjo ranka. — Šį paminklą pastatydinau draugui atminti. Pakėliau kalaviją dėl jo, jo pasaulio, dėl visų pasaulių. Mes visi priklausome vieni nuo kitų.

— Labai gerai, kad tai suvoki. Žinios — neįkainojama dovana, o jų troškulys — dar vertingesnė. Naudokis tuo, ką žinai, ir ji niekada tavęs neįveiks. Tu turi širdį ir protą, Moira. Esi apdovanota gebėjimu juos suderinti. Pamatysi, tavo kalavijas liepsnos, o tavo karūna švytės. Bet tikroji galia slypi tavo širdyje ir prote.

— Jie dabar kupini baimės.

— Be baimės nebūtų ir drąsos. Pasikliauk savo žiniomis. Ir nepaleisk savo kalavijo. Labiausiai ji trokšta tavo mirties.

— Mano? Kodėl?

— Ji ir pati nežino. Žinojimas — tavo jėga.

— Mano ponia, — kreipėsi Moira, bet deivė jau buvo dingusi.

Reikėjo persirengti puotai ir tam teko sugaišti ištisą valandą. Turėdama ir taip daug reikalų, garderobą ji patikėjo tetai, todėl buvo maloniai nustebinta, kai rado gražią, savo mėgstamos vandens spalvos, suknią. Ji mėgo dailius apdarus ir skirti sau šiek tiek laiko, kad patraukliai atrodytų. Bet dabar vos tik pasisukusi ji būdavo rengiama vis nauja ir nauja suknia, o ją pačią kone pusę dienos supo moterų klegesys. Teko prisipažinti, kad jai trūko džinsų ir laisvų palaidinių, dėvėtų Airijoje, teikiamos laisvės. Todėl ji nusprendė, jog nuo rytojaus vilkės mūšiui besirengiančiam kariui deramus drabužius, kad ir kaip tai šokiruotų vietines moteris. Bet šįvakar teks vilkėti šilkus ir aksomą su brangakmeniais.

— Kiara, kaip laikosi tavo vaikai?

— Puikiai, mano ponia, ačiū jums, — stovėdama Moirai už nugaros Kiara pynė šilkinius jos plaukus į kasas.

— Tavo pareigos ir treniruotės atskiria tave nuo jų labiau, negu norėčiau.

Jų akys susitiko veidrodyje. Moira žinojo, kad Kiara yra nuovokiausia iš trijų jai patarnaujančių moterų.

— Jais rūpinasi mano motina, jai tai labai patinka. O aš juk irgi nešvaistau laiko. Geriau jau dabar nuvogsiu nuo jų tas kelias valandas, negu vėliau matysiu juos skriaudžiamus.

— Glena sakė, kad durtynėse pasirodei esanti labai arši.

— Taip, — Kiara nelinksmai šyptelėjo. — Nesu įgudusi valdyti kalavijo, bet dar turiu tam laiko. Glena puiki mokytoja.

— Griežta, — įsikišo Darvela. — Ne tokia griežta kaip garbingoji Blera, bet vis tiek labai reikli. Kiekvieną dieną bėgiojam, kaunamės, vartomės, drožiam baslius. Ir kiekvieną dieną užbaigiam išvargusiomis kojomis, nusėtos mėlynių ir prisivariusios rakščių.

— Geriau jau pavargusios ir su mėlynėmis negu mirusios.

Kategoriška Moiros pastaba privertė Darvelą nukaisti.

— Nenorėjau pasakyti nieko blogo, jūsų didenybe. Labai daug išmokau.

— Ir girdėjau, kad kalaviju švaistaisi kaip pats šėtonas. Didžiuojuosi tavim. O tau, Islina, girdėjau, neprastai sekasi su lanku.

— Tikrai, — Islina, jauniausia iš trijų, nuraudo išgirdusi komplimentą. — Man lankas patinka labiau negu kumščiuotis ir spardytis. Kiara visada mane išverčia iš koto.

— Tai kad tu cypčioji kaip pelė ir mostaguoji rankomis — tave išverstų bet kas, — pastebėjo ši.

— Kiara aukštesnė, be to, jos ilgesnės rankos, Islina. Vadinasi, turi būti mitresnė ir apsukresnė. Labai jumis visomis didžiuojuosi, taip pat ir visomis jūsų mėlynėmis. Rytoj ir visas kitas dienas treniruosiuos kartu su jumis ne mažiau kaip po valandą per dieną.

— Bet, jūsų didenybe, — užsivedė Darvela, — jūs juk negalit...

— Galiu, — nutraukė ją Moira. — Ir treniruosiuos. Labai tikiuosi, kad ir jūs, ir kitos moterys tikrai pasistengsit mane įveikti. O tai nebus lengva, — Kiarai atsitraukus ji atsistojo. — Aš irgi nemažai išmokau, — ji užsidėjo ant galvos karūną. — Galiu užtikrinti, kad pajėgsiu įveikti jus visas tris ir bet ką, kas mane puls.

Ji pasisuko puikuodamasi savo prašmatnia aksomo suknia.

— O ta, kuri paguldys mane ant menčių ar nugalės plikomis rankomis ar bet kokiu kitu ginklu, gaus vieną iš sidabrinių kryžių, kuriuos užkerėjo Glena ir Hoitas. Tai mano geriausia dovana. Pasakykit apie tai ir kitoms.

Kianas jautėsi lyg eitų į spektaklį. Didžioji menė atrodė lyg scena, išpuošta vėliavomis, gyvomis gėlėmis, liepsnojančiomis žvakėmis ir nutvieksta židinio šviesos. Riteriai, lordai ir damos buvo vienas už kitą dailiau išsidabinę — liemenės ir suknios, brangakmeniai ir auksas. Jis pastebėjo kelis vyrus ir moteris, besipuikuojančius batais ilgomis riestomis nosimis, lygiai tokiais pačiais, kokie buvo madingi, kai jis dar buvo gyvas. Taigi, pagalvojo Kianas, nieko naujo net ir šioje žemėje.

Maisto ir gėrimų buvo tiek, jog atrodė, kad ilgi stalai lūš nuo dubenų ir ąsočių naštos. Skambėjo šviesi, gyva arfos muzika. Menė dūzgė nuo pokalbių apie madą, politiką, finansus, paskalų apie kitų seksualinį gyvenimą ir flirto.

Ne taip jau labai skiriasi nuo jo naktinio klubo Niujorke. Aišku, ten moterys buvo menkiau apsirengusios ir muzika triukšmingesnė. Bet esmės negalėjo pakeisti net ištisi amžiai — žmonės tiesiog mėgo susirinkti ir drauge mėgautis valgiu, gėrimais ir muzika.

Jis vėl pagalvojo apie savo klubą ir paklausė pats savęs, ar jam viso to trūksta — kasvakarinio žmonių antplūdžio, triukšmo. Ir suprato, kad nė kiek netrūksta.

Ko gero, nusprendė jis, viskas jau buvo pradėję atsibosti, ir anksčiau ar vėliau jis būtų pradėjęs ieškoti kitokios veiklos. Turbūt jo brolio kelionė laike ir erdvėje ir nusileidimas prie jo slenksčio įvyko pačiu laiku.

Be Hoito, be jo dievų užkrautos misijos, jo persikraustymas būtų susijęs tik su vardo ir vietos pakeitimu bei lėšų perkėlimu. Tai gana sudėtinga, reikalauja nemažai laiko, bet kaip tik dėl to ir įdomu. Kianas jau turėjo daugiau kaip šimtą vardų ir šimtą buveinių, bet naujo vardo ir naujos buveinės paieška jam dar nebuvo atsibodusi.

Kur jis būtų patraukęs tąkart? Gal į Sidnėjų, o gal į Rio de Žaneirą. O galėjo ir į Romą ar Helsinkį. Tereikėjo žemėlapyje išsirinkti vietą. Nedaug likę vietų, kurių jis dar nebuvo aplankęs, ir nebuvo nė vienos, kurioje nebūtų galėjęs įsikurti.

Bent jau savo pasaulyje. Pažadėtoji žemė buvo kitas reikalas. Jis jau buvo gyvenęs tokiu laiku ir tokioje kultūroje ir visiškai netroško to pakartoti. Jo šeima priklausė diduomenei, todėl ir jam teko dalyvauti tokiose puotose. Jam kur kas mielesnė buvo brendžio taurelės ir geros knygos draugija.

Kianas neketino užsibūti puotoje ir atėjo tik žinodamas, jog jo ieškotų. Būtų lengvai išsisukęs nuo bet kokių persekiotojų, bet žinojo, kad jokiais būdais neišsisuks nuo Hoito pamokslavimų, jei ne šiandien, tai rytoj. Todėl nusprendė, jog bus paprasčiau pasirodyti, pasveikinti naująją karalienę ir tada išsmukti nepastebėtam.

Jis griežtai atsisakė vilktis oficialią liemenę ir visus tuos puošnius niekučius, kurie buvo pristatyti į kambarį. Gal jis ir užstrigęs viduramžiuose, bet tikrai neketino rengtis kaip čia įprasta. Todėl vilkėjo paprastas juodas kelnes ir nertinį. Deja, į šią kelionę nepasiėmė nei kostiumo, nei kaklaryšio.

Tačiau jis negalėjo nesišypsoti pamatęs Gleną, besipuikuojančią smaragdo spalvos suknia, kuri, kiek jis prisiminė, vienu metu buvo vadinama *robe deguisee**. Atrodė labai elegantiškai ir prašmatniai, o gilioje apvalioje iškirptėje puikavosi krūtys.

— Kokia nuostabi vizija — nereikia nė deivės.

— Jaučiuosi beveik kaip deivė, — ji išskėtė rankas mostelėdama neįtikėtinai plačiomis rankovėmis. — Bet ta suknia ne tokia jau ir lengva — čia kokie dešimt svarų medžiagos. Matau, kad tu apsirengei kur kas lengviau.

— Geriau jau pasismeigsiu ant baslio, negu vėl sprausiuos į tokį apdarą.

Ji nusijuokė.

— Ką padarysi. Bet Hoitas šitaip išsipustęs man labai patinka. Man, o gal ir tau po viso to praėjusio laiko tai lyg kaukių balius. Moira pilies burtininkui išrinko juodus, auksu puoštus drabužius. Jam jie nepaprastai tinka, kaip ir tau tinka tavo modernūs drabužiai. Bet vis tiek visa ši diena praėjo lyg kažkoks keistas sapnas.

— O man ji priminė labai keistą spektaklį.

— Gal tu ir teisus. Šiaip ar taip, šito vakaro puota tėra trumpas spalvingas atokvėpis. Šiandien mums pavyko kiek pasižvalgyti — mes su Hoitu mažumėlę pabūrėm, Larkinas su Blera šiek tiek paskraidė. Viską tau papasakosim, kai...

Ją nutraukė trimitų gausmas. Pasirodė Moira — už nugaros besiplaikstančiu suknios šleifu, daugybės žvakių nušviesta karūna. Ji švytėjo kaip ir dera karalienei, kaip švytėti gali tik moteris.

---

* *Robe deguisee* viduramžiais buvo vadinami patys elegantiškiausi, naujausios, neretai gana drąsios mados drabužiai.

Išvydus ją Kiano neplakanti širdis tiesiog suakmenėjo. Jam neliko nieko kito, tik sėsti drauge su kitais už aukšto stalo ir puotauti. Išeiti anksčiau būtų buvęs atviras įžeidimas. Dėl to jam buvo nei šilta, nei šalta, bet nenorėjo be reikalo patraukti dėmesio. Taigi teko pasilikti. Moira sėdėjo ties stalo viduriu, tarp Larkino ir savo dėdės. Kianas džiaugėsi, kad šalia sėdėjo Blera, kuri buvo nenuobodi ir dalykiška kompanionė.

— Lilita dar nieko nesudegino — tai bent siurprizas, — pradėjo pasakoti ji. — Turbūt per daug užsiėmusi savo Fifi slaugymu. Tiesa, turiu klausimėlį. Ta prancūzė jūsų kompanijoj jau apie keturis šimtus metų, ar ne? O tu bent dvigubai ilgiau. Tai kaip čia yra, kad judu tebekalbat su akcentu?

— Na, o kodėl amerikiečiai įsivaizduoja, kad visi turi kalbėti taip, kaip jie?

— Teisingai. Ar čia elniena? Manau, kad elniena, — ji šiek tiek atsikando. — Ne taip jau blogai.

Blera vilkėjo ryškiai raudoną suknią, apnuoginančią jos stiprius pečius. Trumpi plaukai nebuvo niekuo papuošti, bet ausyse karojo įmantrūs auksiniai medalionai didumo sulig vaiko kumšteliu.

— Kaip tu dar nulaikai galvą su tokiais auskarais?

— Per kančias į žvaigždes, — nerūpestingai atšovė Blera. — Taigi jie turi žirgų, — tęsė ji. — Apie porą tuzinų keliuose aptvaruose. Gali būti, kad arklidėse yra ir daugiau. Todėl pagalvojau, kodėl mums su Larkinu nenulėkus ten ir nepaleidus tų žirgų. Vis sukeltume jiems šiokių tokių nepatogumų. O jeigu pavyks jį įkalbėti, tai galėtume ką nors ir padegti. Jeigu vampyrai lindės viduje — sudegs. Jeigu nuspręs išlįsti — vis tiek sudegs.

— Nebloga mintis. Tik viduje jie gali turėti lankais ginkluotų sargybinių.

— Manai, aš apie tai nepagalvojau? Sumaniau paleisti kelias degančias strėles jų dėmesiui atitraukti. Išsirinkau ir taikinį — namelį prie paties didžiausio aptvaro. Logiškai mąstant ten tikrai turėjo būti karių. Įsivaizduok, kaip man iš nuostabos ir nusivylimo atkaro žandikaulis, kai mano strėlė atsitrenkė į orą kaip į kokią sieną.

Jis susimąstęs pažvelgė į ją.

— Nori pasakyti, kad ten kažkoks apsauginis laukas? Čia kas — kokie nors nevykę „Žvaigždžių keliai"*?

— Aš pagalvojau lygiai tą patį, — patenkinta Blera kumštelėjo jam petį. — Ji juk turi savo burtininką, tą Midirą. Jis turbūt dirba viršvalandžius, ir jų bazė dabar įsikūrusi apsauginiame burbule. Larkinas nusileido žemyn, kad apsižvalgytų iš arčiau, ir mus abu truputį pakratė, visai kaip elektra. Kažkokia velniava.

— Gali būti.

— O tada pasirodė ir jis pats — išlindo iš didžiojo namo, iš dvaro. Man tai nuo jo išvaizdos oda pašiurpo — su tais savo besiplaikstančiais juodais drabužiais, beveik visai žilas. Jis ten stovi sau, mes spoksom į jį iš viršaus, o jis spokso į mus. Ir tada man toptelėjo — lygiosios. Mes ten prasibrauti negalime, bet ir jie negali mūsų pasiekti. Kai tas skydas veikia — jie įkalinti viduje, o mes likę išorėje. Geriau už bet kokią tvirtovę.

— Ji žino, kaip geriausiai išnaudoti žmones, kuriuos prisileidžia, — garsiai mąstė Kianas.

— Atrodo, kad taip. Tai va, nesusilaikiau neparodžiusi kelių ne visai padorių gestų — kad laikas nebūtų sugaištas veltui. Juk naktį ji turėtų nuleisti tą skydą, kaip manai?

— Galbūt. Net jeigu jie atsigabeno pakankamai maisto, jų prigimtis šaukia į medžioklę. Lilita juk nenorės, kad jos armija prarastų formą arba būtų pernelyg sudirgusi.

— Tai gal mes galėtume ten pasisukinėti naktį? Reikėtų apie tai pamąstyti. Ar tik čia ne hagis**? — ji suraukė nosytę. — Aš jo nevalgysiu.

Ji pasilenkė arčiau Kiano ir prašneko tyliau:

— Larkinas sako, kad jau pasklido kalbos apie tai, kaip tu susidorojai su tuo nelaimėliu, pasikėsinusiu į Moirą. Pilies sargybiniai ir riteriai tave dėl to labai palaiko.

---

* „Žvaigždžių keliai" — populiarus fantastinis amerikietiškas televizijos serialas.
** Hagis — tradicinis škotiškas patiekalas (avies skrandis, kimštas iš avies širdies, kepenų, plaučių ir kitų ingredientų pagamintu įdaru).

— Nepasakyčiau, kad man tai svarbu.

— Tu žinai, kad svarbu. Tave ne tik priima, bet ir gerbia svarbiausi žmonės šioje kariuomenėje — tai negali nebūti svarbu. Sere Kianai.

Jis susiraukė neslėpdamas susierzinimo.

— Tik nepradėk.

— O man visai gražiai skamba. Šitie drebučiai man nelabai. Gal žinai, kas čia?

Kianas specialiai palaukė, kol ji įsidėjo į burną dar kąsnį, tada tarė:

— Čia drebučiai iš vidaus organų. Manau, kad kiaulės.

Kai ji žiauktelėjo, jis nesivaržydamas nusikvatojo.

Nepakartojama, pagalvojo Moira, girdėti jį besijuokiantį. Keistas juokas — šelmiškas ir labai patrauklus. Ji apsiriko dėl drabužių, kuriuos jam nusiuntė. Jis buvo pernelyg prisirišęs prie savojo laiko — ar to laiko, kuris tapo jo laiku, — kad vilktųsi jos laiko apdarus. Bet jis atėjo, o ji beveik nesitikėjo, kad ateis. Ir, aišku, nepasakė jai nė žodžio. Dėl jos priešui nusuko sprandą, bet kalbėtis su ja — nesikalbėjo. Todėl verčiau reikėjo išmesti jį iš galvos, nes jis dėl jos savo galvos aiškiai nekvaršino.

Ji tik laukė, kada pagaliau baigsis tas vakaras. Labai norėjosi greičiau prigulti ir gerai išsimiegoti. Norėjosi nusimesti sunkią aksominę suknią ir bent vieną naktį palaimingai pasinerti į tamsą.

Bet jai teko valgyti čia, visų akivaizdoje, nors visiškai neturėjo apetito. Teko apsimesti, kad domisi užstalės pokalbiais, nors geidė tik užsimerkti ir nieko nematyti, nieko negirdėti. Ji padaugino vyno, jautė, kad darosi per karšta. O dar reikės ištverti valandų valandas, kol galės priglusti prie pagalvės.

Tad dabar teko šypsotis ir kelti taurę kiekvieną kartą, kai priėjęs ją pasveikindavo kuris nors riteris. O jie ėjo taip dažnai, jog ji net neabejojo, kad galva nenustos suktis net ir atsigulus į lovą.

Galų gale su dideliu palengvėjimu buvo paskelbta šokių pradžia. Jai teko stoti pirmosiose porose, kaip iš jos ir buvo tikimasi, bet judėdama pagal muziką ji pasijuto kur kas geriau.

Jis, aišku, nešoko, o toliau sau sėdėjo. Kaip koks prastai nusiteikęs karalius, pagalvojo ji netikėtai suirzusi, nes būtų norėjusi su juo pašokti. Jausti jo rankas ant savųjų, gaudyti jo žvilgsnį.

Bet jis sėdėjo žvalgydamasis po minią ir gurkšnodamas. Ji apsuko ratą su Larkinu, nusilenkė savo dėdei, sumušė delnais su Hoitu. Ir kai dar kartą žvilgtelėjo per petį, Kiano neliko nė padujų.

Jam norėjosi įkvėpti gryno oro. Ir dar — norėjosi tamsos. Naktis tebebuvo jo laikas. Ta būtybė, kuri slėpėsi po žmogiška kauke, visada šito trokš ir visada bandys slėptis tamsoje.

Jis išėjo lauk, į neperžvelgiamą tamsą, kur menėje skambančios muzikos girdėjosi tik tolimas aidas. Mėnulis ir žvaigždės čia pasirodydavo iš už debesų, čia vėl pasislėpdavo. Rytą tikrai lis — jis tai uoste užuodė.

Apačioje matėsi deglų apšviesti kiemai, savo postuose prie vartų ir ant sienų stovintys sargybiniai. Jis išgirdo, kaip vienas jų užsikosėjo ir nusispjovė, kaip staiga nuo vėjo gūsio virš galvos suplazdėjo vėliavos. Jei būtų norėjęs, būtų galėjęs išgirsti plyšiuose tarp akmenų susineštuose lizduose krebždančias peles ar ratus virš galvos sukančius šikšnosparnius, plasnojančius savo plonais it popierius sparnais.

Jis galėjo girdėti tai, ko negirdėjo niekas kitas.

Jis užuodė žmones — sūrų prakaitą ant jų odos ir pulsuojantį kraują po ja. Dalis jo visada jautė tą deginantį norą — medžioti, žudyti, jais misti. Burna, o paskui gerkle pajusti trykštantį kraują, jo gyvybingumą, kurio nebelikdavo kraujyje iš šalto plastikinio pakelio. Deginantis — tas pirmasis paragavimas visada būdavo deginantis. Kraujas sušildydavo viską, kas jame būdavo sušalę ir mirę, ir kokią akimirką atrodydavo, kad jame vėl sukunkuliavo gyvenimas ar bent jau jo atspindys.

Retkarčiais buvo malonu prisiminti tą nenusakomą jaudulį. Gera prisiminti tai, kam jis nuolat priešinosi. Ir svarbu prisiminti, ko troško tie, su kuriais jie pradėjo kovą.

Žmonės to negalėjo suvokti. Net ir Blera, kuri iš jų suprato daugiausia.

Ir vis tiek jie kovos, jie žus. O po jų ateis kiti, kad toliau kovotų ir mirtų. Kai kurie, aišku, bandys bėgti — tokių visada atsirasdavo. Kitus palauš siaubas, ir jie tiesiog stovės ir leisis paskerdžiami kaip į spąstus pakliuvę žvėreliai. Bet dauguma neišsigąs, nebandys slėptis, nesustings iš išgąsčio. Daugybę metų stebėdamas gyvenančius ir mirštančius žmones jis žinojo, kad, kai juos prispaudi prie sienos, jie kaunasi kaip pasiutę.

Jeigu jie laimės, viską apgaubs romantikos skraiste, apdainuos giesmėse, prikurs ilgų pasakojimų. Po daugybės metų sėdėdami prie ugnies senukai ilgesingai pasakos apie praėjusias šlovingas dienas ir rodys kovų randus. Kai kurie nuolat atsibus išpilti šalto prakaito, sapnuose sugrįžus karo siaubui.

Kažin, ką jaus jis, jei išliks gyvas? Prisimins šlovingas dienas ar sapnuos košmarus? Turbūt nieko, nes nėra pakankamai žmogiškas, kad gaištų laiką praeičiai.

Nors Lilita ir užbaigė jo žmogiškąjį gyvenimą, tikroji mirtis jo dar laukė. Turėtų būti įdomu.

Kadangi jis galėjo girdėti tai, ko negirdėjo kiti, išgirdo žingsnius ant akmeninių laiptų. Žinojo, kad tai Moira — puikiai pažino ne tik jos kvapą, bet ir eiseną.

Jau norėjo slėptis šešėliuose, bet paskui pats ant savęs supyko už bailumą. Juk ji tik moteris, tik žmogus, kas dar ji jam galėjo būti.

Kai Moira pasirodė, jis išgirdo, kaip ji tyliai iš širdies atsiduso, lyg ką tik būtų nusimetusi milžinišką svorį. Priėjusi prie akmeninio turėklo, atmetė galvą, užsimerkė ir vėl giliai atsiduso. Jos ilguose rusvuose plaukuose it auksinės virvutės tai šen, tai ten žvilgėjo supintos plonos kasytės.

Staiga jos pečiai įsitempė, o rankos atsidūrė apdaro klostėse. Jis suprato, kad ji pajuto esanti ne viena.

— Jeigu turi ten pasislėpusi baslį, — tarė jis, — nenorėčiau, kad juo į mane taikytumeis.

Nors ji liko tokia pat įsitempusi, rankas nuleido.

— Nepastebėjau tavęs. Norėjau įkvėpti gryno oro. Viduje labai šilta, o aš išgėriau daug vyno.

— Be to, beveik nieko nevalgei. Netrukdysiu tau mėgautis grynu oru.

— Pasilik. Pabūsiu čia tik kelias minutes ir paliksiu tave juo mėgautis, — ji nusibraukė plaukus ir koketiškai palenkė galvą.

Dabar jos veidas ir akys matėsi labai aiškiai, ir jis suprato, kad mažoji karalienė ne juokais įkaušusi.

— Ar čia ateini pamąstyti? Nežinau, ar sunkioms mintis reikia tokios erdvės. Gal geriau jas kuo giliau paslėpti? Numanau, kad tokių minčių turi apsčiai — po viso to, ką tau yra tekę išgyventi.

Ji susvyravo ir nusijuokė, kai jis stvėrė ją už rankos ir iš karto paleido.

— Tu taip stengiesi manęs nepaliesti, — pastebėjo ji. — Išskyrus atvejus, kai saugai mane nuo mirties. Arba kai puoli mane per treniruotes. Gana įdomu. O tau?

— Man — ne.

— Išskyrus tą vienintelį kartą, — tęsė ji lyg būtų jo neišgirdusi ir žengė dar žingsnį artyn. — Tą vienintelį kartą, kai mane lietei taip, kaip dera. Ne tik lietei, bet ir bučiavai. Buvau tikrai nustebusi.

Jis vos susilaikė neatsitraukęs ir dar labiau dėl to įširdo.

— Tąkart norėjau tave šio to pamokyti.

— Man patinka mokytis. Gal dar ko nors pamokysi?

— Nuo vyno visai iškvailėjai, — jį erzino jo paties nenatūralus ir pasipūtėliškas tonas. — Verčiau eik vidun ir tegul tavo damos padeda tau atsigulti.

— Gal ir iškvailėjau. Rytoj gal dėl to gailėsiuos, bet juk tai bus rytoj, ar ne? Po šimts, kas per diena! — Ji lėtai apsisuko plaikstydamasi sijonais. — Negaliu patikėti, kad šįryt ėjau prie akmens. Atrodo, lyg tai būtų buvę senų seniausiai. Jaučiuosi lyg visą šią dieną būčiau nešiojusi ne tik kalaviją, bet ir tą akmenį. Dabar galiu juos padėti, bent jau iki rytojaus. Norėčiau dar išgerti, tik niekuo tai nepadės.

Ji žengė dar žingsnį artyn. Išdidumas ir vėl neleido jam atsitraukti.

— Tikėjausi, kad šįvakar su manim pašoksi. Norėjau sužinoti, kaip jausiuos, kai liesi mane ne per kautynes arba ne iš netyčių.

— Aš neturėjau nuotaikos šokti.

— Tos tavo nuotaikos... — ji stebeilijo jam į veidą, lyg jis būtų viena iš jos knygų. — Kai tada mane bučiavai, buvau pikta. Ir šiek tiek išsigandusi. Bet dabar nejaučiu nei pykčio, nei baimės. Tik kažkodėl manau, kad išsigandęs esi tu.

— Dabar jau pradedi atrodyti juokinga.

— Tai įrodyk, kad taip nėra. — Ji žengė paskutinį juos skyrusį žingsnį ir pasistiebė, kad jos veidas būtų kuo arčiau jo veido. — Pamokyk mane.

Negalėjai jo dėl to keikti — jis jau seniai prakeiktas. Todėl nebuvo nei švelnus, nei atsargus. Tiesiog prisitraukė ją artyn ir įsisiurbė į lūpas taip, kad ji kone pakibo ore.

Jis pajuto vyno skonį, šilumą ir nutrūktgalviškumą — šito iš jos tikrai nesitikėjo. Ir iš karto suprato padaręs klaidą. Šįkart ji buvo pasirengusi. Glamonėjo jo plaukus, o lūpos buvo atviros ir godžios. Ji nesutirpo pasiduodama ir nevirpėjo baimindamasi išpuolio. Troško kur kas daugiau.

Jis pajuto jį užvaldančią aistrą — dar vieną jį kankinantį demoną.

Ji stebėjosi, kaip čia dar nepradėjo oras tarp jų kibirkščiuoti ir kaip čia jie abu tiesiog nesuliepsnojo, nes jos kūnas degte degė.

Kaip be šito ji nugyveno visą savo gyvenimą?

Net kai jis ją paleido ir atstūmė nuo savęs, viduje ji jautė nerimstančią karštinę.

— Jauti? — stebėdamasi kuždėjo ji. — Ar tu irgi jauti tą patį?

Jis tebejautė jos lūpų skonį ir nebegalėjo liautis troškęs jos dar labiau. Todėl paprasčiausiai nieko neatsakė, tik smuko į tamsą ir dingo jai nespėjus nieko daugiau pasakyti.

5 skyrius

Moira nubudo anksti ir kupina energijos. Visą praėjusią dieną jautėsi lyg paskui save temptų jai prie kojos grandine prirakintą svorį. Dabar ta grandinė buvo nutraukta. Ir buvo visai nesvarbu, kad iš niūraus pilko dangaus, kuriame nesimatė nė menkiausios prošvaistės, pliaupė lietus. Viduje ji vėl jautė nušvitus šviesą.

Ji apsivilko savo airiškuosius drabužius — džinsus ir nertinį. Ceremonijų ir etiketo laikas pagaliau praėjo, todėl velniop visus jautruolius, bent jau iki kitos ceremonijos.

Gal ji ir karalienė, mąstė pindama plaukus į kasą, bet ji tikrai nesėdės sudėjusi rankų.

Ji dar ir kovotoja.

Susivarstė batus, prisisegė kalaviją. Ta moteris, kurią Moira išvydo veidrodyje, jai patiko ir buvo artima. Moteris, turinti tikslą, galios ir žinių.

Ji apžvelgė kambarį — karalienės kambarį, kuris kažkada buvo jos motinos prieglobstis, o dabar perėjo jai. Lova plati, išpuošta sodriai mėlynu aksomu ir daugybe sniego baltumo nėrinių — jos mama mėgo dailius, švelnius daiktus. Stulpai stori, iš lakuoto vietinio ąžuolo, su giliai išraižytais Pažadėtosios žemės simboliais. Sienas puošiantys paveikslai taip pat vaizdavo Pažadėtąją žemę — jos laukus, kalvas ir miškus.

Ant stalelio šalia lovos stovėjo nedidelis portretas sidabriniu rėmeliu — tai buvo Moiros tėvas, kiekvieną naktį sergėdavęs jos motiną. Dabar jis sergės savo dukterį.

Ji žvilgtelėjo į duris, vedančias iš kambario į balkoną. Užuolaidos tebebuvo aklinai užtrauktos, ir kol kas ji ketino jas taip ir palikti. Dar nebuvo pasirengusi atverti tų durų ir žengti ten, kur buvo žiauriai nužudyta jos motina.

Verčiau jau galvoti apie laimės valandas, kurias praleido su motina jos kambaryje.

Ji patraukė pas Hoitą su Glena. Pabeldusi palaukė kurį laiką ir tik tada pagalvojo, kad dar labai anksti. Jau ketino eiti sau, tikėdamasi, kad jie negirdėjo beldimo, bet durys atsidarė. Tarpduryje pasirodė Hoitas, tebesitempiantis ant savęs drabužius. Jo ilgi tamsūs plaukai buvo susivėlę, o akys visiškai užmiegotos.

— Aš labai atsiprašau, — puolė teisintis Moira. — Visai nepagalvojau...

— Kas nors atsitiko? Kas nors negerai?

— Ne, visai nieko. Tiesiog nepagalvojau, kad dar labai anksti. Grįžk į lovą.

— Kas yra? — iš už jo nugaros pasirodė Glena. — Moira? Kas nors atsitiko?

— Tik mano netaktiškas poelgis. Aš anksti atsikėliau ir visai nepagalvojau, kad kiti dar gali miegoti, ypač po vakarykščių linksmybių.

— Nieko tokio, — Glena palietė Hoito ranką, prašydama jį atsitraukti. — Apie ką norėjai pasikalbėti?

— Norėčiau šnektelėti su tavimi dviese. Tiesą pasakius, norėjau pakviesti tave papusryčiauti mano motinos, tiksliau, mano svetainėje, kad galėčiau šį bei tą su tavim aptarti.

— Man reikia dešimties minučių.

— Tik tiek? Aš galiu palaukti ir vėlesnio meto.

— Dešimt minučių, — pakartojo Glena.

— Ačiū. Pasirūpinsiu valgiu.

— Ji atrodo taip, lyg būtų dėl kažko apsisprendusi, — pastebėjo Hoitas, kai Glena pradėjo praustis dubenyje.

— Čia gali būti ir kas nors kitkas.

Glena kyštelėjo pirštus į vandenį ir stabtelėjo. Ji galėjo susitaikyti su tuo, kad čia neturi dušo, bet tikrai neketino praustis šaltu vandeniu. Kol Hoitas kurstė ugnį, ji šiek tiek apsitvarkė. Tada, nusileidusi savo tuštybei, pasinaudojo grožio kerais.

— Gali būti, kad ji nori pasikalbėti apie šiandienos treniruočių tvarkaraštį. — Glena įsisegė auskarus, kuriuos tekdavo išsisegti prieš treniruotes. — Juk sakiau tau, kad ji kaip prizą pasiūlė kryžių tai iš moterų, kuri nugalės ją šiandienos varžybose.

— Gal ir nekvaila pasiūlyti prizą, bet abejoju, ar tai geriausias būdas kryžiams panaudoti.

— Jų yra devyni, — rengdamasi priminė jam Glena. — Penki mums, vienas Kingui — tai jau šeši. Du sutikom duoti Larkino motinai ir besilaukiančiai seseriai. Devintasis irgi kažkam turėtų būti skirtas. Galbūt kaip tik tam.

— Pagyvensim — pamatysim, — jis nusišypsojo stebėdamas,

kaip ji per galvą užsitraukė pilką nertinį. — Kaip čia yra, *a ghra**, kad kiekvieną rytą tu vis dailesnė?

— Tave akina meilė, — ji atsisuko ir atsidūrė jo glėbyje. — Lietingas rytas. Būtų taip gera patogiai įsitaisyti lovoje ir praleisti šiek tiek laiko su tavimi, — ji ilgesingai žvilgtelėjo į gultą. — Bet atrodo, man teks pusryčiauti su karaliene, — Glena pasistiebė, kad jis galėtų pabučiuoti jai į kaktą.

Kai Glena įėjo į Moiros kambarį, ši savo papratimu sėdėjo prie židinio su knyga rankoje. Žvilgtelėjo į Gleną ir suglumusi nusišypsojo.

— Man taip apmaudu, kad tokią ankstyvą valandą atplėšiau tave nuo vyro ir išverčiau iš lovos.

— Karalienės privilegija.

Nusijuokusi Moira mostelėjo į krėslą.

— Tuoj atneš pusryčius. Vieną gražią dieną, jeigu tos sėklos, kurių atsigabenau ir pasėjau, sudygs, galėsiu išsispausti apelsinų sulčių. Pasiilgstu jų skonio.

— O aš pusę gyvenimo atiduočiau už puodelį kavos, — prisipažino Glena. — Ir dar už obuolių pyragą, televiziją bei kitus žmogiškus niekučius — tu juk žinai mane, — sėdėdama ji atidžiai žvelgė į Moirą. — Atrodai puikiai, — pagyrė. — Pailsėjusi ir, kaip sakė Hoitas, pasirengusi rimtiems darbams.

— Taip ir yra. Vakar mano galva ir širdis buvo visa ko perpildyta, buvo tikrai sunku. Kalavijas ir karūna priklausė mano motinai, o man perėjo tik todėl, kad ji mirė.

— Ir tu net neturėjai laiko jos gedėti.

— Ne, neturėjau. Bet žinau, ji būtų norėjusi, kad elgčiausi būtent taip, kaip ir elgiuosi — dėl Pažadėtosios žemės ir dėl viso kito, užuot gedėjusi jos kur nors kamputyje. Bet aš ir labai bijojau — kokia iš manęs bus karalienė, ir dar tokiu metu?

Moira su pasitenkinimu nužvelgė savo paprastas kelnes ir batus.

— Dabar žinau, kokia karaliene noriu būti — noriu būti stipri, jeigu reikės, net ir negailestinga. Nėra kada sėdėti soste ir ilgai svarstyti.

---

* *A ghra* — (*gėl.*) mano meile, mieloji.

Politikai ir protokolui teks palaukti. Ceremonijos, šventės — aišku, jų reikėjo — taip ir padarėm. Bet dabar atėjo laikas šiek tiek paprakaituoti ir susitepti rankas.

Kai pasirodė patarnautojai, ji atsistojo, pašnekino valgį atnešusį užsimiegojusį berniuką ir jį atlydėjusią mergaitę. Jautėsi laisvai, pastebėjo Glena. Vadino juos vardais. Ir visiškai nekreipė dėmesio į jų sutrikimą dėl karalienės apdarų, tiesiog padėkojo ir leido jiems išeiti.

Kai pradėjo pusryčiauti Glena pastebėjo, kad Moira, kuri dienų dienas maisto tik palesiodavo, dabar valgė su tokiu apetitu, kad juo galėjo nurungti ir Larkiną.

— Šiandien treniruotėms nekokia diena — prastas oras, pliurzė, — pradėjo kalbėti Moira, — bet gal ir gerai. Labiau drausmina. Norėjau pasakyti, kad, nors nuo šiandien treniruotėse dalyvausiu kiekvieną dieną, vis tiek už viską atsakot jūs su Blera. Tiesiog noriu, kad visi matytų, jog aš irgi treniruojuosi. Nebijau nuovargio ir purvo.

— Toks įspūdis, kad negali to sulaukti.

— Nagi taip ir yra, — Moira kabino kiaušinienę, kurią buvo nurodžiusi iškepti taip, kaip kepdavo Glena — išplaktą, su kumpiu ir svogūnais. — Ar atsimeni tą laiką, kai mes su Larkinu atkeliavom pro Dievų Vartus į Airiją? Strėle galėjau pataikyti kur tik panorėjusi, bent devynis kartus iš dešimties, bet jums nieko nereiškė patiesti mane ant menčių.

— Na, tu visada atsistodavai.

— Taip, atsistodavau. O šiandien manęs taip lengvai neparklupdysi. Todėl noriu, kad tai pamatytų visi.

— Tu įrodei, kad esi karžygė kovodama ir nužudydama vampyrą.

— O dabar siekiu visiems parodyti, kad galiu pakelti ir nesėkmes. Todėl šio to norėsiu iš tavęs.

— Taip ir maniau, — Glena abiem įpylė arbatos. — Klausau tavęs.

— Niekada nesidomėjau savo magiškomis galiomis. Jos nelabai stiprios — pati matei. Sugebu šiek tiek gydyti, be to, kiti, turintys stipresnių galių, gali atverti ir pasiekti mano galias — kaip darėte judu su Hoitu. Esu domėjusis sapnais, skaičiusi knygų apie jų prasmes. Aišku, skaičiau ir knygų apie magiją. Bet man visada atrodė, jog tai reikalinga tik tam, kad galėčiau palengvinti kam nors skausmą. Arba kad susigaudyčiau, kur eiti medžiojant elnią. Žinai, visokios smulkmenos.

— O dabar?

— Dabar, — linktelėjo galva Moira, — dabar matau kitokį tikslą — jaučiu, kad man reikia visko, kas manyje yra, kuo galiu būti. Kuo geriau pažinsiu save, tuo geriau galėsiu pasinaudoti savo galiomis. Kai paliečiau kalaviją, kai tik prisiliečiau prie jo rankenos, mane užliejo suvokimas, kad jis priklauso man, kad visada buvo mano. O kartu pajutau nepaprastą galią, stiprią it vėjas. Nežinau, ar mane supranti.

— Labai gerai tave suprantu.

Vėl linktelėjusi galva Moira valgė toliau.

— Niekada tų galių per daug nepaisiau, nes jos manęs nedomino. Man norėjosi tik skaityti ir mokytis, medžioti su Larkinu ir jodinėti.

— Natūralu — tau norėjosi to, kas teikia džiaugsmą bet kuriai jaunai merginai, — pertraukė ją Glena. — Kodėl būtum turėjusi to atsisakyti? Juk nežinojai, kas tavęs laukia.

— Neturėjau supratimo, bet dabar mane kamuoja klausimas — jeigu būčiau pasistengusi, gal būčiau tai žinojusi?

— Tu negalėjai apsaugoti savo motinos, — švelniai tarė Glena.

Moira pažvelgė į ją nušvitusiomis akimis.

— Perregi mane kiaurai.

— Tavimi dėta jausčiausi lygiai taip pat. Niekaip nebūtum galėjusi jos išgelbėti. Be to...

— Taip jau buvo lemta, — užbaigė Moira. — Giliai širdyje pradedu su tuo susitaikyti. Bet jeigu būčiau bent kiek domėjusis savo galiomis, gal ir būčiau numačiusi, kas buvo lemta. Kad ir kuo visa tai būtų baigęsi. Kaip ir Blera, esu sapnavusi kovos lauką. Tik, skirtingai negu ji, nekreipiau į tai dėmesio. Bet susitaikiau su tuo. Neketinu daugiau savęs už tai keikti. Verčiau jau bandysiu kai ką pakeisti. Todėl ir klausiu, ar skirtum man šiek tiek laiko ir padėtum ugdyti tas galias, kurių turiu, kaip kad aš esu išsiugdžiusi kovos įgūdžius?

— Mielai.

— Esu tau labai dėkinga.

— Dar nedėkok. Reikės daug dirbti. Magija — tai menas ir amatas. Ir dovana. Bet primena ir mūsų treniruotes. Tai lyg ir raumenų treniravimas, — Glena paplekšnojo sau per bicepsą. — Turi jį formuoti ir nuolat treniruoti. Ir niekada nebus per daug.

— Į mūšį noriu pasiimti visus įmanomus ginklus, kad stipriau kirsčiau priešui, — Moira kaip kultūristė sulenkė ranką ir įtempė raumenis. — Lavinsiu tuos raumenis, kaip kad dariau su šituo, idant jie būtų kuo stipresni. Noriu ją sutriuškinti, Glena. Ne tik įveikti, bet sutriuškinti. Dėl daugybės priežasčių — savo tėvų, King... Kiano, — patylėjusi pridūrė. — Jam nepatiktų, jeigu sužinotų, kad laikau jį auka.

— Toks tikrai nesijaučia.

— Jis tam priešinasi. Gal todėl visai neblogai gyvena, savaip. Jis surado... negaliu sakyti ramybę, jis juk ne iš ramiųjų. Bet jis susitaikė su savo našta. Gal net priėmė ją.

— Manau, kad perpratai jį kaip niekas kitas.

Moira šiek tiek patylėjo žaisdama valgio likučiais lėkštėje.

— Jis vėl mane pabučiavo.

— Oho, — teištarė Glena. — Nieko sau, — pridūrė patylėjusi.

— Aš jį priverčiau.

— Nenoriu sumenkinti tavo žavesio ar galių, bet, kiek pažįstu Kianą, nickas negalėtų priversti jo daryti tai, ko nenori jis pats.

— Gal jis ir norėjo, bet nebūtų to daręs, jeigu aš nebūčiau paskatinusi. Buvau šiek tiek išgėrusi.

— Na, na.

— Nebuvo taip jau blogai, — nervingai nusijuokė Moira. — Tiesiog jaučiausi šiek tiek atsipalaidavusi ir labiau apsisprendusi. Man norėjosi gryno oro ir ramybės, todėl užlipau ant gynybinės sienos. O ten buvo jis, — Moira vėl viską prisiminė. — Aišku, galėjo atsitikti taip, kad jis būtų nuėjęs kur nors kitur ir kad aš būčiau nuėjusi kitur. Bet taip jau atsitiko, kad abu atsidūrėme toje pačioje vietoje tuo pačiu metu. Buvo tamsu, — tyliai kalbėjo ji, — girdėjosi tolima muzika, šviesos mus vos tepasiekė.

— Romantiška.

— Man irgi taip atrodė. Ore galėjai užuosti lietų, kuris turėjo pasipilti prieš aušrą, o danguje kabėjo mėnulio pilnatis. Kianas toks paslaptingas, kad aš negaliu liautis jo narsčiusi po kaulelį, kol neatskleisiu jo paslapties.

— Kas galėtų nepastebėti jo patrauklumo? — garsiai svarstė Glena. Bet jos abi žinojo, ko ji nepasakė — kad jis nėra žmogus.

— Jis kaip visada su manim elgėsi labai šaltai, o mane tai erzina. Ir provokuoja. Be to... Kai jis šalia, mane apima jausmas, kažkuo primenantis magiją.

Ji prispaudė ranką sau prie pilvo, o paskui aukščiau — prie širdies.

— Ir atsiranda kažkur gilumoje. Niekada nesu jautusi nieko panašaus jokiam vyrui. Aišku, yra buvę virpuliukų, susižavėjimų, susidomėjimo, bet tik ne tokio stipraus ir deginančio. Jis turi kažką, kas mane nepaprastai traukia. Jis toks...

— Seksualus, — užbaigė Glena. — Tiesiog nežmoniškai.

— Norėjau sužinoti, ar jausčiau tą patį kaip ir aną kartą, tą vienintelį kartą, kai abu buvom įpykę ir jis mane užvaldė. Todėl liepiau jam daryti tą patį ir neleidau atsitraukti.

Ji nuleido galvą ir susimąstė, lyg mėgintų atspėti kažkokią mįslę.

— Man pasirodė, kad priverčiau jį nervintis. Ir matydama jį sutrikusį ir beviltiškai bandantį tai nuslėpti svaigau dar labiau negu nuo vyno.

— O, taip, — atsidususi Glena paėmė arbatos puodelį. — Taip jau būna.

— Ir kai jis mane pabučiavo, pajutau tą patį, ką ir aną kartą, tik kur kas stipriau. Nes laukiau to. Ir žinau, kad bent jau akimirką jis buvo tam jausmui atsidavęs lygiai taip pat, kaip ir aš.

— Ko tu iš jo nori, Moira?

— Nežinau. Gal tik to karščio, tos galios. To malonumo. Ar tai blogai?

— Nežinau ką pasakyti, — prisipažino Glena, kuriai visa tai kėlė nerimą. — Jis juk niekada negalės tau duoti daugiau. Turi tai suprasti. Jis niekada čia neliks ir net jei kuriam laikui liktų, jūs niekada negalėsit būti kartu. Pasukai labai pavojingu keliu.

— Dabar kiekvieną dieną iki pat Vėlinių einam tuo pavojingu keliu. Žinau, kad šneki teisingai ir protingai, bet mano protas ir širdis to trokšta. Todėl pirmiausia turiu nusiraminti ir susivokti, ką daryti toliau. Bet visai nenoriu eiti į lemiamą mūšį žinodama, kad to atsisakiau iš baimės, kas gali atsitikti arba ko negali būti.

Šiek tiek pamąsčiusi Glena atsiduso.

— Žinai, jeigu būčiau tavo kailyje, vargu ar pasinaudočiau teisingu ir protingu patarimu.

Moira paėmė Gleną už rankos.

— Taip gera apie tai pasikalbėti su kita moterim. Tiesiog išsakyti tai, ką jauti ir apie ką galvoji.

Kažkur kitur Pažadėtojoje žemėje, name, nušviestame blankios šviesos, sėdėjo ir kalbėjosi dvi moterys.

Jų diena ėjo į pabaigą, ir jos mėgavosi užkandžiaudamos. Jos tai darė ramiai, nes vyras, kurio kraują jiedvi siurbė, nebekovojo ir nebesipriešino.

— Tu buvai teisi. — Lora atsilošė ir drobine servetėle manieringai nusišluostė nuo lūpų kraują. Vyras buvo grandinėmis prirakintas prie stalo tarp jų, nes Lilita norėjo, kad jos sužalota kompanionė prisėstų ir ramiai pavalgytų, o ne gulėtų pataluose ir gurkšnotų kraują iš puodelių. — Tiek ir tereikėjo — išsiversti iš lovos ir ką nors pribaigti.

— Na, matai, — patenkinta nusišypsojo Lilita.

Loros veidas tebebuvo stipriai nudegintas. Švęstas vanduo, kurio į ją šliūkštelėjo ta kalė demonų medžiotoja, siaubingai jį sužalojo. Bet Lora sveiko, geras šviežias maistas padėjo jai susigrąžinti jėgas.

— Norėčiau, kad valgytum šiek tiek daugiau.

— Aš pasistengsiu. Tu man tokia gera, Lilita. O aš tave nuvyliau.

— Nekalbėk niekų. Planas buvo puikus ir beveik pavyko. Tik tau teko už jį sumokėti tokią didelę kainą. Man baisu net pagalvoti, kokį skausmą teko iškęsti.

— Jei ne tu — būčiau mirusi.

Jos buvo meilužės ir draugės, konkurentės ir varžovės. Jau keturis amžius viena kitai atstojo viską. Tačiau Loros sužalojimas jiedvi suartino labiau negu kas nors kita.

— Kol nepamačiau tavęs taip sužalotos, net neįsivaizdavau, kad taip tave myliu, kad man tavęs taip reikia. Nagi, mieloji, dar šiek tiek.

Lora pakluso ir, paėmusi suglebusią vyro ranką, suleido dantis į riešą. Iki tų nudegimų ji buvo daili, jaunatviška, prašmatni, stilinga blondinė. Dabar jos veidas buvo raudonas, nusėtas pusiau apgijusiomis žaizdomis. Bet skausmo šešėlis jau dingo iš jos akių, o balsas atgavo ankstesnį tvirtumą.

— Buvo nuostabu, Lilita, — tarė ji atsilošdama. — Bet daugiau nebegaliu išgerti nė lašo.

— Tada liepsiu jį pašalinti, ir mes dar šiek tiek pasėdėsim prie ugnies prieš eidamos miegoti.

Lilita paskambino auksiniu varpeliu ir paliepė atėjusiam tarnui viską sutvarkyti. Žinojo, kad likučių neteks išmesti.

Ji pakilo, kad padėtų Lorai pasiekti sofą, ant kurios jau buvo kelios pagalvės ir apklotas.

— Kur kas patogiau negu urvuose, — pastebėjo Lilita. — Bet vis tiek norėčiau dingti iš šios vietos kur nors, kur jausčiausi saugiau.

Ji padėjo įsitaisyti Lorai ir prisėdo pati — raudona suknia it karalienė, aukštai sukeltais auksiniais plaukais, nes norėjo suteikti vakarui romantikos.

Nuo jos mirties prieš du tūkstančius metų grožis nė kiek nesumenko.

— Ar tau tebeskauda? — paklausė ji Loros.

— Ne. Jaučiuosi beveik atsigavusi. Atsiprašau, kad vakar rytą elgiausi taip vaikiškai, kai ta kalė praskrido apsižergusi tą savo slibinžmogį. Tiesiog ją pamačius viskas sugrįžo — visas tas siaubas, agonija.

— Bet mes ją irgi šiek tiek nustebinom, — ramindama Lilita išlygino apklotą ir apkamšė juo Lorą. — Įsivaizduoju, kaip ji išsižiojo, kai jos strėles pasitiko Midiro skydas. Buvai teisi, kad atkalbėjai mane jį nužudyti.

— Kai sutiksiu ją kitą kartą, neverksiu ir nesislėpsiu kaip įbaugintas vaikas. Kitą kartą ji mirs. Nuo mano rankos. Prisiekiu.

— Ar dar tebetrokšti paversti ją vampyre, kad turėtum su kuo žaisti?

— Ta kekšė nenusipelno tokios malonės, — suniurnėjo Lora. — Iš manęs ji sulauks tik mirties, — atsidususi padėjo galvą Lilitai ant peties. — Ji niekada neprilygtų tau. Tiesiog norėjau šiek tiek su ja pasilinksminti. Maniau, kad neblogai pasismagintume lovoje — jos energija ir slopinamas įtūžis labai traukia. Bet niekada nemylėčiau jos taip, kaip myliu tave.

Ji kilstelėjo galvą ir jų lūpos susitiko ilgam švelniam bučiniui.

— Aš tavo, Lilita. Amžinai.

— Mano mieloji, — Lilita pabučiavo Lorai smilkinį. — Jau tada, kai pamačiau tave pirmą kartą, sėdinčią vieną tamsioje šlapioje Paryžiaus gatvėje ir raudančią, žinojau, kad priklausai man.

— Maniau, kad myliu tą vyrą, — sumurmėjo Lora. — Ir kad jis myli mane. O jis tik pasinaudojo manim ir paniekino, atstūmė dėl kitos. Atrodė, kad plyšta širdis. Ir tada pasirodei tu.

— Ar pameni, ką tada tau pasakiau?

— Niekada to neužmiršiu. Pasakei: „Mieloji, vargše mergaite, negi esi tokia vieniša?" Pasakiau tau, kad mano gyvenimas baigtas ir kad iki ryto mirsiu iš sielvarto.

Lilita nusijuokė ir ranka perbraukė Lorai per plaukus.

— Baisiai dramatiška. Argi galėjau tau atsispirti?

— Aš irgi negalėjau tau atsispirti. Buvai tokia graži — kaip karalienė. Tokia ir esi. Dėvėjai raudoną suknią, kaip ir šįvakar, plaukai krito žvilgančiomis garbanomis. Nusivedei mane namo, pamaitinai, pavaišinai vynu, išklausei mano liūdnos istorijos ir nušluostei ašaras.

— Buvai labai jauna ir žavi. Įsivaizdavai, kad, be to vyro, kuris tave pametė, daugiau niekada nieko nebetrokši.

— Dabar net neprisimenu jo vardo. Ar veido.

— Taip noriai man atsidavei, — sumurmėjo Lilita. — Paklausiau, ar norėtum amžiams likti jauna ir graži, ar norėtum valdyti vyrus, įskaitant ir tą, kuris tave įskaudino. O tu atsakei: „Taip, taip, žinoma". Net kai tavęs ragavau, nepaleidai manęs ir vis kartojai: „Taip, taip, taip..."

Prisiminus tą nuostabią akimirką Loros akys pasruvo krauju.

— Man nebuvo tekę patirti nieko labiau jaudinančio.

— Kai gėrei mano kraują, mylėjau tave kaip nieko nebuvau mylėjusi.

— Kai vėl atgijau, tu atvedei jį pas mane, kad pirmą nužudyčiau tą, kuris mane paniekino. Nužudėm jį kartu. Nuo to laiko tiek daug išgyvenom kartu.

— Atėjus Vėlinėms viskuo pasidalysim.

* * *

Kol vampyrai miegojo, Moira stovėjo treniruočių aikštėje. Ji buvo purvina ir kiaurai šlapia. Klubą tebeskaudėjo nuo smūgio, kurio nesugebėjo atremti. Ji vis dar negalėjo atsikvėpti po paskutinio susirėmimo. Bet jautėsi puikiai.

Ji ištiesė ranką, kad padėtų Darvelai atsistoti.

— Puikiai pasirodei, — pasakė jai Moira. — Vos nepribaigei manęs.

Raukydamasi Darvela pasitrynė savo stambų užpakalį.

— Man taip neatrodo.

Jas abi stebėjo Glena, rankomis įsirėmusi į šonus, ant galvos užsimaukšlinusi plačiakraštę skrybėlę.

— Šįkart ilgiau išsilaikei ant kojų ir kur kas greičiau atsistojai, — pritariamai linktelėjo ji galva Darvelai. — Akivaizdus tobulėjimas. Kiek žinau, kitame aikštės gale yra keletas vyrukų, kuriuos galėtum įveikti.

— Kitame aikštės gale yra keletas vyrukų, kuriuos ji jau įveikė! — šūktelėjo Islina, o jos dviprasmišką pastabą palydėjo smagus juokas.

— Nemanyk, kad nežinau, ką su jais išdarinėji, kai man jų nebereikia, — atšovė Darvela.

— Būtų gerai, jei bent dalį tos energijos parodytum per kitą susirėmimą, — pasiūlė Glena. — Gal tada jį laimėsi ir nebereikės voliotis purve. Siūlau šitą dieną užbaigti šaudymu iš lanko.

Pamačiusi, kad beveik visos moterys lengviau atsikvėpė džiaugdamosi besibaigiančia treniruote, Moira mostelėjo ranka.

— Man dar neteko susiimti su Kiara. Pasilikau ją desertui — kad iš mūšio lauko pasitraukčiau kaip absoliuti čempionė.

— Na ir pasipūtimas. Man patinka, — tarė Blera, atklampojusi per purvyną merkiama lietaus. — Ginklų detalių gamyba vyksta kaip iš pypkės, — pradėjo pasakoti ji ir krestelėjo galvą, atmesdama atgal plaukus. — Galiu pasakyti tik tiek, kad po poros valandų, praleistų prie žaizdro ir priekalo, šitas lietus atrodo tiesiog palaima. Tai kokie rezultatai?

— Moira įveikė visas varžoves ir kalaviju, ir imtynėse. O dabar, kol mes pasitreniruosim su lankais, dar sumanė susiremti su Kiara.

— Neblogai. Aš jas veduosi prie taikinių, kol tu čia baigsi visus reikalus.

Tačiau moterys, norėjusios pamatyti paskutinį susirėmimą, pradėjo garsiai prieštarauti.

— Nieko sau kraugerės, — linktelėjo galva Blera. — Tai man irgi patinka. Gerai, damos, padarykim šiek tiek vietos. Už ką statai? — tyliai paklausė ji Glenos, stebėdama, kaip priešininkės sustojo viena prieš kitą.

— Moira įsikarščiavusi ir motyvuota. Ji šiandien visiškai nusiaubė šitą aikštę. Statau už ją.

— Tada aš statau už Kiarą. Ji sukta ir nebijo pasitikti smūgį. O ką aš sakiau? — pridūrė ji, kai Kiara tėškėsi veidu į purvą, bet čia pat pašoko ir vėl puolė.

Padariusi klaidinantį manevrą ji paskutinę akimirką apsisuko ir spyrė Moirai į šoną. Ši atšoko, kad išvengtų smūgio, atgavo pusiausvyrą ir išsisuko dar nuo vieno kirčio. Tada įnirtingai puolė ir permetė Kiarą sau per petį. Bet apsisukusi pamatė, kad Kiaros taip ir nepargriovė, todėl ši dabar puolė Moirą rankomis ir kojomis ir pagriovė ją į purvyną.

Moira tuoj pat atsistojo. Jos akyse žaidė linksmos ugnelės.

— Ką gi, kaip matau, tavo reputacija nė kiek neperdėta.

— Aš noriu to prizo, — pasilenkusi Kiara suko apie ją ratus. — Būk atsargi.

— Tai eikš ir pasiimk jį.

— Puiki kova, — pastebėjo Blera, stebėdama prieš akis šmėžuojančius kumščius, kojas ir kūnus. — Kiara, nenuleisk alkūnių!

Glena smagiai niūktelėjo Blerai:

— Jokių patarimų iš auditorijos.

Tačiau ji šypsojosi, ir ne tik dėl to, kad kova buvo tikrai gera ir stipri, bet ir dėl to, kad visos kitos moterys negalėjo susilaikyti nešūkavusios.

Pagaliau jos buvo vieningos.

Moira griuvo ir kojomis it žirklėmis išmušė Kiarą iš pusiausvyros. Bet kai apsivertusi jau ketino ją pribaigti, Kiara staiga puolė ir pervertė Moirą.

Kai ši sunkiai dribtelėjo ant žemės, pasigirdo keli užuojautos šūksniai. Moirai nespėjus atsipeikėti, Kiara jau sėdėjo ją apsižergusi, alkūne užspaudusi gerklę, o prie širdies prispaudusi kumštį.

— Jūs persmeigta.

— Po velniais, tikrai. Nagi, riskis nuo manęs susimildama, baigi uždusinti.

Kai ji šiaip taip atsisėdo mėgindama atgauti kvapą, kūnas tebevirpėjo nuo įtampos. Kiara žnektelėjo šalia į purvyną, ir abi sunkiai kvėpuodamos spoksojo viena į kitą.

— Kauniesi kaip velnias, — išstenėjo Moira.

— Su visa derama pagarba lygiai tą patį galiu pasakyti apie jus, karaliene. Dar nespėjo išgyti senos mėlynės ir gumbai, o jūs jau apdovanojot mane naujais.

Moira atgalia ranka nusibraukė nuo veido purvą.

— Buvau šiek tiek pavargusi.

— Teisybė, bet įveikčiau jus ir pailsėjusią.

— Ko gero, tu teisi. Laimėjai prizą, Kiara, tikrai jo nusipelnai. Man garbė, kad mane pranokai.

Ji ištiesė Kiarai ranką ir pakračiusi aukštai iškėlė.

— Pasveikinkit imtynių čempionę.

Pasigirdo sveikinimo šūksniai, moterys ėmė glėbesčiuotis. Bet kai Kiara pasiūlė Moirai ranką, kad padėtų atsistoti, ši tik sumosavo.

— Aš dar pasėdėsiu minutėlę, atgausiu kvapą. Eik pasiimk lanką. Su juo nei tu, nei kas nors kitas manęs nepranoks.

— Geriau nebūtume pasirengusios ir per tūkstantį metų, jūsų didenybe.

— Taip manai? Jergutėliau, visą savaitę negalėsiu prisėsti, — pasiskundė Moira trindamasi sėdynę.

— Didžiuojuosi jumis kaip niekad anksčiau.

Moira nusišypsojo pati sau, šiek tiek dar pasėdėjo vertindama visus skausmus ir maudulius. Tada jos žvilgsnis nukrypo ten, kur vakar vakare ji buvo su Kianu.

Ir išvydo jį, stovintį lietuje ir žvelgiantį į ją. Net ir per atstumą jautė jo jėgą, trauką, kokios nebuvo jautusi nė vienam vyrui.

— Ko tu spoksai? — sumurmėjo ji sau po nosim. — Ką, labai smagu matyti mane besivoliojančią purve? Turbūt taip ir yra, nusprendė ji, ir kas galėtų jį kaltinti? Turėjo būti neblogas vaizdelis.

— Manau, kad anksčiau ar vėliau susiimsim ir mudu. Tada pažiūrėsim, kas ką.

Ji vargais negalais atsistojo ir sukandusi dantis leidosi eiti, stengdamasi nešlubuoti ir prisiversdama nežvilgtelėti atgal.

6 skyrius

Nusigramdžiusi purvą, Moira prisidėjo prie kitų, aptarinėjančių strategiją. Pataikė kaip tik tada, kai jau buvo užvirę ginčai ir diskusijos.

— Nesakau, kad tu nesugebėtum to padaryti, — kreipėsi į Blerą Larkinas, sutelkęs paskutinius kantrybės likučius.— Aš tik noriu pasakyti, kad tai galim padaryti ir mes su Hoitu.

— O aš sakau, kad trise susitvarkytume greičiau negu dviese.

— Apie ką jūs čia? — paklausė Moira.

Jai puolė atsakinėti visi iš karto, perrėkdami vienas kitą.

— Nieko nesuprantu, — atsisėdusi prie stalo Moira pakėlė ranką, prašydama tylos. — Jei teisingai suvokiau, sumanėt išsiųsti grupę, kad įkurtų bazę šalia kovos lauko, iš kur būtų galima jį stebėti?

— O paskui juos iš pat ryto iškeliautų pirmieji kariai, — užbaigė Hoitas. — Turim susižymėję vietas, kur galima rasti slėptuvių. Čia, — bakstelėjo jis pirštu į išskleistą ant stalo žemėlapį. — Dienos žygis į rytus. Ir čia — dar vienos dienos žygis nuo pirmosios bazės.

— Bet problema ta, kad čionai jau įsitaisiusi Lilita, — Blera stuktelėjo į žemėlapį kumščiu. — Ji jau užėmė geriausias vietas ir naudojasi geriausiomis sąlygomis. Galim savo bazes išmėtyti ir nutiesti nelygią fronto liniją. Bet kariuomenei laikas pradėt judėti, todėl turim iš anksto pasirūpinti, kad tos bazės būtų saugios. Ir ne tik pakeliui, bet ir geriausiose vietose šalia slėnio.

— Teisingai sakai, — Moira susimąsčiusi tyrinėjo žemėlapį. Ji matė, kaip buvo ketinama veikti — dienos metu persikelti iš vienos pozicijos į kitą. — Larkinas gali įveikti atstumus greičiau už bet ką kitą. Dėl to sutariam, ar ne?

— Taip. Bet jeigu pasitelktume ir kitus slibinus...

— Blera, aš tau jau sakiau, kad to būti negali.

— Slibinus? — Moira vėl kilstelėjo ranką siekdama nutildyti įsiterpusį Larkiną. — Ką turi omenyje?

— Kai Larkinas pasiverčia į slibiną, jis gali bendrauti, nors ir labai primityviai, su kitais slibinais, — paaiškino Blera.

— Ir kas iš to?

— Jeigu būdamas pasivertęs jis iškviestų kitus slibinus, kodėl negalėtų jų įtikint sekti paskui jį ir nešti raitelius?

— Jie taikūs, ramūs padarai, — vėl pertarė ją Larkinas. — Negalime jų įtraukti į karą. Juos juk gali sužaloti.

— Palauk minutėlę, — Moira vėl atsisėdo galvodama apie tai. — Ar tai tikrai įmanoma? Esu girdėjusi, kad retkarčiais žmonės paimdavo auginti mažiukus slibinukus, bet neteko girdėti, kad kas nors būtų jojęs suaugusiu slibinu, nebent pasakose. Jeigu tai būtų įmanoma, greitai galėtume persikelti iš vietos į vietą net nakties metu. O kovoje...

Ji nutilo pamačiusi Larkino veido išraišką.

— Atleisk man. Bet sentimentams dabar ne laikas. Slibinas — Pažadėtosios žemės simbolis, o jai jų reikia. Kviečiame kovoti ir aukotis visus savo žmones, įskaitant moteris, jaunuolius ir senukus. Ir jeigu toks dalykas įmanomas, juo reikia pasinaudoti.

— Aš nežinau, ar tai įmanoma.

Moira puikiai suprato, kad Larkinas tiesiog užsispyrė.

— Reikia pabandyti. Juk savo žirgus taip pat mylim, Larkinai, — priminė ji, — bet vis tiek jais josim į mūšį. Dabar, Hoitai, sakyk man tiesiai, ar jums su Larkinu į šią misiją geriau leistis dviese, ar vis dėlto trise?

Hoitas akivaizdžiai kamavosi.

— Jaučiuosi atsidūręs tarp dviejų ugnių. Larkinas baiminasi, kad Blera dar ne visai atsigavo po to išpuolio.

— Aš puikiai jaučiuosi, — Blera atkakliai laikėsi savo, tad gana stipriai kumštelėjo Larkinui. — Gal nori susiimti su manim, kaubojau, ir pats pamatyti?

— Vakarop jai vis dar paskauda šonkaulius, o petys, kuris buvo sužalotas, nepakankamai sustiprėjęs.

— Aš tau parodysiu, koks jis nesustiprėjęs.

— Nagi, nagi, vaikai, — su lengva pašaipa įsiterpė Glena. — Leiskit ir man įsikišti. Blera jau pajėgi dirbti. Tu man atleisk, branguti, — kreipėsi ji į Larkiną, — bet tikrai nebegalime jos laikyti neįgaliųjų sąraše.

— Būtų geriausia, jeigu ji keliautų drauge, — Hoitas su užuojauta pažvelgė į Larkiną. — Jei keliautume trise, užtruktume tik vieną dieną. Pirmuosius karius galėtume išsiųsti sulig aušra ir padėti jiems pasiekti pirmąjį postą.

— O trys iš mūsų liktume čia ir galėtume tęsti karinio parengimo ir kitus darbus, — linktelėjo Moira. — Taip būtų geriausia. Larkinai, manai, kad pirmąsias pajėgas turėtų vesti Tininas?

— Ar klausi tik atsižvelgdama į mano sužeistą savimeilę, ar tau tikrai įdomi mano nuomonė?

— Ir dėl to, ir dėl to, — ji priverstinai nusijuokė. — Ką gi, tuomet siųsim jį.

— Laikas ruoštis, — Blera apžvelgė visus sėdinčius už stalo. — Larkinas mus nuneš greitai, tad iki sutemų spėsim įkurti pirmąją bazę, o gal net ir dvi.

— Pasiimkit viską, ko gali prireikti, — pasakė jiems Moira. — Pasikalbėsiu su Tininu ir nurodysiu, kad pirmuosius karius jis išvestų vos tik išaušus.

— Ji jūsų lauks, — pirmą kartą nuo Moiros pasirodymo prabilo Kianas. — Jeigu pati Lilita nepagalvojo apie tokį mūsų manevrą, tai kas nors iš jos patarėjų tikrai pakuždėjo apie tai. Ji tikrai bus palikusi karių pasaloje, kad mus sulaikytų.

Blera linktelėjo.

— Pagalvojau ir apie tai. Kaip tik dėl to geriau keliauti trise ir oru. Jie neužpuls mūsų iš pasalų, o mums gali ir pavykti juos užklupti.

— Daugiau galimybių tam turėsit, jeigu atkeliausit iš šitos pusės, — atsistojęs Kianas apėjo žemėlapį ir parodė. — Apsukit ratą, prisiartinkit prie pirmosios vietovės iš rytų arba šiaurės. Aišku, ilgiau užtruksit, bet tikėtina, kad jie jūsų lauks iš tos pusės.

— Gera mintis, — pripažino Blera, paskui susiraukusi žvilgtelėjo į Larkiną. — Mes su Hoitu galėtume nulipti kur nors, kur mūsų niekas nematytų, o Larkinas galėtų ten apsižvalgyti. Gal kaip paukštis ar koks nedidukas žvėrelis, kuris per daug nepatrauktų jų dėmesio. Turim pasiimti daugiau maisto, — pridūrė ji, — nes pasiversdamas jis suvartoja labai daug energijos, taigi reikia tuo pasirūpinti.

— Stenkis nekristi į akis, — įspėjo Larkiną Kianas. — Jeigu pasiversi elniu ar kuo nors panašiu, jie gali susigundyti nušauti tave maistui ar tiesiog dėl pramogos. Įtariu, kad jau dabar jie pradeda nuobodžiauti. Jeigu šiandien oras ten toks pat kaip čia, jie turbūt bus viduje ar kitose slėptuvėse. Mes, kaip ir žmonės, ne itin mėgstam merkiantį lietų.

— Gerai, viskuo pasirūpinsim, — tarė pakildama Blera. — Ir susikišk į rankovę visus burtus, kokius tik gali, — pasakė ji Hoitui.

— Tik būk atsargus, — Glena taisinėjo Hoito apsiaustą, jiems stovint prie vartų.

— Nesijaudink.

— Žinai, kad negaliu, — ji abiem rankom įsitvėrė jo apsiaustą ir žvelgė savo vyrui į akis. — Nuo tada, kai viskas prasidėjo, mudu labai suartėjom. Tikrai norėčiau keliauti kartu.

— Tu reikalinga čia, — jis palietė jos kryžių, o paskui savąjį. — Juk žinosi, ir kur esu, ir kaip man sekasi. Neužtruksim ilgiau kaip dvi dienas. Grįšiu pas tave.

— Tik pabandyk negrįžti! — Ji prisitraukė jį ir ilgai bučiavo, o širdis krūtinėje nerimo. — Myliu tave. Būk atsargus.

— Myliu tave. Laikykis. O dabar eik vidun, gana stovėti lietuje.

Bet ji palaukė, kol Larkinas pasivertė slibinu ir kol Hoitas su Blera apkrovė jį ryšuliais bei ginklais. Ir dar palaukė, kol jie užšoko slibinui ant nugaros, pakilo aukštyn ir nuskriejo per pilką lietaus uždangą.

— Laukimas — bjaurus dalykas, — tarė Glenai už nugaros Moira.

— Siaubingas, — Glena apgraibom susirado Moiros ranką ir stipriai ją suspaudė. — Duok man daugiau darbo. Eime vidun ir pradėkim pirmąją pamoką.

Jos patraukė tolyn nuo vartų.

— Ar atsimeni, kada pirmą kartą supratai turinti galių?

— Ne. Man niekas nebuvo taip aišku kaip Larkinui. Tiesiog kartais iš kažkur žinodavau visokius dalykus — kur rasti tai, kas pamesta, arba kur kas nors slepiasi, kai žaisdavom slėpynių. Bet visada pagalvodavau, kad man tiesiog pavyko atspėti ar kažkas panašaus.

— Ar tavo mama irgi turėjo tokių galių?

— Taip. Bet nelabai didelių. Gal tik aštresnę nuojautą. Išmanė, kaip elgtis su augalais. — Moira susimąsčiusi atmetė kasą už nugaros. — Matei mūsų sodus. Visi jie — jos rankų darbas. Jeigu dalyvaudavo gimdyme arba aplankydavo ligonį, visada atnešdavo palengvėjimą. Jos ir savo galias laikydavau moteriškais kerais, žinai — įsijautimas, nuojauta, sugebėjimas gydyti.

Praėjusios pro arką jos pradėjo kilti laiptais.

— Bet kai pradėjau dirbti su tavim ir Hoitu, pajutau, kad turiu kažko daugiau. Atrodo, jūs kažką išjudinot. Tai lyg ir aidas ar atspindys tos stipresnės galios, kurią turit judu. O kai pakėliau kalaviją...

— Jis lyg ir talismanas, savotiškas kanalas, — garsiai mąstė Glena. — O gal raktas, kuris atvėrė duris į tai, ką jau turėjai savyje.

Ji vedėsi Moirą į kambarį, kuriame dirbdavo su Hoitu. Patalpa mažai kuo skyrėsi nuo kambarėlio bokšte, Airijoje. Tik buvo didesnė ir turėjo arkinį įėjimą, vedantį į vieną iš daugelio pilies balkonų.

Bet čia sklandė tie patys kvapai — žolelių, pelenų ir dar kažkokio sumišusio gėlių ir metalo kvapo. Ant stalų ir skrynių po visą kambarį buvo išdėlioti Glenos krištoliniai rutuliai. Ir dėl grožio, ir dėl magijos. Taip pat buvo pilna visokių dubenų, buteliukų ir knygų. Kabojo kryžiai — sidabriniai, mediniai, akmeniniai, variniai.

— Čia drėgnoka ir vėsu, — tarė Glena. — Gal užsikurkim ugnį?

— Žinoma, — sutiko Moira, bet kai ji pasuko akmeninio židinio link, Glena juokdamasi sulaikė ją už rankos.

— Ne, ne taip. Įdegti ugnį — vienas iš esminių įgūdžių. Praktikuodami magiją mes naudojamės gamtos stichijomis. Jas gerbiam. Pabandyk įžiebti ugnį iš čia, kartu su manimi.

— Net nežinočiau nuo ko pradėti.

— Nuo savęs. Nuo savo proto, širdies, kraujo, kaulų smegenų. Įsivaizduok ugnį — jos spalvas, formas. Pabandyk pajusti jos šilumą, dūmų ir degančių durpių kvapą. Visa tai turi savo galvoje, savyje — pasistenk perkelti tai į židinį.

Moira bandė viską daryti taip, kaip jai buvo pasakyta, ir nors jautė kažkokius virpulius po oda, durpės vis tiek neužsiliepsnojo.

— Atsiprašau.

— Neatsiprašinėk. Tam reikia laiko, energijos ir susitelkimo. Ir tikėjimo. Juk neatsimeni, kaip žengei pirmuosius žingsnius įsitvėrusi motinos sijono ar stalo arba kiek kartų griuvai, kol pagaliau pirmą kartą atsistojai. Ženk pirmąjį žingsnį, Moira. Ištiesk dešinę ranką. Įsivaizduok, kad tavyje liepsnoja karšta ir skaisti ugnis. Ji įsiliepsnoja kažkur giliai tavyje, prasiskverbia pro tavo širdį, srūva tavo rankomis iki pat pirštų galiukų. Pabandyk ją pajusti, pamatyti. Ir siųsk ją ten, kur tau reikia.

Nuo tylaus Glenos balso ir besikaupiančios šilumos Moira beveik paniro į transą. Pajuto stipresnį virpulį po oda, besiskverbiantį lauk. Ir tada durpių briketą lyžtelėjo nedidelis ugnies liežuvėlis.

— O! Kažkas blykstelėjo mano galvoje, bet didžiąją dalį darbo vis tiek padarei tu.

— Tik šiek tiek pagelbėjau, — pataisė ją Glena. — Tik nedidelis postūmis.

Moira giliai atsikvėpė.

— Jaučiuosi lyg būčiau užkopusi į kalną.

— Ilgainiui darysis lengviau.

Stebėdama įsidegančią ugnį Moira linktelėjo galva.

— Išmokyk mane.

Po poros valandų Moira jautėsi ne tik kaip įkopusi į kalną, o lyg būtų dar ir nukritusi nuo jo — tiesiai ant galvos. Bet ji išmoko iškviesti ir šiek tiek valdyti dvi iš keturių stichijų. Glena davė jai paprastų burtų sąrašą, kad pasipraktikuotų pati viena. Pavadino tai namų darbais, ir Moira kaip tikra tyrinėtoja nekantravo kuo greičiau viską išbandyti. Bet reikėjo pasirūpinti ir kitais reikalais. Ji apsirengė oficialesniais drabužiais, užsidėjo jos padėčiai priderančią mitrą ir nuėjo aptarti su dėde finansinių reikalų.

Karas nemažai atsieina.

— Daugeliui teko palikti nenuimtą derlių, — pasakė jai Ridokas. — Jų galvijų bandos liko neprižiūrimos. Kai kurie tikrai praras namus.

— Padėsim juos atstatyti. Dvejus metus nerinksime jokių mokesčių ir rinkliavų.

— Moira...

— Ratificare tam pakaks, dėde. Negaliu laikyti apsiglėbusi viso to aukso ir brangakmenių, kad ir kokia būtų jų istorija, kai mūsų žmonės tiek aukoja. Pirmiausia išlydysim Pažadėtosios žemės karališkąją karūną. Paskui pasėsim javų. Penkiasdešimt akrų. Dar penkiasdešimt paskirsim ganykloms. Tai, ką iš jų gausime, atiduosime tiems, kurie kovėsi, šeimoms tų, kurie žuvo ar buvo sužeisti tarnaudami Pažadėtajai žemei.

Jis pasikasė skaudamą galvą.

— Ir kaip tu išsiaiškinsi, kas jai tarnavo, o kas tiesiog slapstėsi?

— Pasitikėjimu. Manai, kad esu naivi ir minkštaširdė. Gal ir taip. Iš karalienės reikės ir to, kai viskas pagaliau baigsis. Bet negaliu būti naivi ir minkštaširdė dabar, turiu nuolat baksnoti žmones ir reikalauti iš jų vis daugiau ir daugiau. Ir iš tavęs nemažai reikalauju. Tu čia, o kažkokie nepažįstamieji verčia tavo namus į kareivines.

— Tai menkniekis.

— Tai labai daug, bet irgi dar ne viskas. Rytoj iškeliauja Orenas.

— Jis man sakė, — Ridoko balse nuskambėjo pasididžiavimas, nors akys buvo kupinos sielvarto. — Mano jaunėlis jau suaugo, jam pats laikas tapti vyru.

— Iš tavo sūnaus niekas ir nesitikėtų mažiau. Tačiau net ir pradėjus kariams žygiuoti slėnio link darbai čia negali nutrūkti. Būtina kalti ginklus, būtina pasirūpinti žmonių maitinimu ir apgyvendinimu. Svarbu juos toliau ruošti kovai. Kad ir ko prireiktų — išlaidas turime iš ko padengti. Kita vertus, — šyptelėjo ji, — jeigu koks nors pirklys ar meistras užsiprašys per daug, suteiksim jam audienciją pas karalienę.

Ridokas taip pat nusišypsojo.

— Labai gerai. Tavo motina tavimi didžiuotųsi.

— Tikiuosi. Galvoju apie ją kiekvieną dieną, — Moira atsistojo, taip priversdama atsistoti ir jį. — Turiu aplankyti savo tetą. Ji šiuo metu puikiai atlieka ūkvedės pareigas.

— Sakyčiau, netgi mėgaujasi jomis.

— Sunku įsivaizduoti — virtuvės reikalai, skalbiniai, siuvimas, valymas. Viena pati niekaip nesusitvarkyčiau. Be jos tikrai pražūčiau.

— Jai bus malonu tai išgirsti. Bet ji sakė, kad tu kiekvieną dieną ateini pasikalbėti su ja apie tuos virtuvės ir skalbinių reikalus. Lygiai taip pat, kaip ir su kalviais ir tais jaunuoliais, kurie drožia baslius. O šiandien treniravaisi su kitomis moterimis.

— Niekada ir nemaniau, kad mano pareigos leis man dykinėti.

— Žinoma, ne, bet ilsėtis irgi reikia, Moira. Tavo paakiai jau pajuodę.

Moira pasižadėjo sau, kad paprašys Glenos išmokyti ją grožio kerų.

— Pailsėsiu, kai viskas bus baigta.

Ji praleido valandą su teta aptarinėdama ūkio išlaidas ir prievoles, paskui dar valandą su tais, kurie buvo už tas prievoles atsakingi.

Kai ji pagaliau leidosi svetainės link ketindama truputį užkąsti ir pasimėgauti arbata, išgirdo Kiano juoką. Jai palengvėjo supratus, kad jis bando palaikyti kompaniją Glenai, tačiau pati nebuvo tikra, ar po sunkios dienos nusiteikusi su juo susidurti.

Jau buvo besisukanti, kad išsilenktų, bet staiga pyktelėjo ant savęs. Negi dabar kiekvieną kartą reikės nusigerti, kad apsikęstų su juo vienoje patalpoje? Ar ji kokia bailė?

Ji pasitempė ir ryžtingai žengė į svetainę, kur išvydo Gleną ir Kianą sėdinčius prie židinio ir skanaujančius vaisių ir arbatos.

Moira pastebėjo, kad vienas kito draugijoje jie jautėsi puikiai. Įdomu, ar Kiano panašumas į brolį Glenai buvo keistas, ar priešingai — guodė? Aišku, šiokių tokių skirtumų yra. Hoitas neturėjo skelto smakro. Kiano veidas buvo liesesnis, plaukai trumpesni. Be to, visai kitokia jo laikysena ir judesiai — Kianas visada atrodė nerūpestingas ir vaikščiojo it koks plėšrūnas.

Jai patiko stebėti jį ką nors veikiant. Jis jai visada atrodė labai neįprastas — savotiškai gražus ir kartu mirtinai pavojingas.

Moira buvo įsitikinusi, kad jis jau pajuto ją esant čia. Dar nebuvo mačiusi, kad kas nors būtų prisiartinęs jam apie tai nenutuokiant. Bet jis ir toliau kėpsojo krėsle, nors dauguma vyrų tikrai būtų pakilę pasirodžius moteriai, o juo labiau karalienei.

Bet jis visada taip elgėsi — demonstratyviai nerūpestingai. Ji būtų norėjusi, kad tai mažiau žavėtų.

— Nesutrukdysiu? — paklausė eidama per svetainę.

— Ne, — Glena pasisukusi jai nusišypsojo. — Paprašiau, kad atneštų valgio trims — tikėjausi, kad ir tu rasi laiko užkąsti. Kianas čia linksmina mane istorijomis apie Hoito vaikystės žygdarbius.

— Ką gi, damos, palieku jus gerti arbatėlės.

— Prašau, neišeik, — jam dar nespėjus pakilti Glena stvėrė už rankos. — Tau puikiai sekasi išsklaidyti nerimą.

— Man tai nieko nekainuoja.

— Bet vis tiek padėjai man atsikvėpti. Labai ačiū. Jeigu viskas vyksta pagal planą, jie jau turėtų būti pasiekę bazę. Reikia patikrinti, — kai ji pylė Moirai arbatos, rankos visai nedrebėjo. — Būtų gerai, jeigu pamėgintume visi drauge.

— O ar galėsi jiems padėti, jeigu?.. — Moira taip ir neužbaigė klausimo.

— Hoitas ne vienintelis išmano magiją. Bet vaizdas bus kur kas aiškesnis, jeigu judu padėsite. Tada ir jiems bus lengviau padėti. Žinau, kad tau buvo sunki diena, Moira.

— Jie man juk kaip šeima.

Linktelėjusi galva Glena pakilo.

— Atsinešiau viską, ko gali prireikti.

Ji išsitraukė krištolinį rutulį ir dar keletą mažesnių kristalų, šiek tiek žolelių. Viską išdėliojo ant stalo. Tada nusiėmė nuo kaklo kryžių ir jo grandinėle apsuko rutulį.

— Ką gi, — ramiai tarė ji, uždėjusi rankas ant rutulio. — Pažiūrėkim, kas ten vyksta.

Pažadėtojoje žemėje lijo, todėl kelionė buvo ne iš maloniųjų. Jie suko plačius ratus, kol maždaug per ketvirtį mylios priartėjo prie to ūkio, kurį ketino paversti savo baze. Vieta puiki ir maždaug tiek pat nutolusi nuo mūšio lauko, kiek ir Lilitos užimta žemė.

Kaip tik dėl to Kiano spėjimas, kad čia galėjo laukti pasala, neatrodė laužtas iš piršto.

Du keleiviai nulipo nuo slibino nugaros ir nukėlė visus ryšulius bei reikmenis. Šiokia tokia priedanga buvo — neaukšta akmeninė tvora, skirianti juos nuo laukų, ir palei ją besidriekianti ne itin tanki medžių juosta. Aplinkui nesimatė nė gyvos dvasios.

Larkinas atvirto iš slibino į žmogų ir abiem rankom nusibraukė nuo veido šlapius plaukus.

— Bjauri diena, ką ir besakyti. Ar gerai matot mūsų tikslą?

— Dviejų aukštų namas, — atsakė Blera. — Trys ūkiniai pastatai, du aptvarai. Ganosi avys. Nei dūmų, nei kokių kitų gyvybės ženklų. Žirgų taip pat nėra. Jeigu jie čia, tikriausiai paliko sargybinių — po kokius du kiekvieName pastate. Miega ir budi pasikeisdami. Jiems reikia maisto, taigi gali turėti ir belaisvių. Jeigu jie keliauja be didelio bagažo, tai viską, ko reikia, turi gertuvėse.

— Reikėtų ten apsižvalgyti, — pasakė Hoitas. — Bet jeigu ten yra kas nors, turintis magiškų galių, galim būti užklupti.

— Verčiau aš iki ten pabėgėsiu. — Larkinas atsikando obuolio. Po ilgos kelionės jį kamavo alkis. — Jie neturėtų būti uždėję skydo, kaip savo pagrindinėje bazėje. Ko gero, tikisi, kad mums atėjus galės pričiupti.

— Tik pasiversk kuo nors nedideliu, — priminė jam Blera. — Kianas dėl to buvo visai teisus.

— Gerai jau, gerai, — jis prisigrūdo į burną duonos. — Pelė pakankamai maža ir aną kartą jai puikiai sekėsi. Ir taip išsilaikysiu ilgiau negu būdamas vilku ar elniu, — jis nusiėmė kryžių. — Šitą turėsit palaikyti.

— Žinai, man tai visai nepatinka, — Blera paėmė iš jo kryžių. — Negaliu pakęsti, kad tau tenka ten eiti be jokio ginklo ar kitokios apsaugos.

— Pasitikėk manim, — jis suėmė ją už smakro ir pabučiavo. Tada atsitraukė ir pasivertė į mažą pelytę.

— Negaliu patikėti, kad ką tik bučiavausi su šituo padaru, — burbtelėjo Blera ir stipriai suspaudė kryžių, kai pelė leidosi per žolę. — Dabar lieka tik laukti.

— Geriau imkimės kokių nors atsargumo priemonių. Aš nubrėšiu ratą.

Larkinas jau beveik pasiekė pirmąjį ūkinį pastatą, kai pastebėjo vilką — didelį, juodą, susirangiusį uogienojuose. Jis krauju pasruvusiomis akimis stebėjo lauką ir kelią, besidriekiantį vakarų link, ir nekreipė į Larkiną jokio dėmesio. Tačiau šis vis tiek jį apibėgo dideliu ratu ir šmurkštelėjo po durimis.

Viduje stovėjo grubaus darbo stalas, arklidėse trypė du žirgai. Ant grindų sėdėjo du vampyrai ir žaidė kauliukais. Larkinas šiek tiek nustebo — niekada nebūtų pamanęs, kad vampyrai laisvalaikiu galėtų žaisti. Vilkas buvo jų žvalgas. Užteko jam duoti kokį ženklą — ir jie būtų ėmęsi veiksmų. Bet taip buvo užsiėmę kauliukais, kad pelės nė nepastebėjo.

Šalia mėtėsi kalavijai, lankai ir dvi pilnos strėlinės. Pajutęs įkvėpimą, jis nukurnėjo prie atremtų į gardą lankų ir pradėjo energingai graužti jų temples.

Vienas iš vampyrų keikė savo bendro sėkmę, kai Larkinas vėl iškurnėjo lauk.

Panaši situacija buvo visuose pastatuose. Pagrindinės pajėgos glaudėsi name. Nors ir užuodė kraują, žmonių jis niekur nepastebėjo. Name keturi vampyrai miegojo palėpėje, kiti penki budėjo.

Jis pridarė tiek žalos, kiek tik galėjo pridaryti pelė, ir vėl išskubėjo lauk.

Hoitą su Blera rado ten, kur paliko — sėdinčius ant drėgno patiesalo smilkstančiame rate.

— Iš viso suskaičiavau penkiolika, — pasakė jiems Larkinas. — Ir dar vilkas. Reikės kažkaip pro jį prasmukti, kad kitus užkluptume iš pasalų.

— Vadinasi, turim veikti tyliai, — Blera paėmė lanką. — Ir eiti prieš vėją. Hoitai, jeigu Larkinas tiksliai nurodys vietą, ar gali padėti man ją pamatyti?

— Galiu tau tiksliai nurodyti vietą, — pasakė Larkinas šiam nespėjus atsakyti, — nes dabar ten eisim kartu. Išsikovojai teisę vykti kartu su mumis, bet nesitikėk, kad leisiu tau vienai eiti į jų irštvą.

— Ji ir neis, jokiu būdu. Iš mūsų trijų tu geriausiai valdai lanką, todėl tu ir turėtum šauti, — pasakė Hoitas Blerai. — Bet mes bandysim tave pridengti. Padėsiu kuo galėsiu, kad tik tau būtų lengviau pataikyti.

— Ir, aišku, jums visai nerūpi, kad vienas galėtų prisiartinti greičiau ir tyliau už tris? Atrodo, ne, — tarė Blera, kai ją pasitiko mirtina tyla. — Tada judėkim.

Jiems teko sėlinti aplinkui, kad liktų nepastebėti ir neužuosti. Bet kai prisiartino prie vilko jam iš už nugaros, Blera papurtė galvą.

— Nemanau, kad iš čia pataikysiu jam į širdį. Moira gal ir pataikytų, bet aš jai neprilygstu. Reikės kelių šūvių.

Ji dar kartą apgalvojo, kaip čia viską geriau padarius.

— Tu šauk pirmas, — sukuždėjo ji Larkinui. — Prieik prie jo kuo arčiau. Jeigu jis šoks atgal arba apsivers, aš jį nušausiu. Vienas, du, — skaičiavo rodydama pirštais. — Greitai ir tyliai.

Jis linktelėjo galva, iš strėlinės išsitraukė strėlę ir įstatė ją į lanką. Šūvis buvo tolimas, be to, netikusiu kampu. Bet jis nusitaikė, įkvėpė ir iškvėpdamas paleido strėlę. Pataikė vilkui tarp menčių, ir šis pašoko. Bleros strėlė pataikė tiesiai jam į širdį.

— Puikiai, — tarė ji, žiūrėdama į rūkstantį juodą dūmelį ir besisklaidančius pelenus.

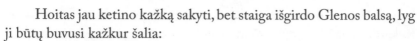

Hoitas jau ketino kažką sakyti, bet staiga išgirdo Glenos balsą, lyg ji būtų buvusi kažkur šalia:

— Už tavęs!

Jis greitai apsigręžė. Ant jo šoko kitas vilkas, nubloškė savo kūnu Hoitą į šalį ir puolė Larkiną. Su vilku Larkinas grūmėsi gal tik sekundę. Nei Blerai, nei Hoitui nespėjus išsitraukti kalavijų, vilką po savimi jau buvo pasiglemžusi meška. Savo didžiuliais nagais ji perskrodė vilkui gerklę. Pasipylė kraujas. Kai Larkinas pasijuto begulįs juodų pelenų krūvoje, jis vėl atvirto į žmogų.

Blera puolė ant kelių, rankomis tikrindama, ar jis sveikas.

— Tau neįkando?

— Ne, tik šiek tiek apibraižė. Bet neįkando. Na ir smarvė, — pasikėlęs ant alkūnių jis apžiūrėjo savo sukruvintą drabužį. — Sugadino mano geriausią medžioklinę palaidinę. — Jis pažvelgė į Hoitą: — Tau viskas gerai?

— Galėjo būti ir blogiau, jeigu ne Glena. Matyt, jie mus stebi. Išgirdau jos įspėjimą, — Hoitas ištiesė ranką padėti Larkinui atsistoti. — Jeigu ir toliau dėvėsi tą savo palaidinę, mus užuos ir kitam pasaulio krašte. Reikėtų... Palauk, — jis kreivai šyptelėjo. — Šį bei tą sumaniau...

...Už arklidžių prie kruvino kūno tupėjo juodas vilkas. Jis pratisai sukaukė. Tuoj pat tarpduryje pasirodė vampyras su alebarda.

— Kas gi čia dabar? — sumurmėjo jis ir atsigręžė per petį į savo bendrus. — Ei, vienas iš vilkų atnešė mums dovanėlę.

Hoitas, kuris gulėjo parkritęs ant pilvo, tyliai sudejavo.

— Dar gyvas. Tempiam jį vidun. Kam dalytis su kitais? Jau pasiilgau šviežienos.

Kai jie išėjo lauk, antrasis vampyras šyptelėjo vilkui.

— Geras šunelis. Nagi...

Nespėjęs baigti sakinio jis susmuko — Blera iš už nugaros smeigė basliu jam tiesiai į širdį. Antrasis nespėjo pakelti alebardos, kai nuo žemės pašokęs Hoitas kalaviju nušniojo jam galvą.

— Labai geras šunelis, — mėgdžiodama vampyrą nusivaipė Blera ir pakedeno Larkinui kailį. — Manau, kad to paties scenarijaus reikėtų laikytis ir prie kito ūkinio pastato.

Prie antrojo pastato jiems sekėsi taip pat gerai, bet iš trečiojo pasirodė tik vienas vampyras. Iš vogčiomis mesto atgal žvilgsnio buvo aišku, kad netikėtą grobį ketino sudoroti vienas. Kai jis apvertė tą „grobį", šis netikėtai suvarė jam širdin baslį.

Gestais Blera parodė, kad eis į vidų pirma, o Hoitas ją pridengs.

Tyliai ir greitai, galvojo ji įsmukdama vidun. Ten išvydo kitą sargybinį, įsitaisiusį iš antklodžių jaukų lizdelį karvelidėje ir prigulusį popietės miego. Jis net knarkė.

Blerai teko prikąsti liežuvį, nes galvoje sukosi daugybė pašaipių užuominų, tad ji tiesiog persmeigė miegantįjį basliu.

— Nenoriu skųstis, bet visa tai ne tik trikdo — darosi nuobodu.

— Tu nusivylusi, kad mums nereikia kautis dėl savo gyvybės? — paklausė Hoitas.

— Tiesą pasakius, šiek tiek.

— Nenusimink, — pasakė vidun įėjęs ir apsižvalgęs Larkinas. — Name jų devyni, mūsų bus nepalyginti mažiau.

— Ačiū, brangusis. Visada žinai, kaip mane pralinksminti, — ji paėmė alebardą, priklausiusią pirmajam vampyrui. — Eime, įkrėsim jiems.

Gulėdami ant pilvų už vandens lovio, Blera ir Hoitas apžiūrinėjo namą. Čia triukas su sužeistu žmogumi ir vilku nelabai tiko, o alternatyva, dėl kurios jie susitarė, atrodė rizikinga.

— Jis jau ir taip daug kartų pasivertė, — sumurmėjo Blera. — Jau pradeda pavargti.

— Jis suvalgė keturis meduolius.

Stebėdama, kaip ant šiaudinio stogo nusileidžia slibinas, ji linktelėjo galva vildamasi, kad tie keli meduoliai suteiks Larkinui pakankamai energijos. Pasiekęs stogą slibinas vėl atvirto į Larkiną. Pasiėmęs kalaviją ir dėklą su basliais, jis pergalingai mostelėjo ir persisvėręs žemyn žvilgtelėjo pro vieną iš antro aukšto langų. Matyt, tam, kad galėtų šitaip karstytis, jam nebūtina pasiversti beždžione, pagalvojo Blera. Ji pamatė, kaip Larkinas parodė keturis pirštus.

— Keturi viršuje, penki apačioje, — tarė ji ir pritūpė. — Pasiruošę?

Susilenkę jie nuskubėjo prie durų ir iš abiejų pusių sustojo. Kaip ir buvo susitarę, ji suskaičiavo iki dešimties. Tada spyrė į duris.

Alebarda ji nukirto galvą dešinėje buvusiam vampyrui, paskui jos kotu atmušė kalavijo smūgį. Akies kampučiu pamatė, kaip Hoitas paleido ugnies kamuolį. Kažkas suklykė.

Iš viršutinio aukšto su triukšmu nukritęs Larkinas, apsikabinęs su vampyru, sunkiai tėškėsi į grindis. Blera pabandė prasibrauti prie jų ir čia pat pajuto spyrį į savo ne visai išgijusius šonkaulius. Skausmas ir smūgis nusviedė ją atgal, tiesiai ant stalo, ir šis nuo jos svorio lūžo. Nulūžusia stalo koja ji persmeigė ją puolusį vampyrą. Paskui sviedė tą stalo koją siekdama persmeigti dar vieną, kuris puolė Hoitą iš už nugaros. Į širdį ji nepataikė, tad nusikeikė ir neatgaudama kvapo šoko nuo grindų.

Pamačius šaunų atbulinį Hoito spyrį, kovotojos širdis uždainavo. Kai Hoito parmuštas vampyras parpuolė, Larkinas pribaigė jį vienu kalavijo smūgiu nukirsdamas galvą.

— Kiek? — šūktelėjo Blera.

— Aš nudėjau du, — atsakė Hoitas.

— Aš keturis, — išsišiepęs Larkinas nutvėrė Blerą už rankos. — Kaip tu?

— Šiek tiek aplamdė šonkaulius. Nudėjau tik du. Vadinasi, liko dar vienas.

— Pabėgo pro viršutinio aukšto langą. Sėdėk ramiai. Tavo rankos kraujuoja.

— Po galais, — ji apsižiūrėjo rankas ir pamatė gilų įpjovimą, kurio nė nebuvo pajutusi. — O tau kraujas bėga ir iš nosies, ir iš burnos. Kaip tu, Hoitai?

— Keli įpjovimai, — jis atšlubavo prie jų. — Nemanau, kad reikėtų vaikytis tą, kuris pabėgo. Bet aš pabursiu, kad būtų atšaukti visi pakvietimai užeiti. Parodyk savo ranką.

— Pirma paburk, — sunkiai kvėpuodama ji pažvelgė į Larkiną. — Tai sakai, keturis?

— Du iš jų kergėsi ir nekreipė dėmesio, net kai įgriuvau pro langą. Abu nudėjau vienu smūgiu.

— Gal juos reikėtų skaičiuoti kaip vieną?

— Tai jau ne, — jis baigė tvarstyti jos sužeistą ranką ir nusišluostė kraują panosėje. — Jergutėliau, aš mirtinai peralkęs.

Ji nesusilaikė nesijuokusi ir, nors labai skaudėjo šonkaulius, negalėjo jo neapkabinti.

— Jiems viskas gerai, — Glena trūkčiojamai atsikvėpė. — Šiek tiek apdaužyti, šiek tiek susikruvinę, bet jiems viskas gerai. Ir jie saugūs. Jūs jau man atleiskit, bet stebėti viską ir niekuo negalėt padėti... Aš daugiau nebegaliu.

Tai pasakiusi ji užsidengė veidą rankomis ir pratrūko raudoti.

7 skyrius

Kianas paspruko palikdamas Gleną Moiros žinioje. Iš patirties jis žinojo, kad verkiančią moterį geriausiai gali paguosti kita moteris. Krištoliniame rutulyje pamatęs, kas vyksta, pats nepajuto nei baimės, nei palengvėjimo, o tik paprasčiausią nusivylimą.

Kol kiti kovėsi, jam teliko dykinėti ir gerti arbatėles su moterimis nelemtoje svetainėje, lyg būtų koks neįgalus senukas.

Nors treniruotės ir buvo šiokia tokia pramoga, nuo pat išvykimo iš Airijos jam taip ir neteko su niekuo rimtai susiimti. O moters jis neturėjo dar ilgiau. Neteko dviejų tinkamiausių būdų energijai išlieti ir įtampai sumažinti, tiesą pasakius, pats jų atsisakė.

Nieko nuostabaus, kad tos pilkos ramios akys taip trukdė jam gyventi.

Būtų galėjęs suvedžioti kokią tarnaitę, bet tai susiję su daugybe komplikacijų, be to, kažin ar dėl tokio nuotykio vertėjo gaišti laiką ir dėti pastangas. Dėl tų pačių priežasčių negalėjo susikibti ir su kokiu vyruku.

Galėjo leistis į medžioklę ir nudėti vieną ar du iš Lilitos kareivų.

Bet negalėjo prisiversti leistis kažkur per tą nesibaigiantį lietų vien tam, kad ką nors nužudytų.

Savo laike, savo pasaulyje jis galėjo užsiimti bent jau savo darbu. Įsigeidęs galėjo susirasti ir moterų, bet darbas puikiai tiko prastumti laikui, kuris kartais atrodė begalinis.

Todėl, neturėdamas iš ko rinktis, jis tiesiog užsidarė kambaryje, valgė ir miegojo.

Ir sapnavo tai, ko nebuvo sapnavęs jau kelis dešimtmečius — žmonių medžioklę. Jo jusles dirgino stiprus sūrus jų kvapas, kuris pasklisdavo, kai tik jų menki, atbukę instinktai įspėdavo juos, kad taps grobiu. Tas gundantis primityvus kvapas žadindavo geidulius ir kaitindavo kraują.

...Ji buvo kekšė, dirbanti Londono skersgatviuose. Visai jaunutė ir, nepaisant amato, nebjauri. Kita vertus, buvo aišku, kad tokia ji išliks neilgai. Užuodęs nuo jos sklindantį aistros kvapą, jis suprato, kad šiąnakt ji jau užsidirbo keletą variokų.

Jis girdėjo iš kažkokios užeigos sklindant trankią muziką ir garsų girtų žmonių juoką, tolyn nuvažiuojančią karietą. Tie garsai buvo labai tolimi — ji tikrai negalėjo jų girdėti. O jei būtų bandžiusi bėgti, nebūtų pasiekusi nei tos užeigos, nei karietos.

Ji skubėjo per tirštą gelsvą rūką ir vis spartino žingsnį, nervingai žvilgčiodama per petį, ir jis pagaliau leido jai suprasti, kad yra sekama. Jos baimės kvapas svaigino — toks buvo šviežias ir gyvas.

Pagauti ją buvo visai paprasta. Taip pat ir viena ranka užspausti jai burną, o kita — besidaužančią širdį. Buvo smagu stebėti, kaip jos akys tyrinėjo jo veidą, jauną ir gražų, jo dabitiškus drabužius, ir kaip jose pasirodė šelmiška ir koketiška išraiška, kai jis pagaliau atitraukė ranką jai nuo burnos.

— Pone, kam gąsdinat vargšę mergaitę. Maniau, kad esat koks plėšikas.

— Visai ne, — prašneko jis ir iš tarsenos buvo aišku, kad jis ne koks prasčiokas. — Tiesiog man reikia kompanijos ir mielai sumokėsiu, kiek paprašysi.

Kikendama iš susijaudinimo ji užsiprašė dvigubai negu imdavo.

— Manau, už tiek turėtum būti man labai gera kompanionė.

— Apgailestauju, kad turiu reikalauti užmokesčio iš tokio dailaus ir malonaus pono, bet juk turiu kažkaip užsidirbti pragyvenimui. Netoliese turiu kambarėlį.

— Mums jo nereikės.

— Oho! — nusijuokė ji, kai jis užvertė sijonus. — Tiesiog čia? Laisvąja ranka jis nuplėšė jos korsetą ir suėmė krūtį. Jam labai reikėjo jausti pašėlusį jos širdies plakimą. Įėjo į ją taip nirtulingai, kad jos nuogi sėdmenys dunksėjo į drėgną skersgatvio sieną. Jos akyse jis išvydo nuostabą ir suprato, kad ji pajuto malonumą.

Ranka jautė, kaip paspartėjo jos širdies plakimas; jos trūkčiojantis kvėpavimas virto atodūsiais ir dejonėmis.

Jis leido jai pasiekti malonumo viršūnę — nedidelė malonė — ir prieš apnuogindamas iltis pažvelgė tiesiai į jos svaigulio kupinas akis.

Ji suriko, bet riksmas buvo labai trumpas, nes jis tuoj pat suleido jai į gerklę iltis. Merginos kūną pradėjo tąsyti traukuliai, bet jis nesiliovė siurbti jos kraujo, ją žudyti, taip tik stiprindamas savo malonumą.

Širdies plakimas po jo ranka sulėtėjo ir apmirė.

Pasisotinęs ir pasitenkinęs jis paliko kūną skersgatvyje žiurkėms, šalia nerūpestingai numetęs jos nurodytą sumą. O pats leidosi į tirštą gelsvą rūką...

Kianas nubudo ir nusikeikė. Tas sapnas, tie prisiminimai sužadino troškimus ir aistras, kurias jis ilgą laiką slopino. Beveik pajuto jos kraujo skonį, beveik užuodė jo sodrų kvapą. Gulėjo aklinoje tamsoje drebėdamas lyg abstinencijos kamuojamas narkomanas, tad verčiau nusprendė atsikelti ir išgerti bent to apgailėtino žmogaus kraujo pakaitalo, kuriuo buvo įpratęs misti.

— Niekada nebūsi patenkintas. Taip niekada nepasisotinsi. Kam kovoti su tuo, kas esi?

— Lilita, — ramiai tarė jis. Atpažino tą balsą ir suprato, iš kur tasai bjaurus sapnas.

Gal tai net nebuvo prisiminimas? Dabar, kai jis šiek tiek apsiramino, visa tai nebeatrodė taip tikra. Tiesiog jautėsi lyg patekęs į nevykusį vaidinimą. Kita vertus, ne taip jau mažai skersgatvio kekšių jis yra nužudęs. O kai jų nužudyta tiek daug, kas beprisimins, kaip ten viskas buvo iš tikrųjų?

Netikėtai tamsoje pasirodė Lilita. Jos kaklą, ausis, riešus ir puikius plaukus puošė spindintys brangakmeniai. Ji dėvėjo dailią mėlyną suknią, išpuoštą sabalų kailiais, o gili iškirptė leido jai puikuotis putliomis krūtimis.

Kianas suprato, kad ruošdamasi šiai vizijai ji kaip reikiant pasistengė, rinkosi kuo apsirengti ir kaip pasidailinti.

— Mano gražuoli, — sumurmėjo ji. — Tu atrodai toks įsitempęs ir išvargęs. Nieko nuostabaus, pagalvojus, kaip tau tenka gyventi, — ji žaismingai pagrasino pirštu. — Tiesiog negražu. Bet ir aš esu prasikaltusi. Nepraleidau su tavimi pirmųjų metų, kai tu tik formavaisi ir buvai taip lengvai palaužiamas.

— Paprasčiausiai mane palikai, — atrėžė jis. Ir nors jam nereikėjo žvakių, vis tiek jas uždegė. Tada įsipylė taurę viskio. — Nužudei mane, pavertei vampyru, užsiundei mane ant brolio ir palikai visiškai palaužtą po tuo skardžiu.

— Pats leidaisi tenai nusviedžiamas. Bet buvai dar jaunas ir neapdairus. Ką aš turėjau daryti? — ji nuleido korsažo kraštelį, kad parodytų penkiakampės žvaigždės formos randą. — Jis mane nudegino. Pažymėjo kaip kokį gyvulį. Argi tokia būčiau tau tikusi?

— O paskui? Visos tos dienos, mėnesiai ir metai po to?

Kaip keista, pagalvojo jis, kad tebejautė tą nuoskaudą ir apmaudą, taip giliai slypintį viduje. Lyg vaikas, kurį kažkada pametė jo motina.

— Tu mane sukūrei, Lilita, davei tokį gyvenimą, o tada palikai, parodžiusi mažiau jausmų, negu gatvės katė parodytų savo išsigimusiam kačiukui.

— Tu teisus. Negaliu dėl to ginčytis. — Ji tingiai vaikštinėjo po kambarį, šiugždančiais sijonais braukdama per grindis. — Nerūpestingai su tavim elgiausi, mielasis. Ir pasinaudojau tavim, kad išliečiau savo pyktį tavo broliui. Bjauriai pasielgiau.

Jos gražios mėlynos akys juokėsi, o lūpos buvo nepaprastai žavios ir moteriškos.

— Bet juk tu puikiai tvarkeisi ir pats, bent jau pradžioje. Įsivaizduok, kaip buvau priblokšta išgirdusi iš Loros, kad gandai nemeluoja ir tu lioveisi medžioję. Beje, ji siunčia tau linkėjimus.

— Ką tu sakai! Įsivaizduoju, kaip ji dabar atrodo.

Lilitos šypsena išblėso, o akis šiek tiek užliejo raudonis.

— Ramiau, kai ateis laikas, į skutelius sudraskysiu ne tik tą sumautą demonų medžiotoją.

— Manai, sugebėsi? — jis atsainiai išsitiesė krėsle su viskio stiklu. — Galiu lažintis, kad tau nieko nepavyks, nes jau būsi pavirtusi į pelenų krūvą.

— O aš žinau, kad čia viskas bus virtę dūmais. — Prisiartinusi ji atsirėmė į jo krėslą. Atrodė tokia tikra, kad jis beveik galėjo ją užuosti. — Šis pasaulis degs liepsnose. Bet man jo nė nereikia. Šitam nykiam užkampy išskersim visus, klykiančius iš siaubo, ir paskandinsim jų pačių kraujyje. O tavo brolis ir jo svita mirs pačia baisiausia mirtimi. Aš visa tai jau mačiau.

— Tai žinoma, ką gi dar tau galėtų parodyti tas tavo stebukladarys? — gūžtelėjo pečiais Kianas. — Aš tik nemaniau, kad tu tokia lengvatikė.

— Jis man rodo tik tiesą! — Lilita atšlijo piktai švystelėjusi sijonais. — Ko tu taip užsispyrei palaikyti pasmerktųjų pusę? Kodėl priešiniesi, kai aš tau suteikiu pačią puikiausią dovaną? Atėjau tau pasiūlyti paliaubas. Noriu, kad susitartume asmeniškai, tik tu ir aš. Palik juos, branguti, ir aš tau atleisiu. Palik juos ir pereik pas mane, ir kai ateis lemtingoji diena, turėsi ne tik mano atleidimą, bet ir malonę. Tau po kojom paklosiu viską, ko taip alksti ir sau atsakei — ir tik apgailestaudama dėl to, kad palikau tave, kai tau manęs reikėjo labiausiai.

— Tai turiu tik sugrįžti į savo pasaulį, savo laiką — ir man atleista?

— Duodu žodį. Suteiksiu ne tik tai, o kur kas daugiau, jei grįši pas mane. Pas mane, — sumurkė ji, priglaudusi rankas sau prie krūtų. — Ar jau užmiršai tą naktį? Tą mus apėmusį karštį, tas kibirkštis tarp mūsų?

Jis stebėjo, kaip ji savo baltomis rankomis glamonėjasi kūną.

— Žinoma, prisimenu, ir labai puikiai.

— Galim ir vėl tai patirti, netgi daugiau. Būsi mano dvaro princas, mano armijų generolas, užuot klampojęs po purvynus kartu su žmonėmis. Galėsi rinktis kokius tik panorėjęs pasaulius su visais jų malonumais. Suteiksiu tau išsipildžiusių troškimų amžinybę.

— Pamenu, šitą giesmelę man jau giedojai. O paskui likau vienas, palūžęs ir sutrikęs, visas aplipęs kapinių purvu.

— Labai tau nusikaltau. Bet gana apie tai. Čia tau nevieta, Kianai. Turi būti su tokiais kaip tu.

— Įdomu, — jis pabarbeno pirštais į taurės kraštą. — Taigi turiu tiesiog pasikliauti tavo žodžiu, kad manęs nekankinsi ir nepribaigsi, o apdovanosi?

— Kodėl turėčiau naikinti savo pačios kūrinį? — ji atrodė nuoširdžiai nustebusi. — Ir dar tokį, kuris pasirodė esąs puikus karys?

— Aišku, kodėl — iš pykčio ir dar dėl to, kad tavo žodis toks pat netikras kaip ir tai, kad tu esi čia. Bet vienu svarbiu klausimu galiu tau duoti savo žodį, Lilita, o mano žodis tvirtas ir patikimas, kaip ir tie brangakmeniai, kuriais tu pasipuošusi. Gali būti tikra, kad būtent aš tave pribaigsiu.

Jos veidą iškreipė įniršis.

— Tu ką tik pats save pasmerkei.

— Ne, — sumurmėjo jis, kai jos vaizdas išnyko. — Tai padarei tu.

Buvo gili naktis. Jis žinojo, kad nebeužmigs. Be to, tokią valandą galėjo klajoti po pilį būdamas ramus, kad nesusidurs su tarnais, rūmininkais ar sargybiniais. Jam šiandien jau užteko ir žmonių, ir vampyrų kompanijos. Tačiau norėjosi kaip nors prasiblaškyti, kažką nuveikti, kad užsimirštų tas kartėlis, kurį paliko sapnas ir po jo įvykęs vizitas.

Pilies architektūra jį žavėjo — sukurta nepalyginamai išmoningiau už tai, kas buvo įprasta tada, kai jis dar buvo gyvas. Ir iš išorės, ir iš vidaus ji atrodė lyg paveikslėlis iš pasakų knygos — su visais tais deglais slibino formos sieninėse žvakidėse, elfus ir iškilmes vaizduojančiais sienų apmušalais, glotniu spalvingu marmuru. Aišku, čia ne tvirtovė. Labiau priminė ištaigingus namus, kokių ir reikėjo karalienei. Juk iki pasirodant Lilitai Pažadėtoji žemė gyveno taikiai ir visą savo energiją ir protą galėjo skirti menams, kultūrai.

Jam patiko tamsoje ir tvyrant ramybei apžiūrinėti visus tuos meno kūrinius — paveikslus ir gobelenus, freskas ir raižinius — ir jais žavėtis. Patiko klajoti tamsoje uodžiant salsvą oranžerijos gėlių kvapą, sklindantį po visą pilį, arba nuklydus į biblioteką žiūrinėti knygas, kurių buvo pilnos aukštos lentynos.

Nuo pat atsiradimo Pažadėtoji žemė gyveno menu, knygomis ir muzika, o ne karu ir ginklais. Turbūt dėsninga, nors ir žiauru, kad šiam kruvinam karui ir dievai, ir demonai pasirinko būtent šią taikią vietą.

Biblioteka buvo tyki knygų šventovė, kaip ir buvo sakiusi Moira dar tada, kai leisdavo ilgas valandas jo bibliotekoje. Jis čia jau praleido nemažai laiko ir atrado, kad visos vietinės istorijos ne taip jau daug skyrėsi nuo tų, kurios buvo rašomos jo laikais.

Įdomu, ar Pažadėtoji žemė, jei išliks, subrandins ir savo Šekspyrą, Jeitsą, Ostin? Ar jos menas irgi patirs nuopuolių ir atgimimų? Ar čia irgi gims savi Monė ir Dega?

Įdomi mintis.

Tačiau dabar jis buvo pernelyg sudirgęs, kad galėtų ramiai skaitinėti knygą, todėl traukė toliau. Pilyje dar buvo vietų, kurių nespėjo ištyrinėti, o naktį galėjo vaikštinėti kur panorėjęs.

Žengdamas per šešėlius jis girdėjo ritmingai į stogą barbenantį lietų. Įėjo į patalpą, kurioje kažkada buvo priimamasis. Dabar ji buvo paversta ginklų sandėliu. Pakėlė kalaviją, pasvėrė rankoje, brūkštelėjo pirštu per ašmenis tikrindamas aštrumą, kelis kartus mostelėjo ore. Gal kadaise Pažadėtosios žemės amatininkai ir buvo atsidavę menui, bet kalti kalavijus jie puikiai mokėjo.

Laikas parodys, ar to pakaks.

Apsisukęs Kianas nuklydo į muzikos instrumentų pilną kambarį. Viename kampe stovėjo elegantiška paauksuota arfa. Šalia puikavosi grakšti jos mažesnioji giminaitė, primenanti tradicinę airišką arfą. Toliau stovėjo monochordas — tolimas pianino giminaitis, išdabintas dailiais raižiniais. Kianas timptelėjo už stygos ir pasimėgavo tyru, švariu garsu.

Dar jis rado rylą, ir, kai pasuko jos rankeną leisdamas strykui paliesti stygas, iš jos pasklido graudi dūdmaišių garsus primenanti muzika.

Čia buvo liutnių ir dūdelių, visos dailiai išraižytos. Stovėjo patogūs krėslai, buvo įrengtas dailus marmurinis židinys. Puiki vieta muzikantams ir tiems, kurie vertina meną.

Tada pamatė senovinį smuiką. Paėmęs jį apžiūrėjo. Šis buvo ilgesnis už savo provaikaitį šiuolaikinį smuiką ir turėjo penkias stygas. Kai tie instrumentai buvo populiarūs, jam jie nė kiek nerūpėjo — tuo metu jis buvo užsiėmęs kekšių žudynėmis tamsiose pakampėse.

Bet kai žmogui prieš akis amžinybė, jis atranda daugybę pomėgių, nes turi jiems apsčiai laiko.

Jis patogiai įsitaisė ir pradėjo griežti smuiku. Savaime prisiminė natas ir garsus, ir tai jį ramino, kaip galėjo raminti tik muzika. Klausydamasis pritariančio lietaus, jis visiškai pasinėrė į muziką ir leidosi nešamas jos graudulingų garsų.

Antraip Moira nebūtų galėjusi jo užklupti nežiniomis. Ją atviliojo tyli instrumento rauda, paskui kurią ji atsekė, kaip vaikai seka paskui dūdmaišininką, o išvydusi, iš kur sklinda ta muzika, ji sustingo tarpduryje apstulbusi ir susižavėjusi.

Tai štai kaip jis atrodo, kai būna paskendęs ramybėje, o ne tik apsimeta esąs ramus. Turbūt toks buvo iki tol, kol jį nusižiūrėjo Lilita — svajingas, liūdnokas ir šiek tiek sutrikęs. Kai ji išvydo jį be kaukės, širdyje sukilo visi jausmai, kuriuos jam jautė, bet laikė giliai užgniaužusi. Sėdi čia vienas, ieško paguodos muzikoje. Ji būtų norėjusi mokėti piešti, kaip mokėjo Glena — dažais ar kreida, kad būtų galėjusi nupiešti jį tokį, kokį matė dabar. Kokį jį yra matę nedaugelis.

Kianas grojo užsimerkęs, užvaldytas kažkokio neaiškaus jausmo — kažko tarp melancholijos ir pasitenkinimo. Bet kad ir ką būtų sakęs jo veidas, kad ir kur būtų klajojusios mintys, jo ilgi, liauni pirštai puikiai pažino stygas ir negailestingai virkdė instrumentą.

Muzika nutilo taip staiga, kad Moira prieštaraudama net šūktelėjo ir žengė arčiau, nešina žvake.

— Kodėl lioveisi? Pagrok dar. Kaip puikiai groji!

Jam būtų buvę geriau, jeigu ji būtų puolusi jį su peiliu rankoje, o dabar žvelgė su ta nekalta smalsia šypsena. Vilkėjo tik naktiniais marškiniais, baltais ir tyrais, o jos pečiais it lietus vilnijo palaidi plaukai. Žvakė nušvietė jos veidą, paslaptingą ir meilų.

— Grindys šaltos — sušalsi kojas, — tepasakė jis ir atsistojęs padėjo instrumentą į vietą.

Iš jo akių dingo svajingas žvilgsnis, užleidęs vietą įprastiniam šaltumui. Nusiminusi ji pastatė žvakę.

— Mano kojos — mano reikalas. Niekada nesakei, kad moki groti.

— Aš nekalbu apie daugelį dalykų.

— O aš muzikai visai negabi. Mama dėl to labai krimtosi. Kiek mokytojų buvo pasamdžiusi, kad mane bent kiek pamokytų groti... Tačiau kad ir kokį instrumentą paimdavau, jie visi kaip susitarę kniaukė lyg besiporuojančios katės. — Ji palietė smuiko stygas. — O tavo rankos daro stebuklus.

— Turėjau pakankamai laiko išmokti viskam, kas mane domino. Kur kas daugiau negu reikia.

Ji pakėlė galvą ir pažvelgė jam į akis.

— Gal ir taip, bet dėl to tavo meistriškumas nė kiek ne menkesnis. Esi talentingas. Kodėl paprasčiausiai nepriimi komplimento?

— Jūsų didenybe, — jis žemai nusilenkė. — Per daug garbės mano menkiems sugebėjimams.

— Eik velniop, — metė ji, priversdama jį nusijuokti. — Niekaip nesuprantu, kodėl tik ir ieškai, kaip mane įžeisti.

— Kiekvienas turi savų pomėgių. Labos nakties.

— Išeini? Kodėl? Tai juk tavo metas ir tu tikrai nemiegosi. Aš irgi negaliu miegoti. Pabudau nuo kažkokio keisto šalčio, — suvirpėjusi ji susigūžė ir sunėrė rankas ant krūtinės. Pastebėjo, kaip kažkas šmėkštelėjo jo žvilgsnyje. — Ką nors apie tai žinai? Kas nors atsitiko? Larkinas...

— Visai ne tai. Kiek žinau, jiems ten puikiai sekasi.

— Tai kas tada?

Akimirką jis abejojo. Troškimas kuo greičiau pasitraukti toliau nuo jos neturėjo nusverti jos teisės žinoti.

— Čia per šalta naktinėms išpažintims.

— Pakursiu ugnį, — pasisiūlė ji ir nuėjusi prie židinio paėmė dėžutę su titnagu ir pintimi. — Toje dažytoje spintelėje visada būdavo viskio. Mielai išgerčiau.

Ir nežvilgtelėjusi į jį Moira puikiai žinojo, kad prieš eidamas prie spintelės jis nutaisė sarkastišką miną.

— Ar mama tavęs taip ir neišmokė, kad nedera vidury nakties sėdėti prie židinio ir gerti viskį su visokiais prašalaičiais, ypač kai jie ne visai žmonės?

— Dabar man užvis mažiausiai rūpi, kas dera ar nedera. — Atsiklaupusi ji stebėjo, ar durpės gerai įsidegė. Paskui atsistojusi nuėjo prie krėslo ir paėmė stiklą su viskiu. — Ačiū, — padėkojo ir gurkštelėjo. — Kaip suprantu, šiąnakt kažkas įvyko, ir jeigu tai kaip nors susiję su Pažadėtąja žeme, norėčiau žinoti.

— Na, daugiau susiję su manimi.

— Jaučiu, kad tai kažkaip susiję su Lilita. Maniau, jog čia tik mano baimė, įsismelkusi, kol miegojau, bet dabar suprantu, kad kur kas daugiau. Kažkada esu ją sapnavusi. Iš tiesų tai buvo daugiau negu sapnas. Atsimeni, kaip mane iš jo pabudinai?

Moira prisiminė, koks jis tada jai buvo geras. Kad ir nenoromis, bet geras.

— Ir dabar vyko kažkas panašaus, — tęsė ji. — Bet aš nesapnavau, tik jaučiau...

Ji nutilo ir susimąsčiusi įsižiūrėjo priešais save išplėstomis akimis.

— Ne, ne tik jaučiau. Ir girdėjau tave. Girdėjau kalbant. Tavo balsas skambėjo mano galvoje ir buvo toks šaltas... „Gali būti tikra, kad būtent aš tave pribaigsiu". Labai aiškiai išgirdau tave tai sakant. Atsibusdama pagalvojau, kad suledėsiu, jei dar būsi man toks šaltas. — Būtent tada ji pajuto, kad nebegali likti lovoje, o muzika atvedė pas jį. — Kas tai buvo?

Jis nusprendė, kad pabandys vėliau išsiaiškinti, kaip Moira galėjo girdėti tai, ką jis kalbėjo savo sapne.

— Lilita.

— Žinoma, — žvelgdama į liepsną Moira pasitrynė rankas. — Taip ir žinojau. Tas šaltis buvo toks tamsus. Visai ne kaip tu.

— Kodėl tau taip atrodo?

— Tavo kitoks... atspalvis, — pasakė ji. — Lilita yra juoda. It derva. O tu... Aišku, tu nesi šviesus. Labiau pilkšvai mėlynas. Kaip prieblanda.

— Tu kalbi apie aurą?

Išgirdusi jo balse šaltą pajuoką, ji pajuto, kad pradeda rausti.

— Kartais aš taip matau žmones. Glena sako, kad turėčiau puoselėti šį sugebėjimą. O ji yra raudonos ir aukso spalvos — visai kaip jos plaukai. Jeigu tau tai įdomu. Ar tu ją sapnavai? Turiu omeny Lilitą.

— Ne. Nors ji pasistengė, kad susapnuočiau kai ką, kas galėjo būti ir mano prisiminimas. Apie kekšę, kurią išdulkinau ir nužudžiau Londono skersgatvyje, — tai sakydamas jis gurkštelėjo viskio, lyg norėdamas dar paaštrinti savo žodžius. — Kita vertus — koks skirtumas? Jeigu nenužudžiau tos, kurią sapnavau, vis tiek esu išdulkinęs ir nužudęs daugybę kitų.

Ji ir toliau žvelgė tiesiai jam į akis.

— Būtinai nori mane šokiruoti. Niekaip negali apsieiti be to beširdiškumo.

— Mūsų santykiai persismelkę beširdiškumu.

— Man menkai rūpi, ko esi prisidirbęs praeityje. Tave pažįstu nuo to vakaro, kai Airijoje pirmą kartą išgelbėjai man gyvybę. Negi manai, kad esu visiškai naivi ir nenutuokiu, kiek ir kokių moterų esi turėjęs ir kokiais būdais esi jas žudęs? Be reikalo bandai mane įžeisti girdamasis savo praeities nusižengimais.

— Nesuprantu tavęs, — jis tikrai jos nesuprato ir jautė poreikį viską išsiaiškinti, nes supratimas jam asocijavosi su išlikimu.

— Tikrai ne dėl mano kaltės. Paprastai kalbu gana tiesiai. Jeigu ji pasiuntė tau tą sapną — visai nesvarbu, ar jis buvo tikras, ar ne — tai tik tam, kad išmuštų tave iš pusiausvyros.

— Išmuštų iš pusiausvyros, — pakartojo jis ir priėjo arčiau ugnies. — Mane tas sapnas sujaudino. Ir, kaip čia geriau pasakius, suerzino. Būtent to ji siekė ir jai pavyko.

— Ir pasiekusi savo tikslą, užčiuopusi tavo silpnąją vietą, ji pas tave pasirodė. Tiksliau, jos vizija. Kaip kad Lora pasirodė Blerai.

Jis atsigręžė atsainiai laikydamas viskio stiklą.

— Po nesuskaičiuojamų amžių ji manęs atsiprašė už tai, kad apleido mane, kai buvau ką tik paverstas vampyru ir beveik mirtinai sužalotas po to, kai Hoitas nustūmė mane nuo skardžio.

— Turbūt atsižvelgiant į tavo egzistencijos trukmę vėlavimas yra gana reliatyvus dalykas.

Staiga jis pratrūko nuoširdžiu nesuvaldomu juoku, kuriame ji išgirdo pripažinimo gaidelių.

— Tikrai, tu keisčiausias pasaulyje padaras, nestokojantis ir sąmojo. Ji pasiūlė man sandėrį. Norėtum apie tai sužinoti daugiau?

— Žinoma, net labai.

— Turiu pasitraukti iš šito žaidimo. Palikti tave ir kitus, užmiršti tai, kas įvyks per Vėlines. Tuomet ji laikys, kad esam atsiskaitę. O jeigu atsimetęs nuo jūsų pereisiu į jos stovyklą, man bus dosniai atlyginta. Gausiu viską ko panorėjęs ir dar tapsiu jos patikėtiniu. Ir meilužiu. Be to, galėsiu turėti kitų meilužių. Kiek tik įsigeisiu.

Moira susiraukė ir gurkštelėjo viskio.

— Jeigu tuo tiki, tai esi naivesnis ir už mane.

— Niekada nebuvau toks naivus kaip tu.

— Tikrai? Tai kuris iš mūsų buvo toks naivus, kad leidosi pramogauti su vampyre, kuri galų gale suleido jam į gerklę dantis?

— Oho! Tu teisi. Bet, kita vertus, nežinai, ką reiškia būti geidulingu jaunuoliu.

— Žinoma, moterims kūno reikalai nerūpi. Mums kur kas įdomiau siuvinėti ir nuolat murmėti maldeles.

Jis šyptelėjo ir papurtė galvą.

— Tu ir vėl teisi. Tačiau šiuo metu nesu nei jaunas, nei toks geidulingas ir jau tikrai nebeturiu nė lašo naivumo. Puikiai suvokiu, kad Lilita mane tiesiog įkalintų ir gerai pakankintų. Galėtų išlaikyti mane gyvą amžinai. Kęsčiau neapsakomus skausmus.

Tas trumpas ginčas su Moira sužadino jo vaizduotę.

— Gali būti, kad ji laikytųsi savo žodžio — dėl sekso ir kitų apdovanojimų — kol atsibosčiau. Juk galėčiau jai būti naudingas bent jau iki Vėlinių.

Moira pritariamai linktelėjo galva.

— Ji tave įsitemptų į lovą, apipiltų dovanomis, suteiktų tau tam tikras privilegijas. O kai viskas būtų baigta, įkalintų tave ir kankintų.

— Būtent. Bet man visai nesinori būti kankinamam visą amžinybę ar kaip nors kitaip jai tarnauti. Ji nužudė puikų žmogų, prie kurio buvau tikrai prisirišęs. Už visa kita galėčiau jai atleisti, bet už Kingą — tikrai ne.

— Įtariu, kad tavo atsisakymas jai nepatiko.

Jis ramiai pažvelgė į Moirą.

— Per švelniai pasakyta.

— Mano intuicija byloja, kad esi pažadėjęs ją pribaigti savo rankomis.

— Prisiekiau savo krauju. Dramatiška, ar ne? — tarė jis apžiūrinėdamas beveik užgijusią rankos žaizdą. — Bet ir jaučiausi kaip kokiam teatre.

— Tu taip nerūpestingai apie ją kalbi. Atrodo, suprantu tavo mintį. Jaučiu, kad nori ją pribaigti labiau, negu pats sau prisipažįsti. Ji to nesupranta, kaip ir tavęs. Tau to norisi ne tik todėl, kad jai atsilygintum, bet ir kad užverstum tą savo gyvenimo puslapį.

Jis nieko neatsakė.

— Ar tau neatrodo keista, kad aš tave suprantu geriau negu ji? Ir geriau tave pažįstu.

— Tavo protas nesiliauja dirbęs, — atsakė jis. — Atrodo, net girdžiu tavo galvoje besisukančius krumpliaračius. Nieko nuostabaus, kad dėl jų keliamo triukšmo pastarosiomis dienomis negali miegoti.

— Aš bijau.

Prisimerkęs jis įsistebeilijo į ją, bet ji nežiūrėjo jam į akis.

— Bijau mirti taip ir nespėjusi iš tikrųjų pagyventi. Bijau apvilti savo žmones, savo šeimą, tave ir mūsų draugus. Ir kai jaučiu tą šaltį ir tamsą, kokią pajutau šiąnakt, žinau, kad jeigu Lilita laimės, Pažadėtoji žemė tokia ir liks — tamsi ir šalta. Tuščia, išdeginta, išsunkta, alkana ir juoda. Ir ta mintis tokia gąsdinanti, kad neleidžia man miegoti.

— Vadinasi, jai negalima leisti laimėti.

— Negalima, — ji pastatė viskio stiklą. — Turi iškloti Glenai tai, ką papasakojai man. Manau, tarp mūsų neturėtų būti jokių paslapčių, antraip negalėsim laimėti.

— Jeigu aš jai nepapasakosiu, tai padarysi tu.

— Žinoma. Bet būtų geriau, jeigu tu. Ir jeigu dar kada panorėsi pagroti — labai prašom. Gali imti bet kurį čia esantį instrumentą. O jeigu norėsis privatumo, gali juos neštis į savo kambarį.

— Ačiū.

Atsistojusi ji šyptelėjo.

— Manau, kad dabar galėčiau ir numigti. Labanakt.

Kai ji pasiėmusi žvakę išėjo, jis nepajudėjo. Ir prasėdėjo židinio apšviestoje tamsoje dar ne vieną valandą.

Buvo tik pradėję brėkšti, kai Moira stovėjo lietuje atėjusi išlydėti Tinino, kuris rengėsi išvykti su rūpestingai parinktais kariais.

— Laukia ne itin malonus žygis.

Tininas jai nusišypsojo.

— Lietus nuplauna sielą.

— Tad po kelių dienų jūsų sielos turėtų likti visiškai švarios. Lietuje gali pasirodyti jie, Tininai. — Ji palietė jo antkrūtinyje nupieštą kryžių. — Gal jums reikėtų palaukti, kol liausis liję.

Papurtęs galvą jis pažvelgė į savo karius.

— Valdove, kariai pasirengę, ir jeigu atidėsim kelionę, tai tik suerzins juos ir pakenks drausmei. Jiems reikia veikti, net jeigu tai tebūtų kelionė lietingą dieną. Mes išmokyti kautis, — tęsė jis pastebėjęs, kad ji ketina kažką sakyti. — Jeigu kas nors bandys mus pulti, būsim pasirengę.

— Nė kiek tuo neabejoju, — tarė ji ir pagalvojo, kad negali abejoti. Jeigu pradės abejoti Tininu, kurį pažįsta nuo vaikystės, tai kuo dar galės pasitikėti? — Jūsų lauks Larkinas ir kiti mūsiškiai. Tikiuosi juos pamatyti iškart po saulėlydžio ir išgirsti, kad jūs sėkmingai pasiekėt postą.

— Galite manim pasikliauti, valdove, — jis paėmė ją už rankų.

Jie buvo draugai, o jis dar buvo ir pirmasis, kurį ji išsiuntė iš pilies, todėl leido sau jį pabučiuoti.

— Aš pasikliauju tavimi, — ji suspaudė jam rankas. — Neleisk mano pusbroliams veltis į bėdas.

— Tai, valdove, gali būti ne mano valioje.

Tada jis pažvelgė į kažką jai už nugaros. Nepaleisdama Tinino rankų Moira atsisuko ir pamatė Kianą su Glena.

— Ne pati geriausia diena keliauti, — pastebėjo Kianas. — Visai gali būti, jog pakeliui jie bus palikę keletą saviškių, kad šiek tiek jus pramankštintų.

— Vyrai to ir telaukia. — Tininas apžvelgė beveik šimto vyrų, atsisveikinančių su savo šeimomis ir mylimosiomis, būrį, tada vėl atsigręžė į Kianą. — Ar mes pakankamai pasirengę?

— Kaip ir.

Moira jau ketino įsiterpti, bet Tininas prapliupo kvatotis.

— Iš Kiano lūpų tai tikras pagyrimas, — pasakė jis ir sumušė su Kianu delnais. — Ačiū už sugaištas su mumis valandas ir už visas mėlynes.

— Tikiuosi, kad jos jums išeis į naudą. *Slan leat*[*].

— *Slan agat*[**], — lipdamas ant žirgo Tininas išdidžiai nusišypsojo Glenai. — Jūsų vyras grįš pas jus, ponia.

— Grįžk ir tu, Tininai. Laimingai!

— Vardan jūsų, valdove, — pasakė jis Moirai ir pavarė savo žirgą. — Rikiuokitės!

Moira stebėjo, kaip vyrai rikiuojasi į eiles, kaip jos pusbrolis Orenas ir kiti du karininkai išjoja, vesdami pėstininkus į pirmą karo žygį.

— Prasideda, — sumurmėjo ji. — Tesaugo juos dievai.

— Geriau jau tegul jie patys pasisaugo, — tarė Kianas.

Kartu su ja jis palaukė, kol pirmasis Pažadėtosios žemės kariuomenės batalionas dingo iš akių.

8 skyrius

Glena gėrė arbatą ir raukėsi klausydamasi, kaip Moiros raginamas Kianas pasakojo apie savo bendravimą su Lilita. Jie trise pusryčiavo.

---

[*] Slan leat (*gėl.*) — atsisveikinimas su išeinančiu asmeniu.
[**] Slan agat (*gėl.*) — atsisveikinimas su liekančiu asmeniu.

— Visai tas pat, kas anąkart nutiko Blerai, o man dar Niujorke. Maniau, kad mums su Hoitu pavyko užblokuoti tokius reiškinius. — Gal pavyko su žmonėmis, — pasakė Kianas. — Bet vampyrų santykiai — visai kas kita. Ypač... — Kai įsibrovėlis yra pirmtakas, — užbaigė Glena. — Suprantu. Bet vis tiek turi būti koks nors būdas užkirsti jai kelią. — Kažin, ar verta tam gaišti laiką ir švaistyti jėgas. Mane tai menkai trikdo. — Bet juk iš tikrųjų tave slegia.

Jis žvilgtelėjo į Moirą.

— Slegia — per skambiai pasakyta. Kad ir kaip ten buvo, aš ne juokais ją supykdžiau. — Ir tai nėra blogai, — tęsė Glena. — Ji atėjo pas tave, bandė tartis ir dabar nebegali būti tokia įsitikinusi dėl savo pergalės. — Priešingai. Ji šventai tiki, kad laimės, mat jos burtininkas jai parodęs pergalę.

— Midiras? Vakar apie tai nieko nesakei.

— Tiesiog nenuslydo nuo liežuvio, — nerūpestingai atsakė Kianas, nors iš tikrųjų jis ilgai svarstė, ar apskritai verta apie tai kalbėti. — Ji teigia, kad jis parodė būsimą jos pergalę, ir, mano nuomone, ji tuo tiki. Todėl visi tie nuostoliai, kurių jai pridarėm iki šiol, jai mažai terūpi. Momentinis susierzinimas, šioks toks smūgis jos išdidumui — bet ne daugiau.

— Mūsų likimas priklauso nuo kiekvieno posūkio, kiekvieno pasirinkimo, — žvelgdama Kianui tiesiai į akis tarė Moira. — Šis karas nelaimėtas, kol jo nelaimėjo ar ji, ar mes. Jos burtininkas sako ir rodo tai, ką ji nori girdėti ir matyti.

— Manau, taip ir yra, — sutiko Glena. — Kaipgi kitaip jis išlaikytų sveiką kailį?

— Gal jūs abi teisios, — nerūpestingai gūžtelėjęs pečiais pertraukė jas Kianas ir paėmė kriaušę. — Bet toks absoliutus įsitikinimas gali būti pavojingas ginklas. Ginklai gali atsisukti prieš tuos, kurie juos turi. Kuo daugiau jai įkyrėsim, tuo ji bus neatsargesnė.

— Kaip tai galim padaryti? — pasiteiravo Moira.

— Galvoju apie tai.

— Aš kai ką sugalvojau, — Glena susimąsčiusi įsižiūrėjo į arbatos puodelį. — Jeigu jos Midiras gali jai padėt apsilankyti pas tave, Kianai, manau, kad ir aš galėčiau padaryti ką nors tokio. Man įdomu, kaip Lilita reaguotų į tokį vizitą.

Kianas atsikando kriaušės ir atsilošė.

— Tik pažiūrėkit, kokia gudruolė.

— Žinoma. Bet man reikės tavęs. Iš tikrųjų tai jūsų abiejų. Siūlau užbaigti pusryčius trumpučiu smagiu kerų seansu.

Tas seansas nebuvo nei trumputis, nei smagus. Glenai prireikė valandos vien tam, kad paruoštų savo priemones ir sudėtines dalis. Ji sutrynė fluorito, turkio ir padėjo juos šalin. Susirado rugiagėlių ir bugienio, čiobrelio. Tada po katilu užkūrė ugnį.

— Visa tai atėjo iš žemės ir dabar maišysis su vandeniu.

Ji pradėjo berti ingredientus į katilą.

— Burtažodžiams, regėjimui ir atminčiai. Moira, būk maloni, sustatyk aplink katilą žvakes.

Ji pradėjo statyti žvakes, o Glena tęsė savo darbą.

— Tiesą pasakius, norėjau tai išbandyti dar nuo tada, kai Blerą ištiko nelaimė. Esu daugybę kartų galvojusi, kaip visa tai turėtų vykti.

— Ji negailestingai smogdavo kiekvieną kartą, kai bandydavai pasižvalgyti po jos valdas, — priminė jai Kianas. — Todėl būk atsargi. Visai nenoriu, kad Hoitas mane dar kartą nustumtų nuo kokio nors skardžio už tai, kad neapsaugojau tavęs.

— Pirmas fronto linijas teks laikyti ne man, — ji atmetė atgal plaukus ir pažvelgė į jį, — o tau.

— Dar geriau.

— Rizikinga, todėl turi būti atsargus.

— Viskas juk dėl garbės ir šlovės, ar ne? — priėjęs jis įsispoksojo į katilą. — Tai ką darysim?

— Iš pradžių stebėsim. Jeigu nuspręsi su ja susisiekti — bus tavo sprendimas, bet turi pasižadėti, kad viską nutrauksi, jeigu kils bent menkiausias pavojus. Antraip mes tave tiesiog sugrąžinsim atgal, o tai nėra labai malonu. Galvos skausmas bus nepakeliamas, o dar pykinimas...

— Nieko sau smagumai.

— Ir jie tik prasideda, — nuėjusi ji atrakino nedidelę dėžutę ir ištraukė iš jos vaškinę figūrėlę.

Kianas nepajėgė nuslėpti nuostabos.

— Labai panašu. Tu tikrai gabi.

— Lipdymas ne pats geriausias mano sugebėjimas, bet lėlės išeina neblogai, — Glena pasukinėjo Lilitą vaizduojančią figūrėlę, kad ją matytų ir Moira. — Paprastai jų nelipdau, nes tai jau gana pavojingas kišimasis į kito žmogaus gyvenimą. Bet nemirusiesiems žalos nedarymo taisyklė negalioja. Išskyrus tuos, kurie priklauso mūsų kompanijai.

— Ačiū, kad prisiminei.

— Iš tavęs man reikia dar vieno dalyko.

— Kokio?

— Kraujo.

Kianas atrodė visiškai atsidavęs likimui.

— Na, žinoma.

— Tik kelių lašų. Po to, kai aprišiu lėlę. Lilitos nieko neturiu — nei plauko, nei nukirpto nago. Bet kažkada jūsų kraujas susimaišė. Todėl manau, kad mūsų tikslui jis gali tikti, — abejodama ji suko apie pirštą savo pakabuko grandinėlę. — O gal čia ir ne tokia gera mintis.

— Visai ne, — Moira pastatė paskutinę žvakę. — Laikas prasiskverbti į jos mintis. Ji juk jau prasiskverbė į mūsų visų. Jei tau įdomi mano nuomonė, tai kaip reikiant pakutensim jai padus. O Kianas nusipelno galimybės jai atsilyginti, — ji išsitiesė. — Ar mes galėsim stebėti?

— Tu, matau, irgi ištroškusi keršto? — pastebėjo Kianas.

Moira šaltai pažvelgė į jį.

— Mirtinai ištroškusi. Tai ar galėsim?

— Jeigu viskas gerai seksis, — atsakė Glena ir giliai įkvėpė. — Pasirengęs astralinei kelionei? — paklausė ji Kiano.

— Visada.

— Abu stokitės žvakių rato viduryje. Tau, Kianai, reikia pasiekti meditacijos būseną. Mes su Moira tave stebėsim ir saugosim. Kol tavoji dvasia keliaus, mudvi čia stengsimės išlaikyti tavo kūną.

— Ar tiesa, — paklausė Moira, — kad keliaujančią dvasią galima apsaugoti davus tam žmogui ką nors, kas priklauso jo pasaulio gyventojui?

Glena vėl nusibraukė plaukus.

— Teoriškai — taip.

— Tada imk šitą, — Moira nusirišo nuo kasos karoliukų ir odos raištį. — Jeigu kartais pasirodytų, kad ta teorija teisinga.

Neslėpdamas abejonių Kianas įsimetė raištį į kišenę.

— Taigi dabar būsiu apsiginklavęs plaukų papuošalais.

Glena paėmė nedidelį balzamo indelį.

— Susikaupk ir atverk čakras, — kalbėjo ji trindama balzamu jam odą. — Atpalaiduok kūną, atverk protą.

Ji pažvelgė į Moirą.

— Nubrėšim ratą. Įsivaizduok neryškią melsvą šviesą. Bus tokia apsauga.

Joms brėžiant ratą Kianas sutelkė dėmesį į baltas duris. Tai buvo jo mėgstamas simbolis nusprendus medituoti. Kai bus pasirengęs, durys atsivers ir jis žengs pro jas.

— Jis labai stiprios dvasios, — tarė Glena Moirai. — Be to, labai įgudęs. Sakė, kad mokėsi Tibete. Nekreipk dėmesio, — numojo ji ranka, pamačiusi, kad Moira nesuprato. — Plepu kas ant seilės užeina. Šiek tiek nervinuosi.

— Joks burtininkas tikrai nėra stipresnis už tave. Padarysi ką gali, ir tiek.

— Visiškai teisingai. Bet tikrai tikiuosi, kad Lilita dabar miega. Taip būtų geriau, kur kas geriau, — Glena pažvelgė pro langą į slopstantį lietų. — Ką gi, tuoj išsiaiškinsim.

Lėlėje ji padarė duobutę, kad galėtų į ją pripilti šiek tiek kapo žemės, rozmarino ir šalavijo, trinto ametisto ir kvarco.

— Dabar bandysim susisiekti su Lilita, todėl turi valdyti savo emocijas, Moira. Užmiršk savo neapykantą ir baimę. Mes siekiam teisingumo. Lilitai galima pakenkti, ir mes tam galime pasinaudoti

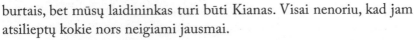

burtais, bet mūsų laidininkas turi būti Kianas. Visai nenoriu, kad jam atsilieptų kokie nors neigiami jausmai.

— Tegyvuoja teisingumas.

Glena užlipdė lėlės duobutę vaško gabaliuku.

— Pusiausvyros ir teisingumo deivės šaukiamės, Maat*, kad rodytų mums kelią. Per atvaizdą šį oru ir žeme mes siunčiam savo galią. — Ji prispaudė prie lėlės baltą plunksną ir apsuko ją juodu kaspinu. — Siųsk tai būtybei, kurios atvaizdą aš laikau, senų seniausius jos sapnus ir atsiminimus.

Ji perdavė ritualinį peilį Moirai ir linktelėjo galva.

— Paženklinta pralieto kraujo, supančiota raudonų jo lašų.

Kianas niekaip nesureagavo, kai Moira paėmė jo ranką ir peiliu brūkštelėjo per delną.

— Kad praregėtų tas, kurio ji pasisavino gyvybę, tesusijungia kūnas ir dvasia. O kol jisai žiūrės, laikysim saugiai jį mes savo rankose ir širdyse, kol jis nuspręs sugrįžti. Tegul per mus pasiekia ją kerai, o pasiuntiniui mūsų teatsiveria josios sapnai. Atverk duris regėjimui savo galia. Tebūnie tavo valia.

Glena palaikė lėlę virš katilo ir paliko ją sklandyti ore, laikomą jų valios pastangų.

— Paimk jį už rankos, — paliepė ji Moirai. — Ir nepaleisk.

Kai Moira suspaudė Kiano ranką, kažkokia jėga jį lyg pūste išpūtė pro baltąsias duris. Skriedamas per tamsą tokiu greičiu, kad net akyse raibo, jis jautė stipriai spaudžiančią Moiros ranką, o mintyse girdėjo jos ramų balsą.

— Mes su tavim. Mes tavęs nepaliksim.

Tamsoje švytinti mėnesiena išryškindavo neaiškias formas ir šešėlius. Jis uodė kvapus — gėlių ir žemės, vandens ir moters.

Žmonių kvapus.

Ir pajuto karštį. Tai nelabai jam rūpėjo, tiesiog pajuto, kad drėgna vėsa liko kažkur toli, o jį gaubia deginantis karštis, kurį šiek tiek maldė nuo vandens kylantis švelnus vėjelis.

---

* Maat — senovės egiptiečių teisingumo ir tvarkos deivė.

Jūra, pagalvojo jis. Apačioje tikrai ošė vandenynas, jo bangos skalavo balto smėlio krantus. Tuoj pat už paplūdimio kilo kalnai. Tarp tų kalnų tarpo alyvmedžiai. Ant vienos viršūnės, pačios aukščiausios, stūksojo šventykla — nubalinta mėnulio šviesos, besipuikuojanti marmurinėmis kolonomis, žvelgiančiomis į vandenyną, medžiais, sodais ir baseinais.

Jis taip pat pamatė vyrą ir moterį, gulinčius ant balto, auksu siuvinėto patiesalo, ant balto smėlio, kurį it žaisdamos skalavo baltos putos.

Jis išgirdo žemą, storabalsį susijaudinusios moters juoką. Žinojo, kad tai Lilita, kad jis atsidūrė jos prisiminimuose, o gal jos sapne. Todėl liko nuošalyje ir stebėjo, kaip vyras nutraukė jai nuo pečių baltą apdarą ir palinko prie jos krūtų.

Svaigina, kaip svaigina jo lūpos. Ji jautė, jog pojūčiai tai užplūsta, tai vėl atslūgsta it potvynio bangos. Kaip galima drausti tokį grožį? Jos kūnas buvo visam tam sukurtas. Jos dvasia ir protas buvo dievų sukurti būtent tam.

Ji išsilenkė lyg siūlydamasi jam, pirštais švelniai kedendama jo saulės išblukintus plaukus. Jis kvepėjo alyvmedžiais ir saule, kuri nokino jų vaisius.

Jis buvo jos meilė, jos vienos. Ji jam tai šnabždėjo, kai jų lūpos susitiko dar ir dar kartą. Tie bučiniai kurstė nepakeliamą aistrą.

Kai jo kūnas pagaliau susijungė su josios, ji nebematė nieko aplinkui — tik jį. Iš malonumo akis jai užplūdo ašaros, o atodūsiai virto nevaldomomis dejonėmis.

Ją apėmė meilė, nuo kurios širdis daužėsi it pašėlusi. Ji vis stipriau glaudėsi prie jo, šaukdama iš malonumo, kurio nesigėdijo parodyti net dievams.

— Sirijau, Sirijau... — ji priglaudė jo galvą sau prie krūtinės. — Mano meile. Mano širdie.

Jis pakėlė galvą ir paglostė jos auksinius plaukus.

— Net mėnulis nublanksta prieš tavo grožį, Lilija, mano nakties karaliene.

— Naktys priklauso mums, bet kartu su tavim noriu mėgautis ir saule — saule, kuri nuauksino tavo plaukus ir odą ir kuri liečia tave tada, kai aš negaliu jų liesti. Noriu žengti šalia tavęs išdidi ir laisva. Jis atsivertė ant nugaros.

— Pažvelk į žvaigždes. Šiąnakt jos mums šviečia lyg deglai. Reikėtų po jomis nusimaudyti. Leisti jūrai nuplauti tą karštį. Apmaudas nubraukė nuo jos veido džiaugsmą.

— Kodėl nenori apie tai kalbėti?

— Ši naktis pernelyg karšta kalbėtis ir galvoti, — nerūpestingai mestelėjo jis žarstydamas smėlį. — Eikš. Pasiausim kaip delfinai.

Bet kai jis suėmė ją už rankų ketindamas padėt atsikelti, ji suirzusi jas ištraukė.

— Juk turime pasikalbėti. Turim viską suplanuoti.

— Mieloji, šiąnakt mums beliko tiek nedaug laiko.

— Galim turėti amžinybę, kiekvieną naktį. Tereikia pabėgti iš čia. Galėčiau būti tavo žmona, gimdyti tau vaikus.

— Pabėgti? — juokdamasis jis atmetė galvą. — Kas per kvailystės! Eikš gi, man teliko valanda. Pasimaudykim, aš panešiosiu tave ant bangų.

— Tai ne kvailystės, — ji piktai atlošė jo rankas. — Galėtume iš čia išplaukti bet kur, kur tik panorėtume. Būtume kartu visiškai atvirai, vaikščiotume saulėje. Man reikia daugiau, ne tik tų kelių valandų tamsoje, Sirijau. Juk žadėjai man daugiau.

— Išplaukti? Kaip kokiems vagims? Bet juk čia mano namai, mano šeima. Mano pareiga.

— Tavo turtai, — piktai rėžė ji. — Tiksliau, tavo tėvo.

— Ir ką? Negi manai, jog suteršiu savo šeimos vardą pabėgdamas su šventyklos vaidilute, kad paskui gyventume kaip kokie prasčiokai svetimoje žemėje?

— Juk sakei, kad galėtum gyventi vien mano meile.

— Kai degina aistra, žodžiai lengvai išsprūsta. Turėtum suprasti, — meilikaudamas tarė jis, pirštais braukdamas per nuogas krūtis. — Suteikiame vienas kitam tiek malonumo. Ko dar reikia?

— Bet aš noriu kur kas daugiau. Aš tave myliu. Dėl tavęs sulaužiau įžadus.

— Ir labai noriai, — priminė jis.

— Iš meilės.

— Iš meilės košės nevirsi, Lilija. Tik nenusimink. Nupirksiu tau dovaną. Ką nors iš aukso, kad tiktų prie tavo plaukų.

— Man nereikia nieko, ką gali nupirkti. Tik laisvės. Noriu būti tavo žmona.

— Bet negali. Jeigu ir mėgintume, paskui būtume pagauti, mūsų lauktų mirtis.

— Verčiau jau mirti kartu su tavim, negu gyventi be tavęs.

— Atrodo, man mano gyvenimas brangesnis, negu tau mudviejų abiejų, — pasakė jis taip tingiai, kad atrodė — tuoj nusižiovaus. — Galiu suteikti tau malonumo ir jo teikiamos laisvės. Bet žmona man jau išrinkta, juk pati tai žinai.

— Bet tu pasirinkai mane. Sakei...

— Gana jau, gana, — jis pasiduodamas pakėlė rankas, bet visiškai neatrodė supykęs, greičiau — nuobodžiaujantis. — Pasirinkau tave tam, kad ir tu mane pasirinkai. Tau taip reikėjo prisilietimų. Mačiau iš akių. O jeigu įsivaizdavai, kad mes kažkur bėgsim, tai jau tavo reikalas.

— Tu man pasižadėjai.

— Tik savo kūnu. Ir tau tai patiko, — pakilęs jis užsirišo savo drabužį. — Mielai pasilaikyčiau tave kaip meilužę. Bet neturiu nei laiko, nei kantrybės klausytis juokingų šventyklos ištvirkėlės reikalavimų.

— Ištvirkėlė! — Iš pykčio ji išblyško kaip kalvos pašonėje stūksančios baltos kolonos. — Atėmei man nekaltybę.

— Pati man ją atidavei.

— Negaliu patikėti, kad taip ir galvoji, — ji priklaupė ir sunėrė rankas lyg ketindama melstis. — Pyksti, nes per daug tave spyriau. Geriau šiąnakt apie tai nesikalbėkim. Verčiau paplaukiokim, kaip ir siūlei, ir užmirškim visas tas nemalonias šnekas.

— Per vėlu. Negi manai, kad nesuprantu, ko trokšti? Juk mirtinai užgrauši mane dėl dalykų, kurie neįmanomi. Be to, jau pakankamai prierzinom dievus.

— Tik nepalik manęs. Aš tave myliu. Jeigu mane paliksi, viską papasakosiu tavo šeimai...

— Tik pamėgink apie tai prašnekti, ir aš pasakysiu, kad tu meluoji. Tave už tai sudegins, Lilija, — pasilenkęs jis perbraukė ranka jai per peties išlinkį. — O tavo oda pernelyg švelni, kad atlaikytų ugnį. — Tik nenusisuk nuo manęs. Tegul viskas bus taip, kaip nori tu. Daugiau niekada neprasižiosiu apie pabėgimą. Tik nepalik manęs. — Maldavimai tavo grožiui ne į naudą.

Ji dar pašaukė jį visiškai nusiminusi ir priblokšta, bet jis nuėjo sau šalin lyg būtų neišgirdęs.

Ji krito ant patiesalo ir pratrūko nesuvaldomai raudoti, kumščiais daužydama žemę. Ją degino nenusakomas skausmas, besiskverbiantis iki pat kaulų. Kaip gyventi su tokiu skausmu?

Jos meilė ją išdavė, ja pasinaudojo, ją pametė. Meilė pavertė ją kvaile. Ir vis tiek jos širdis buvo kupina tos meilės.

Jai norėjosi mestis į jūrą ir pasiskandinti. Arba užkopti į patį šventyklos viršų ir pulti žemyn. O gal mirti tiesiog čia. Iš gėdos ir skausmo.

— Bet jis mirs pirmas, — springdama ašaromis nusprendė ji. — Pirmiausia nužudysiu jį, tada nusižudysiu pati. Kraujas, jo ir mano. Tebus tokia meilės ir išdavystės kaina.

Staiga išgirdusi kažką šnarant smėlyje ji iš džiaugsmo pašoko — jis grįžta pas ją!

— Mano meile!

— Taip, aš būsiu tavo meilė.

Ji išvydo vyriškį tamsiais, ant pečių išsidraikiusiais plaukais, juodu apdaru, beveik susiliejančiu su naktimi. Jo akys buvo lygiai tokios pat juodos ir spindėjo tamsoje.

Ji stvėrė savo togą ir prisidengė ja krūtis.

— Aš šios šventyklos žynė. Tu neturi teisės čia vaikščioti.

— Vaikštau kur panorėjęs. Kokia jaunutė, — sumurmėjo jis nužiūrinėdamas ją savo juodomis akimis. — Tokia šviežia.

— Turi dingti iš čia.

— Kai ateis laikas. Pastarąsias tris naktis stebėjau tave, Lilija, ir tą padarą, kuriam save švaistai.

— Kaip tu drįsti...

— Tu jam atidavei savo meilę, o mainais gavai tik melą. Dvi ver-
tingos dovanos. Sakyk, kaip norėtum jam atsilyginti už dovaną?

Ji sukluso ir pajuto viduje sukirbant kerštingumą.

— Iš manęs jis nieko nenusipelno. Nei jis, nei kuris nors kitas vyras.

— Tikra teisybė. Vadinasi, duosi man tai, ko nenusipelno joks
vyras.

Staiga ją apėmė baimė ir ji leidosi bėgti. Bet kažkaip jis vėl atsi-
dūrė priešais, besišypsantis ta savo stingdančia šypsena.

— Kas tu esi?

— O tu įžvalgi. Žinojau, kad teisingai pasirinkau. Esu tas, kuris eg-
zistavo dar tada, kai tavo silpni rujojantys dievai buvo išvaryti iš rojaus.

Ji vėl leidosi bėgti, iš baimės negalėdama net rėkti. Bet jis ir vėl
pastojo kelią. Jos baimė pavirto siaubu.

— Jei paliesi šventyklos žynę, tavęs laukia mirtis.

— O mirtis yra tokia viliojanti pradžia. Man reikia kompanionės,
meilužės, moters, mokinės. Tu ja ir būsi. Turiu tau dovaną, Lilija.

Kai ji dar kartą bandė bėgti, jis tik nusijuokė. Tebesijuokdamas ją
raudančią pargriovė ant žemės.

Ji priešinosi, draskėsi, kandžiojosi, maldavo, bet jis buvo stipres-
nis. Lūpomis glamonėjo jos krūtis, o ji raudojo iš gėdos nagais raižy-
dama jam veidą.

— Taip, kai jie priešinasi, daug maloniau. Pati tai suprasi. Jų bai-
mė — it kvepalai. Jų riksmai — it muzika, — suėmęs delnais jos veidą
privertė pažvelgti į jį. — Žiūrėk man į akis. Tiesiai į akis.

Tada jis ją paėmė. Suvirpėjusi ji dar bandė priešintis, bet tuoj pat
pajuto nenusakomą malonumą.

— Ar jis kada nors yra suteikęs tau tokį malonumą?

— Ne, — nuo jos skruostų nudžiūvo ašaros. Ji užmiršo draskytis
ir daužytis, tik suleido rankas į smėlį ieškodama ko įsitverti. Visiškai
užhipnotizuota jo žvilgsnio pasidavė jo kūno ritmui.

— Imk dar daugiau. Juk nori to, — kalbėjo jis. — Skausmas gali
būti toks... jaudinantis.

Jis įsiskverbė giliau, taip giliai, kad jai atrodė, jog tuoj plyš pusiau.
Bet jos kūnui tai patiko, ji negalėjo atsiplėšti nuo jo akių.

Kai jo akis užliejo raudonis, jos širdis šoktelėjo nuo dar vienos baimės bangos, bet tą baimę tuoj pat nuslopino nevaldomas susijaudinimas. Vyras buvo nenusakomai gražus. Jos buvęs meilužis atrodė blyškus palyginti su šiuo tamsiu, velnišku grožiu.

— Suteiksiu tau ginklą, kuriuo galėsi keršyti. Padovanosiu tau pradžią. Tik paprašyk manęs. Paprašyk tos dovanos.

— Prašau, duok man tą dovaną. Leisk man keršyti. Leisk...

Kai jis suleido į ją iltis, ji visa sudrebėjo. Tai, ką pajuto, nustelbė visus malonumus, kuriuos jai buvo tekę patirti ar įsivaizduoti. Jis suteikė jai palaimą, kurios ji taip ir nerado šventykloje, išlaisvino tamsias galias, kurias visada žinojo turinti savyje.

Tai ir buvo tas draudžiamas vaisius, kurio ji taip alko.

Stebėdamas ją besirangančią iš malonumo ir galios pajautimo, jis pasiekė malonumo viršūnę. O ji net ir neraginta puolė siurbti kraujo, kuris sunkėsi jam iš perdrėksto skruosto.

Šypsodamasi kruvinomis lūpomis ji mirė.

... Ir nubudo iš sapno savo lovoje po dviejų tūkstančių metų.

Jautėsi it sudaužyta, mintys buvo sujauktos. Kur dingo jūra? Kur dingo šventykla?

— Sirijau?

— Tikra romantikė. Kas galėjo pagalvoti! — tarė iš šešėlių pasirodydamas Kianas. — Šauktis meilužio, kuris taip paniekino ir išdavė.

— Čia tu, Jarlai? — toks buvo jos pirmtako vardas. Bet kai sapnas ją pagaliau apleido, ji išvydo, kad tai Kianas. — Tai vis dėlto atėjai. Nusprendei priimti mano pasiūlymą, — iki galo nesusigaudydama kalbėjo ji.

— Kas atsitiko tam berniokui? — Kianas įsitaisė ant jos lovos krašto, lyg būtų nusiteikęs draugiškam pokalbiui.

— Kokiam berniokui? Deiviui?

— Ne, ne tam išperai, kurį sutvėrei. Tavo meilužiui, kurį turėjai tada, kai dar buvai gyva.

Ji viską suprato ir suvirpėjo.

— Žaidi su mano sapnais? Manai, kad man tai bent kiek rūpi? —

119

metė Lilita, bet iš tikrųjų buvo baisiai sukrėsta. — Jis vardu Sirijus. Kaip tau atrodo, kas jam galėjo atsitikti?

— Manau, tavo šeimininkas pasirūpino, kad pirmą nužudytum būtent jį.

Ji nusišypsojo, lyg jis būtų jai priminęs patį maloniausią pasaulyje dalyką.

— Kai Jarlas jį laikė, jis prišlapino kelnes, o paskui apsisnarglėjęs kaip vaikiūkštis maldavo pasigailėjimo. Buvau ką tik paversta vampyre, bet vis tiek sugebėjau kankinti jį kelias valandas. Tau pažadu ne vienerius metus kančių.

Ji smogė ir nusikeikė, kai jos nagai kiaurai perėjo per jį.

— Argi ne smagu? O kaipgi Jarlas? Kada pribaigei jį?

Ji paniurusi atsilošė. Gūžtelėjo pečiais.

— Beveik po trijų šimtų metų. Iš jo buvo ko pasimokyti. Bet paskui jis pradėjo manęs bijoti, nes mano galios vis stiprėjo. Galėjau užuosti jo baimę. Jeigu ne aš jį, tai jis mane būtų pribaigęs.

— Tave vadino Lilija, beveik kaip lelija.

— Kaip žmogus buvau tikrai apgailėtina. Kai atsibudau, jis pavadino mane Lilita, — spoksodama į Kianą ji suko garbaną sau apie pirštą. — Turbūt kvailai tikiesi, kad išsiaiškinęs, nuo ko viskas prasidėjo, suprasi, kaip mane pribaigti?

Ji nusimetė antklodę ir nuoga nuėjo prie sidabrinio ąsočio. Jis pastebėjo, kad jai pilant taurėn kraują rankos virpėjo.

— Pasikalbėkim tiesiai, — pasiūlė Kianas. — Esam tik tu ir aš, o tai truputį keista. Kaip tu čia nemiegi nei su Lora, nei su tuo savo bernioku, nei dar su kokia nors auka?

— Net ir man retkarčiais reikia vienatvės.

— Viskas aišku. Taigi būkim tiesūs. Juk gana keista net ir sapnuose vėl tapti žmogumi? Kažkaip klaidina. Kai matai, kaip baigėsi tavo gyvenimas ir kaip jis prasidėjo iš naujo. Vėl jaustis žmogumi, kiek tik mes gebam tą jausmą prisiminti.

Nors ir kiek pavėluotai, ji užsimetė chalatėlį.

— Aš sutikčiau vėl tapti žmogumi.

— Tu? Dabar tai mane nustebinai, — jis kilstelėjo antakius.

— Kad vėl išgyvenčiau tą mirties ir atgimimo akimirką. Jos nuostabų, sukrečiantį jaudulį. Sutikčiau vėl pabūti silpna ir akla, kad galėčiau dar kartą patirti, kas tai yra gauti tokią dovaną.

— Na, žinoma. Vis tokia pat nuspėjama, — stodamasis tarė jis. — Bet žinok vieną dalyką: jeigu tu ar tavo burtininkas dar kartą įsibrausit į mano sapnus, atsimokėsiu jums keleriopai. Neturėsi ramybės nei nuo manęs, nei nuo savęs.

Jo vizija pranyko, bet jis pats nepasitraukė. Nors ir jautė, kaip Moira su Glena ragina jį grįžti, jis vis dar delsė.

Norėjo sužinoti, ką Lilita toliau darys.

Ji sviedė taurę su neišgerto kraujo likučiais į sieną. Metė žemėn papuošalų dėžutę ir tol daužė kumščiais sieną, kol rankos pasruvo krauju.

Tada pašaukė sargybinį.

— Atvesk čia tą netikusį burtininką. Atvesk supančiotą grandinėmis. Atvesk jį... Ne, palauk, — ji nusisuko, akivaizdžiai mėgindama susivaldyti. — Jeigu jis man dabar pasipainios po ranka, tikrai jį nužudysiu. O iš to man jokios naudos. Verčiau parūpink ko nors pavalgyti.

Ji nusisuko.

— Vyriškį. Jauną. Kokių dvidešimties. Jeigu yra, tai blondiną. Eik!

Likusi viena ji trynėsi smilkinius.

— Aš jį nužudysiu dar kartą, — murmėjo įniršusi. — Tada pasijusiu geriau. Vadinsiu jį Sirijum ir nužudysiu dar kartą.

Nuo komodos ji pasiėmė neįkainojamąjį veidrodėlį. Žvelgdama į savo veidą prisiminė, kam jai reikalingas Midiras. Juk tai jis suteikė jai šią dovaną.

— Tik pažiūrėkit, — švelniai tarė ji. — Aš tokia graži. Mėnulis blykšta mano akivaizdoje. Aš esu. Aš egzistuoju. O visa kita — tik praeities vaiduokliai.

Paėmusi šepetį ji dainuodama pradėjo šukuotis plaukus. Jos akyse sužibo ašaros.

* * *

— Išgerk, — Glena prispaudė taurę Kianui prie lūpų, bet šis tuoj pat ją atstūmė.

— Man viskas gerai. Dabar nesu nusiteikęs viskiui. Nebijokit, nekrisiu čia vietoje be sąmonės.

— Tu išblyškęs.

Jis šyptelėjo.

— Taip jau mes, nemirusieji, atrodom. Ką gi, nieko sau kelionė buvo.

Kadangi viskio jis atsisakė, Glena grukštelėjo pati, tada perdavė Moirai.

— Norėčiau tikėti, kad mano blokuojamieji ir ryšio kerai buvo pakankamai stiprūs, bet iš tikrųjų manau, jog ji buvo pernelyg priblokšta, kad mus pajustų.

— Ji buvo tokia jauna, — tai tardama Moira atsisėdo. — Jauna ir įsimylėjusi tą netikėlį. Taip ir nesupratau, kokia ten kalba jie kalbėjo. Nors viską suvokiau, kalbos neatpažinau.

— Graikiškai. Ji tarnavo kaip kažkokios deivės žynė. Tam būtina išlaikyti nekaltybę. — Nors Kianas troško kraujo, apsiribojo vandeniu. — Bet nepatarčiau jos gailėti. Ji buvo visiškai pribrendusi tam, kas įvyko.

— Kaip ir tu? — metė jam Moira. — Neapsimesk, kad nieko jai nejautei. Juk buvom susiję. Jaučiau, kaip jos gailėjai. Ji buvo mirtinai įskaudinta, o po akimirkos ją išprievartavo ir užvaldė tas demonas. Nors ir niekinu Lilitą, Lilijos man gaila.

— Lilija jau buvo praradusi nuovoką, — kategoriškai atrėžė jis. — Galbūt tai, kad ji buvo paversta vampyre, išsaugojo paskutinius tos nuovokos likučius.

— Man irgi taip atrodo. Tu jau man atleisk, — tarė Glena Moirai. — Man irgi nebuvo malonu stebėti, kas jai atsitiko, bet kažkas buvo jos balse, akyse ir tame, kaip ji atsidavė Jarlui. Jau tada jai buvo kažkas ne taip, Moira.

— Gal ji būtų pasidariusi sau galą arba nubausta už tai, kad nužudė vyrą, kuris ja pasinaudojo. Bet jos mirtis būtų buvusi švari, — Moira atsiduso. — O mums nereikėtų čia viso to svarstyti. Kai pradedi į viską gilintis, galva įsiskausta. Turiu keblų klausimą, tiesiog iš smalsumo.

Ji atsikosėjo ir paklausė Kiano:

— Ar tai, kaip ji elgėsi, nebuvo įprasta?

— Daugelis priešinasi arba tiesiog apmiršta iš baimės. O ji visiškai į tai įsitraukė po to, kai... Man pradeda trūkti delikatumo, — prisipažino Kianas. — Po to, kai ji pajuto, kad prievartavimas jai malonus. Tai juk buvo išprievartavimas — be jokių kalbų, o prievarta ir kankinimai jokiai normaliai moteriai negali teikti malonumo.

— Ji atsidavė dar jam nė neįkandus, — sumurmėjo Moira. — Jis žinojo, kad ji atsiduos, atpažino tai joje. Ji žinojo, ką reikia daryti, kad būtų paversta — ragauti jo kraujo. Kiek man yra tekę apie tai skaityti, auka turi būti priversta ar įkalbėta. Ji visa tai priėmė. Viską suprato ir to troško.

— Dabar žinom daugiau, negu žinojom anksčiau, o tai visada naudinga, — pastebėjo Kianas. — Tas įvykis ją aiškiai suerzino. Tai mums irgi naudinga. Dabar miegosiu kur kas ramiau. Man laikas į lovą, ponios.

Moira stebėjo išeinantį Kianą.

— Jis juk turi jausmų. Tai kam taip stengiasi apsimesti jų neturįs?

— Jausmai kelia skausmą, kartais net labai didelį. Kai esi tiek matęs ir tiek prisidirbęs, jausmai virsta nuolatine kančia, — Glena paėmė Moirai už peties. — Neigimas — tik dar vienas būdas išgyventi.

— Išlaisvinti jausmai gali tapti arba paguoda, arba ginklu.

Kuo taptų jo jausmai, jeigu visiškai išsilaisvintų?

9 skyrius

Lietus nesiliovė ir užslinkus prieblandai. Žemė buvo patižusi, palei ją rangėsi miglos kamuoliai. Sutemo taip aklinai, kad nebuvo matyti nei mėnulio, nei žvaigždžių.

— Jie jau beveik pasiekė namus, — tarė Glena. — Vėliau negu tikėjomės, bet beveik pasiekė.

Moira brido per rūko užgultą kiemą pas Gleną.

— Paprašiau, kad jūsų ir Larkino kambariuose užkurtų židinius ir paruoštų vonias. Jie bus sušalę ir kiaurai peršlapę.

— Ačiū. Kažkaip apie tai nepagalvojau.

— Kai buvom Airijoj, visais ūkio reikalais pasirūpindavai tu. Dabar mano eilė. — Moira kaip ir Glena stebėjo dangų. — Stalas bus padengtas didžiojoje menėje, nebent norėtum pabūti dviese su Hoitu.

— Ne. Jie norės iš karto apie viską papasakoti. O jau paskui pabūsim dviese. — Glena čiupinėjo savo kryžių ir amuletą, kuriuos nešiojo ant kaklo. — Nė neįsivaizdavau, kad taip jaudinsiuos. Net kai pati dalyvavau kovose, kur mūsų būdavo gerokai mažiau negu priešininkų, nesijausdavau taip susirūpinusi.

— Nes būdavot kartu. Mylėti ir laukti — baisiau už bet kokią žaizdą.

— Ir tai tik viena iš pamokų, kurias teko išmokti, o jų jau darosi per daug. Žinau, kad tu irgi jaudinaisi. Dėl Larkino. Ir dėl Tinino. Man atrodo, jis tau neabejingas.

Moira suprato, kad Glena kalba ne apie Larkiną.

— Žinau. Mūsų mamos tikėjosi, kad tapsim pora.

— Bet?

— Tiesiog nejaučiu jam nieko ypatingo. Jis man draugas, ir tiek. O gal man tiesiog taip lengviau — nereikia nieko laukti, nereikia baimintis, kad gali ko nors netekti.

Glena šiek tiek patylėjo ir pakartojo:

— Bet...

— Bet aš tau pavydžiu, — nusijuokusi tarė Moira, — tos laukimo kančios.

Tada Moira išvydo Kianą, pasirodžiusį iš tamsos. Jis artinosi nuo arklidžių pusės. Vietoj apsiausto, kokiu vėsiu lietingu oru būtų apsigobęs bet kuris Pažadėtosios žemės vyras, jis vilkėjo ilgą juodą odinį paltą, panašų į Bleros.

Palto skvernai plaikstėsi rūke, Kianui beveik negirdimai žengiant šlapiais akmenimis.

— Jie tikrai negrįš greičiau vien dėl to, kad jūs čia stovėsit lietuje, — pasišaipė jis.

— Jie jau beveik pasiekė namus. — Glena spoksojo į dangų, lyg būtų ketinusi valios pastangomis išsklaidyti debesis, kad pamatytų iš už jų besileidžiantį Hoitą. — Jis žino, kad aš jo laukiu.

— Jeigu tu lauktum manęs, Rude, aš išvis nebūčiau išvykęs.

Nusišypsojusi ji padėjo galvą jam ant peties. Kai jis ją apkabino, Moira suprato, kad juodu sieja toks pat nuoširdus ryšys, koks sieja ją ir Larkiną.

— Na štai, — švelniai tarė Kianas. — Jie grįžta iš rytų pusės.

— Tu juos matai? — Glena įsitempė. — Kur tu juos matai?

— Dar minutėlė, ir tu juos taip pat išvysi.

Kai tik ji juos pamatė, suspaudė Moirai ranką:

— Pagaliau, ačiū Dievui.

Per ūkanas leidosi auksu spindintis slibinas su raiteliais ant nugaros. Jam dar nespėjus prisiliesti žemės, Glena bėgte pasileido per kiemą. Ir puolė į glėbį Hoitui, vos spėjusiam nušokti nuo slibino.

— Nuostabus vaizdas, — tyliai tarė Moira, stebėdama apsikabinusius Gleną ir Hoitą. — Šiandien girdėjom tiek daug atsisveikinimų. Dar daugiau jų išgirsim rytoj. Kaip nuostabu, kai kažkas grįžta namo, į laukiantį glėbį.

— Kol neturėjo jos, paprastai jį pasitikdavo vienatvė. Moterys sugeba visiškai pakeisti gyvenimą.

Moira žvilgtelėjo į Kianą.

— Tik moterys?

— Žmonės. Bet moterys gali apversti visatą aukštyn kojom vien dėl to, kad jos moterys.

— O tai gerai ar blogai?

— Priklauso nuo moters.

— Ir nuo prizo — nuo vyro, kurį moteris nusižiūrėjo, — tarė Moira ir nuskubėjo prie Larkino.

Jis buvo kiaurai šlapias, bet ji vis tiek jį apkabino.

— Pasirūpinau valgiu, gėrimais, karšta vonia — viskuo, ko tik galėtum užsigeisti. Kaip gera tave matyti. Jus visus.

Nusisukusi nuo Larkino ji jau ketino eiti pasveikint kitų, bet jis sulaikė už rankos.

— Kas atsitiko?

— Turim tuoj pat eiti vidun, — ramiai, bet neleisdamas abejoti atsakė Hoitas. — Greičiau iš tos drėgmės.

— Kas darosi? — Moira atsitraukė nuo jo.

— Pusiaukelėj Tinino kariai pateko į pasalą.

Moira pajuto, kaip širdis akimirką apmirė.

— O kaip Orenas ir Tininas?

— Gyvi. Tininas sužalotas, bet nesunkiai. Kiti šeši...

Moira stipriai suspaudė Larkinui ranką.

— Žuvo ar paimti į nelaisvę?

— Penki žuvo, vienas pačiuptas. Dar septyni sužeisti, du labai sunkiai. Mažai kuo galėjom jiems padėti.

Moira jautė, kad stingdantis šaltis neapleidžia širdies.

— Ar žinot jų vardus? Žuvusiųjų, sužeistųjų ir visų kitų?

— Taip, žinom. Moira, į nelaisvę paimtas jaunasis Šonas, kalvio sūnus.

Širdis apsivertė krūtinėj, kai ji suvokė, kad tai, su kuo tas berniukas susidūrė, yra blogiau už mirtį.

— Pašnekėsiu su jų artimaisiais. Niekam nieko nepasakok, kol to nepadariau.

— Eisiu kartu su tavim.

— Ne. Tai mano pareiga. Tau reikia apdžiūti, sušilti, pavalgyti. O šituo pasirūpinsiu aš, Larkinai. Tai mano darbas.

— Užsirašėm jų vardus. — Blera issitraukė iš kišenės skiautę popieriaus. — Labai dėl to apgailestauju, Moira.

— Ir taip buvo aišku — anksčiau ar vėliau tai įvyks. — Moira paslėpė lapelį po apsiaustu, kad nesušlaptų. — Kai tik galėsiu, tuoj pat ateisiu į menę ir viską papasakosite išsamiai. O dabar turiu pranešti žuvusiųjų šeimoms.

— Milžiniška našta, — pareiškė Blera stebėdama nueinančią Moirą.

— Ji ištvers, — taip pat žiūrėdamas jai pavymui tarė Kianas. — Karalienės tam ir sukurtos.

Ji nesitikėjo, kad atlaikys tą naštą, bet atlaikė. Ištvėrė ir jos glėbyje raudančių motinų ir žmonų ašaras. Nieko negalėjo papasakoti apie išpuolį. Tegalėjo pasakyti tiek, kad visų jų sūnūs, vyrai ar broliai krito narsuolių mirtimi kaip tikri didvyriai.

Ką dar būtų galėjusi pasakyti?

Bet su Šono tėvais buvo kur kas sunkiau — matyti kalvio ir jo žmonos akyse besikaupiančias vilties ašaras buvo nepakeliama. Ji negalėjo iš jų atimti tos vilties, todėl paliko besitikinčius, gal jų sūnui kaip nors pavyks pabėgti ir grįžti namo.

Kai viskas buvo baigta, Moira grįžo į savo kambarį ir padėjo lapelį su vardais į spalvingą dėžutę, kurią laikė prie lovos. Ji žinojo, kad tokių sąrašų bus ir daugiau. Tai tik pirmosios aukos. Ir visų, atidavusių savo gyvybę, vardai bus užrašyti ir laikomi šioje dėžutėje.

Kartu su lapeliu ji įdėjo rozmarino šakelę — atminimo simbolį — ir monetą, kaip duoklę žuvusiesiems.

Uždariusi dėžutę nuvijo šalin norą pabūti vienai, pagedėti ir leidosi į menę išgirsti, kas iš tiesų įvyko.

Jai įėjus pokalbis nutilo ir nuo stalo greitai pakilo Larkinas.

— Ką tik išėjo mano tėvas. Jeigu nori, einu jį sugrąžinsiu.

— Ne, nereikia. Tegul pasibūna su tavo motina ir seserim. — Moira žinojo, kad jos nėščios pusseserės vyras rytoj išves savo karius.

— Pašildysiu tau pavalgyti. Privalai, — nenusileido Glena, pastebėjusi, kad Moira ketina prieštarauti. — Įsivaizduok, kad čia vaistai, ir pasistiprink.

Glena krovė jai į lėkštę maisto, Kianas į taurę įpylė nemažą porciją brendžio ir pažvelgė į ją.

— Pirmiausia išgerk. Atrodai išblyškusi kaip popierius.

— Nuo šito aš ne tik įgausiu spalvą, bet ir gerokai apsvaigsiu, — pastebėjo Moira, bet gūžtelėjusi pečiais susivertė brendį tiesiog kaip vandenį.

— Negaliu nesižavėti moterimi, kuri moka taip šauniai išmesti burnelę, — patenkintas Kianas paėmė iš jos stiklą ir nuėjęs vėl atsisėdo.

— Tai buvo siaubinga. Bent jau čia visiems jums galiu prisipažinti, kad buvo tikras siaubas. — Moira atsisėdo už stalo ir prispaudė pirštus prie smilkinių. — Žvelgti į jų veidus, matyti, kaip jie pasikeičia, ir žinoti, kad jau niekada nebebus tokie, kokie buvę vien dėl to, ką jiems pasakiau. Dėl to, ko jie neteko.

— Tu nesi už tai atsakinga, — piktai tarė Glena, dėdama prieš Moirą lėkštę. — Ne tu juos iš jų atėmei.

— Kalbu ne apie karą ir ne apie mirtį. Apie visas tas naujienas. Sunkiausia su tuo, kuris pateko į nelaisvę — kalvio sūnus, Šonas. Jo tėvai tebeturi viltį. Kaip galėjau jiems pasakyti, kad tai dar baisiau už mirtį? Kaip galėjau atimti iš jų tą paskutinę viltį? O gal būtų buvę geriau, jeigu nebūčiau jų gailėjusi?

Ji sunkiai atsiduso ir atsitiesė. Glena teisi, reikia pavalgyti.

— Papasakokit, ką sužinojot.

— Jie buvo pasislėpę po žemėmis, — pradėjo pasakoti Hoitas. — Lygiai kaip tada, kai užpuolė Blerą. Tininas sakė, kad jų buvo ne daugiau kaip penkiasdešimt, tiesiog buvo užklupti iš pasalų. Ir, atrodo, jiems visai nerūpėjo, kad bus sukapoti. Jie puolė ir kovėsi kaip žvėrys. Du mūsiškiai žuvo tuoj pat, o per mūšio sumaištį jie pagrobė tris mūsų žirgus.

— Beveik trečdalis visų išsivestų žirgų.

— Keturiese ar penkiese jie užpuolė kalvio sūnų. Gyvą — taip sako tie, kurie bandė jį gelbėti. Jie nusivedė jį rytų kryptimi, o kiti liko ir kovojo toliau. Nužudėm daugiau kaip dvidešimt, kiti išsibarstė ir leidosi bėgti.

— Tad galim vadinti tai pergale, — nenusileido Blera. — Kitaip ne. Mūsiškiai vyrai per pirmą susidūrimą nudėjo daugiau kaip dvidešimt vampyrų. Mūsų nuostoliai palyginti nedideli. Ir nereikia sakyti, kad ir vienos mirties yra per daug, — greitai pridūrė ji. — Žinau tai ir pati. Bet tokia jau realybė. Treniruotės nenuėjo veltui.

— Žinau, kad tu teisi, pats esu sau tai sakęs. Bet jiems juk irgi buvo pergalė. Jiems reikėjo belaisvio. Nematau jokių kitų to išpuolio priežasčių. Jų misija buvo bet kokia kaina paimti vieną gyvą.

— Iš esmės tu teisus. Bet aš nelaikau to jų pergale. Jie pasielgė kvailai, tik bereikalingi nuostoliai. Penki vampyrai už vieną belaisvį. Tie, kurie liko ir kovojo, galėjo paimti ir daugiau mūsiškių — gyvų arba mirusių. Manau, kad Lilita šito užsimanė impulsyviai, nes mes ją kaip reikiant prigriebėm. Bet jos strategija nepavyko.

Moira valgė, tik visiškai nejautė maisto skonio.

— Visai kaip tada, kai ji mums grąžino Kingą. Smulkmeniška ir žiauru. Bet jai atrodo žaisminga. Ji tikisi, kad tokie dalykai mus pakirs, palauš mūsų dvasią. Negi ji taip menkai mus tepažįsta? Tu išgyvenai bent pusę jos amžiaus, — tarė ji Kianui, — turėtum žinoti.

— Man žmonės įdomūs. O jai jie viso labo tik gardus užkandis. Tau nereikia gilintis į jaučio psichologiją, kad galėtum auginti jį kepsniui.

— Ypač kai turi ištisą gaują, kuri pasirūpina ganiava ir skerdimu, — pritarė Blera. — Na, čia perkeltine prasme, — linktelėjo Kianui. — Neužmirškim ir to, kad aš gerokai sužalojau jos mergiotę. Jai norisi už tai kaip nors atsilyginti. Be to, paėmėm tris jos bazes, o šį rytą patikrinom dar dvi.

— Ten buvo tuščia, — įsiterpė Larkinas. — Ji nesivargino ten spęsti spąstų ar palikti bent kiek karių. Glena mums papasakojo, kaip su ja žaidėt, kol mūsų nebuvo.

— Apibendrinant galima sakyti — akis už akį, dantis už dantį. Bet ji praranda daugiau už mus. Aišku, žuvusiųjų šeimoms nuo to nė kiek ne lengviau, — pridūrė Blera.

— Rytoj dar išsiųsiu karių, — Moira ištiesė ranką Larkino pusėn. — Nebegaliu sulaikyti Faleno. Pasikalbėsiu su Šinona, bet...

— Palik tai man. Ko gero, tėvas su ja jau pasikalbėjo, bet noriu ir pats tai padaryti.

Moira linktelėjo galva.

— O kaip Tininas? Sunkiai sužeistas?

— Gilus įpjovimas per visą klubą. Hoitas jau šiek tiek apgydė sužeistuosius. Kai jį palikom, jautėsi visai neblogai. Naktį jie saugūs.

— Gerai. Melskimės, kad bent šįryt pasirodytų saulė.

Moirai reikėjo dar kai kuo pasirūpinti.

Jos moterys paprastai leisdavo laiką specialiai skirtame laukiamajame, esančiame šalia jos kambarių, kur sėdėdavo ir skaitydavo, siuvinėdavo ar tiesiog liežuvaudavo. Moiros motina čia buvo sukūrusi malonią, labai moterišką aplinką — švelnūs audiniai, daugybė pagalvėlių, vazos su žydinčiais augalais.

Židinyje čia paprastai būdavo deginama obelis, kad kvepėtų. Sieninės žvakidės buvo dailios sparnuotų elfų formos.

Kai buvo karūnuota, Moira leido savo moterims pakeisti viską, ką norėjo. Bet tame kambaryje viskas ir liko taip, kaip ji prisiminė.

Jos moterys ir dabar buvo čia — laukė, kol ji nueis miegoti ar tiesiog joms leis išeiti.

Kai ji įėjo, visos pakilo ir nusilenkė.

— Dabar čia tik moterys. Dabar, šioje vietoje, mes esam tik moterys, — Moira išskėtė rankas kviesdama Kiarą.

— O, mano ponia, — Kiara, kurios akys jau buvo paraudusios ir užtinusios nuo ašarų, vėl pratrūko raudoti ir puolė Moirai į glėbį. — Dvainas žuvo. Mano brolis žuvo.

— Labai apgailestauju. Nusiramink gi, nusiramink, — apkabinusi ji palydėjo Kiarą prie krėslo. Šiek tiek paverkė kartu su ja, kaip prieš tai su jos motina ir visais kitais.

— Jie palaidojo jį ten, lauke šalia kelio. Net nepargabeno namo. Negalėjom jam net budynių surengti.

— Dvasininkas pašventins tą žemę. O tiems, kurie šiandien žuvo, pastatysim paminklą.

— Jis taip norėjo ten keliauti, kautis. Prieš išžygiuodamas dar atsisuko ir man pamojavo.

— Verčiau išgerk arbatos, — pati užverktomis akimis Islina pasiūlė jai puodelį. — Išgerk, Kiara. Ir jūs taip pat, valdove.

— Dėkui tau, — Kiara nusišluostė ašarotą veidą. — Nežinau, ką bučiau dariusi per pastarąsias valandas, jeigu ne Islina ir Darvela.

— Puiku, kad turi gerų draugių. Bet išgėrusi arbatos eik pas saviškius. Tau dabar jų reikia labiausiai. Atleidžiu tave nuo pareigų tokiam laikui, kokio tau prireiks atsigauti.

— Noriu paprašyti dar kai ko, jūsų didenybe. Prašau savo brolio vardu.

Moira laukė, bet Kiara tylėjo.

— Ar tikiesi, kad duosiu tau žodį nežinodama, ką pažadu?

— Rytoj iškeliauja mano vyras.

Moirai suspaudė širdį.

— Kiara, — ištiesusi ranką ji perbraukė moteriai per plaukus. — Rytoj su aušra iškeliauja ir Šinonos vyras. Ji laukiasi trečiojo vaikelio, ir vis tiek negaliu nieko padaryti, kad apsaugočiau ją nuo šios netekties.

— Neprašau, kad mane nuo to apsaugotumėt. Noriu, kad išleistumėt mane keliauti kartu su juo.

— Keliauti? — apstulbusi Moira net atsisėdo. — Kiara, bet kaipgi tavo vaikai?

— Jie liks čia, su mano motina. Su ja bus saugūs ir taip gerai prižiūrėti, kaip tik įmanoma. Bet mano vyras išvyksta į karą, o aš tam ruošiausi lygiai taip pat, kaip ir jis. Kodėl turėčiau sėdėti ir laukti? — Kiara iškėlė rankas, lyg klaustų to dievų. — Krapštytis su siuviniais, vaikštinėti sode, kai jis eis kautis. Pati sakėt, kad visi turim būti pasirengę ginti Pažadėtąją žemę ir visus kitus pasaulius. Aš tam pasirengusi. Jūsų didenybe, ponia, meldžiu rytoj leisti man iškeliauti kartu su savo vyru.

Moira nieko nesakydama atsistojo. Nuėjusi prie lango įsižiūrėjo į tamsą. Lietus pagaliau liovėsi, bet po jo likusi migla sukūriavo it debesys.

— Ar jau kalbėjai su juo apie tai? — paklausė Moira po kiek laiko.

— Kalbėjausi, ir iš pradžių jis manė, kad man tai bus pernelyg nesaugu. Bet jis žino, kad aš apsisprendžiau ir kodėl.

— Ir kodėl?

— Jis — mano širdis, — atsakė stodamasi Kiara, prispaudusi ranką prie krūtinės. — Nepalikčiau savo vaikų, jeigu tai būtų nesaugu, bet pasitikiu savo motina ir žinau, kad dėl jų ji padarys viską, kas įmanoma. Valdove, negi mes, moterys, visą tą laiką treniravomės ir voliojomės purve tik tam, kad dabar kurstytume židinį?

— Ne, tikrai ne.

— Ir aš nesu vienintelė to norinti.

Moira atsisuko.

— Tai kalbėjaisi ir su kitomis, — klausiamai pažvelgė į Darvelą ir Isliną. — Jūs irgi to norit? — Ji palingavo galva. — Matau, kad be reikalo stengiausi jus sulaikyti. Ką gi, tuomet tuo pasirūpinsiu. Didžiuojuosi, kad esu Pažadėtosios žemės moteris.

*   *   *

Viskas dėl meilės, mąstė Moira, sėdusi sudaryti dar vieno sąrašo. Dėl meilės ir dėl pareigos Pažadėtajai žemei moterys eis kautis. Griebtis kalavijo jas verčia meilė savo vyrams ir mylimiesiems, savo Pažadėtosios žemės šeimoms.

Dėl ko kovoja ji? Į ką ji galės atsigręžti paskutinę naktį prieš mūšį, tikėdamasi šilumos ir paskatinimo kovoti?

Dienos bėgo pro šalį ir artėjančios Vėlinės jai rodės lyg virš galvos pakibęs kruvinas kirvis. Ji sėdėjo čia viena, kaip ir kiekvieną vakarą. Gal vėl reikėtų griebtis knygos, o gal dar kartą peržiūrėti žemėlapį arba sudaryti dar kokį nors sąrašą? O gal ji tiesiog vėl vaikštinės po kambarį, sodus ir kiemus, trokšdama jo... Trokšdama, kad jis vėl ją apkabintų ir ji vėl pajustų tą pilnatvę, pasijustų esanti kupina gyvybės ir šviesos. Ji taip norėjo, kad jis pasidalytų su ja tuo, ką išvydo jame tą vakarą, kai užtiko grojantį, ir kas persmelkė jai širdį taip pat, kaip jo žadinami troškimai.

Ji kovos ir lies savo kraują tiek, kiek reikės. Jos į mūšį kaip karalienė, su dievų jai patikėtu kalaviju rankoje. Bet dabar ji sėdėjo apgaubta kambario tylos, it paika mergiotė trokšdama prisilietimo ir aistros to, kuris vienintelis sugebėjo priversti jos širdį plakti greičiau.

Kaip kvaila ir beprasmiška. Tikras įžeidimas visai moterų giminei.

Ji pakilo ir pradėjo žingsniuoti po kambarį. Taip, tikrų tikriausias įžeidimas ir taip smulkmeniška. Ji prisėdo ir stengėsi sugalvoti, dėl kokių priežasčių galėtų atsisakyti išleisti moteris į žygį. Gal dėl to, kad vyrui įprasta žengti pirmąjį žingsnį moters link? O gal dėl to, kad vyrams įprasta saugoti ir ginti?

Kaip vis dėlto viskas pasikeitė.

Ji lankėsi pasaulyje ir laike, kur moterys, tokios kaip Glena ir Blera, bet kokiomis aplinkybėmis laikėsi savo pozicijos.

Vadinasi, jeigu ji troško, kad Kianas ją apkabintų, pati turėjo jį paskatinti. Tai ji ir nusprendė padaryti.

Jau buvo beišeinanti iš kambario, kai prisiminė, kaip atrodo. Galėtų atrodyti ir geriau. Jeigu jau sumanė suvedžioti vampyrą, turėjo deramai apsiginkluoti.

Ji nusivilko suknelę. Būtų mielai nusimaudžiusi vonioje, o dar geriau — po karštu dušu, kaip Airijoje, bet teko apsiprausti kvepinto vandens dubenyje.

Išsitepė kremu odą, vaizduodamasi, kaip Kianas braukia per ją savo ilgais pirštais. Kai išsirinko savo dailiausius naktinius marškinius, pajuto strėnas užplūdusį karštį ir ją apėmusį jaudulį. Šukuodamasi apgailestavo, kad neišmoko iš Glenos bent pačių paprasčiausių žavesio kerų. Tačiau jos skruostai jau ir taip buvo gražiai raustelėję, o akys spindėjo. Ji specialiai apsikandžiojo lūpas, kad jos dailiai paraustų ir būtų putlesnės. Atsitraukusi toliau nuo didžiulio veidrodžio, priekabiai apžiūrėjo save iš visų pusių. Labai tikėjosi, kad atrodo geidžiama. Pasiėmė žvakę ir žengė iš kambario tvirtai pasiryžusi grįžti į jį jau praradusi nekaltybę.

Savo kambaryje Kianas žiūrinėjo žemėlapius. Jam vieninteliam iš visų dar neteko pasižvalgyti po kovos lauką, nei realybėje, nei sapnuose. Bet jis neketino su tuo taikstytis.

Tik trūko laiko. Penkių dienų kelią jis galėjo įveikti per dvi dienas, o gal ir greičiau. Bet reikėjo saugios slėptuvės prisiglausti dienos metu.

Tam galėtų tikti viena iš jau įrengtų bazių. Viską gerai apsvarstęs nusprendė, kad tokioje bazėje galėtų sulaukti ir Vėlinių. Toliau nuo prakeiktos pilies ir jos gundančios karalienės.

Jis žinojo, kad sulauks prieštaravimų, ir tai erzino. Bet vargu ar jie galėjo uždaryti jį pilies bokšte ar kitaip sutramdyti. Be to, po savaitės kitos teks išvykti ir patiems. Tik laiko klausimas.

Jis galėtų išvykti su kariais rytą, jeigu diena būtų ūkanota. Arba tiesiog palauktų saulėlydžio.

Patogiai įsitaisęs gurkšnojo kraują, skiestą viskiu — savo paties sugalvotą kokteilį, kuris padėdavo užmigti.

O juk galėtų išvykti ir dabar pat. Nereikėtų ginčytis su broliu ir kitais.

Aišku, reikėtų palikti raštelį. Keista, kad yra žmonių, kurie iš tikrųjų tavimi rūpinasi. Kita vertus, savaip malonu, nors ir kelia papildomų rūpesčių.

Nusprendė tuoj pat susikrauti daiktus ir iškeliauti, pastatė gėrimą šalin. Nebus jokio sąmyšio ir bereikalingo nervinimosi. Ir išvengs susitikimo su ja, bent jau iki tol, kol jie jį pasivys.

Jis žaidė karoliukais puošta odine juosta, kurios taip ir neprisivertė grąžinti. Jeigu šiąnakt išvyks, nebereikės matyti jos, uosti jos kvapo, svajoti, kaip tamsoje spaudžia jos kūną prie savojo.

Vaizduote skųstis jis negalėjo.

Atsistojo ketindamas susirinkti kelionės reikmenis ir susiraukė pasigirdus beldimui į duris.

Greičiausiai Hoitas, nusprendė Kianas. Ką gi, tiesiog nieko nesakys jam apie savo planus ir taip išvengs ilgų erzinančių ginčų. Labiausiai būtų norėjęs visiškai neatsiliepti, bet žinojo, kad tyla ir užrakintos durys jo brolio kerams ne kliūtis.

Bet kai tik palietė skląstį, iškart suprato, kad už durų stovi Moira. Jis nusikeikė ir atidarė duris ketindamas kuo greičiau ja nusikratyti ir toliau užsiimti savo reikalais.

Ji vilkėjo baltą ploną plevenantį drabužį, o ant jo buvo užsimetusi kažkokį lengvą perregimą apdarą, kurio spalva labai priminė jos pilkas akis. Kvepėjo pavasariu, atrodė jaunutė ir tiek daug žadanti.

Kianas pajuto, kaip į jį tarsi gyvatė pradėjo skverbtis geismas.

— Tu kada nors miegi? — paklausė Moiros.

— O tu? — praeidama ji glustelėjo prie jo. Tai buvo taip netikėta, kad jis net nespėjo atsitraukti.

— Ką gi, užeik ir jauskis kaip namie.

— Ačiū, — mandagiai padėkojo ji, lyg jo žodžiuose būtų neišgirdusi neslepiamo sarkazmo. Pastatė žvakę, kurią atsinešė, ir pasisuko į židinį, kuriame Kianas nė nemanė kurti ugnies.

— Pažiūrėkim, ar man pavyks. Praktikavausi kaip pakvaišusi. Tik nieko nesakyk, neblaškyk manęs.

Ji ištiesė ranką židinio link. Susikaupė ir pabandė įsivaizduoti. Tada įsitempė. Žybtelėjo silpna liepsnelė, todėl ji tik prisimerkė ir įsitempė dar labiau.

— Štai! — baisiai patenkinta savimi tarė ji, kai durpės įsiliepsnojo.

— Aplink mane vien sumauti burtininkai.

Moira atsisuko į jį plaikstydamasi plaukais ir drabužiais.

— Tai naudingas įgūdis, ir aš ketinu mokytis daugiau.

— Čia tavęs burtų niekas nepamokys.

— Ne, — atsakė ji nusibraukdama atgal plaukus. — Aš galvojau visai apie kitus dalykus. — Nuėjusi prie durų jas užrakino ir atsigręžė į jį. — Pamylėk mane.

Jis apstulbo.

— Ką?

— Kiek žinau, klausa tu nesiskundi, vadinasi, puikiai mane girdėjai. Noriu su tavim mylėtis. Norėjau su tavim koketuoti ir tave sugundyti, bet paskui pamaniau, kad tiesumas tau patiks labiau.

Jis pajuto, kaip geismas dar labiau sustiprėjo.

— Jeigu jau tiesiai šviesiai — tai dink iš čia.

— Matau, kad tave nustebinau, — vaikštinėdama ji perbraukė pirštu per knygų krūvą. — O tai ne taip jau paprasta. Kaip pasakytų Blera, vienas nulis mano naudai, — atsisukusi ji jam nusišypsojo. — Šių dalykų nelabai išmanau, tai paaiškink man, ko žmogui pykti, jei moteris nori su juo mylėtis?

— Aš ne žmogus.

— Na taip, — ji pakėlė pirštą pripažindama tą mintį. — Bet juk vis tiek turi poreikių, troškimų. Ir tikrai trokšti manęs.

— Vyras pasinaudotų faktiškai bet kuria moterim.

— Betgi tu ne visai vyras, — atšovė ji ir vėl šyptelėjo. — Du nulis mano naudai. Turėtum pasitempti.

— Jeigu tu vėl prisigėrei...

— Juk žinai, kad ne. Bet aš daug mąsčiau. Netrukus iškeliausiu į mūšį. Galiu iš jo ir negrįžti. Kaip ir visi kiti. Šiandien jau žuvo žmonių purve ir kraujyje. Dabar dėl jų kenčia tie, kurie liko gyvi.

— O seksas padeda pajusti, kad dar tebesi gyvas. Žinau tą psichologiją.

— Gal ir taip, gal tu ir teisus. Bet jeigu jau kalbam apie mane — tebūsiu prakeikta, jeigu mirsiu nekalta. Noriu žinoti, ką reiškia mylėtis. Noriu tai pajusti.

— Pasiieškokit tam kokio kito eržilo, jūsų didenybe. Manęs tai nedomina.

— Nenoriu to su kuo nors kitu. Kol nesutikau tavęs, nesu nieko geidusi. O tavęs geidžiu nuo pat pirmo mūsų susitikimo. Nebuvo lengva susitaikyti su tuo, kad geidžiau tavęs net ir žinodama, kas tu toks. Bet tas jausmas manęs neapleidžia. Aš irgi turiu poreikių, kaip ir visi kiti. Ir pakankamai vyliausi, kad įveikčiau tavo pasipriešinimą, jeigu to prireiks, net jeigu tu ir nebesi geidulingas jaunuolis.

— Rimtai nusiteikusi, — sumurmėjo jis.

— Kaip visada. Tiesiog gerai žinau, ko noriu, — žvelgdama į jį ir vertindama ji perbraukė ranka per vieną iš lovos kojų. — Galų gale koks tau skirtumas? Tesugaiši kokią valandą ar dvi. Juk jau senokai neturėjai moters.

Jis jautėsi kaip paskutinis kvailys — negrabus ir kupinas geismo.

— Čia jau visai ne tavo reikalas.

— Kodėl gi? Esu skaičiusi, kad ilgas susilaikymas gali vyrui atsiliepti. Bet tau nėra ko jaudintis. Aš juk neturiu su kuo tavęs palyginti.

— Kaip man pasisekė. Aišku, jeigu aš tavęs užsimanysiu.

Moira atmetė galvą, ir jos veide jis išvydo smalsumą ir pasitikėjimą savimi.

— Manai, kad įžeisi ir taip manim nusikratysi? Galiu lažintis iš ko tik nori, kad dabar esi kietas kaip akmuo, — ji pradėjo artintis prie jo. — Trokštu, kad mane paliestum. Man atsibodo apie tai svajoti. Noriu pagaliau pajusti.

Jis jautė, kaip linksta kojos. Jautė nuo pat to momento, kai ji įžengė vidun.

— Pati nežinai, ko prašaisi ir kuo rizikuoji. Kokios gali būti viso to pasekmės.

— Juk vampyras gali mylėtis su žmogumi. Juk tu manęs nenuskriausi, — ji nusiėmė nuo kaklo kryžių ir padėjo ant stalo.

— Patikli siela, — Kianas bandė būti sarkastiškas, bet šis jos poelgis jį papirko.

— Pasitikinti. Man nereikia tavęs saugotis. Nenoriu to. Kodėl niekada nevadini manęs vardu?

— Argi? Aišku, kad vadinu.

— Ne, niekada. Kalbiesi su manim, bet niekada nežiūri man į akis ir nesikreipi į mane vardu, — jos akys dabar atrodė labai gundančios ir išmanančios. — Vardai turi galios, kurią gali suteikti ar atimti. Ar bijai, kad galiu kažką iš tavęs atimti?

— Nieko negali atimti.

— Tuomet ištark mano vardą.

— Moira.

— Dar kartą. Prašau, — ji paėmė jo ranką ir priglaudė sau prie krūtinės.

— Nedaryk taip.

— Kianai. Kaip saldu tarti tavo vardą, Kianai. Jeigu manęs nepaliesi, jeigu manęs nepaimsi, mano siela mirs man dar nesulaukus mūšio dienos. Prašau, — ji suėmė delnais jo veidą ir pagaliau jo akyse išvydo tai, ko taip troško. — Ištark mano vardą.

— Moira, — sutrikęs jis paėmė ją už riešo ir pabučiavo delną. — Moira. Jeigu dar nebuvau prakeiktas, tai dabar tikrai keliausiu tiesiai į pragarą.

— Bet pirmiau nusivesiu tave į rojų, jei tik parodysi man kaip.

Ji pasistiebė ir prisitraukė jį artyn. Ir suvirpėjusi atsiduso, kai jų lūpos pagaliau susitiko.

10 skyrius

Jis tikėjosi, kad sugebės tam atsispirti. Tūkstantis metų, pagalvojo paskęsdamas joje, o jis vis dar turi iliuzijų, kad sugebės valdyti moterį.

Viskam vadovavo ji, ir taip buvo nuo pat pirmo momento. Dabar jam teliko priimti tai, ką ji siūlė, ir duoti tai, ko ji reikalavo, kad ir kaip būtų egoistiška. Bet tai, ko ji norėjo, jis jai suteiks pasitelkdamas ne vieno gyvenimo įgūdžius.

— Esi tikra kvailė, kad taip neapdairiai atiduodi savo nekaltybę tokiam kaip aš, — pirštų galiukais jis brūkštelėjo jai per raktikaulį. — Bet dabar jau niekur nepabėgsi.

— Mergystė ir nekaltybė nebūtinai reiškia tą patį. — Nekaltybės netekau dar iki sutikdama tave — tą naktį, kai buvo nužudyta mano motina, pagalvojo ji. Bet šiąnakt ji neketino to prisiminti.

Ši naktis buvo skirta pažinčiai su juo.

— Ar nori, kad nusirengčiau, ar pats tai padarysi?

Jis nusijuokė, beveik skausmingai, ir kakta prisiglaudė prie jos kaktos, tuo jai pasirodydamas stulbinamai švelnus.

— Kur tu taip skubi? — sumurmėjo jis. — Kai kuriais dalykais, ypač kai jų ragauji pirmą kartą, geriau pasigardžiuoti, neverta jų ryti paskubomis.

— Matai? Jau kai ko išmokau. Kai mane bučiuoji, kažką manyje pažadini. Pojūčius, apie kurių egzistavimą nė nenutuokiau, kol nesutikau tavęs. Lygiai kaip nenutuokiu, ką jauti tu.

— Daugiau negu norėčiau, — jis pirštais perbraukė jai per plaukus, kaip jau seniai buvo troškęs. — Daugiau negu reikia mums abiem. Visa tai, — tarė švelniai ją bučiuodamas, — yra didelė klaida, — ir pabučiavo ją dar kartą, tik stipriau.

Jos kvapas ir skonis jam priminė pavasarį, saulę ir jaunystę. Jis troško ją ragauti, užpildyti save ja, gerti jos kvėpavimą, dantimis švelniai braukdamas jai per apatinę lūpą.

Panėrė rankas į jos ilgų glotnių plaukų kaskadą, tada jo rankos nukeliavo tolyn jos nugara, erzindamos ir žadindamos.

Kai ji suvirpėjo, jo rankos grįžo prie jos pečių ir apnuogino jų švelnią odą, kad galėtų bučiuoti. Jis jautė, kaip ji virpa pasiduodama jo glamonėms, o kai lūpomis perbraukė jai per kaklą, pajuto gundantį kraujo pulsavimą po oda.

Ji nesuvirpėjo, kai jis brūkštelėjo jai per kaklą dantimis, bet visa įsitempė, kai ranka jis palietė krūtį.

Dar niekada niekas nebuvo jos taip intymiai lietęs. Ją apstulbino ta aistros banga, kurią sukėlė jo rankų prisilietimas ir suvokimas, kad jas nuo jos odos teskiria plonytė medžiaga.

O paskui nebeliko ir jos, nes naktiniai marškiniai nuslydo žemyn. Jai instinktyviai norėjosi prisidengti savo nuogumą ranka, bet paėmęs už tos rankos jis vos juntamai grybštelėjo dantimis riešą, tuo pat metu žvelgdamas į akis.

— Bijai?

— Truputį.

— Nebijok, neįkąsiu.

— Ne, visai ne to, — ji pasuko ranką, kurią jis laikė, kad delnu paliestų jam skruostą. — Manyje verda jausmai. Visiškai nauji. Dar niekas nėra manęs taip lietęs,— sukaupusi drąsą ji paėmė kitą jo ranką ir priglaudė sau prie krūtinės. — Parodyk man daugiau.

Nykščiu jis brūkštelėjo jai per spenelį, stebėdamas, kaip iš netikėtumo jos akis užliejo malonumas.

— Liaukis dėl visko sukusi sau galvą, Moira.

Ji jautėsi lyg paskendusi migloje. Kaip būtų galėjusi mąstyti, kai visą kūną buvo užkariavę tokie pojūčiai?

Jis paėmė ją ant rankų, ir jos veidas atsidūrė šalia jo veido. Tada jo lūpos įsisiurbė į josios ir negailestingai mėgavosi jų karščiu.

Kaip po ja atsidūrė lova? Kada jis spėjo pereiti visą kambarį? Tačiau jo rankos ir lūpos, kurios it aksomas glamonėjo kūną, ir vėl išsklaidė visas jos mintis.

Ji jam buvo lyg puota, o juk jis taip ilgai pasninkavo. Bet jis neskubėjo, ragavo ją iš lėto, mėgaudamasis skoniu ir prisilietimais. Ir kiekvienu virpesiu, kiekvienu atodūsiu ir dejone ji tik kurstė jo aistrą.

Kai jis pajuto, kad jos smalsios rankos tuoj palauš jo savitvardą, suėmė jas ir jų nepaleido.

Jis jautė, kaip stiprėja jos susijaudinimas, kaip ją užplūsta vis didesnė aistra. Pasiekusi viršūnę ji išsilenkė ir pratrūko dusliu šūksniu.

Tada netekusi jėgų susmuko jo glėbyje.

— O dievai, — kvėpte iškvėpė ji. — Tai nuostabu.

— Čia tik pradžia, — jis lyžtelėjo jos pulsuojantį kaklą. Kai ji atsiduso, jo ranka įsliuogė jai tarp kojų į drėgną šilumą, kad suteiktų dar didesnį malonumą.

Ją nutvieskė akinanti šviesa, tokia skaisti, kad net nudiegė akis, odą ir širdį. Visiškai užvaldė neįsivaizduojamai didelis malonumas. Ji jautėsi it strėlė, kurią jis paleido iš lanko į begalines aukštybes.

Moira visiškai pakluso jo rankoms ir pavirto jo nesenkančios aistros įkaite. Beveik praradusi nuovoką plėšė nuo jo palaidinę.

— Man reikia... Aš noriu...

— Žinau, — Kianas nusitraukė palaidinę, kad ji galėtų jį liesti ir bučiuoti. O pats pasinėrė į jos nekantrių tyrinėjimų teikiamą malonumą — jos kvėpavimas palei jo odą, šiltas ir nekantrus, jos pirštai, tai vos liečiantys, tai įsikertantys į jo kūną. Kai įsitvėrė klubų, jis leidosi nurengiamas visiškai.

O pamatęs, kaip išsipūtė jos akys, nebežinojo, ar juoktis, ar jaustis pamalonintam.

— Niekada nebūčiau pamaniusi... Esu mačiusi vyriškų dalykų, bet...

Jis nusijuokė.

— Tai vis dėlto esi mačiusi.

— Žinoma. Vyrai maudydavosi upėje, o aš buvau gana smalsi...

— Šniukštinėdavai? Vyro pasididžiavimas po maudynių upėje būna ne pačios geriausios formos. Nebijok, neskaudės.

Bet juk turi skaudėti, pagalvojo ji. Buvo apie tai skaičiusi, be to, girdėjo moteris apie tai kalbant. Tačiau skausmo ji nebijojo. Dabar nebebijojo nieko.

Todėl ji vėl atsigulė, tik jautėsi šiek tiek įsitempusi. Bet jis vėl pradėjo ją liesti, jaudrinti, it bandydamas atmegzti užveržtą mazgą.

Jis troško jos drėgnos, skęstančios aistroje, praradusios amą ir nuovoką. Jos standus liaunas kūnas, kuris ką tik buvo įsitempęs laukdamas jo, vėl atsipalaidavo. Šiltas ir švelnus, geidulingai nurausvintas po oda pulsuojančio kraujo.

— Pažvelk į mane. Moira, *mo chroí**. Žiūrėk į mane. Žiūrėk į mane.

Jis žinojo, kad pasitelkęs valią ir savitvardą gali palengvinti jai tą akimirką, tą skausmo momentą ir padėti pajusti tik malonumą. Kai tik jos tamsiai pilkos akys apsiblausė, jis ją perskrodė užpildydamas savimi.

Jos lūpos suvirpėjo ir pro jas išsiveržė dusli ilga dejonė. Neleisdamas jai nukreipti žvilgsnio, jis pradėjo iš lėto judėti, priversdamas jaudulio bangas ristis jos veidu ir kūnu.

Net kai jis pagaliau paleido ją iš savo vergijos, kai jos kūnas atsi-

---

* Mo chroi (*gėl.*) — mieloji.

liepė ir ėmė judėti kartu, ji nesiliovė žiūrėjusi jam į akis. Jis jautė jos širdį taip daužantis, lyg muštų koks būgnas paties krūtinėje, ir tuo metu jam atrodė, kad jis vėl gyvas.

Kai ji pratrūko nevaržomu, nuostabos kupinu šauksmu, pagaliau ir jis galėjo leisti sau plaukti pasroviui kartu su ja.

Ji susirangė šalia jo lyg katė, mėgaudamasi savo šeimininko kūno šiluma ir artumu. Jis žinojo, kad vėliau keiks save už tai, ką padarė. Bet kol kas jam norėjosi tiesiog pasimėgauti.

— Nė neįsivaizdavau, kad gali būti šitaip, — sumurmėjo ji. — Taip nepaprasta.

— Atrodo, savo dosnumu būsiu tave visiškai pagadinęs.

— Kalbu ne apie tavo, kaip tu jį vadini, vyriško pasididžiavimo dydį, — juokdamasi ji pažvelgė į jį ir iš jo vangios šypsenos numanė, kad suprato ją visiškai teisingai. — Aš, aišku, buvau skaičiusi apie aktą — medicinos knygose, romanuose. Bet viską patirti pačiai kur kas maloniau.

— Džiugu, kad galėjau prisidėti prie tavo tyrinėjimų.

Ji apsivertė ir apžergė jį.

— Mano tyrinėjimai tik prasideda. Turiu išsiaiškinti apie tai viską, kas tik įmanoma. Esu labai ištroškusi žinių.

— Kad tave kur galas, Moira, — atsiduso jis, žaisdamas jos plaukų sruoga. — Tu tobula.

— Tikrai? — jos švytintys skruostai nukaito iš malonumo. — Nesiginčysiu, nes dabar tokia ir jaučiuosi. Esu ištroškusi. Gal turi vandens?

Jis stumtelėjo ją šalin ir pakilo atnešti ąsočio. Ji sėdėjo lovoje išsileidusiais ant pečių ir krūtų plaukais, stebėdama, kaip jis pila vandenį. Jis pagalvojo, kad jeigu turėtų širdį, ta širdis galėtų ir sustoti regint ją tokią kaip dabar.

Padavė jai puodelį, tada atsisėdo ant lovos priešais.

— Visa tai beprotybė. Ir tu tai žinai.

— Visas pasaulis beprotybė, — atšovė ji. — Kodėl ir mums neleidus sau bent šiek tiek beprotybės? Nesielgiu neprotingai ar nerūpestingai, — greitai pridūrė uždėjusi jam ant rankos savąją. — Man tenka daryti daugybę dalykų, Kianai, kur nuo mano pasirinkimo niekas nepriklauso. O šitai pasirinkau pati.

Ji atsigėrė ir ištiesė puodelį jam.

— Negi gailėsies to, kas mums abiem suteikė malonumo ir niekam nepakenkė?

— Turbūt nepagalvojai, ką kiti manys apie tai, kad miegi su manimi.

— Tik paklausykit — jis rūpinasi mano reputacija, lyg neturėtų kuo daugiau rūpintis. Esu suaugusi moteris ir niekam neprivalau aiškintis, su kuo miegu.

— Bet kaip karalienė...

— Dėl to aš nesiliauju būti moterim, — nukirto ji. — Pažadėtosios žemės moterys garsėja tuo, kad sugeba gyventi savo protu. Man apie tai šiandien jau buvo priminta.

Ji pakilo ir įsisupo į chalatėlį.

Jam atrodė, lyg ji būtų įsisukusi į miglos sūkurį.

— Viena iš mano moterų, Kiara... Tu ją žinai?

— Ta aukšta potamsė blondinė? Ta, kuri tave nugalėjo imtynėse?

— Taip, ji. Šiandien žygyje žuvo jos brolis. Jam nebuvo nė aštuoniolikos, — Moirai vėl suspaudė širdį. — Nuėjusi į laukiamąjį, kur renkasi mano moterys, radau ją ir norėjau išleisti, kad pabūtų su savo šeima.

— Ji lojali ir nepamiršta savo pareigos tau.

— Ir ne tik man. Vardan savo brolio ji paprašė manęs vieno dalyko. Vieno dalyko... — Moira nepajėgė suvaldyti balso virpulio. — Rytą iškeliauti kartu su savo vyru. Palikti vaikus, atsisakyti saugumo ir pasitikti to, kas gali atsitikti kelyje. Ir ji ne vienintelė to prašanti. Mes nesam silpnos. Nesėdim ir nelaukiam. Daugiau taip nebus. Ir šįvakar man apie tai buvo priminta.

— Leisi jai iškeliauti?

— Ir jai, ir visoms, kurios to panorės. Galiausiai juk bus išsiųstos net ir tos, kurios to nenorės. Atėjau pas tave ne todėl, kad būčiau silpna, ne todėl, kad man reikėtų paguodos ar apsaugos. Atėjau, nes geidžiau tavęs. Troškau viso šito.

Atlošusi galvą ji šyptelėjo ir leido savo drabužiui nuslysti žemyn.

— Atrodo, ir vėl tavęs geidžiu. Ar turėčiau tave suvilioti?

— Per vėlu.

Ji šyptelėjo plačiau ir prisiartino prie lovos.

— Girdėjau — ir skaičiau, — kad vyrams nuo vieno karto iki kito reikia laiko atsigauti.

— Bet aš juk ne visai toks kaip kiti vyrai.

Jis stvėrė ją už rankos, truktelėjęs pargriovė ant lovos ir pasibruko po savimi.

Ji nusijuokė ir žaismingai peštelėjo jam už plaukų.

— Kai kada tai visai praverčia, ar ne?

Vėliau, pirmą kartą po neatmenamai ilgo laiko, Kianas užmigo nebe tyloje, o jausdamas ramų Moiros širdies ritmą.

Tas plakimas jį ir prižadino. Moira dar pati nebuvo spėjusi atsibusti, kai jis išgirdo staiga paspartėjusį jos širdies plakimą.

Jis nusikeikė tik dabar prisiminęs, kad ji nebuvo užsidėjusi savo kryžiaus, o ir jis nesiėmė jokių Glenos nurodytų atsargumo priemonių, kad apsisaugotų nuo Lilitos įsibrovimo.

— Moira, — suėmęs už pečių ją kilstelėjo. — Atsibusk.

Kai ji pagaliau atsimerkė, buvo bepradedąs ją purtyti. Akyse tikėjosi išvysti baimę, bet pamatė sielvartą.

— Tai tik sapnas, — švelniai tarė jis. — Tik sapnas. O sapnuose Lilita nieko negali tau padaryti.

— Lilita čia niekuo dėta. Atleisk, kad prižadinau.

— Tu visa virpi. Užsimesk, — jis truktelėjo antklodę ir apgobė jos pečius. — Tuoj pakursiu ugnį.

— Nereikia, nesivargink, — tarė ji jam keliantis. — Man jau laikas. Tuoj pradės švisti.

Jis pritūpė ir įmetė į židinį durpių.

— Nepasitiki manim?

— Visai ne. Čia kas kita, — Moira pajuto, kad, nepaisant ją apėmusio baisaus nerimo, vos gali pajudėti. — Tai buvo ne Lilita. Tik negeras sapnas. Tiesiog...

Staiga ji pajuto, kad nebegali atsikvėpti.

Bet jis nesiartino prie jos. Ramiai įžiebė liepsną židinyje, tada uždegė žvakes kambaryje.

— Negaliu apie tai kalbėti. Tiesiog negaliu.

— Žinoma, kad gali. Jei ne su manim, bent jau su Glena. Einu ją prižadinsiu.

— Ne. Ne, ne, — ji užsidengė veidą rankomis.

— Ką gi. — Kadangi jau buvo atsikėlęs ir žinojo, kad nebeužmigs, jis įsipylė taurę kraujo. — Tai sakai, Pažadėtosios žemės moterys ne kokios skystablauzdės.

Ji nuleido rankas, ir jos akyse jis išvydo nuoskaudą.

— Prakeiktas šunsnukis.

— Visiškai teisingai. Jeigu tau tai nepatinka, gali žygiuoti į savo kambarį. Bet jeigu liksi čia, turėsi išsakyti viską, kas tau neduoda gyventi. Rinktis, — jis prisitraukė krėslą, — tau ne pirmiena, tad prašom.

— Nori pasirausti po mano žaizdas, po mano sielvartą? O tikrai, kodėl nepapasakojus visko tau? Juk tau vis tiek nieko tai nereiškia. Sapnavau, ir jau ne pirmą kartą, savo motinos nužudymą. Ir kiekvieną sykį matau vis aiškiau. Iš pradžių viskas atrodydavo neaišku ir neryšku — lyg per rūką. Taip buvo kur kas lengviau.

— O dabar?

— Dabar matau viską.

— Ir ką tu matai?

— Tąnakt miegojau, — didžiulėmis akimis, kupinomis skausmo, ji žvelgė į jį. — Buvo jau po vakarienės. Svečiavosi mano dėdė, Larkinas, visa šeima. Surengėm šeimos vakarienę. Mano mamai patiko tokią rengti bent kartą per kelis mėnesius. Po vakarienės klausėmės muzikos ir šokom. Ji taip mėgo šokti. Miegoti nuėjom jau vėlai, ir aš labai greit užmigau. Ir tada išgirdau ją šaukiant.

— Ar dar kas nors girdėjo?

Moira papurtė galvą.

— Ne. Matai, iš tikrųjų ji nešaukė. Bent jau negarsiai. Nemanau, kad ji šaukė. Ją girdėjau tik aš. Tik kartą. Vienintelį kartą. Maniau, kad man tik pasirodė. Bet vis tiek atsikėliau ir nusileidau į jos kambarį. Kad nusiraminčiau.

Moirai atrodė, jog viską išvydo iš naujo. Tada ji net neužsidegė žvakės, nes širdis veržte veržėsi iš krūtinės. Tiesiog tekina leidosi link motinos kambario durų.

— Net nesibeldžiau. Nenorėjau jos prižadinti, todėl nusprendžiau tiesiog įeiti vidun ir įsitikinti, kad ji miega. Bet kai pravėriau duris, lovoje jos nebuvo. Ji nemiegojo. Išgirdau tuos siaubingus garsus. Lyg kokių gyvūnų, vilkų, tik šlykštesnius. Kur kas šlykštesnius. Ji trumpam nutilo ir sunkiai nurijo seiles.

— Jos balkono durys buvo atviros, užuolaidas judino vėjas. Pašaukiau ją. Norėjau pulti prie tų durų, bet negalėjau. Kojos buvo lyg švininės. Vos pajėgiau paeiti. Negaliu apie tai kalbėti.

— Gali. Taigi nuėjai prie balkono durų.

— Ir pamačiau... O varge... Pamačiau ją gulint ant akmeninių grindų. Ir kraujo klaną. O tie padarai... Aš apalpsiu.

— Ne, — jis atsistojo ir žengė prie jos. — Neapalpsi.

— Jie ją draskė, — pagaliau išsiveržė jai. — Darkė jos kūną. Tie demonai, tie košmariški padarai, draskė mano motiną. Norėjau rėkti, bet negalėjau. Norėjau pulti ir juos nuo jos atplėšti. Tada vienas iš jų pažvelgė į mane. Jo akys buvo raudonos, visas snukis kruvinas. Nuo mano motinos kraujo. Jis leidosi durų link, ir aš atsitraukiau. Pasukau šalin, tolyn nuo jos, nors turėjau jai padėti.

— Ji jau buvo mirusi, Moira, ir tu tai žinojai. Jeigu būtum įėjusi pro tas duris, ir tu būtum mirusi.

— Turėjau eiti pas ją. Bet jis šoko mano pusėn ir aš nebegalėjau liautis šaukusi. Negalėjau nustoti net ir tada, kai jis atšoko lyg atsitrenkęs į kokią sieną. Tada viskas aptemo. O aš tebešaukiau negalėdama atsitraukti nuo kruvino savo motinos kūno.

— Juk nesi kvaila, — sausai tarė jis. — Žinai, kad buvai sukrėsta. Tai, ką pamatei, tave pribloškė. Kad ir ką būtum dariusi — niekaip nebūtum galėjusi padėti motinai.

— Kaip galėjau palikti ją ten, Kianai? Taip imti ir palikti? — jai iš akių pasipylė ašaros. — Nieko šiame pasaulyje taip nemylėjau kaip ją.

— Tiesiog tavo protas nepajėgė susidoroti su tuo, ką išvydai, su tuo, kas tau atrodė neįmanoma. Ji buvo mirusi dar prieš tau įžengiant į jos kambarį. Buvo mirusi jau tada, kai išgirdai ją šaukiant, Moira.

— Iš kur tu žinai? Jeigu...

— Tai buvo žudikai. Jie ją nužudė akimirksniu. Jau po to leido sau pasimėgauti, bet jų tikslas buvo mirtis.

Jis suėmė jos šaltas rankas norėdamas sušildyti.

— Baimę ar skausmą ji jautė ne ilgiau kaip akimirką. O paskui nebejautė nieko.

Moira nutilo ir ilgokai žvelgė jam į akis.

— Ar gali man prisiekti, kad tikrai tuo tiki?

— Tai ne tikėjimo, o žinojimo klausimas. Prisiekiu tau: jeigu jie būtų norėję ją pakankinti, būtų pasiėmę ten, kur niekas nebūtų galėjęs sutrukdyti. Tai, ką tu išvydai, tebuvo priedanga. Kad viskas būtų suversta laukiniams žvėrims, kaip ir tada, kai mirė tavo tėvas.

Ji giliai atsiduso staiga suvokusi kraupią viso to įvykio logiką.

— Man buvo baisu net pagalvoti, kad galbūt ji dar buvo gyva, kai aš ten atėjau, kad jie ją kankino. Kažkaip lengviau žinant, jog taip nebuvo.

Ji nusibraukė ašarą.

— Atleisk, kad taip tave iškeikiau.

— Ne juokais tave sudirginau.

— Šaltakraujiškai ir sąmoningai. Dar su niekuo nesu kalbėjusi apie tą naktį. Negalėdavau prisiversti apie tai galvoti, o juo labiau kalbėti.

— Ką gi, pagaliau tai padarei.

— Galbūt dabar prisiminsiu savo motiną ne tokią, kokią mačiau tą naktį, o tokią, kokia buvo dar gyva ir laiminga. Galbūt ankstesni prisiminimai nustelbs tą paskutinį. Apkabink mane.

Jis prisėdo šalia, apkabino ją ir glostė jos galvą sau ant peties.

— Dabar, kai pasipasakojau tau, man labai palengvėjo. Gerai, kad taip mane įerzinai ir privertei išsipasakoti.

— Gali dar kartą.

— Taip norėčiau pasilikti čia ilgiau, tiesiog pasėdėti tamsoje ir tyloje su tavim. Bet turiu eiti ir rengtis. Turiu išlydėti karius, kurie iškeliaus švintant.

Ji pažvelgė į jį.

— Pabučiuok mane ir palinkėk labo ryto.

Jis pasitiko jos lūpas savosiomis ir bučiavo, kol pajuto kylant geismą.

Ji pramerkė svaigulio kupinas akis.

— Tavo bučinys nusmelkė mane visą. Turbūt šiandien nejausiu žemės po kojom.

Moira pakilusi pasiėmė drabužius.

— Tikiuosi, kad per tas kelias valandas manęs pasiilgsi, — pasakė jam. — O gali tiesiog sumeluoti, kai vėl susitiksim, tik pasakyk, kad pasiilgai.

— Jeigu taip pasakysiu, nė trupučio nemeluosiu.

Apsirengusi ji suėmė jo veidą delnais ir dar kartą pabučiavo.

— Tuomet, kad ir kas atsitiktų, priimsiu tai kaip teisybę.

Nešina žvake ji patraukė durų link. Metusi per petį jam paskutinį šypsnį, jas atsklendė. O atvėrusi duris pamatė Larkiną, kuris jau buvo besibeldžiąs.

— Moira? — suglumęs nusišypsojo. Bet jo šypsena tuoj pat išbleso išvydus sujauktus patalus ir Kianą, kuris neskubėdamas rišosi ant juosmens paklodę.

Nežmoniškai įniršęs Larkinas nustūmė Moirą šalin ir puolė.

Kianas net nebandė prisidengti veido. Bet antrą smūgį sustabdė nutvėręs Larkino ranką.

— Turėjai teisę į vieną smūgį. Ne daugiau.

— Jis neturi tam jokios teisės, — Moira susizgribo uždaryti ir vėl užsklęsti duris. — Dar vienas smūgis, Larkinai, ir to paties sulauksi iš manęs.

— Tu, sumautas šunsnuki, tu už tai sumokėsi.

— Be jokios abejonės. Bet tik ne tau.

— Būtent man, gali būti tikras.

— Tuoj pat liaukis.

Kai Larkinas vėl užsimojo, Moirai teko tvardytis, kad netvotų jam žvakide.

— Lorde Larkinai, kaip tavo karalienė liepiu tau atsitraukti.

— Nereikia čia tų titulų, — nerūpestingai tarė Kianas. — Leisk berniukui apginti pusseserės garbę.

— Išmušiu iš tavęs tą pasipūtimą.

Netekusi kantrybės Moira įsispraudė tarp jų.

— Pažvelk į mane. Nebūk toks kietakaktis, Larkinai, pažvelk į mane. Gal pasakytum, kieno kambaryje mes esame?

— To prakeikto šikniaus.

— Negi manai, kad jis mane čia atsitempė už plaukų ir paėmė prievarta? Esi tikras bukagalvis. Aš pati atėjau ir pasibeldžiau į Kiano duris. Pati įsibroviau į jo kambarį ir į jo lovą, nes to norėjau.

— Pati nežinai ko...

— Už tai, kad išdrįsai pasakyti, jog aš pati nežinau ko noriu, galėčiau sumalti tave į miltus, — ji įrėmė pirštą jam į krūtinę, lyg norėdama pabrėžti savo mintį. — Tai mano asmeninis reikalas ir tau nėra ko kištis.

— Bet jis ir tu... Nei šis, nei tas.

— Nesąmonė.

— Manęs nestebina, kad tavo pusbroliui nepatinka, jog tu miegi su vampyru, — Kianas atsitraukė nuo jų ir paėmęs savo taurę demonstratyviai pamerkė pirštą į kraują ir aplaižė. — Bjaurus įprotis.

— Neleisiu tau...

— Palauk, — pertraukė Larkinas įniršusią Moirą. — Duok man minutę. Noriu pasikalbėti su Kianu akis į akį. Tik pasikalbėti, — pasakė jis pamatęs, kad Moira ketina prieštarauti. — Prisiekiu.

Ji nusibraukė nuo veido plaukus.

— Neturiu laiko jūsų kvailystėms. Bet tiek jau to, jūs gi vyrai. Jeigu jau taip nori, kišk nosį ne į savo reikalus. Lyg aš būčiau kokia silpnaprotė. Man laikas rengtis ir pasikalbėti su iškeliaujančiais kariais, — tarė Moira ir žengė pro duris. — Tikiuosi, neišsipjausit čia dėl mano asmeninių reikalų.

Išeidama ji trenkė durimis.

— Verčiau paskubėk, — Kianas metė Larkinui, — nes žmonės mane jau pradeda erzinti.

Staiga šio veide įniršio nebeliko.

— Manai, kad trenkiau tau ir įsiutau dėl to, kas esi? Lygiai taip pat būčiau reagavęs, jei būčiau užtikęs ją su bet kokiu kitu vyru. Juk ji man kaip sesuo. Niekada nebūčiau pagalvojęs... — jis pamindžikavo ir sunkiai atsiduso. — O dabar, kai apie tai pamąstau, viskas atrodo taip sudėtinga. Bet nenoriu, kad manytum, jog vožiau tau kaip vampyrui. Tiesą pasakius, apskritai apie tave taip negalvoju. Man tu esi draugas. Vienas iš mūsų šešių, — kalbėdamas jis vėl pradėjo niršti. — Ir tai, kad reikalauju paaiškinimo, apie ką galvojai pasinaudodamas mano pussesere, neturi nieko bendro su tuo, ar turi sumautą širdį, ar ne.

Kianas šiek tiek patylėjo, tada atsiliepė:

— Ar jau baigei?

— Taip. Ir laukiu atsakymo.

Kianas linktelėjo galvą ir vėl paėmė taurę.

— Statai mane į sunkią padėtį. Vadini savo draugu ir vienu iš jūsų. Bet žinok, kad nors aš ir tavo draugas, niekada nebūsiu vienas iš jūsų.

— Nesąmonė. Pasitikiu tavim taip, kaip nedaugeliu kitų. O tu ėmei ir suvedžiojai mano pusseserę.

Kianas nusijuokė.

— Matyt, prastai ją pažįsti. Aš jos irgi neįvertinau, — susimąstęs Kianas vedžiojo pirštu per karoliukus, kuriais buvo išsiuvinėta Moiros dovanota odinė juosta. — Ji sudorojo mane kaip šiltą vilną. Aišku, tai joks pasiteisinimas. Vis tiek turėjau priversti ją išeiti. Bet ji užsispyrusi ir sugeba įtikinti. Aš negalėjau jai pasipriešinti. Ir nesipriešinau, — jis apmetė akimis žemėlapius, kuriuos visiškai užmiršo jai atėjus. — Bet tai ne bėda, nes šįvakar vis tiek išvykstu. O jeigu oras bus palankus, tai ir anksčiau. Noriu gerai apsižvalgyti kovos lauke. Taigi ji bus saugi nuo manęs, o aš nuo jos, kol viskas baigsis.

— Ne, nedaryk to, — paprašė Larkinas. — Nedaryk, — pakartojo, kai Kianas klausiamai į jį pažvelgė. — Jeigu taip išvyksi, ji manys, kad dėl jos. Taip ją labai įskaudinsi. Jeigu nori išvykti dėl to, ką čia prišnekėjau...

— Taip buvau nusprendęs dar prieš jai ateinant naktį. Iš dalies dėl to, kad norėjau jai atsispirti.

Suirzęs Larkinas rankomis persibraukė plaukus.

— Kadangi neišvykai tada, kai reikėjo, dabar gali šiek tiek palaukti. Aš tave pats ten nuskraidinsiu po kelių dienų arba kai tam atsiras laiko. Bet mūsų šešetukas negali išsiskirti, — šiek tiek aprimęs Larkinas įdėmiai stebėjo Kiano veidą. — Turime būti drauge. Tai kur kas svarbiau negu tai, ar kas nors su kuo nors miega. Dabar, kai šiek tiek apsiraminau, galiu pasakyti, kad tai judviejų reikalas. Bet, po galais, — vis tiek noriu sužinoti vieną dalyką. Noriu, kad pasakytum man kaip draugui ir kaip jos artimam giminaičiui. Jos tėvo vardu noriu paklausti: ar bent jauti jai ką nors? Ką nors tikro?

— Žiūriu, ta draugystės korta tau visai paranki.

— Tu esi mano draugas. Ir rūpi man kaip brolis. Sakau tau gryną tiesą.

— Velniop viską! — Kianas trinktelėjo taurę ant stalo ir niūriai pažvelgė į kraują, kuris išsitaškė ant žemėlapių. — Jūs, žmonės, baigiat mane nukamuoti su tais savo jausmais. Brukat juos man net nebandydami įsivaizduoti, kaip man reikia juos išgyventi.

— O kaip tu gali gyventi be jų? — nusistebėjo Larkinas.

— Labai patogiai. Ir koks tau skirtumas, ką aš jaučiu? Jai reikėjo artumos.

— Ne šiaip sau artumos. Jai reikėjo tavęs.

— Čia jau jos problema, — tyliai tarė Kianas. — Ir mano prakeikimas. Aš ją myliu, antraip būčiau seniai ja pasinaudojęs vien dėl malonumo. Myliu ją, antraip šiąnakt būčiau jos atsikratęs. Pats nežinau kaip, bet myliu ją, priešingu atveju nesijausčiau taip beviltiškai. Bet tik pabandyk kam nors apie tai prasitarti ir aš nusuksiu tau sprandą. Nepažiūrėsiu, kad tu mano draugas.

— Gerai, — linktelėjęs galva Larkinas atsistojo ir ištiesė Kianui ranką. — Tikiuosi, kartu būsit laimingi, kiek tik tai bus įmanoma.

— Velniop, — Kianas paspaudė Larkinui ranką. — Ir apskritai ką tu čia veiki taip anksti?

— Po galais, visai užmiršau. Pamaniau, kad vis tiek dar nemiegosi, tai norėjau paklausti, ar nepriešiprautum, jeigu sukergtume tavo eržilą su viena iš mūsų kumelių. Jai kaip tik laikas, o Vladas puikus eržilas.

— Mano žirgą nori panaudoti kaip eržilą?

— Taip, labai, jeigu tik tu nepriešiprauji. Atvestume ją pas jį iš ryto.

— Ką gi, puiku. Manau, kad jam patiks.

— Ačiū tau. Sumokėsim už tai kiek priklauso.

— Nereikia nieko mokėti. Mes juk draugai.

— Draugai tai draugai. Ačiū. O dabar einu susirasiu Moirą ir leisiu jai ant manęs išsilieti, nes tikrai to nusipelniau, — Larkinas stabtelėjo prie durų. — Beje, ta kumelaitė, kurią atvesim tavo Vladui, yra tikrai žavinga.

Jis šyptelėjo ir mirktelėjo priversdamas Kianą nusikvatoti nepaisant netikusiai prasidėjusios dienos.

11 skyrius

Moiros nurodymu vėliavos buvo nuleistos iki pusės stiebo, o dūdmaišininkai blankioje priešaušrio šviesoje grojo rekviem. Dėl tų, kurie šiame kare jau atidavė savo gyvybę, ji būtų padariusi ir daugiau. Bet kol kas tai buvo viskas, ką galima padaryti mirusiesiems pagerbti.

Ji stovėjo kieme draskoma sielvarto ir kartu didžiuodamasi tais vyrais ir moterimis, savo kariais, kurie ruošėsi ilgai kelionei į rytus. Jau buvo atsisveikinusi su savo moterimis ir su pusseserės vyru Falenu.

— Jūsų didenybe, — kreipėsi į ją Nailas, aukštasis sargybinis, kuris dabar tapo vienu iš jos patikėtinių kapitonų. — Ar jau laikas liepti atverti vartus?

— Dar minutėlę. Matau, kad ir pats norėtum iškeliauti dar šiandien.

— Didžiuojuosi jums tarnaudamas, jūsų didenybe.

— Suprantu tavo troškimus, Nailai. Bet kol kas tu man reikalingas čia. Netrukus ateis ir tavo laikas, — kaip ir visų kitų, pagalvojo ji. — Kaip laikosi tavo brolis ir jo šeima?

— Lordo Larkino ir garbingosios Bleros dėka jie saugūs. Ir nors mano brolio koja gyja, jis, deja, negalės kautis.

— Reikės ne tik tų, kurie gali mūšio lauke švaistytis kalaviju.

— Teisybė, — nejučiomis jis suėmė rankeną savo kalavijo, kabančio jam prie šono. — Bet aš mielai pasišvaistyčiau savuoju.

Ji linktelėjo galva.

— Dar spėsi.

Tada giliai įkvėpė ir paliepė:

— Atverkit vartus.

Jau antrą kartą ji išlydėjo savo žmones iš pilies teikiamo saugaus prieglobsčio. Ir žinojo, kad tai kartosis tol, kol pati išjos pro tuos vartus, palikdama tik visiškai senus, mažus ir ligotus.

— Giedra diena, — pastebėjo Larkinas jai iš už nugaros. — Pirmąją bazę jie turėtų pasiekti saugiai.

Nieko neatsakiusi Moira pažvelgė ten, kur stovėjo Šinona, rankose laikydama vaiką, įsčiose nešiodama dar vieną, su trečiuoju, įsitvėrusiu jai į sijonus.

— Ji neišliejo nė ašaros.

— Negalėtų išlydėti Faleno su ašaromis.

— Joje susikaupusi jų visa upė, bet net ir dabar ji neleidžia sau parodyti jų vaikams. Jeigu narsi širdis yra ginklas, Larkinai, savo priešus šluote nušluosime nuo žemės.

Kai ji pasisuko eiti, jis patraukė kartu.

— Neturėjau laiko, — pradėjo Larkinas, — su tavim pasikalbėti nei prieš ceremoniją, nei po jos.

— Nei po to, kai įsibrovei į mano asmeninį gyvenimą, — jos balsas buvo šaltas it rytmečio oras.

— Niekur aš nesibroviau. Tiesiog atsidūriau netinkamoje vietoje netinkamu metu, kaip ir visi mes šitoje situacijoje. Bet mudu su Kianu jau viską išsiaiškinom.

— Ką tu sakai! — ji metė į jį ironišką žvilgsnį. — Manęs tai nestebina, žinant, kad vyrai savo reikalus vienaip ar kitaip vis tiek išspręs.

— Tik nereikia čia to karališko tono, — paėmęs už rankos jis nusitempė ją į vieną iš sodų, kad rastų daugiau privatumo. — Kaip, tu tikėjaisi, sureaguosiu pamatęs tave su juo?

— Turbūt tikėtis, kad būsi mandagus ir atsiprašęs pasišalinsi, būtų per daug.

— Visiškai teisingai. Kai pagalvoju apie tai, kad tave suvedžiojo vyras, turintis amžinybę patirties...

— Viskas buvo atvirkščiai. Absoliučiai.

Jis nuraudo, pasikasė galvą ir susinervinęs apsuko ratą.

— Smulkmenos manęs nedomina, jeigu neprieštarausi. Aš jo jau atsiprašiau.

— O kaip bus su manim?

— Ko tu iš manęs nori, Moira? Juk aš tave myliu.

— Tikiuosi, kad pagaliau suvoksi, jog esu suaugusi moteris ir pati sprendžiu, su kuo man mylėtis. Ir nesivaipyk, — nekantriai sviedė ji. — Aš galiu valdyti, galiu kariauti, galiu mirti, jeigu to prireiks, bet mintis, kad galiu turėti meilužį, kažkodėl užgauna tavo jausmus.

Jis šiek tiek pamąstė.

— Taip. Bet aš su tuo apsiprasiu. Tiesiog mažiau už bet ką kitą noriu išvysti tave įskaudintą. Ir dar ne mūšyje. Ar tai tau suprantama?

Jos nuotaika pagerėjo, o širdis suminkštėjo — kaip visada, kai tai būna susiję su Larkinu.

— Puikiai suprantama, nes ir tau to nenorėčiau. Larkinai, negi nemanai, kad esu pakankamai protinga ir racionali?

— Gal net per daug.

— Puikiai suvokiu, kad su Kianu neturiu jokios ateities. Žinau, kad tai, ką padarėme, vieną dieną atneš man sielvartą ir kančias. Bet mano širdis trokšta to, ką mes galime turėti dabar.

Ranka ji perbraukė per žydinčio krūmo lapus. Šitie lapai nukris pakandus pirmai šalnai, pagalvojo ji. Ir kris ne tik tie lapai.

— Tiek mano protas, tiek širdis sako, kad atsiduodami vienas kitam tampam geresni. Kaip nusisukti nuo to, kurį myli?

— Nežinau.

Ji apžvelgė kiemą, kuriame žmonės dirbo savo įprastus darbus. Kad ir kas atsitiktų, gyvenimas vis tiek žengia pirmyn. Ir jie dar išvys tą ateinantį gyvenimą.

— Tavo sesuo ką tik išlydėjo savo vyrą ir, nors ji žino, kad galbūt daugiau niekada jo nepamatys, jo ir savo vaikų akivaizdoje neišliejo nė ašaros. Jeigu ji verks, tai tik likusi viena. Jos ašaros — jos reikalas. Ir kai viskas pasibaigs, Kiano ir mano santykiai bus tik mudviejų reikalas.

— Ar padarysi kai ką dėl manęs?

— Jei tik galėsiu.

Jis palietė jai skruostą.

— Kai tau norėsis išsiverkti, neužmiršk, kad yra petys, ant kurio gali tai padaryti.

Ji pagaliau nusišypsojo.

— Jokiu būdu neužmiršiu.

Kai jie išsiskyrė, ji nuėjo į svetainę, kur rado Blerą ir Gleną svarstančias dienotvarkę.

— Kur Hoitas? — paklausė Moira pildamasi arbatos.

— Pluša išsijuosęs. Vakar jis gavo naują ginklų partiją. — Glena pasitrynė pavargusias akis. — Kad juos užkerėtume, reikės darbuotis ištisą parą be poilsio. Ketinu padirbėti su tais, kurie liks čia, kai išvyks visi kiti. Žinai — pagrindinės atsargumo priemonės, gynyba, puolimas ir panašiai.

— Galėsiu tau padėti. O tu, Blera?

— Kai tik Larkinas baigs sąvadauti, mes...

— Nesupratau?

— Jis turi kumelaitę ir susitarė su Kianu, kad jo Vladas ja pasirūpintų. O preliudijai nepasiūlė jai nei vakarienės, nei gėrimų. Maniau, jis tau pasipasakojo.

— Ne, mes kalbėjom apie kitką, matyt, jis užmiršo. Taigi jis nusprendė pasinaudoti Kiano žirgu kaip eržilu, — ji šyptelėjo. Ką gi, gyvenimas tęsiasi. — Puiku. Stiprus ir daug vilčių teikiantis žirgas, be to, labai gudrus. Galbūt pradės gerą liniją. Ach štai ko jis atsibeldė pas Kianą dar saulei nepatekėjus.

— Jis pagalvojo, kad jeigu Kianas sutiks, tai... Palauk, — Blera iškėlė ranką. — Iš kur tu žinai, kad jis atėjo pas Kianą dar prieš saulėtekį?

— Nes kaip tik ruošiausi iš ten išeiti, kai atėjo Larkinas. — Moira ramiai gurkštelėjo arbatos, stebėdama, kaip Blera susižvalgė su Glena, o tada išpūtė skruostus.

— Aišku.

— Tai neketini plūsti Kiano, kam suvedžiojo nekaltą mergelę? Blera liežuviu persibraukė dantis.

— Kaip suprantu, buvai jo kambaryje. Nemanau, kad jis ten tave nusiviliojo parodyti savo graviūrų.

Moira patenkinta pliaukštelėjo ranka per stalą.

— Valio! Žinojau, kad moteris parodys daugiau supratingumo ir šiek tiek daugiau pagarbos mano norams. O tu? — ji žvilgtelėjo į Glena ir kilstelėjo antakius. — Neketini nieko pasakyti?

— Abu liksit įskaudinti ir abu tai žinot. Todėl tikiuosi, kad bent jau sugebėsit kuo daugiau gauti iš dabartinių santykių.

— Ačiū.

— Kaip tu jautiesi? — paklausė Glena. — Pirmas kartas būna ne toks jau lengvas ir net šiek tiek nuviliantis.

Moira plačiai nusišypsojo.

— Tai buvo nepaprasta. Toks jaudinantis dalykas... Nebūčiau galėjusi net įsivaizduoti. Mano svajonės nė iš tolo neprilygo tikrovei.

— Jeigu po kelių šimtų metų praktikos vyrukas šitoje srityje būtų prastas, — pradėjo svarstyti Blera, — tai turėtų būti visai niekam tikęs. Turbūt, kai Larkinas viską suprato, išvirto iš klumpių.

— Jis smogė Kianui į veidą. Bet dabar jie jau susitaikė. Kaip ir visi vyrai, kai apsikumščiuoja. Na, o mes tiesiog susitarėm, kad aš pati galiu rinktis sau lovos draugus.

Kokią minutę visos sutartinai tylėjo, reikšmingai vartydamos akis.

— Nebedaug laiko liko mėgautis saugumu. Na, bet tikiuosi, kad bent jau po Vėlinių turėsim pakankamai laiko mano sprendimams aptarti.

— Man laikas, — tarė Blera. — Mes su Larkinu — po ilgų bauginimų — už poros valandų keliaujam išsiaiškinti, ar pavyks susitarti su kitais slibinais. Jam ši mintis ne prie širdies, bet jis vis dėlto sutiko, kad pabandyti verta.

— Jeigu pavyktų, įgytume milžinišką pranašumą, — mąstė Moira, parėmusi smakrą kumščiu. — Tuomet galėtume atrinkti tuos, kurie ne tokie stiprūs kovos lauke. Jeigu slibinais galėtų skraidyti, pavyzdžiui, lankininkai...

— Degančios strėlės, — pritarė Blera, linksėdama galva.

— Svarbiausia, kad nešaudytų į savus, — pastebėjo Glena. — Laiko treniruotėms liko nedaug, bet pabandyti reikia.

— O taip, ugnis stiprus ginklas, — sutiko Moira. — Ir dar stipresnis, kai pasirodo iš dangaus. Gaila, Glena, kad burtais negali ant strėlės galiuko patupdyti saulės — tuomet viskas būtų išspręsta.

— Einu pažiūrėti, ar pavyks išjudinti Larkiną, — atsistojo Blera ir luktelėjusi tarė:

— Man pirmasis kartas buvo, kai turėjau septyniolika. Vaikinas taip skubėjo, kad, kai visa kas baigėsi, man teliko stebėtis: „Ir viskas? Baisaus čia daikto." To, matyt, nepasakysi apie žmogų, kuris aiškiai žinojo, ką daro.

— Tai jau tikrai, — Moira patenkinta nusišypsojo. — Jis puikiai žinojo, ką daro.

Ji pastebėjo, kaip Blera su Glena vėl susižvalgė, ir toliau gurkšnodama arbatą pamatė Blerą išeinant iš kambario.

— Tu jį myli, Moira?

— Visą gyvenimą laukiau žmogaus, kuriam jausiu tai, ką dabar jaučiu jam. Ką mano motina jautė mano tėvui visą tą trumpą laiką, kuris jiems buvo skirtas. Tai, ką tu jauti Hoitui. Negi manai, kad meilė neįmanoma vien dėl to, kas jis yra?

— Ne, visai ne. Aš pati jį nuoširdžiai myliu, visiškai pripažindama tokį, koks yra. Bet juk, Moira, negali nesuprasti, kad neturėsi su juo gyvenimo. Ir kaip tik dėl to, kas jis yra. Ir judu negalit šito pakeisti, kaip kad aš negaliu patupdyti saulės ant strėlės galo.

— Dėjausi į galvą viską, ką jis pats ir Blera pasakojo apie tokius kaip jis, — be to, perskaičiau daugybę storiausių knygų, dar pagalvojo Moira. — Žinau, kad jis niekada nepasens. Visada bus toks, koks buvo paverstas į vampyrą. Jaunas, stiprus, gyvybingas. O aš keisiuos. Sensiu, nusilpsiu, pražilsiu, susiraukšlėsiu. Aš sirgsiu, jis — niekada nesirgs. — Ji pakilo ir nuėjo prie lango pasidžiaugti saulės šviesa. — Net jeigu jis myli mane taip, kaip aš myliu jį, bendro gyvenimo mes vis tiek neturėsim. Jis negali stovėti štai taip drauge su manimi ir mėgautis saulės šiluma. Mums telieka tamsa. Jis negali turėti vaikų. Taigi negaliu tikėtis iš jo bent jau tokio atsiminimo. Galiu tikėtis kartu bent jau metų, gal penkerių ar dešimties. Tik tiek. Galvoju apie tai ir to trokštu, — tyliai pratarė ji. — Bet kad ir kokie egoistiški būtų mano norai, negaliu užmiršti savo pareigų, — ji atsisuko į Glеną. — Jis niekada neliktų čia, o aš negaliu vykti su juo. — Saulė apšvietė žvilgančią Moiros karūną. — Morgana sakė, jog tai pažinimo laikas. Žinau, kad mano gyvenimas netektų kažko svarbaus, jeigu neleisčiau sau jo mylėti. Kuo turtingesnis mūsų gyvenimas, tuo ilgiau ir atkakliau kovosim, kad jį išlaikytume. Tai man suteikia dar vieną ginklą. Ir aš juo pasinaudosiu.

* * *

Moira išsiaiškino, kad visą dieną mokyti vaikus ir senolius, kaip apsiginti patiems ir apginti vieniems kitus nuo pabaisų, buvo kur kas sunkiau už labiausiai varginančias treniruotes. Ji nė neįsivaizdavo, kad bus taip sunku pasakyti vaikams, jog pabaisos vis dėlto egzistuoja. Galva buvo įsiskaudėjusi nuo jų klausimų, o širdis — nuo baimės, kurią išvydo jų akyse.

Ji išėjo į sodą pakvėpuoti grynu oru ir pasižvalgyti, ar dar negrįžta Larkinas su Blera.

— Jie grįš prieš saulėlydį, — išgirdo tariant Kianą ir sumišo.

— Ką tu čia veiki? Diena dar nesibaigė.

— Šiuo dienos metu šešėliai čia jau gana tamsūs, — paaiškino jis, atsišliejęs į akmeninę sieną ir laikydamasis atokiau nuo tiesioginės šviesos. — Čia graži vieta. Ir labai rami. Be to, žinojau, kad vis tiek kada nors ateisi čia bent kelioms minutėms.

— Matau, gerai išstudijavai mano įpročius.

— Turėjau tam pakankamai laiko.

— Mes su Glena mokėm vaikus ir senukus, kaip apsiginti, jeigu juos užpultų, kai jau būsim iškeliavę. Nenoriu palikti čia pačių pajėgiausių, kad gintų pilį.

— Vartai liks užrakinti. Hoitas su Glena papildomai juos apsaugos. Čia likusieji bus pakankamai saugūs.

— O jeigu pralaimėsim?

— Tada jiems niekas nepadės.

— Manau, ką nors galima padaryti visada, jeigu tik žmogus turi galimybę rinktis ir bent kokį nors ginklą, — pasakė Moira eidama jo link. — Ar čia atėjai manęs ieškoti?

— Taip.

— Kadangi esu jau čia, ką norėtum nuveikti?

Jis nepajudėjo iš vietos, bet ji matė, kad jame virė kova. Ir nors jai atrodė, kad net oras sujudo persiėmęs jo nerimu, ji liko ten kur buvo, kantriai laukdama.

Nebeišlaikęs jis stvėrė ją abiem rankomis, prisitraukė ir apdovanojo godžiu bučiniu.

— Puikus pasirinkimas, — sumurmėjo ji, kai vėl galėjo kalbėti. Bet jo lūpos vėl ją užčiaupė, neleisdamos nei deramai atsikvėpti, nei pasipriešinti.

— Ar bent įsivaizduoji, kas man darosi? — paklausė jis ir nelaukdamas atsakymo suėmė ją už rankų ir persimetė per petį.

— Palauk, Kianai... — sutrikusi nusijuokė Moira.

— Tu tik gerai laikykis, — paliepė jis ir šoko aukštyn. Jai užėmė kvapą ir ji instinktyviai stipriau apsikabino jo kaklą. Jis liuoktelėjo aukštyn bent per dešimt pėdų ir pradėjo kopti sienomis.

— Ką tu išdarinėji! — šūktelėjo ji, žvilgtelėjusi žemyn ir pajutusi, kaip visu kūnu bėga šiurpuliai. — Galėjai įspėti, kad visiškai netekai proto.

— Proto aš netekau dar vakar, kai įsibrovei į mano kambarį, — atrėžė jis įšokdamas pro langą ir aklinai užtraukė užuolaidas. — Dabar turėsi už tai susimokėti.

— Jeigu norėjai grįžti vidun, galėjai pasinaudoti durimis...

Moira išsigandusi suriko, kai jis mestelėjo ją aukštyn. Jai atrodė, kad sklendžia aklinoje tamsoje. Paskui ji vėl šūktelėjo, staiga supratusi, kad kažkokiu būdu atsidūrė lovoje, po juo, ir jausdama, kaip jis plėšia nuo jos drabužius.

— Palauk. Aš nieko nematau ir nieko nesuvokiu.

— Per vėlu, — atšovė jis ir nutildė ją bučiniu. Nuo jo prisilietimų ji pasijuto kylanti į protu nesuvokiamą viršūnę. Kai ją pagaliau pasiekė, tik sutrūkčiojo lūpomis prigludusi prie jo lūpų ir susmuko netekusi jėgų.

Jis suėmė ją už riešų ir prispaudė jos rankas virš galvos. Ji atrodė visiškai pasidavusi, ir jis, nebegalėdamas ilgiau susitūrėti, ją paėmė.

Ji norėjo šaukti, bet balsas nebeklausė. Ji nieko nematė ir negalėjo apsiginti, nes rankos buvo it surakintos. Neliko nieko kito, kaip tik atsiduoti jo aistrai, jo kūnui, besiskverbiančiam į ją, ir beatodairiškam malonumui, verčiančiam ją rangytis, veržtis iš jo glėbio ir vėl tuoj pat pasiduoti beprotiškam jo meilės ritmui.

Kai pasiekė malonumo viršūnę, ji jautėsi, lyg viskas aplinkui būtų subyrėję į šipulius. Gulėjo sutirpusi nuo aistros ir negalėjo pajudėti net tada, kai jis pakilęs nuėjo uždegti židinio ir žvakių.

— Pasirinkimas ne visada didžiausia problema, — prabilo Kianas, ir ji išgirdo pilant į taurę skystį. — Ir ne ginklas.

Moira pajuto, kaip jis įspraudė taurę jai į ranką, ir prisivertė atsimerkti. Ji bandė kažką sakyti, paėmė taurę, bet nesijautė galinti nuryti bent gurkšnelį vandens.

Tada ji pastebėjo šviežią raudoną nudegimą ant jo rankos. Greitai sėsdamasi vos neišliejo iš taurės vandens.

— Tu juk nusideginai. Duok, apžiūrėsiu, — ir pamatė, kad žymė buvo kryžiaus formos. — Aš juk galėjau jį nusiimti, — ji skubiai užsikišo kryžių su grandinėle už korsažo.

— Smulkmena, — paėmęs jai už riešo, jis apžiūrėjo ant jo pasirodžiusią nedidelę mėlynę. — Kai tu šalia, valdausi prasčiau negu norėčiau.

— Man tai patinka. Parodyk ranką. Nors ir nelabai išmanau apie gydymą...

— Nieko čia baisaus.

— Nagi duokš ranką. Leisk man pasipraktikuoti.

Jis prisėdo šalia ir ištiesė jai sužalotąją ranką.

— Man patinka, kad su manim tu nesivaldai, — pasakė ji, žvelgdama jam į akis. — Patinka žinoti, jog esu taip geidžiama, kažkokiu būdu tave sujaudinu tiek, kad, atrodo, nuo įtampos tarp mūsų kone kibirkščiuoja oras.

— Žinai, tai pavojinga net ir su žmogumi. O kai vampyras netenka savitvardos, pakvimpa mirtimi.

— Aš žinau, kad niekada manęs neįskaudinsi. Juk tu myli mane.

Kianas staiga pasikeitė.

— Seksas ne visada reiškia, kad...

— Gal aš ir nepatyrusi, bet tai nereiškia, kad esu kvaila ir lengvatikė. Ar geriau?

— Kas?

Ji nusišypsojo.

— Tavo ranka. Ji jau ne tokia raudona.

— Jaučiuosi gerai. — Jis ištraukė ranką jai iš delno, nes nebejautė deginimo. — Tu greitai mokaisi.

159

— Taip. Mokymasis — mano aistra. Galiu papasakoti, ko išmokau iš tavęs. Tu mane myli, — ji šyptelėjo glostydama jam plaukus. — Žinau, kad jeigu tai būtų tik dėl sekso, vakar vis tiek būtum paėmęs mane ir gal net mažiau priešinęsis. Bet jeigu tai būtų tik seksas, tik poreikis išsilieti, nebūtum buvęs toks atsargus ir rūpestingas ir tikrai nebūtum pasitikėjęs manimi tiek, kad užmigtum drauge.

Pamačiusi, kad jis nori prieštarauti, ji iškėlė pirštą.

— Bet tai dar ne viskas.

— Turbūt iš tavęs nieko kito ir nelieka tikėtis.

Ji pakilo ir pasitvarkė drabužius.

— Kai vakar įsiveržė Larkinas, net nebandei išsisukti nuo jo smūgio. Tu mane myli, todėl jauteisi kaltas, kad atėmei tai, ką vadini mano nekaltybe. Tu mane myli ir ilgai mane stebėjai, todėl žinai, kur yra mano mėgstamiausia pilies vieta. Laukei manęs ten, o tada atsinešei mane čia, nes tau manęs reikėjo. Kianai, tu mane trauki lygiai taip pat, kaip ir aš tave.

Ji stebėjo jį, gurkšnojantį vandenį.

— Tu myli mane taip pat, kaip ir aš tave.

— Tavo nelaimei.

— Ir tavo, — sutikdama linktelėjo galva. — Tokiais jau laikais gyvenam.

— Moira, tai niekada...

— Daugiau niekada nesakyk man „niekada", — jos balsas virptelėjo, o akys nuo susijaudinimo patamsėjo. — Aš ir pati žinau. Žinau viską apie tą „niekada". Todėl verčiau kalbėkim apie šiandieną. Man ir tau svarbi tik šiandiena. Turiu kovoti dėl rytojaus, dėl porytojaus ir dėl amžinybės. Bet su tavimi mes turim tik šiandieną. Ir kiekvieną mums skirtą dieną.

— Tik neverk. Man lengviau ištverti nudegimus negu tavo ašaras.

— Pasistengsiu, — ji trumpam užsimerkė, kad būtų lengviau laikyti savo žodį. — Tik noriu, kad pasakytum tai, ką man jau parodei. Kad pasakytum, ką matau žvelgdama į tave.

— Aš myliu tave, — prisipažino jis prieidamas ir švelniai pirštų galiukais liesdamas skruostą. — Tavo veidą, akis, viską, ką jose matau. Myliu tave. Nieko nemylėjau visą tūkstantį metų.

Ji paėmė jo ranką ir prispaudė sau prie lūpų.

— Tik pažvelk — nudegimo nebeliko. Matai, meilė gydo ir tave. Patys stipriausi burtai.

— Moira, — jis šiek tiek palaikė jos ranką, paskui priglaudė sau prie krūtinės. — Jeigu čia plaktų širdis, ji plaktų tik dėl tavęs.

Ji pajuto, kaip akis vėl užplūdo ašaros.

— Gal tavo širdis ir neplaka, bet ji nėra tuščia. Ji nėra ir nebyli, nes girdžiu ją kalbant man.

— Ir tau to gana?

— Man niekada nieko nebus gana, bet teks tuo pasitenkinti. Eikš, mes...

Ji staiga nutilo išgirdusi iš lauko sklindančius šauksmus. Nuskubėjusi prie lango atitraukė užuolaidą.

— Kianai, ateik čia. Saulė jau gana žemai, ateik, pažiūrėk.

Dangus buvo pilnas slibinų. Smaragdiniai, ryškiai raudoni, auksiniai — jų žvilgantys kūnai vakarėjant sklandė virš pilies it spindintys brangakmeniai. O jų trimitavimas skambėjo kaip daina.

— Ar esi kada nors matęs tokį grožį?

Kai jis apkabino ją per pečius, ji paėmė ir suspaudė jo ranką.

— Tik paklausyk, kaip žmonės juos sveikina. Žiūrėk — vaikai bėga ir juokiasi. Taip skamba viltis, Kianai. Būtent taip ji skamba ir atrodo.

— Pasikviesti juos čia yra vienas dalykas, Moira. O ar jais galėsim lyg žirgais joti į mūšį — dar klausimas. Bet atrodo tikrai gražiai. Ir skamba viltingai.

Ji stebėjo, kaip jie leidžiasi.

— Turbūt per savo ilgą amžių mažai ko nesi daręs.

— Mažai, — sutiko jis ir šyptelėjo. — Bet slibinu neteko joti. Ir, tiesą pasakius, visai norėčiau pabandyti. Eime žemyn.

Saulė dar nebuvo nusileidusi, todėl atvirose vietose jam teko dangstytis savo nepaprastuoju apsiaustu. Kianas, žvelgdamas į auksines dar visai jauno slibino akis, pajuto susižavėjimą ir nuostabą.

Jų gyvatiški kūnai buvo padengti dideliais spalvingais žvynais, kurie prisilietus priminė glotnų stiklą. Sparnai, kuriuos slibinai palietę žemę prispausdavo prie šonų, atrodė lyg plonytis audinys. Bet labiausiai Kianą žavėjo jų akys. Jos buvo gyvos ir atrodė kupinos susidomėjimo ir sumanumo, gal net šiek tiek juokėsi.

— Pagalvojau, kad jaunesnius bus lengviau mokyti, — pasakė jam Blera, kuri stovėjo šalia ir stebėjo slibinus. — Larkinui puikiai sekasi su jais bendrauti net ir nepasivertusiam. Jie juo pasitiki.

— Dėl to jam nebus lengviau juos vesti į mūšį.

— Taip, mano mielasis nėra kietaširdis. Ir meś jau tiek apie tai esam su juo kalbėję. Jis manė, kad įtikins visus juos naudoti tik kariams ir ginklams pernešti. Bet jie mums gali būti tokie naudingi kovos lauke... Arba virš jo. Nors, po teisybei, man ir pačiai ši idėja nebe tokia miela.

— Jie tokie gražūs. Ir nesugadinti.

— Atrodo, per mus jie neteks antrosios savybės, — atsiduso Blera. — Viskas pavirsta ginklais, — pridūrė ji. — Tai ką, nori pabandyti?

— Ir dar kaip.

— Pirmieji skrydžiai — tik su manim. Žinau, žinau, — tarė išvydusi jo veide prieštaravimą. — Tu pilotuoji nuosavą lėktuvą, esi puikus raitelis, kaip voras kopi į dangoraižius. Bet slibinu nesi jojęs, taigi vienas kol kas neskrisi.

Ji neskubėdama priėjo prie vieno raudonai sidabriško slibino ir užšoko jam ant nugaros, bet vis tiek laikė ištiesusi ranką, kad jis galėtų užuosti jos kvapą.

— Eikš artyn, supažindinsiu tave su ja.

— Su ja?

— Taip, patikrinau visą įrangą, — vyptelėjo Blera. — Negalėjau susilaikyti.

Kianas palietė slibinę ranka ir lėtai perbraukė jai per šoną galvos link.

— Tik pažiūrėkit, kokia gražuolė, — pratarė jis airiškai. Atsakydama slibinė koketiškai vikstelėjo uodega — kitaip to negalėjai suprasti.

— Hoitas su jais susitaria lygiai taip pat, kaip ir tu, — Blera linktelėjo link Hoito, glostančio safyro spalvos slibiną. — Čia turbūt toks šeimos bruožas.

— Ei, o kodėl jos didenybė ropščiasi ant slibino?

— O jai jau yra tekę vienu iš jų joti. Juk jojo į slibiną pasivertusiu Larkinu, todėl išmano, kaip elgtis. Aišku, pastaruoju metu ji jodinėja ne tik slibinais.

— Atsiprašau?

— Aš tik sakau, kad dabar jūs abu atrodot kur kas labiau atsipalaidavę negu vakar, — ji jam plačiai, įžūliai nusišypsojo. — Nagi, šok.

Jis užšoko taip pat lengvai, kaip kad kopdavo sienomis — pastangų nereikalaujančiu, sklandžiu šuoliu.

— Kokia ji tvirta, — pastebėjo Kianas. — Čia kur kas patogiau, negu atrodo iš šalies. Tiesą pasakius, nelabai kuo skiriasi nuo žirgo nugaros.

— Ypač jeigu turi galvoje Pegasą. Bet jų, kaip kad žirgo, nereikia raginti kulnais ar kokiais nors garsais. Tiesiog... — Blera pasilenkė prie slibinės kaklo ir švelniai ranka jį perbraukė. Šioji išleido švelnų garsą, išskleidė sparnus ir pakilo į orą.

— Ko tik netenka patirti, kai ilgai pagyveni, — prisipažino Blerai už nugaros sėdintis Kianas.

— Ir tai vienas iš nuostabiausių dalykų. Bet reikia pagalvoti ir kaip juos maitinti, prižiūrėti, kuopti jų mėšlą ir panašiai.

— Kažkodėl man atrodo, kad rožės nuo jo turėtų vešėte vešėti.

Ji atmetė galvą ir nusikvatojo.

— Visai gali būti. Turim apmokyti ir juos, ir raitelius. Bet šitie gražuoliai tikrai greit mokosi. Stebėk, — ji pasilenkė dešinėn, ir slibinė paklusniai pasuko ta kryptimi.

— Panašiai kaip važiuojant motociklu.

— Labai panašiai. Kai reikia pasukti, tiesiog pasilenki ton pusėn. Tik pažiūrėk į Larkiną. Jis nepraleis progos pasirodyti.

Apsižergęs didžiulį auksinį slibiną Larkinas išdarinėjo įmantrias kilpas ir posūkius.

— Saulė beveik nusileido, — tarė Kianas. — Palūkėkim dar kelias minutes, kad aš neiškepčiau, ir parodysim jam, kad čia ne jis vienas kai ką sugeba.

Blera žvilgtelėjo per petį.

— Jeigu jau taip nori. Bet turiu tau šį tą pasakyti.

— Kada tu neturėjai.

— Ant savo pečių Moira tempia viso pasaulio naštą. Bet jeigu tai, kas vyksta tarp jūsų, tą naštą bent šiek tiek palengvina, tiek jau to. Larkinas praskaidrino mano gyvenimą, todėl tikrai tikiuosi, kad ir judviem kas nors išeis.

— Stebini mane, demonų medžiotoja.

— Aš ir pati savim stebiuosi, vampyre, bet taip jau yra. Saulė nusileido. Pasirengęs?

Jausdamasis kur kas ramiau Kianas nusimetė apsiausto gobtuvą.

— Parodykim tavo kaubojui, kas čia už jį šaunesnis.

12 skyrius

Deivis priklausė Lilitai beveik penkerius metus. Vieną gražų vakarą Jamaikoje ji paskerdė jo tėvus ir jaunesniąją seserį. Deivio tėtis nusprendė nustebinti savo žmoną jos trisdešimtojo gimtadienio proga ir padovanojo atostogas ne sezono metu. Viskas buvo įskaičiuota — skrydis, viešbutis ir kontinentiniai pusryčiai. Pirmąją naktį Jamaikoje, svaiginami atostogų nuotaikos ir nemokamo romo punčo, jie pradėjo savo trečiąjį vaiką.

Jie, žinoma, apie tai nė nenutuokė, ir jeigu reikalai būtų susiklostę kiek kitaip, dar vieno vaiko perspektyva būtų privertusi atidėti atostogas tropikuose geresniems laikams.

Tačiau tai buvo paskutinės jų šeimos atostogos.

Tai atsitiko per vieną neilgą Lilitos nutolimą nuo Loros. Jamaika jai tebuvo užgaida, kur ji smaginosi susimedžiodama tai kokį vietinį, tai atsitiktinį turistą. Galų gale jai pabodo baruose besitrinančių vyrų skonis.

Jai norėjosi įvairovės — ko nors šviežesnio ir saldesnio. Jauna šeima buvo kaip tik tai, ko ji troško. Motinos ir jos mažosios dukrytės smagų pasivaikščiojimą mėnesienos nušviesta pakrante ji užbaigė greitai ir negailestingai. Jai padarė įspūdį moters išgąstis, bergždžias priešinimasis ir instinktyvus bandymas apginti savo vaiką. Numalšinusi alkį, ji jau buvo bepaliekanti nieko nenutuokiančius tėvą ir sūnų toliau klajoti paplūdimyje, bet paskui jai pasidarė įdomu, ar tėvas kovos dėl sūnaus. Gal net maldaus, kaip maldavo motina.

Jis maldavo. Ir dar šaukė berniukui: „ Bėk, Deivi, bėk!" Baimė dėl sūnaus suteikė jo kraujui nepakartojamo skonio, ir žudymas buvo be galo saldus.

Bet berniukas nebėgo. Jis priešinosi, ir tai jai padarė dar didesnį įspūdį. Jis spardėsi ir kandžiojosi, ir net bandė užšokti jai ant nugaros, kad apgintų tėvą. Įniršis, su kuriuo vaikas puolė, ir visiškai su tuo nesiderinąs angeliškas jo veidelis privertė ją apsispręsti — paversti jį vampyru.

Kai ji prispaudė jo lūpas sau prie kraujuojančios krūtinės, pajuto jaudulį, kokio dar niekada nebuvo jautusi. Tas beveik motiniškas jausmas ją apstulbino ir buvo be galo malonus.

Taip Deivis tapo jos numylėtiniu, jos žaisliuku, jos sūnumi, jos meilužiu.

Jis stebėtinai greitai ir natūraliai prisitaikė prie pokyčio. Kai Lilita vėl susitaikė su Lora, pasakė jai, kad Deivis bus jų vampyriškasis Piteris Penas*, berniukas, kuris amžinai išliks šešerių.

Kaip ir bet kurį šešiametį, jį reikėjo prižiūrėti, linksminti, mokyti. O kadangi Deivis buvo mažasis Lilitos princas, apdovanotas didelėmis privilegijomis ir didelėmis pareigomis, jam, jos nuomone, reikėjo ir ypatingos priežiūros.

Todėl ji surengė šią ypatingą medžioklę.

Jis net virpėjo iš susijaudinimo, kai Lilita jį apvilko prastais valstietiškais drabužiais. Ji negalėjo susilaikyti nesijuokusi, kai žvelgė į jo žibančias akis paišiname ir kruviname veidelyje, kurį taip ištepė, kad įtikinamiau atrodytų.

— Ar galiu į save pasižiūrėti? Ar galiu pažiūrėti į stebuklingą veidrodį, kaip atrodau? Prašau, labai prašau!

---

* Piteris Penas — škotų rašytojo J. M. Barrie sukurtas personažas, berniukas, nenorėjęs suaugti.

— Žinoma, — Lilita patenkinta sąmokslininkiškai susižvalgė su Lora. Šioji tuoj pat įsitraukė į žaidimą ir paėmė stebuklingą veidrodį.

— Atrodai nepakartojamai, — tarė Lora Deiviui. — Toks mažas ir silpnutis. Ir visai kaip žmogus.

Atsargiai paėmęs veidrodį, Deivis įsispoksojo į savo atspindį. Tada iššiepė iltis.

— Visai kaip per karnavalą, — pasakė jis ir sukikeno. — Noriu bent vieną nužudyti pats. Ar gerai, mama? Pats vienas.

— Pažiūrėsim, — Lilita paėmė veidrodį ir pasilenkusi pabučiavo nešvarų Deivio skruostą. — Tau tenka labai svarbus vaidmuo, branguti. Tiesą sakant, pats svarbiausias.

— Aš juk žinau, ką turiu daryti, — Deivis net šoktelėjo iš nekantros. — Juk daug kartų repetavau.

— Žinau. Tu labai stengeisi. Galėsiu tavim didžiuotis.

Ji padėjo veidrodį šalin, stiklu į apačią, stengdamasi pati į jį nežvilgčioti. Loros nudegimai dar nebuvo iki galo užgiję ir atrodė gana atgrasiai. Kiekvieną kartą pažvelgusi į veidrodį ji baisiai nusimindavo, todėl Lilita gėrėdavosi savuoju atvaizdu, kai to nematydavo Lora.

Išgirdusi beldimą į duris, atsisuko.

— Tai Midiras. Įleisk jį, Deivi, tada pats išeik ir palauk su Liucijum.

— Ar jau greitai eisim?

— Taip, už kelių minučių.

Jis nuskubėjo prie durų ir oriai išsitiesęs stebėjo, kaip jam lenkiasi burtininkas. Tada mažasis kareivėlis išžygiavo lauk, leisdamas Midirui jam iš paskos uždaryti duris.

— Jūsų didenybe. Mano ponia.

— Stokis, — Lilita nerūpestingai mostelėjo ranka. — Kaip matai, princas pasirengęs. O kaip tu?

Midiras buvo apsivilkęs savo įprastais juodais drabužiais. Jo veidas buvo tvirtas ir gražus, įrėmintas banguojančių žilų plaukų. Juodos gilios akys žvelgė į šaltą Lilitos akių mėlynę.

— Jis bus apsaugotas. — Midiras žvilgtelėjo į didelę lovos kojūgalyje stovinčią skrynią ir atidengtą sidabrinį dubenį ant jos. — Matau, kad gėrėt mano duotą stebuklingą gėrimą.

— Gėriau. Bet jeigu jis nepadės, užmokėsi savo galva, Midirai.

— Padės. Ne tik gėrimas, bet ir mano kerai, kurie trims valandoms apsaugos jį nuo medžio ir plieno. Jis bus toks saugus, lyg būtų jūsų glėbyje, didenybe.

— Jeigu ne, pribaigsiu tave savo rankomis ir kaip galima skausmingiau. O kad neliktų abejonių, į šią medžioklę eisi kartu su mumis.

Kokią akimirką jo veide ji matė nuostabą ir suirzimą. Bet paskui jis nuleido galvą ir paklusniai tarė:

— Kaip liepsite.

— Puiku. Pranešk apie tai Liucijui. Jis pasirūpins tavo žirgu, — tarė ji ir nusisuko duodama ženklą eiti.

— Neturėtum taip rūpintis, — tarė Lilitos link eidama Lora ir ją apkabindama. — Midiras juk žino, kad jeigu kas nors nutiks tavo mielajam berniukui, jam tai kainuos gyvybę. Deiviui to reikia, Lilita. Jam reikia prasimankštinti ir pasilinksminti. Na, ir šiek tiek pasirodyti.

— Žinau, viską suprantu. Jis nuobodžiauja, todėl ir nenustygsta vietoje. Negaliu jo už tai kaltinti. Viskas bus gerai, — kalbėjo Lilita ramindama save. — Juk pati būsiu ten su juo.

— Leisk eiti ir man. Prašau, apsigalvok ir leisk man eiti kartu.

Lilita papurtė galvą ir švelniai pabučiavo sužalotą Loros skruostą.

— Tu dar nepasirengusi medžioklei. Dar neatgavai jėgų, brangioji, o aš nenoriu tavimi rizikuoti, — ji tvirtai suėmė Loros rankas. — Man tavęs reikės per Vėlines. Reikės, kad kovotum, žudytum, mėgautumeis krauju. Tą naktį, kai paskandinsim prakeiktą slėnį kraujyje ir gausim tai, kas mums priklauso, noriu, kad šalia būtum ir tu, ir Deivis.

— Negaliu pakęsti to laukimo beveik taip pat, kaip ir jis.

Lilita nusišypsojo.

— Iš šios nakties žaidimo parnešiu tau dovanėlę.

Deivis ir Lilita jojo vienu žirgu mėnesienos nutviekstą naktį. Jis norėjo joti savo poniu, bet mama paaiškino, kad ponis nepakankamai greitas. O Deiviui patiko joti greitai, mėgaujantis vėju ir artėjančio medžioklės ir žudymo meto lūkesčiu. Tokios jaudinančios nakties jam dar nebuvo tekę patirti.

Jai neprilygo net ir ta dovana, kurią Lilita jam įteikė per gimtadienį, kai vieną vasaros naktį pasiėmė jį į skautų stovyklą. Ten buvo tikrai smagu! Tiek riksmų, lakstymo ir verksmo. Ir tiek kramsnojimo! Jam tai patiko kur kas labiau už žmonių medžiojimą urvuose ar prasikaltusių vampyrų deginimą. Jis neprisiminė, kad kas nors dar būtų taip patikę.

Deivis menkai teprisiminė savo ankstesnę šeimą. Kartais pabusdavo iš sapno ir jam atrodydavo, kad guli kambaryje, kurio sienos nuklijuotos lenktyninių automobilių nuotraukomis, o ant langų kabo mėlynos užuolaidos. Jam atrodydavo, kad miegamojo spintoje gyvena pabaisos, ir jis šaukdavo tol, kol ateidavo ji.

Jos buvo rudi plaukai, rudos akys.

Kartais ateidavo ir jis — aukštas vyriškis nedailiu veidu. Jis išvarydavo pabaisas, o ji sėdėdavo šalia ir tol glostydavo jam galvą, kol jis vėl užmigdavo.

Labai pasistengęs jis prisimindavo, kaip pliuškenosi vandenyje, kaip į šlapią smėlį klimpo kojos ir kaip tasai vyriškis juokėsi, kai juos aptaškydavo bangos.

O paskui vyras nustojo juoktis ir tik šaukė: „Bėk, Deivi, bėk!"

Bet Deivis nelabai stengėsi visa tai prisiminti. Ir ne itin dažnai.

Jam kur kas labiau patiko galvoti apie medžioklę ir žaidimus. Jeigu jis bus labai labai geras, mama leis jam pasilikti vieną žmogų kaip žaislą. Labiausiai jam patikdavo jų kvapas, kai jie bijodavo, ir tie garsai, kuriuos jie leisdavo, kai tik jis pradėdavo valgyti.

Jis buvo princas ir galėjo daryti ką panorėjęs. Beveik.

Šiąnakt jis įrodys, kad yra jau didelis. Ir to „beveik" nebeliks.

Kai jie pagaliau sustabdė arklius, iš susijaudinimo belaukiant jį beveik pykino. Nuo čia jie turėjo keliauti pėsčiomis, o jau tada ateis jo eilė. Mama tvirtai laikė jį už rankos, ir tai jam visai nepatiko. Jis norėjo žygiuoti kaip Liucijus ir kiti kariai. Norėjo neštis kalaviją, o ne tą mažutį durklą, kurį turėjo pasislėpęs po palaidine.

Bet vis tiek buvo smagu taip greitai, greičiau už bet kokį žmogų, žygiuoti per lauką į jame esantį ūkį.

Jie vėl sustojo, ir mama pasilenkusi delnais suėmė jo veidą.

— Daryk taip, kaip tave mokiau, mielasis, ir puikiai susitvarkysi. O aš būsiu čia pat. Nesitrauksiu nė minutėlę.

Jis išpūtė krūtinę.

— Aš jų nė niek nebijau. Jie mums tik maistas.

Už jų stovintis Liucijus sukrizeno.

— Nors jis ir ne toks didelis, jūsų didenybe, bet karys iki kaulų smegenų.

Ji išsitiesė ir tvirtai laikydama Deivį už peties pasisuko į Midirą:

— Atsakysi savo galva, — tyliai tarė. — Pradėk.

Išskėtęs rankas Midiras užtraukė savo giesmę.

Lilita gestais parodė bendrams išsiskirstyti. Tada ji, Liucijus ir Deivis patraukė artyn prie ūkio.

Pro vieną langą matėsi nakčiai palikta degti ugnis. Pradžioje jie užuodė žirgus, uždarytus arklidėse, o paskui ir jų šeimininkus. Žmonių kvapas dar labiau sužadino Deivio alkį ir susijaudinimą.

— Būk pasirengęs, — pasakė Lilita Liucijui.

— Mano ponia, už princą atiduosiu savo gyvybę.

— Žinau, — ji palietė Liucijaus ranką. — Tam čia ir esi. Gerai. Deivi, neapvilk manęs.

Troboje Tininas ir dar du vyrai ėjo sargybą. Atėjo laikas žadinti pamainą, ir jis nekantraudamas laukė, kada galės bent kelias valandas numigti. Skaudėjo klubą, kurį jam sužeidė per išpuolį pirmomis žygio dienomis. Jis tikėjosi pagaliau sumerkti akis, kurios atrodė it smėlio pripiltos, pagaliau neberegėti to išpuolio vaizdų.

Prarasta tiek puikių vyrų, jie buvo tiesiog išskersti.

Jau greitai ateis laikas, kai jis galės atkeršyti už žuvusiuosius kovos lauke. Jis norėjo tik vieno: jeigu ten žus ir pats, kad prieš tai turėtų galimybę aršiai kautis ir nudėti daug priešų.

Jau ketino įsakyti sargybiniams trauktis iš posto, kai kažką išgirdęs nejučiomis stvėrė už kalavijo rankenos.

Jis pastatė akis ir ausis. Gal tai tebuvo nakties paukštis, bet skambėjo labai jau žmogiškai.

— Tininai.

— Girdžiu, girdžiu, — atsakė jis vienam iš sargybinių.

— Kažkas verkia.

— Būk pasirengęs. Niekas... — jis nutilo pastebėjęs kažką judant. — Kažkur šalia šiauriausio aptvaro. Matai? Vaje, ten juk vaikas. Atrodo, berniukas, pagalvojo jis, bet nebuvo tuo įsitikinęs. Vaiko drabužiai sudriskę ir kruvini, o jis pats gailiai verkdamas svyrinėjo įsikišęs burnon nykštį.

— Matyt, kažkur netoliese paspruko nuo užpuolikų. Pažadink pamainą ir būkit visi pasirengę. Einu atsivesiu tą vaiką.

— Mums buvo įsakyta neiti laukan nusileidus saulei.

— Negalim ten palikti vaiko ir kamuotis matydami, kaip jis atrodo. Pažadink pamainą, — pakartojo Tininas. — Tegul prie šito lango budi lankininkas. Jeigu lauke pastebėsit ką nors judant, be manęs ir vaiko, šaukit tiesiai širdin.

Jis palaukė, kol vyrai pasiruošė, stebėdamas, kaip vaikas nugriuvo ant žemės. Dabar jis jau matė, kad tai berniukas. Vargšelis gailiai aimanavo ir verkšleno susirietęs į kamuoliuką.

— Galėtume palaukti ryto, o iki tol jį stebėtume, — pasiūlė vienas iš sargybinių.

— Ar Pažadėtosios žemės vyrai taip įbauginti tamsos, kad tūnos sau, palikę kraujuojantį ir verkiantį vaiką?

Jis plačiai atlapojo duris. Norėjo greitai nueiti ir parsinešti vaiką kur saugu, bet prisivertė neskubėti. Tada berniukas pakėlė galvą ir jo apvaliame veidelyje Tininas išvydo siaubą.

— Nepadarysiu tau nieko blogo. Esu karalienės karys. Nusivesiu tave vidun, — švelniai pasakė jis. — Ten šilta, ten turim maisto.

Berniukas staiga pašoko ant kojų ir pradėjo klykti, lyg Tininas būtų jį pjovęs.

— Monstrai! Monstrai!

Jis pradėjo bėgti smarkiai šlubuodamas kaire koja. Tininas pasileido jam iš paskos. Gal kiek ir išgąsdins vaiką, bet geriau jau taip, negu leisti jam pabėgti ir tapti kokio demono užkandžiu. Tininas pagavo jį jau besiropščiantį per akmeninę sieną, skiriančią šį lauką nuo kito.

— Ramiai, ramiai, dabar tu saugus, — bandė jis guosti rėkiantį ir besispardantį vaiką, nuo kurio smūgio Tininui ne juokais suskaudo šoną. — Einam vidun. Daugiau tavęs niekas neskriaus. Niekas... Jam pasirodė, kad kažką išgirdo — lyg ir giesmę, ir jis stipriau suspaudė vaiką. Jau susiruošė bėgti atgal į namą, kai išgirdo dar kažkokį keistą garsą, ir tą garsą skleidė toji būtybė, kurią jis laikė rankose — vaikas kraupiai urzgė. Staiga nuožmiai išsiviepė ir įsikibo Tininui į gerklę.

Skausmas priminė agoniją ir nebegalėdamas jo iškęsti Tininas parklupo. Čia ne vaikas, čia visai ne vaikas, galvojo jis mėgindamas išsilaisvinti. Bet tas padaras buvo įsikibęs į jį kaip vilkas.

Kažkur tolumoje Tininas girdėjo riksmus, zvimbiant strėles, žvangant kalavijus. Paskutinis garsas, kurį jis girdėjo, buvo godžiai ryjamo jo paties kraujo kliuksėjimas.

Tinino kariai išbandė ir ugnį, ir liepsnojančias strėles, ir vis tiek, kol demonai atsitraukė, žuvo ar buvo sužaloti bent ketvirtadalis vyrų.

— Tą paimkit gyvą, — tarė Lilita, manieringai nuo lūpų nusišluosčiusi kraują. — Pažadėjau Lorai dovaną.

Ji nusišypsojo Deiviui, suklupusiam prie kareivio, kurį jis nužudė, kūno. Negalėjo nesididžiuoti matydama, kaip Deivis neatsiplėšdamas ir toliau lakė kraują net tada, kai jos kariai pradėjo tempti negyvėlį tolyn iš kovos vietos. Deivio akys švytėjo raudoniu, o nuo šviežio kraujo išraudusiuose skruostuose it auksas švietė strazdanos. Ji paėmė jį ir iškėlė sau virš galvos.

— Štai jūsų princas!

Kariai, kurie išgyveno per mūšį, priklaupė. Ji nuleido Deivį žemyn ir ilgai bučiavo į lūpas.

— Noriu dar! — pareikalavo jis.

— Žinau, mano meile, ir netrukus galėsi mėgautis tuo kiek panorėjęs. Užmeskit šitą ant arklio, — nerūpestingai mostelėjo ji į Tinino kūną. — Sugalvojau, ką su juo padarysiu.

Ji užlipo ant žirgo ir ištiesė rankas, kad ir mažasis galėtų užsiropšti. Skruostu jausdama Deivio garbanas, pažvelgė į Midirą.

— Puikiai pasirodei, — pasakė jam. — Gali pasirinkti tuos žmones, kuriuos nori, kam tik nori.

Kai jis nusilenkė, žilus plaukus nutvieskė mėnesiena.

— Ačiū, — padėkojo jis.

Moira stebėjo slibinus ir jų raitelius, sukančius ore ratus, mėgaudamasi gaiviu vėjeliu. Stulbinantis vaizdas, ir bet kokiomis kitomis aplinkybėmis jos širdis nuo jo būtų dainavusi. O dabar teko sau priminti, kad tai ne spektaklis, o kariniai manevrai.

Ji negalėjo negirdėti šūkaujančių ir delnukais plojančių vaikų, kurių vieni žaidė esą slibinai, o kiti — jų raiteliai.

Ji nusišypsojo sveikindamasi su dėde, kuris atžygiavęs sustojo šalia pasigėrėti vaizdu.

— Nenorit paskraidyti? — pasiteiravo ji.

— Tegul tuo užsiima jaunimas ir tie, kurie už mane mitresni. Nuostabus vaizdas, Moira. Ir teikiantis daug vilčių.

— Tie slibinai visiems pakėlė dvasią. O mūšyje jie mums suteiks didžiulį pranašumą. Tik pažiūrėkit į Blerą — ji gimusi jodinėti slibinu.

— Sunku jos nepastebėti, — sumurmėjo Ridokas, žiūrėdamas, kaip Bleros slibinas svaiginamu greičiu nėrė žemyn, o paskui vėl metėsi aukštyn.

— Ar jūs patenkintas, kad ji išteka už Larkino?

— Jis ją myli, o aš, tiesą pasakius, negalėčiau surasti jam tinkamesnės moters. Todėl ir aš, ir Larkino motina esam tuo patenkinti. Aišku, mes jo labai pasiilgsim. Bet jis turi keliauti su ja, — pridūrė Ridokas. — Taip jau jis nusprendė, o mano širdis jaučia, kad jo sprendimas teisingas. Tik mes jo vis tiek ilgėsimės.

Moira padėjo galvą dėdei ant peties.

— Aš taip pat.

Eidama vidun Moira pagalvojo, kad bus vienintelė, kuri iš jų šešiukės po Vėlinių liks Pažadėtojoje žemėje, ir kaip tai reikės ištverti.

Jau dabar pilis atrodė tokia tuščia. Daugelis žmonių iškeliavo, o kiti buvo užsiėmę jos paskirtais darbais. Labai greitai ir pačiai teks iškeliauti. Vadinasi, atėjo laikas surašyti savo norus tam atvejui, jeigu ji negrįžtų.

Ji užsidarė savo laukiamajame ir ėmėsi smailinti rašomąją plunksną. Paskui apsigalvojo ir išsitraukė vieną iš brangenybių, kurių parsigabeno iš Airijos.

Tokį dokumentą, nusprendė Moira, verta surašyti priemone iš kito pasaulio.

Ji rašys rašikliu.

Ką tokio vertingo ji turi, kas paveldėjimo teise nepriklausytų kitam Pažadėtosios žemės valdovui?

Be abejo, tai kai kurios jos motinos brangenybės. Jas mintyse ji pradėjo skirstyti Blerai ir Glenai, savo tetai ir pusseserėms, ir galiausiai savo favoritėms.

Jos tėvo kalavijas turi pereiti Larkinui, nusprendė ji, o tas durklas, kurį kažkada jis nešiodavosi, bus Hoito. Tėvo miniatiūra pereis dėdei, jeigu ji mirs anksčiau už jį, nes juodu buvo neišskiriami draugai.

Dar daugybė visokių niekučių — tai šis, tai tas, ką ji ketino palikti testamentu.

Kianui palieka savo lanką, strėlinę ir pačios darytas strėles. Vylėsi, kad jis supras, jog šie daiktai jai buvo ne tik ginklai. Jie buvo jos pasididžiavimas ir tam tikra prasme jos meilė.

Moira viską rūpestingai surašė ir užantspaudavo. Atiduos šį dokumentą saugoti tetai.

Tai padariusi pasijuto geriau. Kažkaip palengvėjo, viskas praskaidrėjo. Pastūmusi popierių į šalį ji pakilo nusiteikusi imtis kitų darbų. Grįžusi į miegamąjį pastebėjo, kad balkono durų užuolaidos tebebuvo užtrauktos, jos užstojo vaizdą ir neleido prasiskverbti šviesai. Atitraukė jas, kad įeitų bent šiek tiek švelnios pavakario šviesos.

Ir vėl prisiminė tą tamsą, kraują, išdraskytą savo motinos kūną ir tuos padarus, kurie ją taip išdarkė. Bet vis tiek atidarė duris ir prisivertė žengti pro jas.

Oras buvo vėsus ir drėgnas, o virš galvos skrajojo pulkai slibinų. Jie atrodė it spalvų blyksniai ir sūkuriai blyškioje dangaus mėlynėje. Jos motinai tikrai būtų patikę į juos žiūrėti, klausytis jų sparnų plazdėjimo ir apačioje kieme besijuokiančių vaikų.

Moira priėjo prie turėklų ir palietė juos, čiuopdama kietą akmenį. Stovėdama taip, kaip dažnai stovėdavo jos motina, ji žvelgė į Pažadėtąją žemę ir prisiekė dėl jos padaryti viską, kas tik įmanoma.

Ji būtų nustebusi, jeigu žinotų, kad didžiąją neramios dienos dalį Kianas praleido visai taip pat, kaip ir ji. Jo paveldo sąrašai ir nurodymai buvo kur kas ilgesni ir išsamesni. Bet juk ir gyveno jis kur kas ilgiau ir turėjo sukaupęs nemažai turto. Ir nematė jokios priežasties, kad tasai turtas nueitų perniek.

Ne kartą rašydamas jis keikė plunksną ir labai ilgėjosi kompiuterio teikiamo paprastumo bei patogumo. Bet nesiliovė rašęs tol, kol įsitikino, kad gerai padalijo visą turtą.

Jis nemanė, kad gali padalyti viską, nes kai kas priklausys nuo Hoito. Reikės su juo apie tai pasikalbėti. Jeigu ir galėjo kuo pasikliauti, tai tik Hoitu — jis tikrai viską padarys taip, kaip nurodys Kianas, jei tik bus įmanoma.

Ir vis dėlto jis tikėjosi, jog to neprireiks. Kad ir tūkstantį metų nugyvenęs, visai nebuvo nusiteikęs to gyvenimo atsisakyti. Ir tikrai jau neketino keliauti pragaran, prieš tai ten nepasiuntęs Lilitos.

— Reikalus visada mėgai tvarkyti vienas.

Jis pašoko iš vietos ir staigiu judesiu išsitraukė durklą, tuo pat metu sukdamasis išgirsto balso link. Durklas iškrito iš neklusnių pirštų.

Net ir po tūkstantmečio dar atsirado dalykų, kurie jį galėjo neįtikėtinai stebinti.

— Nola, — kimiu balsu pratarė Kianas.

Ji, jo sesuo, tebebuvo tokia pati kaip ir tada, kai matė ją paskutinį kartą — vaikas. Tiesūs ilgi juodi plaukai, gilios mėlynos akys. Ir šypsena.

— Nola, — pakartojo jis. — O dievai...

— Maniau, kad tau dievai neegzistuoja.

— Bent jau ne tokie, kurie galėtų mane savintis. Iš kur čia atsiradai? Ar tikrai čia esi?

— Juk pats matai, — ji išskėtė rankas ir pasisukiojo.

— Kažkada gyvenai ir mirei jau pasenusi.

— Tu tos senutės nepažinojai, todėl ir matai mane tokią, kokią prisimeni. Labai tavęs ilgėjausi, Kianai. Visur tavęs ieškojau, nors ir žinojau, kad bergždžiai. Ieškojau ir laukiau tavęs ir Hoito ne vienerius metus. O jūs taip ir negrįžot.

— Aš negalėjau. Juk žinai, į ką pavirtau. Juk supranti.

— Negi būtum mane nuskriaudęs? Ar ką kitą iš mūsų?

— Nežinau. Gal ir ne, bet nemačiau reikalo rizikuoti. Ką čia veiki?

Jis ištiesė į ją ranką, bet ji tik numojo ir papurtė galvą.

— Aš nesu iš kūno ir kraujo. Aš tik vaiduoklis. Esu čia tam, kad priminčiau tau, jog nebegali būti toks kaip tada, kai priklausei man, bet nesi ir tas, kuo ji norėjo tave paversti.

Kad šiek tiek apsiramintų, jis pasilenkė, pakėlė durklą, nukritusį ant žemės, ir įsikišo į dėklą.

— O ar tai svarbu?

— Taip. Bus svarbu. — Nors ji tebuvo vaiduoklis, akys, žvelgiančios į jį, svaigino. — Aš susilaukiau vaikų, Kianai.

— Žinau.

— Stiprių ir gabių. Tavo kraujo.

— Ar buvai laiminga?

— O taip. Mylėjau vyrą, o jis mylėjo mane. Susilaukėm vaikų, nugyvenom puikų gyvenimą. Ir vis tiek mano broliai širdy paliko tuščią vietą, kurios niekas negalėjo užpildyti. Kažkokį maudulį. Retkarčiais išvysdavau tave ir Hoitą. Tai vandeny, tai ūkanose, tai ugnyje.

— Esu padaręs dalykų, kurių verčiau nebūtum mačiusi.

— Mačiau, kaip žudei, kaip gėrei kraują. Mačiau tave medžiojant žmones, kaip kažkada medžiojai elnius. Mačiau tave ir tada, kai stovėjai prie mano kapo ir dėjai ant jo gėles. Ir tada, kai koveisi petys į petį su broliu, kurį abu mylim. Mačiau savo Kianą. Ar dar prisimeni, kaip užsisodindavai mane ant žirgo ir mes nesustodami jodavom tolyn?

— Nola, — jis persibraukė pirštais kaktą. Buvo pernelyg skaudu apie visa tai galvoti. — Mes abu mirę.

— O kažkada abu gyvenom. Vieną naktį ji atėjo prie mano lango.

— Ji? Kas? — jis pajuto kūnu nubėgant šiurpą. — Lilita?

— Mes abu mirę, — priminė jam Nola, — bet vis tiek sugniaužei kumščius, o tavo akys pasidarė dygios kaip durklai. Ar ir dabar mane gintum?

Jis nuėjo prie ugnies ir susimąstęs paspyrė rusenančias durpes.

— Kas nutiko?

— Tai atsitiko praėjus daugiau kaip dvejiems metams po to, kai išėjo Hoitas. Tėvas mirė, mama sirgo. Žinojau, kad ji nebepasveiks, kad netrukus mirs. Buvo labai liūdna ir baisu. Prabudau tamsoje ir lange išvydau veidą. Ji buvo tokia graži — auksiniai plaukai, meili šypsena. Kuždėjo man vadindama vardu. „Pasikviesk mane vidun", — prašė ir pažadėjo man skanėstų.

Nola atmetė atgal plaukus, o jos veidas buvo kupinas paniekos.

— Manė, kad aš tik maža mergaitė, jauniausia iš mūsų visų, ir mane bus lengva apkvailinti. Nuėjau prie lango ir pažvelgiau jai tiesiai į akis. Jose išvydau tiek daug stiprybės...

— Turbūt Hoitas tau buvo sakęs, kad taip rizikuoti nevalia. Turbūt jis sakė...

— Jo ten nebuvo. Tavęs taip pat. Bet aš irgi ne iš silpnųjų. Negi jau užmiršai?

— Ne. Bet juk tu buvai tik vaikas.

— Aš buvau aiškiaregė. Mano gyslomis tekėjo demonų medžiotojų kraujas. Pažvelgiau jai į akis ir pasakiau, kad ją pribaigs mano kraujas. Tas kraujas išvaduos nuo jos pasaulius. O ji neras amžinybės nei pragare, nei kur nors kitur. Prakeikimas bus jai galas viskam. Ji pavirs į dulkes ir nebeišgyvens jokia dvasia.

— Jai tai turėjo nepatikti.

— Jos grožis neišnyksta net ir tada, kai ji parodo, kokia iš tikrųjų yra. Tai irgi stiprybė. Ištiesiau į ją Morganos kryžių, kurio tada nenusiimdavau nuo kaklo. Nuo jo pasklido šviesa, ryški kaip pati saulė. Ji klykdama pabėgo.

— Drąsos tau niekada netrūko, — sumurmėjo jis.

— Man esant gyvai ji taip ir nesugrįžo. Nesirodė iki tol, kol vėl nesusiėjot jūs su Hoitu. Kartu jūs kur kas stipresni — ir tu, ir jis. Ji to bijo, negali pakęsti. Ir pavydi.

— Ar jis visa tai išgyvens?

— Nežinau. Bet jeigu ir žus, tai žus taip, kaip gyveno — garbingai.

— Kapuose iš garbės menka paguoda.

— Tai ko taip saugai savąją? — paklausė ji, ir jis išgirdo balse nekantrumo gaidelę. — Juk čia esi tik dėl to, kad tu garbingas. Ir į mūšį nešiesi ne tik savo kalaviją, bet ir savo garbę. Šito iš tavęs ji negalėjo atimti net su krauju. Ir to likusio tavo kraujo lašelio užteko, kad išliktum toks, koks buvai. Tu pats pasirinkai. Bet tai dar ne paskutinis pasirinkimas. Žiūrėk, neužmiršk manęs.

— Jokiu būdu. Neišeik dar.

— Neužmiršk manęs, — pakartojo ji. — Iki vėl pasimatysim.

Jis liko sėdėti vienas, susiėmęs galvą rankomis. Ir paskendęs prisiminimuose, kuriuos verčiau būtų užmiršęs.

13 skyrius

Paprastai Kianas vengdavo kambario bokšte, kur Hoitas su Glena užsiimdavo savo burtais. Iš ten sklisdavo ryški šviesa, blyksniai, virsdavo ugnis ir rodydavosi kitokie dalykai, kurie vampyrams buvo ne į sveikatą.

Bet nors Kianas ir nenorėjo to pripažinti ištisus amžius, brolio jam reikėjo.

Prieš pasibelsdamas į duris jis pastebėjo, kad kažkuris iš jo stebukladarių giminaičių, o gal jie abu, ėmėsi saugumo priemonių ir ant bokšto durų pripiešė apsauginių simbolių, įspėjančių smalsuolius laikytis atokiau. Jis ir pats būtų mielai paisęs to įspėjimo, bet vis tiek pasibeldė.

Duris atvėrė suplukusi Glena. Ji buvo apsirengusi berankoviais marškinėliais ir medvilninėmis kelnėmis, o plaukai sukelti į viršų. Jis ironiškai kilstelėjo antakius.

— Nesutrukdžiau?

— Nieko tokio, apie ką galvoji, čia nevyksta. Deja. Tiesiog čia nežmoniškai karšta... Mes užsiėmę karščio ir ugnies burtais. Tikiuosi, tau nieko...

— Temperatūrų skirtumai mane mažai jaudina.

— Na, taip, žinoma, — jam įėjus ji uždarė duris. — Langus laikom užblokuotus, kad niekas neišeitų laukan, taigi dėl šviesos tau nėra ko jaudintis.

— Saulė, ar šiaip, ar taip, jau beveik nusileidusi.

Jis pamatė Hoitą stovint prie milžiniškos varinės geldos. Buvo iškėlęs virš jos rankas, ir per visą kambarį nuo jo sklido karštis, galia ir energija.

— Jis įkrauna ginklus ugnimi, — paaiškino Glena. — O aš čia darbuojuosi su tokia, hm, savotiška bomba, kurią galėsim paleisti iš viršaus.

— Koks nors ateivių laivas mielai tave įdarbintų.

— Neprieštaraučiau, — ji nusibraukė atgalia ranka nuo kaktos prakaitą. — Nori, kad viską aprodyčiau?

— Tiesą pasakius, norėjau pasikalbėti su Hoitu. Kai jis bus laisvesnis.

— Palauk. — Glena neprisiminė, kad būtų mačiusi Kianą tokį sutrikusį. Netgi ne sutrikusį, o greičiau nusiminusį. — Jam laikas padaryti pertraukėlę. Taip pat ir man. Jeigu karštis tau netrukdo, palauk porą minučių. Jis tuoj baigs. O aš einu pakvėpuoti grynu oru.

Kianas sulaikė ją už rankos.

— Ačiū. Kad neklausinėji.

— Jokių problemų. O jeigu problemų yra — žinai, kur mane rasti.

Kai ji išėjo, Kianas atsirėmė į duris. Hoitas tebestovėjo pakėlęs rankas virš sidabro spalvos garų, kurie kilo iš geldos. Jo akys buvo patamsėjusios, kaip ir visada, kai jis sutelkdavo savo galias.

Kianas tokį jį prisiminė nuo pat vaikystės.

Kaip ir Glena, Hoitas buvo apsirengęs berankoviais marškinėliais ir išblukusiais džinsais. Net ir po visų pastarųjų mėnesių buvo keista matyti jį apsivilkusį dvidešimt pirmo amžiaus drabužiais.

Kiek Kianas prisiminė, Hoitas madų niekada nesivaikė. Jam rūpėjo tik orumas ir tikslas. Kad ir kokie panašūs jie buvo išoriškai, brolių požiūris į gyvenimą buvo visiškai priešingas. Hoitas linkęs į vienatvę ir mokslus, o jis pats — į bendravimą ir verslą, ir abu šie dalykai jam teikė malonumą.

Ir vis tiek juodu buvo labai artimi ir suprato vienas kitą kaip reta. Broliai vienas kitą stipriai mylėjo, ir ta meilė buvo tokia pat nekintanti kaip ir Hoito galios.

O paskui pasaulis ir viskas jame pasikeitė.

Ir ką jis čia veikia? Ieško atsakymų ir paguodos, kai pats puikiai žino, kad niekas jam to nesuteiks? Nieko jau čia nebepakeisi, nė vieno net ir menkiausio veiksmo, minties ar akimirkos. Kad ir kaip žiūrėtum, viskas tėra tuščias laiko ir energijos švaistymas.

Jis žvelgė į tą garuose stovintį vyrą, kuris jam priminė sustingusią statulą, ir galvojo, kad tai ne tas, kurį kažkada pažinojo. Jis nebebuvo toks, koks buvęs. Gal apskritai nebebuvo žmogus.

Kianas pagalvojo, kad per daug laiko praleido su tais žmonėmis ir tie jausmai, tie poreikiai privertė jį pamiršti, jog jau niekas nieko niekada negalės pakeisti. Jis atsitraukė nuo sienos.

— Palauk dar minutėlę, — sulaikė jį Hoitas.

Hoito balsas suerzino, nes jis suprato, kad šis žinojo brolį susirengus ne patogiau atsistoti, o išeiti.

Kai Hoitas nuleido rankas, garai išsisklaidė.

— Mūšiui būsim gerai pasiruošę, — Hoitas įkišo ranką į geldą ir ištraukė už rankenos kalaviją. Apsukęs nutaikė jį į židinį ir paleido ugnies spindulį. — Ar ketini jais naudotis? — Hoitas apsuko kalaviją rankoje stebėdamas jo kraštą. — Esi pakankamai įgudęs, kad neapsidegintum.

— Naudosiu viską, kas pasitaikys po ranka. Ir tikrai pasistengsiu nepakliūti į nagus tiems, kurie ne tokie įgudę kaip aš.

— Bet juk čia atėjai ne dėl to, kad esi susirūpinęs dėl prastų fechtavimosi įgūdžių.

— Ne.

Kadangi jau yra čia — padarys tai, dėl ko atėjo. Kol Hoitas traukė iš geldos kitus kalavijus, Kianas vaikštinėjo po kambarį. Čia dvelkė žolelėmis ir dūmais, prakaitu ir galiomis.

— Išbaidžiau tavo moteriškę.

— Kaip nors ją vėl susirasiu.

— Kol jos čia nėra, norėčiau tavęs paklausti... Ar bijai jos netekti?

Hoitas padėjo ant darbastalio kalaviją.

— Tai paskutinis dalykas, apie kurį pagalvoju prieš užmigdamas, ir pirmas, kurį prisimenu atsibudęs. Visą kitą laiką stengiuosi apie tai negalvoti. Ir nepasiduoti troškimui užrakinti ją ten, kur saugu, kol viskas pasibaigs.

— Ji ne iš tų moterų, kurias taip lengva užrakinti, net ir turint tavo sugebėjimų.

— Žinoma, ne, bet netgi visa tai žinant susidoroti su baime ne taip paprasta. Ar bijai dėl Moiros?

— Ką?

— Manai, nežinau, kad jūs kartu? Kad tavo širdis priklauso jai?

— Laikina beprotybė. Greitai praeis, — tarė Kianas ir pamatęs, kaip brolis į jį įsistebeilijo, papurtė galvą. — Nelabai turiu iš ko rinktis. Kaip ir ji. Sunku mane įsivaizduoti gyvenant namelyje su balta tvora ir auksiniu retriveriu kieme, — jis numojo ranka pastebėjęs Hoito veide sutrikimą. — Jaukaus namų židinio negaliu jai suteikti, net jei ir norėčiau, o mano gyvenimas tęsis dar ilgai po to, kai jos jau bus pasibaigęs. Bet ne apie tai atėjau pasikalbėti.

— Pasakyk man tik tiek — ar tu ją myli?

Staiga tas jausmas, visa jo tiesa užgriuvo Kianą nepakeliamu svoriu, persmelkė širdį ir ašaromis užtvindė akis.

— Ji man... Ji man kaip šviesa po tūkstantmečio tamsos. Bet aš priklausau tamsai, Hoitai. Žinau, kaip joje išgyventi, kaip būti patenkintam, kaip dirbti ir kaip linksmintis.

— Bet nieko nesakai apie laimę.

Kiano balse pasigirdo nusivylimo gaidelė.

— Buvau pakankamai laimingas iki pasirodei tu ir vėl viską pakeitei, kaip kažkada viską pakeitė Lilita. Ką patartum man daryti? Trokšti to, ką turėsi tu su Glena, jeigu išgyvensit? Kas man iš to gero? Ar dėl to vėl pradės plakti mano širdis? O gal tavo burtai gali priversti ją plakti?

— Ne. Jau išsiaiškinau, kad tavęs atgal negali sugrąžinti niekas. Bet...

— Tiek to. Esu toks, koks esu. Ir taip jau padariau daugiau negu įmanoma. Neketinu dėl to skųstis. Moira, mano jausmas jai — didelis dalykas. Tai, ko aš visada ieškojau, — jis rankomis persibraukė plaukus. — Po galais. Ar tu čia turi ko išgerti?

— Turiu viskio, — Hoitas smakru parodė spintelės link. — Aš irgi norėčiau.

Kianas negailėdamas įpylė į taures viskio ir nužingsniavo pas Hoitą, kuris sustatė šalia dvi trikojes kėdes. Jie prisėdo ir kelias minutes nieko nekalbėdami gurkšnojo viskį.

— Aš surašiau tokį dokumentą, savotišką testamentą, jeigu per Vėlines nuo manęs nusigręžtų laimė.

Hoitas pakėlė akis, kurias buvo įsmeigęs į savo viskio stiklą, ir pažvelgė į Kianą.

— Suprantu.

— Turiu sukaupęs nemažai visokio turto, kilnojamojo ir nekilnojamojo, asmeninių daiktų. Tikiuosi, kad visu tuo pasirūpinsi pagal mano nurodymus.

— Žinoma.

— Užduotis ne iš lengvųjų, nes viskas išsklaidyta po pasaulį. Nelaikau „visų kiaušinių viename krepšy". Niujorko bute ir seifuose įvairiose kitose vietose rasi pasų ir kitų asmens tapatybės dokumentų. Jeigu tau jų prireiktų, gali pasinaudoti.

— Ačiū.

Kianas pateliūskavo viskį stikle neatitraukdamas nuo jo akių.

— Noriu, kad kai kas atitektų Moirai, jeigu tik tu galėsi atgabenti čia.

— Būtinai atgabensiu.

— Klubą ir butą Niujorke ketinu palikti Blerai ir Larkinui. Manau, jiems labiau pravers negu tau.

— Teisingai. Esu tikras, jie bus tau labai dėkingi.

Nerūpestingas ir praktiškas brolio tonas jį vėl suerzino.

— Nesileisk užkamuojamas sentimentų, nes vis tiek labiau tikėtina, kad aš tau rengsiu pakasynas, o ne tu man.

Hoitas pakreipė galvą.

— Taip manai?

— Absoliučiai. Tu nenugyvenai nė trijų dešimčių metų, o aš jų nugyvenau beveik tūkstantį. Be to, niekada nesikovei taip gerai kaip aš, dar kai abu buvom gyvi, kad ir kokių triukų turėdavai prisislėpęs rankovėje.

— Bet juk pats sakei, kad nebesam tokie, kokie buvom, — visai nesupykęs nusišypsojo Hoitas. — Aš nusiteikęs visa tai patirti kartu su tavim, bet jeigu tu krisi kovoj, ką gi... Pakelsiu už tave taurę.

Kianas nusijuokė stebėdamas, kaip Hoitas iš tiesų kelia taurę.

— Ar norėsi ir dūdmaišių su būgnais?

— Eik velniop, — Kiano akyse sužibo valiūkiškos kibirkštėlės. — Galėsiu pasirūpinti, kad būtų grojama dūdelėmis per tavo laidotuves, o paskui paguosiu liūdinčią našlę.

— Man bent jau nereikės kasti tau kapo, nes vis tiek pavirsi į dulkes. Bet pagerbsiu tave ir pastatysiu tau paminklą. „Kiano palaikai čia nesiilsi, nes juos išblaškė vėjas. Jis gyveno ir mirė, o paskui užsibuvo kaip koks įkyrus svetys". Kaip tau tai patinka?

— Manau, kad reikia eiti ir pakeisti testamentą. Iš principo. Juk vis tiek man teks šokti ant tavo kapo.

— O kam tau šokti ant mano kapo?

— Čia toks posakis. — Kianas paėmė nuo grindų butelį ir dar kliūstelėjo į taures viskio. — Mačiau Nolą.

— Ką? — Hoitas nuleido taurę, kurią buvo beglaudžiąs prie lūpų. — Ką tu pasakei?

— Savo kambaryje. Mačiau Nolą ir su ja kalbėjausi.

— Sapnavai Nolą?

— Gal tu neprigirdi? — įširdo Kianas. — Juk sakiau, kad mačiau ją, kalbėjau su ja. Nemiegojau, lygiai kaip ir dabar, kai kalbu su tavim. Ji tebebuvo kaip vaikas. Tam užmiršti neužteks viso pasaulio viskio.

— Ji aplankė tave, — sumurmėjo Hoitas. — Mūsų Nola. Ką ji sakė?

— Ji mylėjo mane. Ir tave. Ilgėjosi mūsų. Laukė grįžtančių. Prakeikimas, — jis pradėjo žingsniuoti po kambarį. — Atrodė kaip vaikas, tokia, kokią ją mačiau paskutinį kartą. Aišku, visa tai netiesa. Juk ji užaugo ir paseno. Mirė ir pavirto į dulkes.

— Ko jai rodytis tau kaip suaugusiai moteriai ar senutei? — paklausė Hoitas. — Ji tau pasirodė tokia, kokią ją atsimeni, tokia, apie kokią galvoji. Tai tikrų tikriausia dovana. Ko gi čia dabar pyksti?

Kiano balse pasigirdo įniršis, sumišęs su skausmu.

— Iš kur tau žinoti, ką reiškia tai jausti, kai šitie jausmai drasko tave iš vidaus? Ji atrodė lygiai tokia pati, o aš toks pat nebebuvau. Ji prisiminė, kaip užsisodindavau ją ant žirgo ir mes traukdavom pasijodinėti. Lyg tai būtų buvę vakar. Negaliu jaustis taip, lyg viskas būtų buvę vakar, ir išsaugoti sveiką protą.

Jis apsigręžė ir vėl pradėjo žingsniuoti.

— Kai visa tai pasibaigs, tu žinosi, kad padarei ką galėjai, ko iš tavęs buvo reikalaujama — dėl jos ir dėl visų kitų. Jeigu išgyvensi, kad ir kiek graužtumeisi dėl to, kas liko praeityje, tas žinojimas ir gyvenimas kartu su Glena palengvins tavo graužatį. O man teks grįžti iš kur atėjau. Negaliu vėl viso to įsileisti ir išgyventi.

Hoitas minutę patylėjo.

— Ar ji kankinosi, gedėjo, buvo išsigandusi?

— Ne.

— Ir vis tiek negali to įsileisti ir išgyventi?

— Nesugebu tau paaiškinti, bet tokia tiesa. Žinau tik tiek, kad nuo vieno jausmo prasideda kitas, kol galų gale juose paskęsti. Aš jau beveik paskendęs tame, ką jaučiu Moirai.

Jis pasistengė susitvardyti ir atsisėdo.

— Nolai ant kaklo kabėjo tas kryžius, kurį jai davei. Ji sakė niekada jo nenusiimdavusi, kaip ir buvai jai paliepęs. Pamaniau, jog norėtum žinoti. Turbūt turėtum žinoti ir tai, kad pas ją buvo atėjusi Lilita ir bandė įsiprašyti vidun.

Hoitas lygiai kaip Kianas sugniaužė kumščius.

— Ta prakeikta kalė bandė įsibrauti pas mūsų Nolą?

— Taip. Bet tegavo spyrį į užpakalį — na, perkeltine prasme, — pasakė Kianas ir papasakojo Hoitui, ką išgirdo iš Nolos, o pasakodamas stebėjo, kaip paniurusiame brolio veide ryškėja pasitenkinimas. — Tada ji parodė Lilitai tą tavo kryžių, ir toji tučtuojau išsinešdino. Pasak Nolos, Lilita taip ir nesugrįžo, nesirodė tol, kol vėl mudu susitikom.

— Puiku, taip jai ir reikia. Argi neįdomu? Tasai kryžius ne tik apsaugo tą, kuris jį nešioja. Jis taip įgąsdino Lilitą, jog ji leidosi šalin kiek kojos neša. Ir gal ją įbaugino ne tiek pats kryžius, kiek pranašystė, kad mes ją pribaigsim.

— Gal kaip tik dėl to ji taip tvirtai pasiryžusi pribaigti mus.

— Greičiausiai. Manau, kad Nolos grasinimas prie to prisidėjo. Įsivaizduok, kaip turėjo jaustis Lilita, taip įbauginta kažkokio vaiko.

— Nėra jokios abejonės, kad ji dabar nori už viską atsimokėti. Būtinai nori laimėti šitą kovą, kad galėtų gyventi kaip kokia deivė. Bet jai trukdom mes. Mes šeši ir mus siejantis ryšys. Ji trokšta mus sunaikinti.

— Tik kol kas jai nelabai sekasi.

— Ką tu apie tai manai? Argi čia ne dievų užgaidos? Visi mes turim savų motyvų, dėl kurių liejam kraują. Bet juk mes visi, neišskiriant nė Lilitos, dievų valia esam stumiami link vienos vietos ir vieno laiko. Ir, tiesą pasakius, man nusišvilpt, ar mane už nosies vedžioja dievai, ar demonai.

— O ar įmanoma rinktis? — nustebęs paklausė Hoitas.

— Jie visi kalba apie pasirinkimą, bet dabar kuris mūsų iš viso to pasitrauktų? Juk galiausiai išdidumo turi ne tik žmonės. Taigi laikas bėga, — jis pakilo. — O atpildo dieną pamatysim tai, ką bus lemta pamatyti. Saulė jau nusileido. Einu įkvėpti gryno oro.

Nuėjęs prie durų dar kartą atsigręžė į brolį.

— Ji nežinojo, ar tu visa tai išgyvensi.

Hoitas gūžtelėjo pečiais ir užbaigė viskį. Tada nusišypsojo.

— Tai sakai, šoksi ant mano kapo?

Kianas nuėjo aplankyti savo žirgo. Ir nors žinojo, kad tai pavojinga, pasibalnojo Vladą ir išjojo pro vartus. Jam norėjosi pasimėgauti greičiu ir naktimi. O gal kiek ir rizika.

Mėnulis artėjo prie pilnaties. Kai pagaliau stos pilnatis, žemė mirks nuo kraujo — žmonių ir demonų.

Jam dar nebuvo tekę kautis kare — tiesiog jis nematė jokios karo dėl žemės, dėl turtų, išteklių ar dėl tikėjimo prasmės. Bet šiame kare jis privalėjo dalyvauti.

Ne, ne tik žmonės turėjo išdidumo ir garbės jausmą. Ne tik jiems priklausė meilė. Dėl visų tų dalykų šis karas jam ir buvo svarbus. Jeigu laimė jam ir toliau šypsosis, vieną gražią dieną jis vėl jodinės Airijoje ar kokioje kitoje savo pasirinktoje vietoje. Ir prisimins Pažadėtąją žemę, jos nuostabius kalnus ir tankius miškus. Prisimins jos žalumą ir sraunias upes, milžiniškas uolas ir įmantrią pilį, stovinčią ant kalvos šalia upės.

Prisimins jos karalienę Moirą, didžiules pilkas jos akis, ramią šypseną, už kurios slypi išmintis, lankstus protas ir didelė, dosni širdis. Kas galėjo pagalvoti, kad po visų tų nugyventų amžių jį suvilios, užkerės ir užvaldys tokia moteris?

Jis paleido žirgą šuoliais per akmenines tvoras, plačius laukus, saldžiai dvelkiančią vėsią naktį. Mėnesiena glamonėjo akmenines pilies sienas, o pro jos langus sklido žvakių šviesa. Moira išlaikė savo žodį, pagalvojo jis, ir iškėlė trečiąją vėliavą, todėl dabar galėjai matyti ir širdį laikančias rankas, ir slibiną, ir skaisčią auksinę saulę.

Kianas tikrai nuoširdžiai troško, kad po to, kai bus pralieta daug kraujo, Pažadėtajai žemei ir visiems kitiems pasauliams ji padovanotų saulės šviesą.

Gal jis ir nesugebės priimti visų tų jausmų, pripažinti visų troškimų ir išgyventi. Bet vis tiek norėjo visa tai pasiimti su savimi. Grįždamas į tamsą norėjo pasiimti bent tiek iš viso to, kas priklausė jai, kad per visas jo laukiančias naktis galėtų matyti nors nedidelį šviesos atspindį.

Jis pasuko atgal ir pamatė ją laukiančią su lanku rankoje ir Pažadėtosios žemės kalaviju, prisegtu prie šono.

— Mačiau, kaip išjojai.

Jis nulipo nuo žirgo.

— Saugai mano kailį?

— Juk susitarėm, kad nė vienas iš mūsų neis iš pilies po vieną, ypač nusileidus saulei.

— Man to reikėjo, — tepasakė jis ir nuvedė žirgą į arklidę.

— Tiek aš supratau pamačiusi, kaip tu joji — atrodė, kad tave vejasi visa gauja pragaro šunų. Gal leisk kuriam nors arklininkui pasirūpinti žirgu? Darbas jiems tikrai į naudą, kaip kad tau toks beprotiškas pasijodinėjimas.

— Tuo maloniu tonu aiškiai dangstomas barimas, jūsų didenybe. Jūs puikiai įvaldžiusi šį meną.

— Išmokau iš savo motinos. — Ji pati paėmė vadeles ir perdavė jas arklininkui, atskubėjusiam iš arklidės, tuo pat metu duodama nurodymus. Baigusi pažvelgė į Kianą. — Ar tu nusiteikęs?

— Visada.

— Norėjau paklausti, ar esi prastai nusiteikęs, bet nenorėjau išgirsti, kad irgi visada. Tad jeigu tu nesi nusiteikęs prasčiau negu visada, gal pavakarieniausi su manim? Tik mudu. Norėčiau, kad kartu praleistume naktį.

— O jeigu mano nuotaika tikrai prasta?

— Tada geras maistas ir taurė vyno gali tave tiek prablaškyti, kad net užsimanysi su manim pasimylėti ir pasilikti pernakt. Arba galim valgydami pasiginčyti ir tik tada eiti lovon.

— Turėčiau būti nukritęs nuo arklio ir sukrėtęs smegenis, kad atsisakyčiau tokio pasiūlymo.

— Tad puiku. Aš labai alkana.

Ir smarki, pagalvojo jis pralinksmėjęs.

— Kodėl tau neužmiršus savo pamokslų? Nuo jų virškinimas gali sutrikti.

— Net neketinu sakyti pamokslų, o jeigu ir ketinčiau, vien tuo nepasitenkinčiau, — atrėžė ji žengdama per kiemą, kaip jam pasirodė, labai karališkai. — Ko tikrai norėčiau — tai smagiai užvažiuoti tau į kaktą už tai, kad taip rizikuoji. Bet...

Jiems žengiant į pilį ji kelis kartus giliai atsiduso.

— Man puikiai žinomas noras pabėgti nuo visų, bent šiek tiek pabūti vienai. Žinau, kaip jautiesi, kai įtampa tiesiog drasko iš vidaus. Tuomet aš mėgstu pasiimti knygą, nes ji man padeda atgauti dvasios ramybę. Tau reikia pajodinėjimo, greičio. O kartais tiesiog reikia tamsos.

Jis nieko nesakė, iki jie pasiekė jos kambario duris.

— Iki šiol nesuvokiu, kaip tu gali mane taip gerai suprasti.

— Kruopščiai tave išstudijavau, — šyptelėjo žvelgdama tiesiai jam į akis. — O mokslams aš gabi. Be to, tu giliai mano širdyje. Giliai manyje. Todėl tiesiog žinau tave.

— Aš tavęs nenusipelniau, — tyliai pasakė jis. — Tik dabar pagalvojau, kad nesu tavęs vertas.

— Esu ne atlygis ir ne prizas. Nelabai man ir rūpi, ar manęs kas nors nusipelnė, ar ne. — Ji atvėrė duris į savo laukiamąjį. Buvo užkūrusi židinį ir uždegusi žvakes. Jau laukė šalta vakarienė ir puikus vynas. Stalą puošė gėlės iš jos šiltnamių.

— Matau, kad pasistengei, — pastebėjo jis, uždarydamas duris. — Ačiū tau.

— Viską dariau dėl savęs, bet man malonu, kad tau patinka. Norėjau bent vienos nakties, kuri būtų tik mudviejų. Lyg nebūtų visos tos velniavos. Kad galėtume tiesiog pasėdėti drauge, pasikalbėti, kartu ramiai pavalgyti. Ir kad aš galėčiau šiek tiek daugiau išgerti vyno.

Ji padėjo savo lanką ir strėlinę, nusisegė kalaviją.

— Bent vienos nakties, kai nekalbėtume apie mūšius, ginklus, strategijas... Kai tu pasakysi, kad myli mane. Iš tikrųjų tau nė nereikės viso to sakyti, nes matysiu iš tavo akių, žvelgiančių į mane.

— Aš myliu tave. Kai jodinėdamas atsigręžiau į pilį, jos languose pamačiau šviečiant žvakes. Taip apie tave ir galvoju — kaip apie negęstančią šviesą.

Ji žengė artyn ir suėmė delnais jo veidą.

— Aš apie tave galvoju kaip apie naktį — jos paslaptingumą, apie tai, kokia ji jaudinanti. Daugiau niekada nebijosiu tamsos, nes išmokau ją pažinti.

Jis pabučiavo ją į kaktą, smilkinius, paskui į lūpas.

— Leisk, įpilsiu tau pirmą taurę vyno, kurio ketini išgerti daugiau.

Ji sėdėjo prie nedidelio stalo ir stebėjo jį. Mano meilužis, pagalvojo. Tas keistas, nepaprastai patrauklus vyras, kurio viduje niekad nesiliovė kovos, buvo jos meilužis. Ir šią naktį ji praleis su juo, visą naktį, suteiksiančią jiems kelias valandas ramybės.

Moira pridėjo jam į lėkštę valgio, lyg būtų žmona, bet šiąnakt norėjo sau leisti ir tai. Kai jis atsisėdo priešais, ji pakėlė taurę sveikindama.

— *Sláinte*.

— *Sláinte*.

— Papasakok man apie savo aplankytas ir matytas vietas. Noriu ten nukeliauti bent mintimis. Tavo bibliotekoje Airijoje žiūrinėjau žemėlapius. Tavo pasaulis toks didelis... Papasakok apie tuos nuostabius dalykus, kuriuos tau teko matyti.

Jis papasakojo jai apie Italiją renesanso laikotarpiu, apie Japoniją samurajų laikais, apie Aliaską per pačią aukso karštligę, apie Amazonės džiungles ir Afrikos lygumas.

Kianas bandė jai nupasakoti vaizdus taip, kad ji išvystų jų įvairovę, kontrastus, pokyčius. Matė, kaip ji gerte sugeria viską, ką girdi. Ji klausinėjo daugybės dalykų, ypač jeigu kas nors, apie ką jis pasakojo, praturtindavo jos žinias arba prieštaraudavo tam, ką buvo perskaičiusi jo bibliotekoje.

— Visada galvodavau: o kas gi yra ten, kur baigiasi jūra? — Parėmusi smakrą ranka ji stebėjo, kaip jis dar pila vyno. — Kitos šalys, kitokios kultūros. Kartais pagalvoju, kad šiame pasaulyje taip pat turėtų būti sava Italija, Amerika, Rusija ir kitos nuostabios vietos. Kada nors... norėčiau pamatyti dramblį.

— Dramblį?

Ji nusijuokė.

— Taip, dramblį. Ir zebrą, ir kengūrą. Norėčiau pamatyti tuos paveikslus, kuriuos ir tu esi matęs, ir tuos, kuriuos mačiau knygose — Mikelandželo, Da Vinčio, van Gogo, Monė, Bethoveno.

— Bethovenas buvo kompozitorius. Nemanau, kad jis tapė.

— Oi, tikrai. „Mėnesienos sonata" ir visos tos sunumeruotos simfonijos. Matyt, nuo vyno jau šiek tiek apkvaitau. Norėčiau pamatyti, kaip atrodo smuikas ir pianinas. Ir elektrinė gitara. Ar tu jais groji?

— O ar žinojai, kad „Bitlai" iš pradžių buvo šeši?

— Žinau apie juos — Džonas, Polas, Džordžas ir Ringas.

---

* Sláinte (*gėl.*) — į sveikatą.

— Tavo atmintis kaip dramblio, kurį taip nori pamatyti.

— Kol kažką prisimeni, visa tai priklauso tau. Dramblio turbūt taip ir nepamatysiu, bet ateis laikas, kai ir pas mane augs apelsinmedžiai. Šiltnamyje pasėtos sėklos jau išleido daigus. Iš žemės jau pasirodė mažulyčiai augalėliai, — ji parodė nykščiu ir smiliumi. — Glena sakė, kad apelsinmedžių žiedai nuostabiai kvepia.

— Teisybė.

— Be to, atsigabenau ir kitų dalykų.

Jos paslaptingas tonas, lyg per išpažintį, jį prajuokino.

— Tu tikra ilgapirštė.

— Pamaniau, kad jeigu jų negalima persigabenti į Pažadėtąją žemę, man paprasčiausiai nepavyks. Pasiėmiau tavo rožių gyvašakę. Iš tikrųjų tai tris. Ir tą nuotrauką, kur Glena nufotografavo mus su Larkinu. Ir knygą iš tavo bibliotekos. Kaip kokia vagilė...

— Kokią knygą?

— Su Jeitso eilėraščiais. Labai jos norėjau, nes ten parašyta, kad jis buvo airis, o man labai norėjosi turėti ką nors, ką parašė airis.

Nes ir tu airis, pagalvojo ji. Nes ta knyga priklausė tau.

— Ir jo eilėraščiai nepaprastai gražūs. Stiprūs, — tęsė ji. — Pasakiau sau, kad grąžinsiu ją tau, kai pasidarysiu kopiją, bet iš tikrųjų neketinu to daryti. Noriu ją pasilikti.

Jis nusijuokė ir papurtė galvą.

— Tegul tai bus dovana.

— Ačiū, bet aš mielai už ją sumokėsiu, — ji atsistojo ir priėjo prie jo. — Tik pasakyk kainą, — atsisėdusi jam ant kelių, apkabino kaklą. — Jeitso eilėraščiai privertė mane galvoti apie tave, o ypač apie tai, kas tarp mūsų vyksta. Atsimeni — „Tau po kojom kloju savo sapnus. Ženk atsargiai, nes dabar žengi per juos", — ji pirštais šukavo jam plaukus. — Gali man patikėti savo sapnus, Kianai. Aš per juos žengsiu labai atsargiai.

Nepaprastai sujaudintas jis skruostu prigludo prie jos skruosto.

— Tau neprilygsta niekas.

— Su tavim aš pranokstu pati save. Eime į balkoną. Noriu paspoksoti į mėnulį ir žvaigždes.

Jis atsistojo, bet kai pasisuko eiti, ji truktelėjo jį atgal.

— Ne, į miegamojo balkoną.

Jis pagalvojo apie jos motiną ir apie tai, ką Moira ten buvo mačiusi.

— Tu tikra?

— Visiškai. Buvau ten išėjusi šiandieną viena. Noriu ten pabūti su tavim naktį. Noriu, kad ten mane pabučiuotum, kad prisiminčiau tai visą gyvenimą.

— Pasiimk apsiaustą, nes sušalsi.

— Pažadėtosios žemės moterys iš kitokio molio drėbtos.

Kai ji nusivedė jį balkono link, tvirtai laikydama už rankos, ir ryžtingai atvėrė duris, jis pagalvojo, kad taip ir yra.

14 skyrius

Ji visą gyvenimą prisimins, kaip jis bučiavo ją balkone. Ir ne tik tai. Ji niekada neužmirš tylios nakties muzikos, jos malonios vėsos, jo išradingų lūpų.

Šiąnakt ji negalvos nei apie saulėtekį, nei apie jos laukiančius įsipareigojimus, kurių vėl teks imtis patekėjus saulei. Naktis priklausė jam, ir kol ji su juo, naktis priklausys ir jai.

— Esi bučiavęs daugybę moterų.

Jis šyptelėjo ir dar kartą brūkštelėjo jai per lūpas savosiomis.

— Taip.

— Šimtus.

— Mažiausiai.

Ji prisimerkusi pažvelgė į jį.

— Tūkstančius.

— Visai gali būti.

Moira atsitraukė nuo jo ir atsirėmė į akmeninį turėklą.

— Teks išleisti dekretą, pagal kurį visi vyrai turėtų bent kartą pabučiuoti karalienę. Tik taip galėsiu tave pasivyti. Be to, turėsiu su kuo tave palyginti. Galėsiu įvertinti tavo įgūdžius.

— Kaip įdomu. Tik bijau, kad tavieji kaimiečiai tave visiškai nuvils.

— Ką tu sakai? Iš kur taip gerai žinai? Gal esi bučiavęsis su Pažadėtosios žemės vyrais?

Jis nusijuokė.

— Kokia tu gudruolė.

— Visi taip sako. — Ji nejudėdama stebėjo, kaip jis artinasi prie jos ir kaip įkalina ją abiem rankomis pasiremdamas į turėklus. — O ką, gal tau patinka protingos moterys?

— Ypač kai jų akys primena nakties miglas, o plaukai — poliruotą ąžuolą.

— Pilka ir ruda. Visada maniau, kad šitos spalvos pernelyg blankios, bet kai esu su tavim, visai nesijaučiu esanti pilka, — ji priglaudė ranką jam prie krūtinės, kur turėjo plakti širdis. Ir nors ši neplakė, pažvelgusi jam į akis ji jautė tos širdies gyvybę. — Su tavim nejaučiu gėdos ir nerimo. Jaučiau iki mane pabučiavai.

Ji palietė lūpomis tą vietą, ant kurios laikė savo ranką.

— Tada pagalvojau, kad kitaip ir būti negalėjo. Lyg manyje būtų pakilusi kažkokia uždanga. Nemanau, kad ji vėl kada nors nusileis.

— Tu manyje uždegi šviesą, Moira, — pasakė Kianas, o pats pagalvojo, kad tada, kai ją paliks, toji šviesa užges amžiams.

— Mėnuo ir žvaigždės šiąnakt tokie ryškūs, — ji uždengė jo rankas savosiomis. — Paliksim užuolaidas atitrauktas iki eisim miegoti.

Ji nusivedė jį vidun, į mėnesienos ir žvakių apšviestą kambarį. Žinojo, kas dabar laukia — šiluma, kuri virs karščiu, karštis, kuris virs liepsna. Ir visi su tuo susiję pojūčiai ir jaudulys.

Kažkur lauke suūbavo pelėda. Ieškosi sau poros, pagalvojo Moira. Dabar ir ji žinojo, ką reiškia ilgėtis savo antros pusėlės.

Ji nusiėmė vainiką ir padėjo šalin, tada siekė nusisegti auskarus. Kai pamatė jį stebint, suprato, kaip tie nereikšmingi judesiai, apsinuoginimo preliudija, jį jaudina.

Todėl toliau nusirenginėjo labai lėtai, stebėdama, kaip jis stebi ją. Nusiėmė kryžių, kurį nešiodavo po korsažu, taip parodydama jam pasitikėjimą.

— Šįvakar atleidau visas savo damas. Ar galėtum atvarstyti mano korsažą? — paprašė ji ir atsisukusi į jį nugara pasikėlė plaukus. — Ketinu įsitaisyti užtrauktuką. Kur kas paprasčiau ir lengviau nusirengti.

— Bet kiek daug žavesio atima patogumas.

Ji žvilgtelėjo į jį per petį ir šyptelėjo.

— Tau gerai kalbėti, — pasakė jausdama, kaip ją jaudina tai, kad jis atvarsto korsažą. — Koks išradimas per visą gyvenimą tau patiko labiausiai?

— Kanalizacija.

Ją prajuokino, kaip greitai jis atsakė į klausimą.

— Man, Larkinui tai irgi patiko. Ir labai to trūksta. Gerai ištyrinėjau tuos vamzdžius ir bakelius. Manau, kad galėčiau sumeistrauti kažką panašaus į tavo dušą.

— Karalienė ir visų galų meistrė, — jis apnuogino ir pabučiavo jos petį. — Kupina visokių talentų.

— Kažin, kaip man seksis būti džentelmeno kamerdinere? — ji atsisuko. — Sagos man patinka, — pasakė imdamasi sagstyti jam sagas. — Jos praktiškos. Ir gražios.

Kaip ir tu, pagalvojo jis, stebėdamas, kaip vikriai ji tvarkosi. Moira nusibraukė nuo veido plaukus.

— Manau, kad turėčiau juos nusikirpti. Kaip Blera. Būtų kur kas praktiškiau.

— Jokiu būdu to nedaryk, — jis pajuto jaudulį, kai jos pirštai atsidūrė ties jo džinsų saga. Panėrė pirštus į jos plaukus ir perbraukė nuo pat viršugalvio iki galiukų. — Jie nuostabūs — taip gražiai vilnija pečiais ir nugara. Ir taip nepaprastai žvilga kontrastuodami su oda.

Sužavėta ji žvilgtelėjo į didžiulį veidrodį. Ir virptelėjo pamačiusi save pusnuogę. Vieną. Greitai nusisukusi ramiai jam nusišypsojo.

— Bet su jais tiek vargo...

— Tave tai išgąsdino?

Nebuvo prasmės apsimesti, kad ji nesuprato klausimo.

— Ne. Tik šiek tiek nustebino. Kaip jautiesi negalėdamas pamatyti savo atspindžio?

— Yra kaip yra. Prie to priprantama. Ironiška ir tiek. Gavai amžiną jaunystę, bet negali savim pasigėrėti. Kad ir kaip ten būtų...
Jis apsuko ją, kad jie abu žiūrėtų į veidrodį. Tada pakėlė jos plaukus ir juos paleido. Kai ji nusijuokė stebėdama, kaip jos plaukai lyg patys savaime sklendžia ore, Kianas suėmė ją už pečių.

— Visada galima susigalvoti kokią nors pramogą, — pasakė jis. Tada vėl pakėlė jos plaukus ir lūpomis bei dantimis vos juntamai brūkštelėjo per kaklo linkį. Išgirdo jos gilų atodūsį ir pamatė, kaip išsiplėtė jos akys.

— Ne, ne, — sumurmėjo, kai ji pradėjo gręžtis į jį. — Tiesiog žiūrėk, — ir pirštais brūkštelėjo jai per nuogus pečius žemyn, ten, kur korsetas prilaikė krūtis. — Aš užvaldau tave. Mano rankos ir lūpos kaitina tavo odą.

Moira suėmė jį už rankų, nes troško jį jausti. Bet tuoj pat nuraudo ir paleido jas, nes atspindyje atrodė, kad pati laiko savo krūtis. Jis, nematomas veidrodyje, nusišypsojo.

— Sakei, kad neatėmiau tau nekaltybės. Gal tu ir buvai teisi, bet manau, kad atimsiu ją dabar. Taip geidulinga... Ir būtent to aš noriu.

— Aš nesu nekalta, — paprieštaravo ji, bet suvirpėjo.

— Tik ne tiek, kiek įsivaizduoji, — jis lėtai vedžiojo pirštais jai aplink spenelius, kol šie pavirto styrančiomis smailėmis. — Bijai?

— Ne, — atsakė ji ir virptelėjo. — Taip.

— Šiek tiek baimės tik padidina susijaudinimą, — jis nutraukė jos suknelę, paleido ant grindų ir pasilenkė prie ausies. — Išlipk, — sukuždėjo. — O dabar stebėk. Stebėk savo kūną.

Baimė susipynė su jauduliu, ir ji nebūtų galėjusi pasakyti, kada ką jautė. Kūnas buvo bejėgis, protas visiškai užvaldytas. Nematomos rankos ir lūpos klaidžiojo po jos kūną, tingiai savindamosi pačias intymiausias vietas. Ji stebėjo savo virpantį kūną, su išgąsčiu sumišusį geismą savo veide ir visišką pasidavimą akyse.

Nematomas meilužis glamonėjo ją visą, įžūliais pirštais tyrinėdamas, žaisdamas ir ją šiurpindamas. Kai jis vėl rankomis suėmė jos krūtis, ji be jokios gėdos suėmė delnais jo rankas.

Moira sudejavo iš malonumo neatplėšdama akių nuo veidrodžio.

Mano mokslininkė, pagalvojo jis — jokiu būdu neatsisakys naujos patirties, naujų žinių. Jis jautė jos virpulį ir instinktyvius klubų judesius, kai ją apimdavo malonumas. Ant jos odos, kuri nuo visų pojūčių žydėjo it rožė, žaidė žvakės šviesa.

Ji vėl sudejavo, kai jo pirštai perbėgo jos pilvu, ir visiškai ištirpusi apkabino rankomis jo kaklą.

O jis toliau erzino ją pirštais braukdamas per šlaunis ir pačias jautriausias vieteles, lyg užsimindamas apie tai, kas artėja, kol ji beveik šūkčiojo iš malonumo.

— Imk, — murmėjo jis. — Pasiimk, ko nori, — ir suėmęs jos ranką prispaudė prie savosios jai tarp šlaunų. Ir neleido ištraukti.

Ji jautė, kaip jos kūnas priešinasi jam ir jai pačiai, ir tam naujam, stiprėjančiam malonumui, į kurį buvo stumiama. Jautė už savęs jo tvirtą kūną, girdėjo jį kuždant žodžius, kurių nebesuprato, bet veidrodyje matė tik savo kūną, visiškai pasiduodantį naujiems troškimams.

Palengvėjimas atėjo staiga, ir ji liko be kvapo, suglebusi ir apstulbusi.

Kianas apsuko ją taip greitai, kad ji neteko pusiausvyros, kurios ir taip būtų netekusi, nes jo lūpos įsisiurbė į josios su laukine aistra. Jai teliko laikytis jo ir visiškai atsiduoti, jaučiant savo širdį kaip pašėlusią besidaužant jam prie krūtinės.

Kad ir daug jis buvo ragavęs ir išbandęs, tokio alkio dar nebuvo patyręs. Beprotišką aistrą patenkinti galėjo tik ji. Jokie įgūdžiai ir jokia patirtis negalėjo padėti jam atsiplėšti nuo jos. Apdujęs nuo aistros ne mažiau už ją parsigriovė ant grindų ir pagaliau paėmė ją, dar labiau sutvirtindamas jųdviejų ryšį.

Jis vėl pasuko Moiros veidą į veidrodį, kad ji matytų savo kūną, besirangantį po jo stipriais, atkakliais klubais. Ir kai ji virpėdama pasiekė viršūnę, jis supančiojo jos aistrą savo valia, priversdamas ją atsimerkti ir pažvelgti jam tiesiai į akis, kad matytų, kas ją užvaldė.

Jis paėmė ją dar kartą, audrindamas vis labiau, kol pagaliau jos aistra pranoko jo aistrą. Tada panėrė savo veidą į jos plaukus ir leido ateiti palengvėjimui.

Ji būtų galėjusi taip pragulėti iki gyvenimo pabaigos, bet jis neleido — pakėlė ją ir pats pašoko ant kojų nedėdamas jokių ypatingų pastangų. Jos širdis net šoktelėjo.

— Turbūt tai kvaila, — prisipažino ji, įsikniaubusi jam į kaklą, — ir turbūt labai moteriška, bet mane taip jaudina tavo jėga ir tai, kad mums mylintis tu staiga tampi toks pažeidžiamas.

— *Mo chroi*, šalia tavęs visada jaučiuosi šiek tiek bejėgis.

Jis vadino ją širdele, taip priversdamas jos širdį virpėti.

— Ne, nereikia, — paprašė ji, kai jis paguldė ją ant lovos ir ketino užtraukti užuolaidas. — Dar ne dabar. Naktis dar tokia ilga, — ji nusirito nuo lovos ir pastvėrė savo naktinius marškinius. — Einu paimsiu vyno. Ir sūrio, — nusprendė ji. — Gerokai praalkau.

Jai išėjus jis nužingsniavo prie židinio ir įmetė į ugnį durpių. Vijo šalin mintis apie tai, ką čia veikia. Kiekviena su ja praleista minutė žalojo jam širdį, nes žinojo, kad ateis laikas, kai jos niekada nebepamatys.

Ji tai ištvers. Jis taip pat. Sugebėjimas išgyventi — vienas iš tų retų dalykų, kuriais žmonės ir demonai panašūs. Juk dar niekas nėra miręs dėl sudaužytos širdies.

Ji grįžo nešina padėklu.

— Galim gerti ir valgyti lovoje, kaip visiški pasileidėliai, — ji pastatė padėklą lovoje ir įlipo pati.

— Aš prie tavo pasileidimo nemenkai prisidėjau.

— Ką tu sakai! — ji nusibraukė atgal plaukus ir nusišypsojo. — O aš tikėjausi dar daugiau. Bet jeigu jau tu parodei man viską, ką sugebi, galim tiesiog pradėt kartotis.

— Esu išdarinėjęs tokių dalykų, kurių nepajėgtum įsivaizduoti. Tiesą sakant, ir nenorėčiau, kad įsivaizduotum.

— Pagyrūnas, — ji pabandė tai ištarti nerūpestingai.

— Moira...

— Nesigraužk dėl to, kas tarp mūsų vyksta, ar dėl to, ko, kaip tau atrodo, neturėtų būti, — jos žvilgsnis buvo skaidrus ir tiesus. — Kai žvelgi į mane, nesigraužk dėl nieko, ką kada esi padaręs. Vis tiek visa tai vedė tave pas mane, čia, kur man tavęs reikia.

Jis priėjo prie lovos.

— Juk supranti, kad negaliu pasilikti.

— Žinoma, suprantu. Ir nenoriu apie tai kalbėti, ypač šiąnakt. Apgaukim save bent vienai nakčiai.

Jis palietė jos plaukus.

— Dėl to, kas vyksta tarp mūsų, nė kiek nesigailiu.

— Daugiau nieko ir nereikia. — To turi pakakti, priminė ji sau, nors sulig kiekviena kartu su juo praleista minute jautė ją apimančią vis didesnę širdgėlą. Ji pakėlė vieną iš taurių ir pasiūlė jam, stengdamasi suvaldyti virpančias rankas. Kai jis pamatė taurėje esant kraują, nustebo.

— Pamaniau, kad tau jo reikia energijai atkurti.

Jis papurtė galvą ir prisėdo ant lovos šalia jos.

— Tai gal pakalbėkim apie santechniką?

Tokio pokalbio posūkio ji užvis mažiausiai tikėjosi, todėl labai nustebo.

— Apie santechniką?

— Ne tu viena čia viską mėgsti studijuoti. Aš juk gyvenau, kai tie dalykai atsirado žmonių gyvenime, todėl galiu tau patarti, kaip įsirengti bent paprastą sistemą.

Ji šyptelėjo ir gurkštelėjo vyno.

— Apšviesk mane.

Jie tam skyrė nemažai laiko. Moirai teko atsinešti popieriaus ir rašalo, kad juodu galėtų nubrėžti bendrąsias schemas. Tai, kad jis taip domėjosi, kas, kaip ji suprato, jo laiko žmonėms buvo savaime suprantamas dalykas, jai pasirodė kaip dar vienas labai patrauklus jo bruožas.

Kita vertus, jos tai iš tikrųjų nestebino — juk ji matė, kokią turtingą biblioteką Kianas turi Airijoje. O juk tame name jis lankydavosi ne dažniau kaip kartą ar du per metus.

Ji suprato, kad jis galėtų būti kuo panorėjęs. Buvo guvaus proto, smalsus, nagingas, be to, turėjo menininko sielą, antraip nebūtų galėjęs taip puikiai groti. Ir dar — puikus verslininkas.

Ji tikėjo, kad ir gyvendamas Pažadėtojoje žemėje jis klestėtų. Būtų gerbiamas ir gal net garsus. Kiti vyrai eitų pas jį pasitarti. Moterys flirtuotų su juo kiekviena patogia proga.

Bet jie vis tiek būtų susitikę, būtų flirtavę, įsimylėję — tuo ji nė kiek neabejojo. Ir jis būtų padėjęs jai valdyti turtingą taikią žemę. Jie susilauktų vaikų. Tokių pat mėlynakių kaip jis. O sūnus — jie tikrai susilauktų bent vieno sūnaus — būtų toks pat skeltasmakris kaip ir jo tėvas.

Tokiomis naktimis kaip ši, kai visiškai sutemtų ir stotų tyla, jie aptarinėtų šeimos ir jų šalies reikalus.

Iš svajonių ją sugrąžino jo pirštai, braukiantys per skruostą.

— Tau reikia pamiegoti.

— Ne, — ji papurtė galvą ir mėgino vėl sutelkti dėmesį į schemas, kad dar bent kiek pratęstų kartu leidžiamą laiką. — Tiesiog buvau... nuklydusi.

— Net užknarkei.

— Koks tu melagis. Aš neknarkiu, — bet ji neprieštaravo, kai jis surinko popierius į krūvą. Akys jai lipte lipo. — Gal ir ne pro šalį būtų šiek tiek pailsėti.

Ji pakilo užpūsti žvakių, o jis nuėjo užtraukti užuolaidų. Bet pasukusi atgal prie lovos pamatė, kaip jis pravėrė balkono duris ir išėjo lauk.

— Oje, Kianai, tu juk beveik nuogas, — ji nuskubėjo prie jo nešina marškinėliais. — Užsivilk bent jau juos. Gal šaltis tau ir nebaisus, bet mano sargybiniai gali pamatyti tave čia stovint visam gražume. Aš to visai nenorėčiau.

— Raitelis.

— Kas? Kur?

— Iš rytų pusės.

Ji pažvelgė rytų kryptimi, bet nieko nepamatė. Tačiau juo nė kiek neabejojo.

— Vienas?

— Du, bet pirmasis vedasi iš paskos antrąjį. Jie atšuoliuoja.

Linktelėjusi galva ji grįžo į miegamąjį ir pradėjo rengtis.

— Sargybiniams nurodyta nieko neįleisti. Einu pažiūrėsiu. Ten gali būti kas nors iš atsilikusiųjų. Jeigu taip, negalim palikti jų už vartų be jokios apsaugos.

— Nieko nekviesk į vidų, — nurodė Kianas maudamasis džinsus. — Net jeigu ten ir tavo pažįstami.

— Nekviesiu. Sargybiniai irgi, — jausdama šiokį tokį apgailestavimą ji užsidėjo vainiką ir vėl tapo karaliene. Ir jau kaip karalienė pakėlė kalaviją. — Tikiuosi, kad ten bus atsilikusieji, kuriems tiesiog reikia maisto ir prieglobsčio, — pasakė ji.

— O jeigu ne?

— Tuomet jie nukeliavo ilgą kelią vien tam, kad mirtų.

Stovėdama poste ant sienos viršaus ji matė raitelius ar bent jau siluetus. Jų buvo du, kaip ir sakė Kianas, pirmasis vedė antrojo žirgą. Jie nedėvėjo apsiaustų, nors lauke buvo net šiek tiek pašalę. Ji žvilgtelėjo į Nailą, kurį sargybiniai pažadino, kai pastebėjo raitelius.

— Man reikia lanko.

Nailas gestu pakvietė vieną iš savo vyrų ir paėmė iš jo lanką su strėline.

— Nemanau, kad priešui atrodytų prasminga joti tiesiai į mus. Ką juodu gali mums padaryti? Be to, neprajos pro vartus, jeigu jų nepakviesim.

— Tikėkimės, kad tai ne priešai. Bet vartų neatkelsim tol, kol neišsiaiškinsim. Du vyrai, — sumurmėjo ji, kai raiteliai priartėjo. — Tas antrasis, atrodo, sužeistas.

— Ne, — tarė Kianas po akimirkos. — Miręs.

— Iš kur tu... — pratarė Nailas ir nutilo nebaigęs.

— Tikrai? — tyliai paklausė Moira.

— Jis pririštas prie žirgo. Ir miręs. Kaip ir tas ant pirmojo žirgo, tik jis paverstas vampyru.

— Viskas aišku, — atsiduso Moira. — Nailai, pasakyk savo vyrams, kad atidžiai stebėtų, ar aplinkui nesimato kitų. Ir kad nieko nedarytų, kol negaus komandos. Pažiūrėsim, ko jis nori. Dezertyras? — paklausė ji Kiano ir net nelaukdama jo atsakymo atmetė šią mintį. — Ne, dezertyras būtų pasitraukęs kuo toliau į rytus ar šiaurę ir gerai pasislėpęs.

— Galbūt jam atrodo, kad turi ką mums pasiūlyti, — iškėlė mintį Nailas. — Gal bandys mums įrodyti, jog tas antrasis dar gyvas, kad mes juos įsileistume. O gal turi informacijos, kuri jam atrodo vertinga.

— Nepakenks, jeigu jo išklausysim, — tarė Moira ir stvėrė Kianui už rankos. — Tas raitelis tai Šonas. Žinai — Šonas, kalvio sūnus. Ar tu įsitikinęs, kad?..

— Tokius kaip aš užuodžiu iš tolo, — atsakė Kianas, jau atpažinęs ir mirusįjį. — Jį pasiuntė Lilita. Ji gali leisti sau netekti vieno vampyro, kuris dar taip neseniai tokiu paverstas. Pasiuntė jį, nes tu jį pažinojai ir užjausi. Todėl verčiau jo nesigailėk.

— Jis buvo dar visai berniukas.

— O dabar jis demonas. Kitam pasisekė labiau. Pažvelk į mane, Moira, — jis suėmė ją už pečių ir pasuko veidu į save. — Man labai sunku tau pasakyti, bet tai Tininas.

— Ne, negali būti. Tininas bazėje. Juk mums buvo pranešta, kad jis saugiai pasiekė bazę. Sužeistas, bet gyvas ir saugus. Čia negali būti Tininas. — Moira girdėjo vyrų murmesį, o paskui šūksnius, kai jie atpažino Šoną. Jų šūksniuose ji išgirdo viltį ir pasveikinimą.

— Čia jau nebe mūsų Šonas, — tarė ji taip garsiai, kad užgožtų vyrų balsus. — Jie nužudė žmogų, kurį pažinojot, ir atsiuntė čia demoną jo veidu. Vartai liks užrakinti, ir joks žmogus nepraleis pro juos tų, kurie atjoja. Toks mano įsakymas.

Ji vėl nusisuko į raitelius. Jai suspaudė širdį pamačius, kad Kianas buvo teisus. Prie antrojo žirgo tikrai buvo pririštas Tininas, tiksliau, išniekintas Tinino kūnas.

Jai norėjosi verkti, prisiglausti prie Kiano, šaukti ir raudoti. Norėjosi kristi ant akmenų ir balsu išlieti savo širdgėlą ir pyktį.

Bet ji stovėjo tiesi, nejausdama vėjo, kuris košė kiaurai apsiaustą ir plaikstė jos plaukus. Ji įstatė į lanką strėlę ir laukė, kol vampyras atgabens arčiau savo niekšišką dovaną.

— Niekas su juo tenesikalba, — šaltai įsakė ji.

Apsimetėlis Šonas pažvelgė į juos ir pakėlęs ranką pamojavo visiems susirinkusiems ant sienos.

— Atidarykit vartus! — sušuko jis. — Atidarykit vartus! Čia Šonas, kalvio sūnus. Jie mane vejasi. O Tininas sunkiai sužeistas.

— Niekas tavęs nepraleis! — sušuko jam Moira. — Ji tave nužudė tik tam, kad atsiųstų ten, kur tu vėl mirsi.

— Jūsų didenybe, — jis sustabdė žirgus ir jai nusilenkė. — Juk jūs mane pažįstat.

— Taip, aš tave pažįstu. Kaip žuvo Tininas?

— Jis sužeistas. Neteko daug kraujo. Man pavyko pabėgti nuo demonų ir pasiekti bazę fermoje. Bet buvau sužeistas ir nusilpęs, todėl Tininas išėjo man padėti, o jie mus užpuolė. Mums vos pavyko nuo jų pabėgti.

— Melas. Ar tai tu jį nužudei? Ar tas padaras, į kurį ji tave pavertė, nužudė savo draugą?

— Mano ponia, — pratarė jis ir nutilo pamatęs, kad ji pakėlė lanką ir nutaikė strėlę tiesiai jam į širdį. — Ne aš jį nužudžiau, — jis pakėlė rankas rodydamas, kad nėra ginkluotas. — Tai padarė princas. Berniukas. — Jis sukikeno, paskui ranka prisidengė burną, kad nuslopintų juoką, ir tuo taip priminė Šoną, jog jai nudiegė širdį. — Princas išviliojo jį laukan ir nužudė. Aš tik pargabenau jį pas jus, kaip nurodė tikroji karalienė. Ji siunčia jums žinią.

— Ir kas tai per žinia?

— Jeigu pasiduosit ir pripažinsit ją šio ir visų kitų pasaulių valdove, jeigu atiduosit jai Pažadėtosios žemės kalaviją ir uždėsit ant galvos karūną, jūsų bus pasigailėta. Galėsit čia toliau sau gyventi, nes Pažadėtoji žemė nedidelis pasaulėlis ir ją mažai domina.

— O jeigu ne?

Jis išsitraukė durklą ir pasilenkęs nupjovė virves, laikančias Tininą ant žirgo. Tada atsainiai nuspyrė jo kūną žemėn.

— Tai jūsų laukia toks pat likimas kaip ir visų vyrų, visų moterų bei vaikų, kurie bandys jai priešintis. Jūsų laukia kankinimai.

Jis nusiplėšė palaidinę, ir mėnesiena apšvietė tebegyjančius nudegimus ir įpjovas ant jo liemens.

— Visi, kurie išgyvens po Vėlinių, bus medžiojami. Prievartausim jūsų moteris, išniekinsim vaikus. O kai tai padarysim, Pažadėtojoje žemėje nebeplaks žmonių širdys. Mes gyvuosim amžinai. Niekada nesustabdysit mūsų antplūdžio. Laukiu jūsų atsakymo. Nekantrauju pranešti jį karalienei.

— Klausykis Pažadėtosios žemės tikrosios karalienės atsakymo. Kai po Vėlinių patekės saulė, tu ir visi tokie kaip tu bus pavirtę dulkėmis, kurias vėjas išnešios po jūrą. Iš jūsų Pažadėtojoje žemėje nebus likę nieko, — ji grąžino Nailui lanką. — Štai koks mano atsakymas.

— Ji tave dar susiras! — suriko vampyras. — Ir tą išdaviką, kuris stovi šalia tavęs.

Tada jis apsuko žirgą ir spustelėjęs kulnais paleido šuoliais.

Ant sienos stovinti Moira pakėlė savo kalaviją ir juo mostelėjusi paleido ugnies pliūpsnį. Nudegintas vampyras riktelėjo ir pavirtęs liepsnos kamuoliu krito žemėn, kur iš jo liko tik pelenai.

— Jis buvo iš Pažadėtosios žemės, — pasakė Moira, — ir nusipelnė mirti nuo jos kalavijo. Tininas...— gerklę jai suspaudė ašaros.

— Aš jį atnešiu, — Kianas palietė jai petį ir pažvelgė į akis Nailui. — Jis buvo geras vyras. Ir mano draugas.

Nieko nelaukęs Kianas peršoko sieną. Atrodė, kad jis sklendžia virš žemės.

Nailas atgalia ranka pliaukštelėjo už jo stovinčiam sargybiniui, kurį pamatė rodant nuo blogio apsaugantį ženklą.

— Niekam neleisiu įžeidinėti sero Kiano.

Atsidūręs apačioje Kianas paėmė Tininą ant rankų ir pažvelgęs aukštyn sutiko Moiros žvilgsnį.

— Atidarykit vartus, — įsakė ji. — Kad seras Kianas galėtų grąžinti Tininą į namus.

Ji nusprendė pati pasirūpinti Tinino kūnu ir ėmėsi vilkti šalin jo suplėšytus purvinus drabužius.

— Leisk man tai padaryti, Moira.

Ji papurtė galvą ir pradėjo prausti Tininui veidą.

— Tai mano pareiga. Mes draugavom nuo vaikystės. Turiu tai dėl jo padaryti. Nenoriu, kad Larkinas pamatytų jį tokį, — jos rankos drebėjo švelniai braukiant audeklo skiaute per įdrėskimus ir įkandimus, bet balsas nė nevirptelėjo. — Jie buvo vaikystės draugai, Larkinas ir Tininas. Tu tiki, kad jį taip sudarkė vaikas?

Nesulaukusi Kiano atsakymo pažvelgė į jį.

— Tai jos vaikis, — po kiek laiko pasakė Kianas. — Jis baisiai nuožmus. Einu pažadinsiu bent jau Gleną.

— Jai Tininas patiko. Jis visiems patiko. Ne, nėra reikalo jai čia eiti, ir dar taip vėlai. Jie yra išsityčioję ir iš mano motinos. Iš tikrųjų tai dar bjauriau. Tada negalėjau žiūrėti. Bet dabar nusisukti negaliu.

— Nori, kad išeičiau?

— Manai, kad matydama šias žaizdas, lyg jį būtų užpuolęs koks žvėris, aš pradėsiu manyti, jog ir tu esi toks kaip tas, kuris visa tai jam padarė? Negi manai, kad mano širdis ir protas tokie silpni, Kianai?

— Ne. Manau, kad moteris, kurią stebėjau šiąnakt, moteris, kurios klausiausi, yra paties stipriausio proto ir tvirtos širdies, kokia tik gali būti. Niekada nesu taip pasielgęs su jokiu žmogumi. — Jis pasistengė susitvardyti, kai ji įsmeigė sielvarto kupinas akis į jį. — Noriu, kad žinotum bent tai. Esu iškrėtęs visokių dalykų, kai kurie buvo neįsivaizduojamai žiaurūs, bet niekada nesu padaręs nieko panašaus į tai, kas buvo padaryta jam.

— Žudei švariau. Efektyviau.

Jos žodžiai kirto lyg botagas.

— Taip.

Moira linktelėjo galva.

— Lilita tavęs nieko nemokė, tiesiog pametė tave, turbūt todėl jos įtaka tau nedidelė. Ne taip, kaip tam berniukui. Be to, turbūt ne mažiau svarbus ir tavo auklėjimas. Kai kas tavyje išliko nepakitę — lygiai kaip Šono intonacijos ir manieros. Žinau, kad tu ne žmogus, Kianai, bet taip pat žinau, kad tu ne pabaisa. Tavyje yra ir to, ir to, ir tu nuolat kovoji, kad išlaikytum pusiausvyrą.

Ji plovė Tinino kūną taip švelniai, lyg būtų praususi vaiką. Baigusi pradėjo rengti jį drabužiais, kuriuos buvo nurodžiusi atnešti iš jo kambario.

— Susimildama, Moira, leisk man tai padaryti.

— Žinau, kad nori gero. Kad galvoji apie mane. Bet turiu tai padaryti pati — dėl jo. Jis pirmasis mane pabučiavo, — jos balsas suvirpėjo, bet ji čia pat susitvardė. — Man buvo keturiolika, jis pora metų vyresnis. Buvo toks mielas ir švelnus. Mes abu baisiai drovėjomės to pirmojo pavasarinio bučinio. Mylėjau jį. Panašiai kaip tu Kingą. Ji atėmė juos iš mūsų, Kianai. Atėmė iš mūsų juos, bet ne meilę.

— Prisiekiu kokiais tik nori dievais, kad pribaigsiu ją dėl tavęs.

— Vienas iš mūsų ją pribaigs, — ji pasilenkė ir lūpomis palietė šaltą Tinino skruostą. O kai atsitraukė, susmuko ant grindų jo apraudoti. Kianui priklaupus šalia, ji susirangė jo glėbyje ir raudojo iš visos širdies.

15 skyrius

Jie palaidojo Tininą nuostabiai gražų rytą, kai virš kalnų šoko debesų šešėliai, o šermukšnyje smagiai giedojo vieversys. Prieš nuleidžiant kūną į kapo duobę dvasininkas ją pašventino, dūdelei ir būgnui grojant laidotuvių giesmę.

Susirinko daug Tininą pažinojusiųjų ir tokių, kurie nepažinojo — laidotuvininkų minia driekėsi per saulės nutviekstas kapines ir kalvą beveik iki pat pilies. Trys Pažadėtosios žemės vėliavos buvo nuleistos iki stiebo vidurio.

Moira stovėjo šalia Larkino sausomis akimis. Ji girdėjo raudant Tinino motiną, bet žinojo, kad jos laikas baimintis jau baigėsi. Greta stovėjo likusieji iš jų šešiukės, ir žinodama juos esant šalia ji jautė šiokią tokią paguodą.

Dabar šalia paminklų jos tėvams čia atsiras dar du, skirti jos draugams. Visi jie tapo aukomis karo, kuris prasidėjo gerokai prieš tai, kai ji apie jį sužinojo. Užbaigti tą karą teks jai.

Paskui ji pasitraukė nuo kapo, kad šeima galėtų praleisti ten paskutines minutes niekieno netrukdoma. Kai Larkinas paėmė ją už rankos, Moira stipriai ją suspaudė. Pažvelgusi į Kianą pamatė tik jo akis iš po gobtuvo metamo šešėlio. Apžvelgė kitus.

— Dar daug reikia nuveikti. Mes su Larkinu dar kartą pakalbėsime su Tinino šeima, o tada susitiksim svetainėje.

— Mes dabar ten eisim, — Blera žengė į priekį ir skruostu prigludo prie Larkino veido. Moira negirdėjo, ką ji jam sumurmėjo, bet Larkinas paleido jos ranką ir stipriai apkabino Blerą.

— Mes irgi netrukus ateisim, — jis atsitraukė ir vėl paėmė Moirą už rankos. Ji galėjo prisiekti, kad jautė pro jo odą besisunkiant sielvartą.

Moira jau ketino grįžti pas Tinino šeimą, kai pamatė jo motiną atsitraukiant nuo vyro ir besibraunant prie Kiano. Jos akys buvo pasruvusios ašaromis.

— Tai tokių kaip tu darbas! Tokie kaip tu nužudė mano berniuką.

Hoitas metėsi prie jų, bet Kianas sustabdė jį užstodamas kelią.

— Taip, — tepasakė jis.

— Tu turėtum degti pragare. O dabar mano berniukas guli po žemėmis.

— Taip, — tepakartojo Kianas.

Priėjusi Moira norėjo ją apkabinti, bet moteris ją atstūmė.

— Jūs, visi jūs! — suko ji ratu, kaltinamai baksnodama į juos pirštu. — Šis padaras jums rūpi labiau už mano berniuką. Dabar jis miręs. Miręs. O tu neturi jokios teisės stovėti čia, prie jo kapo, — pasakė ji ir spjovė Kianui po kojomis. Vyras ir dukterys nešte nusinešė ją, įsikniaubusią veidu į delnus.

— Nepyk ant jos, — sumurmėjo Moira. — Aš su ja pasišnekėsiu.

— Neverta. Juk ji teisi, — tepasakė Kianas ir patraukė šalin nuo ką tik supilto kapo bei paminklų, žyminčių mirusiųjų poilsio vietas.

Kai pasiekė vartus, jį pasivijo Nailas.

— Sere Kianai, leiskite tarti žodį.

— Kai tik pasislėpsiu nuo šitos varginančios saulės, galėsi tarti man tiek žodžių, kiek tik panorėsi.

Jis pats nežinojo, ko atėjo į tas kapines. Per savo gyvenimą mirčių matė daugybę ir tiek pat prisiklausė jas apraudančiųjų. Tinino motina čia buvo ne vienintelė, žiūrėjusi į jį su baime ir neapykanta, o jis vaikštinėja lauke dieną kaip kvailys, saugomas nuo žudančios saulės tik šiurkštaus audinio ir kerų.

Atgavo pusiausvyrą tuoj pat, kai tik įžengė vidun, kur jo nepasiekė šviesa.

— Sakyk, ką norėjai pasakyti, — tarė Kianas nusimesdamas nekenčiamo apsiausto gobtuvą.

— Taip ir padarysiu, — linktelėjo galva Nailas. Šio stambaus vyro veidas, paprastai būdavęs linksmas, dabar atrodė niūrus ir griežtas. Laikydamas platų delną ant savo kalavijo rankenos, jis žvelgė Kianui tiesiai į akis. — Tininas buvo mano draugas ir vienas geriausių žmonių, kokius tik man teko pažinti.

— Nepasakei nieko, ko nebūčiau girdėjęs anksčiau.

— Bet juk iš manęs to nesat girdėjęs, ar ne? Mačiau, kuo pavirto Šonas, iki tol buvęs nekaltas ir naivus vaikis. Mačiau, kaip jis numetė nuo žirgo Tinino kūną, lyg tas būtų ne daugiau kaip kokia maita, kuria reikia atsikratyti.

— Jam ir tebuvo maita.

Nailas vėl linktelėjo galva ir stipriau suspaudė kalavijo rankeną.

— Štai į ką jis buvo paverstas. Kaip ir jūs. Bet juk mačiau, kaip pakėlėt nuo žemės Tinino kūną, kaip parnešėt jį į pilį — lyg būtumėt nešęs mūšyje kritusį draugą. Jumyse nepastebėjau nieko, ką mačiau turint Šoną. Tinino motina gedi. Jis jos pirmagimis. Iš sielvarto ji neteko proto. Neturėjo jums sakyti to, ką pasakė prie kapo. Tininas nebūtų norėjęs, kad jus įžeistų jam artimas žmogus. Todėl ir sakau jums tai kaip jo draugas. Ir dar: bet kuris žmogus, kovosiantis prieš jus, kovos ir prieš mane. Štai jums mano žodis.

Jis paleido kalavijo rankeną ir ištiesė ranką Kianui.

Žmonės nesiliovė jo stebinę. Jie jį erzindavo, pykdė, linksmindavo, kartais ko nors išmokydavo. Bet užvis labiausiai jie stebindavo savo širdimi ir netikėtais minties vingiais. Turbūt dėl to jis sugebėjo taip ilgai tarp jų išgyventi ir neprarasti susidomėjimo.

— Esu tau už tai dėkingas. Bet prieš paduodamas tau ranką noriu, kad žinotum — manyje yra to, ko turėjo Šonas. Skirtumas tikrai nedidelis.

— Ne toks jau mažas, žiūrint mano akimis. Be to, man atrodo, kad jūs tai, ką turite savyje, pasitelksite kovodamas. Visada jus užstosiu, sere Kianai. Štai jums mano ranka.

Kianas ją tvirtai paspaudė.

— Esu tau dėkingas, — pasakė jis, bet kai patraukė laiptais į viršų, jautėsi visiškai vienišas.

Skaudama širdimi Moira patraukė atgal į pilį. Ji žinojo, kad laiko gedėti ir ieškoti paguodos nėra. Su Šonu ir Tininu Lilita taip pasielgė tam, kad sužeistų jų visų širdis. Ir jai pavyko.

Todėl geresnio vaisto už veiksmą, už judėjimą jie negalėjo rasti.

— Ar jau galim pasitelkti slibinus? Ar jie jau apmokyti skraidyti su raiteliais?

— Jie labai protingi ir puikiai prisitaiko, — atsakė Larkinas. — Juos lengvai gali suvaldyti bet kas, kas gerai laikosi balne ir nebijo aukščio. Bet iki šiol visa tai jiems tebuvo žaidimas. Sunku pasakyti, kaip jie elgsis mūšyje.

— Kol kas mums svarbu tik transportavimas. Jūs su Blera žinot, kurie iš jų geriausi. Mums reikės... — Moira nutilo pamačiusi per kiemą link jos besiartinančią tetą. — Dairdra, — ji pabučiavo moterį skruostan ir stipriai apkabino. Žinojo, kad teta artima su Tinino motina. — Kaip ji?

— Sugniuždyta. Nepaguodžiama, — nuo ašarų patinusiomis akimis Dairdra užsižiūrėjo į Larkiną. — Tokia būtų ir bet kuri kita motina.

Larkinas ją apkabino.

— Nesigraužk dėl manęs ar Oreno.

— Prašai neįmanomo dalyko, — liūdnai šyptelėjo ji, bet kai atsisuko į Moirą, šypsena buvo išblėsusi. — Žinau, kad dabar sunkus metas ir tavo mintys sukasi apie daugybę rūpesčių, kurie slegia širdį. Bet vis tiek norėčiau šnektelėti. Dviese.

— Žinoma. Aš netrukus grįšiu, — pasakė Moira kitiems ir apkabino Dairdrą per pečius. — Eime į mano laukiamąjį. Išgersim arbatos.

— Be reikalo tuo rūpiniesi.

— Mums abiem ji ne pro šalį. — Joms įžengus į svetainę Moira pamatė tarnaitę ir paprašė į viršų atnešti arbatos.

— O Šinona? — toliau klausinėjo Moira joms kopiant laiptais aukštyn.

— Nusikamavusi, sielvartauja dėl Tinino, susirūpinusi dėl savo vyro ir brolių. Neleidau jai šiandien eiti į kapines, liepiau ilsėtis. Man neramu dėl jos ir dėl vaikelio, kurį ji nešioja, ir dėl kitų vaikų.

— Ji stipri, be to, turi tave — tu ja visada pasirūpinsi.

— Ar to užteks, jeigu Falenas kris kaip ir Tininas? Jeigu Orenas jau...

— Turės užtekti. Nėra iš ko rinktis. Nė vienai iš mūsų.

— Taip, neturim iš ko rinktis. Yra tik karas, — Dairdra įžengė į laukiamąjį ir paėmė kėdę. Galvos apdangalo įrėmintas jos veidas per tas kelias savaites atrodė pasenęs.

— Jeigu nekovosim, jie mus tiesiog išskers, kaip atsitiko Tininui. Arba mus ištiks vargšo Šono dalia. — Nuėjusi prie židinio Moira įmetė į ugnį keletą durpių briketų. Nors rudeniška saulė tądien ir buvo skaisti, jautėsi sušalusi iki pat kaulų.

— Bet kiekgi mūsų žus, kiek bus paskersta kovojant su jais?

Moira išsitiesė ir atsisuko. Jos teta buvo ne vienintelė užduodanti tokius klausimus ir laukianti iš karalienės neįmanomų atsakymų.

— Iš kur aš galiu žinoti? Ką tu darytum manimi dėta? Juk buvai mano motinos patikėtinė dar prieš jai tampant karaliene ir per visą jos valdymo laikotarpį. Ką būtum dariusi jos vietoje?

— Tave pasirinko dievai. Kas aš tokia, kad ką nors sakyčiau?

— Tu mano kraujo.

Dairdra atsiduso ir pažvelgė žemyn, į savo rankas, bejėgiškai gulinčias skreite.

— Jaučiuosi mirtinai pavargusi. Mano dukra nuolat baiminasi dėl savo vyro, aš baiminuosi dėl savojo ir dėl sūnų. Šiandien mano draugė palaidojo sūnų. Ir žinau, kad neturim iš ko rinktis, Moira. Žinau, kad turim išnaikinti tą mus ištikusį marą.

Vidun įskubėjo tarnaitė su arbata.

— Statyk ją čia, — pasakė Moira. — Aš pati išpilstysiu. Ar į svetainę jau nešamas maistas?

Megaitė tūptelėjo.

— Taip, jūsų didenybe. Kai išnešiau jums arbatą, virėjas tuo jau rūpinosi.

— Ačiū. Gali eiti.

Moira atsisėdo ir įpylė arbatos.

— Dar prašom sausainių. Sunkiu metu visai ne pro šalį nedideli malonumai.

— Kaip tik apie sunkaus meto malonumus ir norėjau su tavim pasikalbėti.

Moira padavė jai puodelį.

— Ar galiu padaryti ką nors, kad tau palengvėtų ant širdies? Ar galiu ką nors padaryti dėl Šinonos ir vaikų?

— Gali, — Dairdra gurkštelėjo arbatos ir pastatė puodelį. — Moira, tavo motina buvo man brangiausia šiame pasaulyje draugė, todėl ir sėdžiu čia, jos vietoje, ir kalbuosi su tavimi taip, kaip kalbėčiaus su savo dukra.

— Kitaip ir negalėčiau įsivaizduoti.

— Kai kalbėjai apie tą mus užklupusį karą, sakei, kad neturim iš ko rinktis. Bet tau teko rinktis kitus dalykus. Priimti sprendimus, kuriuos tenka priimti moteriai.

Viską supratusi Moira atsilošė.

— Taip, teko.

— Kaip karalienė, kuri skelbėsi esanti kovotoja ir kuri įrodė tokia esanti, turi teisę ir net privalai naudotis visais įmanomais ginklais, kurie leistų apsaugoti tavo žmones.

— Taip ir darysiu.

— Tasai Kianas, kuris atkeliavo čia iš kito laiko ir kito pasaulio — ar tikrai manai, kad jį atsiuntė dievai?

— Ne manau, o žinau. Jis kovojo petys į petį su tavo sūnumi. Jis išgelbėjo man gyvybę. Tai negi dabar sėdėdama čia ir žiūrėdama į mane keiksi jį, kaip kad keikė Tinino motina?

— Ne, — Dairdra drąsindamasi įkvėpė. — Šiame kare jis yra

ginklas. Juo naudodamasi gali išsigelbėti pati, apsaugoti mano sūnus, mus visus.

— Tu klysti, — ramiai pertarė Moira. — Neketinu juo naudotis kaip ginklu. Jeigu jis ką ir daro, kad padėtų mums kovoti su tuo maru, viską daro savo valia.

— Demono valia.

— Jeigu tau taip patinka, — šaltai atsakė Moira.

— O tu tą demoną priėmei į savo lovą.

— Į savo lovą aš priėmiau Kianą.

— Kaip tu galėjai taip pasielgti! Moira, Moira... — Dairdra ištiesė į ją rankas. — Jis net ne žmogus, o tu jam atsidavei. Kas iš to gali būti gero?

— Iš to aš jau patyriau daug gero.

Dairdra šiek tiek patylėjusi prispaudė pirštus sau prie akių.

— Negi manai, kad dievai jį čia atsiuntė dėl to?

— Iš kur aš galiu žinoti? Ar klausei savęs to paties, kai sutikai mano tetėną?

— Kaip tu gali lyginti! — metė jai Dairdra. — Negi visai nebeturi nei gėdos, nei išdidumo?

— Gėdos gal ir neturiu, bet išdidumo man netrūksta. Aš jį myliu, o jis myli mane.

— Ar demonas gali mylėti?

— O kaip demonas gali rizikuoti savo gyvybe, kad išsaugotų žmoniją?

— Man nerūpi jo narsa. Aš čia kalbu apie tavo nuovoką. Negi manai, kad užmiršau, kas tai yra būti jaunai, sumišusiai ir krėsti kvailystes? Bet tu esi karalienė, tave saisto pareiga karūnai, žmonėms.

— Neužmirštu tos pareigos nė akimirką.

— O naktį savo guolyje glaudi vampyrą.

Nebegalėdama išsėdėti Moira atsistojo ir nuėjo prie lango. Lauke tebešvietė skaisti saulė. Jos auksiniai atspindžiai žaidė žolėje, upėje, plonyčiuose sparnuose slibinų, tingiai sukančių ratus aplink Pažadėtosios žemės pilį.

— Nesitikiu, kad mane suprasi. Bet reikalauju pagarbos.

— Ar dabar kalbi su manim kaip mano dukterėčia, ar kaip karalienė?

Ji atsisuko įrėminta lango ir saulės.

— Dievai man skyrė dvejopą dalią. Atėjai čia dėl to, kad rūpinies manim, ir aš tai vertinu. Bet taip pat ir smerki mane, o to man nereikia. Patikėjau Kianui savo gyvybę. Kodėl negalėčiau jam patikėti ir savo kūno?

— O kaip tavo žmonės? Ką galvoti tiems, kurie nesuvokia, kaip jų karalienė galėjo pasirinkti meilužiu vieną iš tų tamsos padarų?

— Teta, argi visi žmonės dori? Ar visi jie malonūs, geri ir stiprūs? Ar visi mes esam tokie, kokius mus sutvėrė, ar galų gale patys nusprendžiam, kokiais būti? Kalbu apie savo žmones, apie tuos, kuriuos gindama atiduosiu savo gyvybę. Yra svarbesnių dalykų, kuriais jiems reikia pasirūpinti, apie kuriuos jiems reikia pamąstyti ir pasikalbėti, o ne apie tai, ką jų karalienė veikia savo miegamajame.

Dairdra atsistojo.

— Ar visa tai tęsis ir tada, kai baigsis karas? Ar ketini tą padarą, kurį įsimylėjai, pasodinti ir į sostą?

Saulė švies net ir tada, pagalvojo Moira, kai širdy stos visiška tamsa.

— Kai viskas baigsis, jeigu jis tebebus gyvas, iškeliaus atgal į savo laiką ir į savo pasaulį. Aš jo niekada nebepamatysiu. Jeigu pralaimėsim, atiduosiu savo gyvybę. Jeigu laimėsim, mano širdis liks sudaužyta. Todėl nekalbėk man apie sprendimus ir atsakomybę.

— Užmirši jį. Kai viskas bus baigta, užmirši jį ir tą trumpą beprotybės laiką.

— Pažvelk į mane, — tyliai pratarė Moira. — Juk žinai, kad neužmiršiu.

— Ne, — Dairdros akys paplūdo ašaromis. — Tu neužmirši. Taip norėčiau apsaugoti tave nuo jo.

— O aš neatsisakyčiau nė vienos drauge su juo praleistos akimirkos. Su juo gyvenau kaip niekada iki tol. Ir jau niekada taip negyvensiu. Todėl nesigailiu nė vienos akimirkos.

* * *

Kai Moira įžengė į svetainę, visi jau buvo susirinkę prie valgiais nukrauto stalo. Glena nuėmė gaubtą nuo lėkštės, stovinčios stalo gale.

— Dar neturėtų būti atvėsęs, — pasakė ji Moirai. — Neleisk valgiui pražūti.

— Gerai. Turim valgyti, kad išliktume stiprūs, — atsakė Moira, bet į maistą lėkštėje žiūrėjo taip, lyg ten būtų kartūs vaistai.

— Tai ką? — nusišypsojo jai Blera. — Kaip praėjo tavo diena?

Moira nusijuokė, ir tas juokas, nors ir nelabai linksmas, padėjo šiek tiek atsipalaiduoti.

— Sumautai. Juk taip tu pasakytum?

— Visiškai teisingai.

— Ką gi, — Moira prisivertė pradėt valgyti. — Ji mums smogė, kaip kad mėgsta, siekdama įbauginti ir palaužti mūsų pasitikėjimą savimi. Kai kas patikės tuo, ką ji liepė Šonui perduoti mums — kad jeigu pasiduosim, ji paliks mus ramybėje.

— Melas neretai kur kas patrauklesnis už tiesą, — tarė Glena. — Bet kuriuo atveju laiko mums liko nedaug.

— Taip. Mums jau laikas ruoštis išvykti iš pilies ir traukti mūšio lauko link.

— Sutarta, — linktelėjo galva Hoitas. — Bet prieš tai turime įsitikinti, kad mūsų bazės tebėra mūsų pačių rankose. Jeigu jau nužudytas Tininas, gali būti, kad jie užėmė tą bazę. Girdėjom tik demono žodžius, kad tai padarė vaikas ir kad daugiau ten nieko nebuvo.

— Ten tikrai buvo tas vaikas, — pasakė Kianas gurkšnodamas arbatą, kurios beveik pusę sudarė viskis. — Tos žaizdos ant kūno, — paaiškino jis. — Visiškai suaugę vampyrai tokių nedaro. Ir vis tiek tai nereiškia, kad bazė tebėra saugi.

— Mes su Hoitu galim ten pasižvalgyti, — pasisiūlė Glena.

— Norėjau jūsų to prašyti, bet vien žvalgybos nepakanka, — tebevalgydama kalbėjo Moira. — Reikia apklausti tuos, kurie išliko.

— Jeigu tokių yra.

Ji pažvelgė į Larkiną ir pajuto tą patį, ką ir jis. Nuolatinę baimę dėl Oreno.

— Jeigu tokių yra, — pakartojo ji.

— Jeigu ji būtų nušlavusi tą bazę, — dar įsiterpė Kianas, — pasiuntinys apie tai būtinai būtų pasigyręs, o ji būtų atsiuntusi daugiau kūnų.

— Gal tu ir teisus. Bet kad išvengtume tokių jos išpuolių ateityje, turime pasirūpinti pastiprinimu.

— Nori, kad ten nukeliautume slibinais, — linktelėjo galva Larkinas. — Štai kodėl klausei, ar jie jau parengti skristi.

— Kuo daugiau galėsime jų pasitelkti, tuo bus geriau. Tie, kuriems iš čia teks keliauti pėsčiomis ar žirgais, nuo šiandien bus prižiūrimi oro raitelių. Jeigu tu, Larkinai, su Blera išvyksit šįryt, pasiimkit kelis kartu. Ant slibino nugaros galima pasiekti visas bazes, pernešti daugiau ginklų, daugiau žmonių, išklausyti ataskaitas ir padaryti viską, kas jums atrodys reikalinga, kai išsiaiškinsit tikrąją padėtį. Galėtumėt grįžti iki sutemstant, o jeigu nespėtumėt, ryto palauktumėt vienoje iš bazių.

— Išsiųsdama juos pernelyg sumažini mūsų skaičių, — įsiterpė Kianas. — Be to, manau, kad keliauti turėčiau aš.

— Ei! — Blera metė į jį gabaliuką duonos. — Kaip čia yra, kad visi malonumai tenka tik tau?

— Aš tik praktiškas. Pirma, tiktai Glena ir aš nesame matę mūšio lauko ir jo apylinkių. Man laikas apžiūrėti jį iš arčiau. Antra, su tuo nelemtu apsiaustu galiu iškeliauti dar dieną, o naktį galiu keliauti kur kas greičiau ir saugiau už bet kurį iš jūsų. Pats būdamas vampyras juos pastebėsiu kur kas greičiau net ir už mūsų nuosavą demonų medžiotoją.

— Jo argumentus sunku nuginčyti, — pastebėjo Larkinas.

— Bet kokiu atveju ketinau keliauti ir ten pašniukštinėti. Taip vienu šūviu nušausim visus zuikius. Galų gale turbūt visi sutiksit, kad kai manęs čia nebebus, visų nuotaika labai pataisys.

— Jos elgesys buvo nepriimtinas, — sumurmėjo Blera.

Kianas gūžtelėjo pečiais supratęs, kad ji kalba apie Tinino motiną.

— Viskas priklauso nuo požiūrio. Ne nuo manęs priklauso, kas kam atrodo nepriimtina. Laiko liko nedaug, ir bent vienas iš mūsų turi būti mūšio lauke, ypač naktį, kai ten gali nuspręst apsižvalgyti Lilita.

— Kaip suprantu, grįžti tu neketini, — lėtai pratarė Moira.

— Nematau prasmės, — jų akys susitiko ir žvilgsniais jie vienas kitam pasakė kur kas daugiau negu žodžiais. — Kas nors iš vyrų galėtų tau pranešinėti apie padėtį, o aš viską nupasakosiu detaliai, kai tik jūs atvyksit.

— Vadinasi, jau viską nusprendei, — Moira atidžiai stebėjo jo veidą. — Suprantu. Bet juk mes sudarom neišskiriamųjų ratą, mus sieja lygiaverčiai ryšiai. Nemanai, kad priimant tokį sprendimą svarbi visų nuomonė? Hoitai, ką tu apie tai galvoji?

— Tiesą sakant, man nepatiktų, jei vienas iškeliautų bet kuris iš mūsų. Bet tai reikia padaryti, o Kiano pasiūlymas pats racionaliausias. Galėsim jį stebėti, kaip stebėjom Larkiną, kai jis keliavo į urvus dar Airijoje. Jeigu reikės, galėsim įsikišti, — jis žvilgtelėjo į Gleną. — Ką tu manai?

— Aš sutinku. O tu, Larkinai?

— Aš irgi. Tik dėl vieno dalyko nesutinku: Kianai, tu neteisus sakydamas, kad išsiųsdami du iš mūsų pernelyg sumažinam savo skaičių. Juk esam susitarę, kad nekeliausime po vieną. Galiu tave ten nugabenti pasivertęs slibinu. Be to, — tęsė jis, neleisdamas niekam prieštarauti, — su slibinais turiu daugiau patirties už bet kurį iš jūsų, jeigu kartais kiltų kokių bėdų. Todėl manau, kad mes turėtume keliauti dviese. Ką tu apie tai pasakysi, Blera?

— Po galais, tu ir vėl teisus. Gal vienas keliausi greičiau, Kianai, bet tau tikrai prireiks slibino, kad ten nukaktum, ypač jeigu vesi karius.

— Tikrai, taip bus kur kas geriau, — sutiko Glena. — Aš už.

— Aš taip pat, — pritarė jai Hoitas. — O tu, Moira?

— Taip ir darysim, — tarė ji atsistojusi, puikiai suprasdama, kad teks atsisveikinti su dviem vyrais, kuriuos myli labiau už viską. — O mes baigsim ruošti ginklus, pasirūpinsim pilies apsauga ir po dviejų dienų iškeliausim.

— Didelis žingsnis į priekį, — linktelėjo galva Blera. — Bet mes susitvarkysim.

— Vadinasi, taip ir darysim. Larkinai, tu parink tam tinkamus slibinus, o paskui abu su Kianu parinkit vyrus, — Moira mintyse jau svarstė visas šio plano detales. — Noriu, kad Nailas pasiliktų, jeigu jūs neprieštaraujat, ir iškeliautų su mumis pačioje pabaigoje. O dabar einu pasirūpinsiu viskuo, ko jums prireiks kelionėje.

Užbaigusi visus darbus, kuriuos turėjo atlikti, ir vildamasi, kad pakankamai apsiramino, Moira patraukė į Kiano miegamąjį. Ji pabeldė ir nelaukdama pakvietimo atidarė duris. Užuolaidos buvo užtrauktos ir kambaryje beveik nieko nesimatė, todėl ji ištiesė ranką ir išleido savo galių pliūpsnį žvakių link. Liepsna plykstelėjo taip stipriai, kad ji suprato nesanti taip jau gerai nusiraminusi.

Kianas toliau krovėsi daiktus, kuriuos ketino gabentis.

— Man apie savo planus neprasitarei.

— Ne.

— Tai ką, ketinai išvykti naktį taip nieko ir nesakęs?

— Nežinau, — jis atsisuko ir pažvelgė į ją. Pagalvojo, kad daug ko negali jai duoti ar jos prašyti. Bet atvirumas buvo vienas iš tų dalykų, kuriuo jie galėjo dalytis. — Pradžioj taip. O tada, tą naktį, tu atėjai pas mane ir mano planai pasikeitė. Tiksliau, aš juos atidėjau.

— Atidėjai, — ji linktelėjo galva. — O po Vėlinių irgi ketini dingti nieko nesakęs?

— O ką čia tokio svarbaus galima pasakyti?

— Man tai svarbu. — Supratimas, kad jų santykiai artėja prie pabaigos, jai sukėlė paniką. Ir kaip ji nenumatė, kad tai, kas jos laukia, taip prislėgs? — Man svarbu viskas, ką iš tavęs išgirstu. Bet tu nori išvykti. Ir aš suprantu, tau reikia išvykti.

— Turėjau išvykti kur kas anksčiau. Jeigu būčiau taip ir padaręs, tą naktį tu manęs būtum neberadusi. Geriau jau taip ir būtų atsitikę. O kas vyksta dabar... Tau tai ne į naudą.

— Kaip tu drįsti! Kaip drįsti kalbėti su manim kaip su kokiu vaiku, kuris užsimanė per daug saldumynų? Man jau įgriso nuolatiniai pamokslai apie tai, ką turėčiau manyti, jausti, privalėti daryti. Jeigu jau taip nori keliauti, keliauk, tik neįžeidinėk manęs.

— Mano išvykimas neturi nieko bendro su tuo, kas vyksta tarp mūsų. Tiesiog privalau tai padaryti. Pati su tuo sutikai, kaip ir visi kiti.

— Net jei mes visi ir nebūtume sutikę, tu vis tiek būtum iškeliavęs. Stebėdamas ją jis prisisegė kalaviją. Skausmas jau žalojo juos abu — kaip jis ir tikėjosi nuo pat tos akimirkos, kai ją pirmą kartą palietė.

— Taip, bet šitaip kur kas paprasčiau.

— Tai su manim viskas baigta?

— O kas, jeigu ir taip?

— Tada tau teks kautis dviem frontais, tu šunsnuki.

Jis negalėjo susilaikyti nenusijuokęs. Suprato, kad tai ne tik skausmas, ir žinojo, kad to niekada neužmirš.

— Būčiau laimingas, kad nereikėtų tavęs palikti. Moira, vakar tu supratai, kad privalome pribaigti tą padarą, pavertusį berniuką į pabaisą. Negaliu ilgiau laukti, privalau iškeliauti ir tai padaryti už tave.

— Nuo šių tavo žodžių nė kiek ne lengviau. Turbūt mums taip ir neteks pabūti kartu, dviese, kaip tada. Norėčiau dar šiek tiek laiko. Man neužtenka to, ką turėjom, — ji priėjo prie jo ir stipriai apkabino. — Taip ir nepraleidome kartu visos nakties. Iki ryto neištempėm.

— Bet mums buvo svarbi kiekviena minutė.

— Aš godi. Jau graužiuosi dėl to, kad tu išvyksi, o man teks pasilikti.

Ir ne tik šiandien, pagalvojo jis. Jie abu žinojo, kad ji kalba ne tik apie šiandieną.

— Ar Pažadėtosios žemės moterys laikosi tradicijos išleisdamos savo vyrus ką nors jiems padovanoti?

— Ir ko tu iš manęs norėtum?

— Tavo plaukų sruogos, — jis pats nustebo ir šiek tiek susigėdo dėl savo sentimentalumo. Bet kai ji atsitraukė, suprato, kad jo prašymas jai malonus.

— Laikysi ją prie savęs? Dalelę manęs?

— Būtinai, jeigu tik tu ją man duosi.

Ji ištiesė ranką, palietė savo plaukus.

— Palauk, šį bei tą prisiminiau. Turiu atsinešti, — tarė ji ir sukluso išgirdusi slibinų trimitavimą. — Jie jau laukia tavęs. Atnešiu tau laukan. Tik neišvyk. Pažadėk, kad palauksi, kol ateisiu atsisveikinti.

— Lauksiu tavęs ten, — pasakė jis stebėdamas ją išskubančią.

Lauke, slėpdamasis šešėlyje, Kianas apžiūrinėjo Larkino parinktus slibinus ir vyrus.

Tada susiraukęs pažvelgė į žemių kamuolį, kurį jam ištiesė Glena.

— Ačiū, bet man užteko ir pusryčių.

— Labai juokinga. Tai bomba.

— Rude, čia tik žemių kamuolys.

— Taip, čia žemės — užburtos žemės, o viduje — ugnies kamuolys. Jeigu mesi jį iš aukštai — jis sprogs. Bent jau turėtų, — pridūrė ji.

— Turėtų.

— Aš jį išbandžiau, bet ne nuo slibino kupros. Galėtum ir tu išbandyti.

Susiraukęs jis sukinėjo bombą rankose.

— Tiesiog numesti ją?

— Kur nors, kur saugu.

— O ji nesprogs mano rankose ir nepaleis manęs pelenais?

— Jai reikia greičio ir jėgos. Bet kai ją mesi, verčiau jau būk pakankamai aukštai. — Ji pasistiebė ir pabučiavo jį į abu skruostus. — Saugokis. Pasimatysim po poros dienų.

Tebesiraukydamas jis įdėjo bombą į vieną iš kišenių, esančių prie pakinktų, kuriuos Blera padarė Larkinui.

— Mes jus stebėsim, — tarė Hoitas, uždėjęs Kianui ant peties ranką. — Žiūrėk, nesivelk į bėdas, kol aš atvyksiu. Tu taip pat, — pasakė jis Larkinui.

— Aš jam jau pasakiau, kad geruoju nesibaigs, jeigu jis leisis pribaigiamas, — Blera nutvėrė Larkiną už plaukų ir prisitraukusi stipriai pabučiavo. Tada atsisuko į Kianą.

— Gal nepradėsim čia visi glėbesčiuotis?

Ji išsišiepė.

— Aš irgi už tai. Žiūrėk, saugokis aštrių medinių daiktų.

— Taip ir darysiu, — atsakė jis ir pamatė arklidžių link bėgančią Moirą.

— Norėjau ateiti anksčiau, — prašneko ši uždususi. — Matau, kad jūs jau pasiruošę. Larkinai, būk atsargus, — apsikabino jį.

— Tu taip pat, — jis paskutinį kartą apkabino ją. — Šokam ant slibinų! — sušuko ir, paskutinį kartą nusišypsojęs Blerai, pasivertė į slibiną.

— Atnešiau tai, ko manęs prašei. — Moira ištiesė Kianui sidabrinį medalioną, o tuo metu Blera tempė ant Larkino pakinktus. — Mano tėvas padovanojo jį mano mamai, kai gimiau aš, kad ji jame galėtų laikyti mano plaukų sruogą. Ją aš pasilikau, o tau įdėjau kitą.

Ji nepasakė, kad tą sruogą dar ir užbūrė.

Pasistiebusi užkabino medalioną jam ant kaklo. Ir, kad visiems viskas būtų aišku, suėmė jo veidą rankomis ir ilgai švelniai bučiavo.

— Tavęs lauks daugybė mano bučinių, — pasakė ji. — Todėl nekrėsk kvailysčių.

Jis užsimetė apsiaustą ir užsitraukė gobtuvą. Tada užšoko ant Larkino ir pažvelgė Moirai į akis.

— Po dviejų dienų, — tepasakė ir pakilo į dangų ant auksinio slibino. Paskui trimituodami pakilo kiti.

Moira stebėjo, kaip spalvotų žvynų atspindžiai vis labiau tolsta, ir staiga suvokė, kad visi šeši į Pažadėtosios žemės pilį jie nebegrįš.

Už jos stovinti Glena mojavo Hoitui linkėdama jam gero kelio. Paskui viena ranka ji per liemenį apkabino Blerą, kita — Moirą.

— Ką gi, damos, eime krautis daiktų, kad kuo greičiau vėl susitiktume su savo vyrais.

16 skyrius

Lietus jam būtų visai patikęs. Ar bent jau storas debesų sluoksnis, kuris būtų prigesinęs kaitrią saulę. Su tuo prakeiktu apsiaustu buvo

karšta kaip pragare, į kurį jam galų gale ir teks keliauti. O prie tokios aukštos temperatūros ji nebuvo pratęs.

Vis dėlto, pagalvojo Kianas, nemirusieji linkę šiek tiek išlepti. Aišku, skrydis slibinu labai jaudino. Bent pirmą pusvalandį. Paskui jau buvo galima gėrėtis apačioje besidriekiančia žaluma ir kaimišku kraštovaizdžiu. Bet po valandos, praleistos sumautoje vilnonėje pirtyje, jis jautėsi apgailėtinai.

Jeigu turėtų bent kiek Hoito kantrybės ir orumo, turbūt skristų nė nemirktelėjęs ir tiesus it prarijęs mietą, iki pat paskutiniojo teismo dienos kantriai kęsdamas nepakeliamą karštį, nuo kurio baigė ištirpti. Deja, jis ir brolis dvynys buvo gana skirtingi dar prieš jam tampant vampyru.

Jis galėjo pamedituoti. Kita vertus, šiomis aplinkybėmis neatrodė protinga rizikuot pasinerti į transą. Iš viršaus svilino saulė, tik ir telaukianti, kada galės paversti jį į čirškantį kepsnį, o prie Larkino buvo pritvirtinta stebuklingoji bomba, apie kurią jis žinojo tik tiek, kad ji nei iš šio, nei iš to gali pavirsti liepsnos kamuoliu.

Ir kodėl jam šovė į galvą imtis šito idiotizmo?

A, taip. Dėl pareigos, garbės, meilės ir išdidumo — visų tų emocinių nesąmonių, dėl kurių žmonės žūtbūt kapstydavosi iš bet kokios situacijos. Tiktai dabar laiko atgal nebepasuksi. Nebeatšauksi skrydžio ir neišguisi visų tų prieštaringų jausmų.

Kaip jis ją įsimylėjo... Stropiąją Moirą, karalienę Moirą... Drovią ir narsią, apsukrią ir tylią. Kaip kvaila, pragaištinga ir beviltiška buvo ją mylėti. Ir nepalyginamai tikriau už viską, ką jam yra tekę patirti per tūkstantį metų.

Jis jautė medalioną, kurį ji užkabino jam ant kaklo — dar viena našta. Vieną minutę ji vadino jį šunsnukiu, o kitą minutę atidavė jam tai, kas, be jokios abejonės, buvo jai vienas iš brangiausių dalykų.

Kita vertus, kartą ji taikėsi jam į širdį strėle, o paskui atsiprašė taip paprastai ir nuoširdžiai, visa iškaitusi iš gėdos. Turbūt tada jis ir neatsilaikė, įsipainiojo į jos pinkles.

Jis žvalgėsi aplinkui leisdamas mintims klajoti. Puiki žemė, mąstė jis, derlingas priemolis, nedidelės kalvos. Miškuose knibždėte knibžda paukščių ir žvėrių, šalia srūvančiose upėse ir upokšniuose pilna žuvų. Tolumoje stūksantys kalnai turtingi mineralų ir marmuro. Giliose pelkėse slūgso durpės, kurių reikia ugniai kūrenti.

Pro Dievų Vartus ji atsigabeno apelsinmedžio sėklų. Kam daugiau galėjo šauti į galvą tokia mintis? Jai reikėtų sodintis juos pietuose. Kažin, ar ji tai žino? Ir kas per kvailystės jam lenda į galvą — juk moterys žino viską ar bent jau sugeba išsiaiškinti.

Apelsinmedžio sėklos ir Jeitsas. Be to, ant rašomojo stalo jos laukiamajame jis dar matė tušinuką.

Taigi šiltnamyje ji augina apelsinmedžių sodinukus, po kiek laiko pasodins juos Pažadėtosios žemės pietuose. Jeigu jie apsidulkins — ji juk vis tiek juos vienu ar kitu būdu privers — vieną gražią dieną ji turės savo apelsinmedžių giraitę.

Jis tikrai norėtų tai pamatyti. Norėtų stebėti, kaip pražysta jos apelsinmedžiai, išaugę iš tų sėklų, kurias ji atsivežė iš Airijos, iš jo virtuvės.

Norėtų matyti jos žavias akis, kupinas pasitenkinimo, kai ji pilsis į stiklinę apelsinų sulčių, kurias taip pamėgo.

Bet jeigu Lilitai pasiseks, nebus nei apelsinmedžių giraitės, nei jų žiedų, nei jokios gyvybės apskritai.

Jis jau matė mirties ir griovimo ženklų. Degėsių ir akmenų krūvomis virtę tvarkingi namai bei trobelės. Laukuose tebeklajojo galvijai ir avys, bet kai kur matėsi saulėkaitoje gendantys jų griaučiai, nutūpti musių.

Matyt, čia galvijai, kuriuos nužudė dezertyrai. Minta tuo, kas pasitaiko.

Niekšai nusipelno būti sumedžioti ir sunaikinti visi iki vieno. Jei išgyvens bent vienas, jie turės kažkuo misti ir vėl pradės daugintis. Dar ilgai po Vėlinių Pažadėtosios žemės žmonės ir jų karalienė turės būti atsargūs ir budrūs.

Kai jis pradėjo gilintis į šią problemą, Larkinas ėmė sukti ratus.

— Ačiū visiems tavo dievams, — sumurmėjo Kianas, kai šis pradėjo leistis į tvarkingą gražų ūkį, kuriame matėsi besitreniruojantys ir postuose budintys kariai. Tarp jų buvo ir moterų, nė kiek nenusileidžiančių vyrams. O iš kamino kylančių dūmų kvapas jam sakė, kad puode nuo pat ryto kunkuliuoja gardus troškinys.

Žmonės prisidengę akis delnais žiūrėjo aukštyn, kiti mojavo juos sveikindami. Ir apsupo Larkiną su Kianu vos tik šie nusileido. Kianas nulipęs pradėjo krauti ant žemės daiktus. Tegul Larkinas ir kiti vyrai atsakinėja į klausimus ir išklauso pranešimų. Jam dabar reikėjo šešėlio ir priedangos.

— Mums čia nekilo jokių sunkumų, — Islina krovė Kianui troškinio, kurio jis visai nenorėjo, bet buvo linkęs palaukti, kol jį paliks ramybėje, ir tada kibti į kraujo atsargas.

Larkinas įniko į savo lėkštę tuoj pat, kai tik numovė jam pakinktus.

— Ačiū, — dėkojo jis pilna burna. — Nuostabus troškinys.

— Labai prašom. Aš čia daugiausia gaminu. Man atrodo, mūsų kariai valgo geriau už visus kitus, — Islinai šypsantis skruostuose atsirado duobutės. — Mes čia treniruojamės kiekvieną dieną, o prieš saulėlydį rūpestingai užsirakinam. Nuo pat atvykimo nematėm čia nė gyvos dvasios.

— Geros žinios, — Larkinas paėmė bokalą, kurį ji pastatė šalia jo lėkštės. — Islina, brangioji, ar nepadarytum man paslaugos? Ar nepaieškotum Oreno, Kiaros vyro? Mes su juo turim pasikalbėti.

— Gerai, tuoj pat. Tiesa, prigulti gali čia arba viršuje, jeigu ten tau patiks labiau.

— Mes netrukus keliausim į kitą bazę, o čia paliksim tris vyrus, kurie atkeliavo su mumis.

— Štai kaip. Mačiau, kartu atvyko tas raudonplaukis Melvinas, — pasakė ji lyg tarp kitko, su vos pastebima pašaipa balse. — Gal jis ir bus vienas iš tų, kurie liks su mumis?

Larkinas vyptelėjo ir dar pasisėmė troškinio.

— Gali ir likti, anokia čia problema. O dabar pakviesk Oreną, širdele.

— Kaip matau, jau esi jos ragavęs, — sumurmėjo Kianas.

— Ragavęs? Ne, — pradėjo gintis Larkinas. Paskui jo akyse sužibo valiūkiškos kibirkštėlės. — Kaip čia tau pasakius. Truputėlį. Bet nieko iš esmės.

— Ir kaip ketini čia viską sutvarkyti?

— Orenas protingas ir patikimas vyras. Turbūt iš kitų, atvykusių su mumis, jau girdėjo apie tai, kas nutiko Tininui. Atsakysiu jam į visus su tuo susijusius klausimus. Būtų geriausia, jeigu tu dar kartą aptartum su juo atsargumo priemones ir mūsų nurodymus. Tada, jeigu jis neturės mums pasakyti ko nos daugiau už tai, ką išgirdom iš Islinos, paliksim čia Melviną ir dar du vyrukus ir keliausim į kitą bazę. Tu ką, neišalkęs?

— Tiesą pasakius, labai, bet dar palauksiu.

— A, — supratingai linktelėjo galva Larkinas. — Ar turi ko tau reikia?

— Turiu. Žirgai ir karvės saugūs.

— Kol skridom, mačiau tuos griaučius. Armijos ten gal ir nebūta, bet kelių maitėdų tikrai. Matyt, dezertyrai.

— Man irgi taip atrodo.

— Dabar mums tai yra privalumas, — tarė Larkinas, — kad ji vis netenka karių. Bet vėliau turėsim su tuo bėdos.

— Tikra teisybė.

— Reiks kažką sugalvoti, — Larkinas žvilgtelėjo į atsiveriančias duris. — Orenai, turim daug ką aptarti, o laiko ne per daugiausia.

Kitoje bazėje padėtis buvo panaši, o štai trečiojoje Lilita buvo palikusi savo pėdsakų. Du ūkiniai pastatai buvo visiškai sudeginti, taip pat ir javų laukai. Žmonės pasakojo apie vieną naktį, kai viskas skendėjo ugnyje ir dūmuose, bliovė skerdžiami galvijai.

Kianas su Larkinu apžiūrinėjo išdegintą žemę.

— Kaip jūs su Blera ir sakėt, ūkius ir namus ji tiesiog paleidžia pelenais.

— Čia tik akmenys ir kas likę iš medienos...

Larkinas papurtė galvą.

— Čia gyvuliai ir javai. Žmonių prakaitas ir kraujas. Namai ir namų židinys.

— Visa tai galima vėl užauginti ir atstatyti. Jūsų žmonės ištvėrė apsiaustį be aukų. Jie kovojo ir laikė pozicijas — ir pasiuntė dalį Lilitos karių pragaran. Bet tau, Larkinai, kažkodėl stiklinė vis tiek atrodo pusiau tuščia.

— Žinau, tu teisus. Bet tikiuosi, kad ji pasprings ir ta puse stiklinės. Ką gi, reikia judėti.

Kitoje bazėje jie rado ką tik supiltus kapus, išdegintą žemę, sužalotus žmones. Larkinui šiek tiek palengvėjo, kai jis pagaliau pamatė iš gyvenamojo namo atšlubuojant savo jaunėlį brolį Oreną. Jis pasileido link Oreno ir, kaip tarp vyrų įprasta, smagiai jį kumštelėjo, o paskui tvirtai apkabino.

— Mūsų motina bus tikrai patenkinta, kad tu vis dar gyvas. Ar sunkiai esi sužeistas?

— Niekai. Kaip ten visi namuose?

— Užsiėmę. Vienoje iš stovyklų mačiau Faleną — jis irgi gyvas ir sveikas.

— Malonu girdėti. Labai malonu. Bet aš turiu ir prastų naujienų, Larkinai.

— Mes apie tai jau girdėjom, — jis uždėjo ranką Orenui ant peties. Kai išžygiavo iš namų, jo brolis tebebuvo berniokas. O dabar jis jau tikras vyras, oriai nešantis nelengvą vyrišką naštą. — Kiek dar žuvo, be Tinino?

— Dar trys. Bijau, kad ir dar vienas neišgyvens nakties. Du paimti į nelaisvę, tik negaliu pasakyti, ar jie gyvi, ar mirę. Ten buvo vaikas, Larkinai. Tininą nužudė į vaiką įsikūnijęs demonas.

— Eime vidun ir apie tai pasikalbėsim.

Jie įsitaisė virtuvėje. Kianas sėdėjo nugara į langą. Jis suprato, kodėl Larkinas klausinėja visų tų detalių, net jeigu jie jau žinojo ar bent įsivaizdavo didžiąją dalį. Orenui reikėjo išsipasakoti, dar kartą visa tai išgyventi.

— Aš prieš tai ėjau sargybą ir, kai išgirdau aliarmo signalą, tebemiegojau. Tininui jau nebuvo įmanoma padėti, Larkinai, jau buvo per vėlu. Jis išėjo laukan visiškai vienas, manydamas, kad ten aimanuoja sužeistas, pasimetęs, persigandęs vaikas. Tas vaikigalis nuviliojo jį atokiau nuo namo. Ir nors vyrai budėjo savo postuose pasiruošę lankus, kai tas padaras atsisukęs įsikibo į Tininą, buvo per vėlu, — Orenas praskalavo gerklę alumi. — Vyrai leidosi laukan. Kai dabar pagalvoju, juk tada buvau atsakingas ir turėjau įsakyti jiems likti vietoje. Jį gelbėti buvo per vėlu, bet juk negalėjom nepabandyti. Ir kadangi pabandėm, netekom dar daugiau vyrų.

— Taip pat jis būtų pasielgęs ir su tavimi, ir su bet kuo kitu.

— Jie pasiėmė jo kūną, — jaunatviškas Oreno veidas buvo kupinas sielvarto, akys prigesusios. — Mes jo ieškojom. Kitą rytą ieškojom jo ir kitų dviejų, bet radom tik kraujo pėdsakus. Baiminamės, kad juos galėjo paversti vampyrais.

— Tinino nepavertė, — prakalbo Kianas ir palaukė, kol Orenas į jį pažvelgė. — Apie kitus du nieko nežinom, bet Tininas nebuvo paverstas. Jo kūnas atgabentas į Pažadėtosios žemės pilį ir šiandien anksti rytą buvo deramai palaidotas.

— Dėkui dievams bent už tai. Bet kas gi atgabeno kūną?

Klausantis, ką pasakojo Larkinas, Oreno veidas suakmenėjo.

— Jaunasis Šonas. Mums nepavyko jo išgelbėti pasaloje palei kelią. Jie tiesiog išdygo iš po žemių, kaip kokie šėtonai. Tądien netekom gerų karių. Tada dingo ir Šonas. Ar dabar jam ramybė? — jis pažvelgė į Kianą. — Ar dabar, kai to padaro, kuriuo jis buvo paverstas, nebėra, jis ilsisi ramybėje?

— Nieko negaliu tau apie tai pasakyti.

— Noriu tikėti, kad jam ramu, kaip ir Tininui, kaip ir kitiems, kuriuos palaidojom. Jis juk negali būti atsakingas prieš žmones ar dievus už tai, kas jam buvo padaryta.

Naktį jie padvigubino sargybinių skaičių ir Kiano nurodymu pripildė nedideles pūsles švęsto vandens. Jas reikėjo kabinti prie strėlių.

Tokiu būdu net ir nepataikius į širdį būtų nemenkai pakenkta, gal net mirtinai.

Be to, buvo paspęsta ir daugiau spąstų. Vyrai, kurie negalėjo užmigti, stūmė laiką droždami baslius.

— Manai, kad šiąnakt ji surengs išpuolį? — Larkinas paklausė Kiano.

Jie sėdėjo nedidelėje svetainėje, kuri dabar buvo naudojama kaip ginklų sandėlis.

— Į kurią nors iš kitų bazių — galbūt. Bet čia pulti jai nelabai yra prasmės, nebent visai mirtų iš nuobodulio arba norėtų pramankštinti savo karius. Viską, ką norėjo padaryti, ji šioje bazėje padarė.

Kadangi jie buvo vieni, Kianas gėrė kraują iš molinio puodelio.

— O jeigu tu būtum jos vietoj?

— Siuntinėčiau nedidelius būrius, kad atitraukčiau dėmesį ir pridaryčiau žalos. Kiekvienoje bazėje po truputį silpninčiau priešo pajėgas ir drausmę. Bėda ta, kad tavo vyrai laikosi tvirtai, o ji turi dezertyrų. Bet mums reikšmingas kiekvienas praradimas, o jai tai visiškai nieko nereiškia. — Jis gurkštelėjo. — Kita vertus, aš — ne ji. Man norėtųsi netikėtai užklupti užpuolikų būrį, kol jie dar nepasiekė tikslo, ir parodyti jiems, iš kur kojos dygsta.

— Argi nenuostabu, — nusišiepė Larkinas, — kad nors aš nesu nei ji, nei tu, man kilo visiškai tokia pat mintis?

— Puiku. Tai ko dar laukiam?

Jie paliko Oreną vadovauti bazei. Ir nors teko nemažai pasiginčyti ir padiskutuoti, Larkinas su Kianu iškeliavo vieni. Kiano argumentas buvo toks: vienas slibinas ir vienas vampyras nukeliaus greičiau ir nepastebėti.

Larkinas prisikimšo pavalkus visokių ginklų, jeigu susidurtų su priešais ir nuspręstų nusileidę su jais susiimti. Kianas persimetė per petį strėlinę, o už diržo, prie kurio segdavo kalaviją, užsikišo baslių.

— Įdomu, kaip seksis kariauti iš oro.

— Pasiruošęs? — Larkinas pasivertė ilgu auksiniu slibinu, o Kianas pradėjo mauti jam pavalkus.

Jie susitarė viską daryti kuo greičiau ir paprasčiau. Skraidys plačiais ratais, ieškodami priešininkų ar jų stovyklaviečių ženklų. Jei ką nors pastebės — puls greitai ir švariai juos sudoros.

Skrydis link mėnulio, artėjančio prie savo trečio ketvirčio, buvo tikra atgaiva. Kianą svaigino nakties laisvė. Jis skrido be jokio apsiausto, mėgaudamasis vėsa ir tamsa.

Larkinas sklendė vos girdimai skrosdamas orą perregimais sparnais, per kuriuos Kianas galėjo įžiūrėti žvaigždes.

Dangumi lėtai slinko debesys, plonyčiais kuokštais slinkdami per žvaigždes ir lyg vaiduoklių laivai plaukdami pro pilnėjantį mėnulį.

Apačioje savo kelionę pažeme pradėjo pirmieji rūko kamuoliai.

Skrydžio teikiamas malonumas atpirko troškią kankynę, kurią Kianui teko ištverti dieną. Lyg jausdamas tai Larkinas kilo vis aukštyn, neskubriai sukdamas ratus. Kokią akimirką Kianas užsimerkė ir užsimiršęs tiesiog mėgavosi skrydžiu.

O paskui pajuto kažką, nuo ko pašiurpo oda. Lyg šalti kibūs pirštai būtų skverbęsi vidun ir nuodiję kraują. Galvoje pasigirdo kuždesys, tyli sirenos daina, žadindama tai, kas slypėjo po žmogiškuoju pavidalu.

Kai jis pažvelgė žemyn, pamatė plytintį nuniokotą mūšio lauką.

Jo spengianti tyla rėžė ausį it laukinis riksmas, degino it lydytas pirmykštis žvilgantis tamsus metalas. Žolė priminė aštrius ašmenis, uolos — pačią mirtį. Bet net ir joms neprilygo gilios bedugnės ir urvai, į kuriuos niekas nedrįso nė pažvelgti.

Kalnų saugoma prakeikta žemė buvo ištroškusi kraujo.

Jam tereikėjo visai nedaug — tik pasilenkti į priekį ir būtų galėjęs suleisti dantis slibinui į kaklą, kad vėl pajustų žmogaus kraujo skonį, sodrų, kupiną gyvybės, tokį, kokio neturėjo joks kitas gyvis. Skonis, kurio jis buvo atsisakęs ištisus amžius. Ir dėl ko? Kad galėtų gyventi tarp jų? Kad išgyventų apsimesdamas esąs vienas iš jų?

Juk palyginti su juo jie buvo tokie menki — lyg šunį kamuojančios blusos. Tik kūnas ir kraujas, skirtas tam, kad jis galėtų medžioti. Jį kamavo alkis ir troškulys. Buvo nuostabu prisiminti, ką reiškia žudyti, o paskui burna ir gerkle jausti sruvenant gyvybę. Jis kovojo su savimi. Negalėjo leisti, kad viskas taip baigtųsi. Negalėjo vėl tapti savo kraujo belaisviu.

Juk jis gali tai įveikti. Juk gali būti aukščiau tų instinktų.

Kai Kianas pasilenkė prie Larkino, nuo nepatenkinto troškimo jam darėsi silpna.

— Leiskis čia. Neatsiversk į žmogų. Būk pasiruošęs vėl pakilti, o jeigu reikės — tiesiog palik mane. Žinosi, kai tai nutiks.

Jiems leidžiantis Kianas pajuto, kaip ta prakeikta žemė jį traukia. Ji murmėjo, dainavo ir žadėjo. Ji melavo.

Kai jis nušoko žemyn, jautėsi lyg karščiuotų. Prisiekinėjo sau, kad apsisukęs nežudys savo draugo, kaip kartą bandė nužudyti savo brolį.

— Čia ta vieta. Įsikūnijęs blogis.

— Juk sakiau, kad nesiverstum į žmogų. Neliesk manęs!

— Jaučiu tai, — Larkino balsas buvo visiškai ramus. — Tave tai turėtų deginti.

Kianas įsmeigė į jį krauju pasruvusias akis, visas išpiltas prakaito nuo viduje verdančios kovos.

— Gal visai netekai proto?

— Ne, — atsakė Larkinas, net neketindamas imtis ginklo. — Matau, kad kovoji su tuo, ir žinau, jog įveiksi. Kad ir ką tavyje sužadintų ši prakeikta vieta, tu stipresnis. Kaip tik dėl to tave ir myli Moira.

— Nežinai, ką reiškia tas alkis, — beveik sudejavo Kianas. Nuo alkio jam spengė ausyse. Jis girdėjo, kaip pulsuoja Larkino kraujas.— Užuodžiu tave, žmogau.

— Ar užuodi ir baimę?

Kianui per kūną nubėgo šiurpulys, nuo kurio, rodės, suskilinės kaulai. Galva plyšte plyšo, bet jis vis tiek girdėjo tą pašėlusiai viliojantį širdies plakimą.

— Ne. Bet galiu priversti tave bijoti. Nuo baimės žmogaus kraujas dar saldesnis. Kokie iškrypę dievai galėjo sugalvoti tokią vietą?

Jis nebegalėjo išsilaikyti ant kojų, todėl tiesiog susmuko ant žemės, iš paskutiniųjų stengdamasis neprarasti valios. Kai šiek tiek susitvardė, tvirtai suspaudė medalioną, kurį jam ant kaklo buvo užkabinusi Moira.

Silpnumas šiek tiek atslūgo, lyg per karščiuojančią kaktą kažkas būtų perbraukęs vėsia ranka.

— Ji nušviečia mano pasaulį. Priimdamas ją jaučiuosi esąs žmogus. Bet juk iš tikrųjų nesu. Čia man skaudus priminimas, kad žmogus nesu.

— Kai žiūriu į tave, matau žmogų.

— Tu klysti. Bet šiąnakt kraujo negersiu, bent jau ne tavo. Ir ne žmogaus. Neleisiu, kad šiąnakt ši jėga mane nugalėtų. Ir nebeleisiu, kad man dar kada nors taip atsitiktų. Dabar jau žinau.

Kai jis pažvelgė į Larkiną, akys nebebuvo tokios raudonos.

— Buvai tikras kvailys, kad nesigriebei ginklo.

Atsakydamas Larkinas kilstelėjo ant grandinės kabantį kryžių.

— Gal būtų užtekę ir to, — sutiko Kianas. Jis nusibraukė suprakaitavusius delnus į drabužius. — Visa laimė, kad mums neteko to išbandyti.

— Parskraidinsiu tave atgal.

Kianas pažvelgė į ištiestą Larkino ranką. Žmonės, pagalvojo jis, yra optimistai ir patiklūs. Tada įsikibo tos rankos ir atsistojo.

— Ne, keliausim toliau. Turiu ką nors susimedžioti.

Šį mūšį laimėjau, galvojo Kianas jiems vėl kylant į dangų. Bet nebūtų galėjęs paneigti, kad toldamas nuo tos žemės jautė palengvėjimą.

Pastebėjęs apačioje kažką judant, pajuto piktdžiugišką virpulį. Ten sparčiai žygiavo koks tuzinas karių, ir jis atpažino, kad tai vampyrai. Iš to, kaip tvarkingai jie buvo išsirikiavę, jis suprato, kad tai gerai parengti ir patyrę kariai. Pajutęs, kaip įsitempė slibino kūnas, Kianas suprato, kad Larkinas juos irgi pastebėjo, ir vėl pasilenkė jam prie ausies.

— Tai gal išbandom naująjį Glenos ginklą? Kai jie eis per kitą lauką, praskriskim tiesiai virš būrio vidurio. Jie turi šaulių, tai kai numesim tą šlamštą, tau reikės imtis kokių nors išsisukinėjimo manevrų.

Kai Larkinas atsidūrė reikiamoje vietoje, Kianas iš pakinktų kišenės ištraukė bombą. Slibinas ne tiek jau skiriasi nuo lėktuvo, pagalvojo jis ir, pasikliaudamas savo ilgalaike piloto patirtimi, įvertino oro pasipriešinimą, atstumą iki žemės ir jų skridimo greitį.

— Atsikratom bombos, — sumurmėjo jis ir paleido ją.

Bomba tėškėsi į žemę priversdama sutrikusį būrį sustoti ir ištraukti ginklus. Kianas jau buvo bepriskiriąs Glenos eksperimentą prie nesėkmingų, kai staiga pamatė kylant liepsnos pliūpsnį. Tie, kurie buvo prie pat, tiesiog išnyko. Buvusieji toliau užsidegė.

Stebėdamas kilusią paniką ir klausydamasis riksmų, Kianas įstatė lankan strėlę. Kaip būrelis ančių, pagalvojo jis ir nusitaikė į likusiuosius. Larkinas vėl nusileido ir atsivertė į žmogų.

— Ką gi, — jis atsainiai paspyrė pelenų krūvą. — Greitai susidorojom.

— Ką nors nužudęs jaučiuosi kur kas geriau, bet tai buvo per atstumą, daug nuasmeninta. Žmogiškai. Ne visai tas pat, kas tikra medžioklė. Dėl to ir nenaudojam nei šautuvų, nei kitų modernių ginklų, — pridūrė jis. — Jokio malonumo.

— Labai dėl to apgailestauju, bet mane tokie rezultatai visiškai tenkina. Ta Glenos bomba puikiai veikia. Tu taip nemanai?

Larkinas pradėjo rinkti aplinkui išmėtytus ginklus. Kai pasilenkė, jam virš nugaros prazvimbė strėlė ir įsmigo Kianui į klubą.

— Po velniais! Aiškiai vieną pražiūrėjau.

— Imk pavalkus, — Larkinas metė juos Kianui, — ir šok ant viršaus.

Jis greitai pasivertė į slibiną, o Kianas, jausdamas, kad dėl sužeisto klubo bėgti šiek tiek sunkiau, tiesiog užšoko ant jo. Antrąją strėlę jis tiesiog pagavo dar niekur nepataikiusią. Tada Larkinas pakilo į orą ir pradėjo sukti ratus.

— Štai matau juos. Dar vienas būrys. Matyt, medžioja pasimetusius žmones ar šiaip kas pasitaikys po ranka.

Kianas kelis nušovė, o kiti išsilakstė ir išsislapstė.

— Visai jokio malonumo, — nusprendė jis. Išsitraukęs kalaviją šoko nuo Larkino, nepaisydamas, kad iki žemės buvo likę apie trisdešimt pėdų. Jeigu slibinai galėtų keiktis, nuo Larkino keiksmų būtų pašiurpęs dangus.

Jie puolė Kianą iš visų pusių — du vyrai ir viena moteris. Kalaviju jis perkirto atskriejančią strėlę, tada apsuko kalaviją, kad atremtų puolimą.

Jis tebejautė pojūčių, kurie apėmė mūšio lauke, nuosėdas ir visa tai nukreipė į priešą. Jeigu jau negalėjo atsigerti kraujo, tai bent pralies jį. Iš pradžių Kianas tik žalojo, kad galėtų užuosti kraują — tą sodrų vario kvapą, kuris įkvėpė jį toliau negailestingai kapoti.

Slibinas mostelėjo uodega ir nusviedė atgal vieną iš moterų, bekeliančią lanką. Tada nagais perskrodė jai gerklę.

Smagindamasis Kianas pašokęs apsivertė ir skaudžiai spyrė priešininkui į veidą. Kai šis susvyravo, nušniojo jam galvą ir, tuo pat metu išsitraukęs iš klubo strėlę, suvarė ją į širdį kitam užpuolikui, artėjančiam iš kairės.

Apsisukęs pamatė, kaip atgavęs žmogaus pavidalą Larkinas bedė strėlę į paskutinio priešininko širdį.

— Ar jau viskas? — paklausė sunkiai atgaudamas kvapą. — Čia jau paskutinis?

— Atrodo, taip.

— Praėjusį kartą tau irgi taip atrodė, — atsakė Larkinas keldamasis ir braukdamas nuo savęs dulkes. — Prakeiktos dulkės. Ar dabar tu jautiesi geriau?

— Nepalyginamai geriau, aukle, — Kianas pasikasė sužeistą klubą. Kadangi iš žaizdos sruvo kraujas, nusiplėšė palaidinės rankovę. — Gal gali man padėti? Reikia aptvarstyti žaizdą.

— Nori, kad tvarstyčiau tau užpakalį?

— Vėpla, čia ne užpakalis.

— Beveik, — pasakė Larkinas priėjęs ir apžiūrinėdamas Kiano žaizdą. — Tada prašom nusismaukti drabužėlius.

Kianas metė į jį nepatiklų žvilgsnį, bet pakluso.

— Kaip manai, kokios nuotaikos bus Lilita, kai nė dūšia negrįš iš jos dviejų pulkų?

— Ji bus baisiai pasipiktinusi. — Kianas persikreipęs stebėjo, ką daro Larkinas. — Karališkai suirzusi.

— Kažkaip pakelia nuotaiką, ar ne? Kuriam laikui užpakalyje būsi įsitaisęs dar vieną skylę.

— Čia klubas.

— Man panašu į užpakalį. Bet aš išalkęs kaip vilkas — sudoročiau visą arklį. Kai grįšim, gerai užkąsim ir išgersim. Viskas, sutvarkiau. Gerai prastūmėm naktelę, — pridūrė jis, kai Kianas vėl užsitraukė kelnes.

— Atrodo, kad taip. Tame slėnyje viskas galėjo apsisukti visiškai kitaip, Larkinai.

Šis išpešė saujelę žolių nusivalyti nuo rankų Kiano kraują.

— Nemanau, kad taip galėjo atsitikti. Kad viskas galėjo būti kitaip. O dabar, jeigu tau per daug nesopa užpakalio, padėk man surinkti tuos ginklus — papildysim savo atsargas.

— Palik mano užpakalį ramybėj.

Kartu jie pradėjo rinkti kalavijus, lankus ir strėles.

— Esu tikras, kad ši tavo kūno dalis greitai vėl bus visiškai sveika. O jeigu ne, tai Moira pagydys ją savo bučiniu.

Kianas pažvelgė į nerūpestingai švilpaujantį ir ginklus į pakinktus grūdantį Larkiną.

— Betgi tu ir juokdarys, Larkinai.

Pilyje Moira atsitraukė nuo krištolinio rutulio ir įsižiūrėjo pro langą sunėrusi ant krūtinės rankas.

— Jeigu gerai prisimenu, tai jiems buvo pasakyta tikrinti bazes ir be reikalo nerizikuoti.

— Jie nepakluso, — sutiko Blera. — Bet turi pripažinti, kad kovėsi šauniai. Ir ta bomba puikiai veikia.

— Man nepatinka, kad ji ne iškart sprogo, — Glena toliau stebėjo juos grįžtančius į bazę. — Reikės prie to padirbėti. Bet dar labiau man nepatinka tai, kokį poveikį kovos laukas padarė Kianui.

— Jis jam atsispyrė, — įsiterpė Hoitas. — Kad ir kokia jėga bandė jį užvaldyti, jis atsispyrė.

— Taip, atsispyrė, — sutiko Glena. — Bet ta pergalė buvo nelengva, Hoitai. Ir mes turim apie tai pamąstyti. Gal mums pavyks sugalvoti kokį nors burtą, kuris jam padės.

— Ne, — prašneko Moira neatsisukdama. — Jis tai padarys pats. Jis privalo. Ar ne dėl to jis yra toks, koks yra?

— Turbūt tu teisi, — Glena žiūrėjo Moirai į nugarą. — Lygiai taip pat, kaip ir tai, kad jiems reikėjo šiąnakt išvykti ir padaryti ką padarė.

— Gal ir taip. Ar jie jau sugrįžo? Jie jau saugūs?

— Tuoj nusileis, — atsakė jai Blera. — Vakarų fronte nieko naujo. Na, iš tikrųjų tai ten rytų frontas, bet anaip geriau skamba.

— Minutė ramybės, — pasakė atsigręždama Moira. — Galima spėti, kad šiąnakt bazės jau niekas nebepuls. Taigi ir mes galime numigti.

— Nebloga mintis, — tarė Glena, pasiimdama krištolinį rutulį. Visi palinkėjo vieni kitiems labos nakties ir išsivaikščiojo kas kur. Bet niekas taip ir neatsigulė. Hoitas su Glena nukeliavo į bokštą dirbti. Blera nužygiavo į tuščią pokylių salę pasitreniruoti. Moira nuėjo į biblioteką ir susirado knygų apie Tylos slėnį, jo istoriją ir legendas. Ji skaitė iki pradėjo švisti.

Kai ji pagaliau užmigo susirangiusi krėsle prie lango, kaip kad neretai darydavo, kai dar buvo maža, sapnavo didįjį dievų ir demonų karą. Karą, kuris truko visą amžinybę, o gal ir ilgiau. Karą, kurio metu liejosi ir dievų, ir demonų kraujas, kol pagaliau jo prisikaupė visas vandenynas.

O paskui tas vandenynas pavirto slėniu — Tylos slėniu.

17 skyrius

— Šinona, galėjai dar pamiegoti.

Ji stovėjo prisilaikydama ranka pilvą. Išgirdusi Moiros pastabą, tik papurtė galvą.

— Negalėjau leisti, kad tėvas ir tu išjotumėt taip ir neatsisveikinę su manim, — Šinona žvalgėsi po kiemą, kur vyrai ruošė slibinus ir žirgus išvykti. — Dabar, kai čia mūsų liks tiek nedaug, atrodys taip tuščia, — stebėdama, kaip jos tėvas mėto viršun jos sūnų, ji prisivertė nusišypsoti.

— Mes grįšim, ir dar su tokiu triukšmu, kad iš tolo išgirsit.

— Žiūrėk, kad jie grįžtų pas mane, Moira, — jos akys ir balsas išdavė, kokia įtampa tvyro viduje. — Mano vyras, mano tėvas, mano broliai — žiūrėk, kad jie grįžtų pas mane.

Moira paėmė Šinonai už rankų.

— Padarysiu viską, kas mano galioje.

Šinona prispaudė jos ranką sau prie pilvo.

— Jauti čia esant gyvybę? Pasakyk Felanui, kad jautei judant jo vaikutį.

— Būtinai.

— Aš paglobosiu tavo sodinukus ir žiūrėsiu, kad žvakė neužgestų, kol tu grįši namo. Moira, iš kur mes sužinosim? Iš kur sužinosim, jeigu jūs?..

— Sužinosit, — nuramino ją Moira. — Jeigu dievai neatsiųs žinios apie mūsų pergalę, mes patys tai padarysim. Pamatysi. O dabar eik atsibučiuok su tėvu, o aš už tave pabučiuosiu visus tavo vyrus, kai tik juos pamatysiu.

Moira pasuko prie tetos ir priėjusi palietė jos ranką.

— Pasikalbėjau su vyrais, kurie liks su jumis. Mano nurodymai aiškūs ir paprasti, jų reikia tiksliai laikytis. Vartai lieka užrakinti, iš pilies niekas neišvyksta nei dieną, nei naktį, kol neišgirsit žinios, kad mūšis baigtas. Pasikliauju tavim kaip šeimos galva, kuri lieka čia ir pasirūpins, kad tų nurodymų būtų laikomasi. Iki mano sugrįžimo būsi regentė. O mano mirties atveju...

— O, Moira!

— Mano mirties atveju valdysi tol, kol bus išrinktas kitas teisėtas valdovas. — Ji nusimovė žiedą, kažkada priklausiusį jos motinai, ir užmovė ant piršto Dairdrai. — Tai tavo įgaliojimų ženklas mano vardu.

— Gerbiu tavo norus, nurodymus ir tavo vardą. Prisiekiu. Moira, — Dairdra suėmė jos rankas. — Apgailestauju, kad barėmės.

— Aš taip pat.

Dairdra pro ašaras nusišypsojo.

— Nors dabar išsiskiriam tikėdamos, kad abi turėjom tam teisę.

— Taip ir yra. Ir dėl to tave myliu nė kiek ne mažiau.

— Mano vaikeli, — Dairdra ją apkabino. — Mano mergaite. Tau bus skirtos visos mano maldos. Tu tik sugrįžk. Pasakyk mano sūnums, kad atiduodu jiems savo širdį ir kad labai jais didžiuojuos.

— Tu jau man atleisk, — Moiros petį palietė Blera, — bet viskas yra parengta.

— Ką gi, laikas atsisveikinti. — Dairdra pabučiavo Blerą į skruostą. — Ir neleisk mano vyresnėliui veltis į bėdas.

— Stengsiuos iš paskutiniųjų.

— Reikės nemažai pasistengti. Jis gyva bėda, — Dairdra norėjo dar kažką pridurti, bet staiga nutilo ir giliai atsiduso. — Norėjau pasakyti, kad saugotumeis, bet kariai tokius dalykus nori girdėti mažiausiai. Verčiau palinkėsiu geros kovos.

— Galit mumis pasikliauti.

Be jokios pompastikos visi sulipo ant žirgų ir slibinų. Aplinkui būriavosi vaikai, spietėsi apie tolėliau stovinčias moteris. Buvo ir senukų, besiramstančių lazdelėmis ar į jaunesniųjų parankes.

Tai vieno, tai kito akyse blizgėjo ašaros. Ir nors pro tų ašarų miglą jie žvelgė į savo mylimuosius, kurie ketino juos palikti, Moira žinojo, kad jie žiūri ir į ją.

Žiūrėk, kad jie grįžtų pas mane. Kiek artimųjų desperatiškai šito meldžia savo širdyse ir mintyse? Ne visiems tasai noras išsipildys, bet ji, kaip ir prisiekė Šinonai, padarys viską, kas jos galioje.

Ji neketino palikti savo žmonių ir vesti juos į mūšį su ašaromis akyse.

Moira davė ženklą Nailui, kuris vadovavo žemės pajėgoms. Kai jis nurodė pakelti vartus, ji aukštai iškėlė Pažadėtosios žemės kalaviją. Išvesdama iš pilies paskutinius karius ji paleido ugnies pliūpsnį į blyškų ryto dangų.

Pirmieji atvyko raiteliai su slibinais, kad mobilizuotų karius. Jie turėjo palikti pirmąją bazę, kad pradėtų antrą žygio į mūšio lauką etapą. Jiems atvykus atsargos ir ginklai buvo parengti, o žmonės jau sėdosi ant arklių ir slibinų. Tuos, kurie keliavo pėsčiomis, supo raiteliai.

Taip jie keliavo Pažadėtąja žeme ir jos dangumi.

Kartą kitą sustoję pailsėjo ir pagirdė žirgus.

— Išgerkit arbatos, mano ponia, — prie Moiros, stebinčios, kaip slibinai geria iš upelio, prisiartino Kiara.

— Ką? O, ačiū tau, — padėkojo Moira ir paėmė puodelį.

— Man dar nėra tekę matyti tokio vaizdo.

— Tikrai, — Moira toliau stebėjo slibinus ir spėliojo, ar dar kada teks tai išvysti. — Tu josi su savo vyru, Kiara.

— Taip, mano ponia. Mes juos jau beveik pasiekėm.

— O kur kryžius, kurį laimėjai, Kiara? Tas, kurį dėvi dabar, varinis.

— Aš... — Kiara palietė varinį kryžių. — Palikau jį savo motinai, jūsų didenybe. Norėjau, kad mano vaikai būtų saugūs, jeigu...

— Na, žinoma, — ji paėmė Kiarą už riešo ir tvirtai suspaudė. — Žinoma, — ir apsisukusi pamatė jų link žygiuojančią Blerą.

— Laikas į kelią. Žirgai pailsėję ir pagirdyti. Atsargos ir ginklai supakuoti, išskyrus tuos, kuriuos paliekam būriui, liksinčiam bazėje iki rytojaus.

— Kariai, keliaujantys mums iš paskos, turėtų atvykti iki saulėlydžio, — Moira nužvelgė dangų. — Ar jie turės kaip apsisaugoti, jeigu kartais subjurtų oras?

— Taip toli vakaruose gali būti vienas kitas Lilitos šaulys ar žvalgas, bet jų tikrai nebus tiek, kad kariai nesusidorotų. Laikas judėti, Moira. Keliaudami tokiu būdu kariai saugesni naktį, bet tam reikia laiko.

— O mums reikia laikytis tvarkaraščio, — sutiko Moira. — Ką gi, duok nurodymus ir judam toliau.

Buvo jau gerokai po pusiaudienio, kai pirmieji iš jų pasiekė galutinį tikslą. Skrisdama Moira matė apačioje sustojusius ir juos sveikinančius žmones. Iš namo išėjo Larkinas ir pažvelgė aukštyn. Tada pasivertė į slibiną ir pakilęs juos pasitiko.

Ji pamatė ir šviežiai supiltus kapus.

Larkinas greitai apsuko apie ją ratą, aiškiai norėdamas pasirodyti, o paskui nuskubėjo prie slibino, kuriuo skrido Blera. Moirai net kvapą užėmė, kai ši atsistojo ant savojo slibino ir liuoktelėjo nuo jo į orą. Blerai nusileidus ant Larkino ir jiems pradėjus leistis žemyn, iš apačios nugriaudėjo susižavėjimo šūksniai.

Tarsi kokia šventė, pagalvojo Moira, stebėdama, kaip kiti raiteliai demonstravo šaunius posūkius ir nardė ore. Turbūt jiems reikėjo to pasirodymo ir šiek tiek pakvailioti per paskutines iki sutemų likusias valandas. Naktis netruks ateiti.

Ji ketino pati pasirūpinti savo slibinu, kaip darė visą kelią, bet Larkinas atplėšė ją nuo žemės, apsuko ir pabučiavo.

— Tai tavęs neišgelbės, — įspėjo jinai jį. — Turim išsiaiškinti vieną dalyką. Tau buvo duoti nurodymai keliauti, rinkti žinias ir saugotis, o ne ieškoti bėdų.

— Darom tai, ką privalom daryti, ir tada, kai privalom,— jis pabučiavo ją dar kartą. — Juk viskas tvarkoj.

— Nejaugi?

— Žinoma. Jis viduje. Eik pas jį. Čia bus kam pasirūpinti slibinu. Kelionė buvo ilga. Blera sakė, kad viskas praėjo gerai.

— Teisybė, — ji leidosi nuvedama į vidų.

Ant ugnies kunkuliavo puodas su mėsos troškiniu ir orą užpildė ne tik jo, bet ir žmonių bei purvo kvapai. Ant stalo, prie kurio kažkada turbūt rinkdavosi šeima, buvo paskleisti žemėlapiai. Ant langų kabėjo jaukios naminės užuolaidos, sienos buvo švarios, baltutėlės.

Prie visų durų ir langų stovėjo ginklai.

— Jeigu nori pailsėti, viršuje tau paruoštas kambarys.

— Ne, man poilsio nereikia. Bet mielai išgerčiau viskio, jeigu jo čia atsirastų.

— Labai prašom.

Iš Larkino veido ji suprato, kad jiems iš paskos atėjo Blera.

— Slibinais bus pasirūpinta, — pranešė ji. — Atsargos ir ginklai iškrauti. Tuo rūpinasi Hoitas. Kokia padėtis?

— Kariai įsikūrę arklidėse, daržinėje, karvelidėje ir rūkykloje, taip pat ir čia. Turim gana erdvią palėpę, kuria irgi naudojamės kaip kareivinėmis.

Kalbėdamas jis įsipylė viskio, klausiamai pažvelgė į Blerą, bet ši papurtė galvą.

— Šiame gyvenamajame kambaryje yra pagrindinis ginklų sandėlis, — tęsė jis. — Be to, ginklų prikrauta visuose pastatuose. Žmonės budi pamainomis, dieną ir naktį. Kasdien treniruojamės. Kaip žinai, anksčiau čia pasitaikė išpuolių, bet nė vieno po to, kai atvykome mudu su Kianu.

— Na taip, juk jūs tuo pasirūpinot, — tarė Moira ir gurkštelėjo viskio.

— Tai jau taip. Geras spyris Lilitai į užpakalį. Vieno vyro netekom vakar — to, kuris buvo sužeistas per išpuolį, kai žuvo Tininas. Jo mirtis nebuvo lengva.

Moira žiūrėjo į savo viskio stiklą.

— Ar dar yra sužeistų?

— Yra, bet visi gali vaikščioti. Iš virtuvės atsiveria kažkas panašaus į svetainę, ten mes ir rūpinamės sužeistaisiais.

— Glena ten apsilankys ir pasitvarkys, kaip jai atrodys reikalinga. Ką gi, — ji išgėrė likusį viskį. — Puikiai žinom, kad pastatuose visiems kariams vietos neužteks. Šiąnakt čia mūsų susirinko beveik tūkstantis, o po dviejų dienų pasirodys dar pusė tiek.

— Tuomet pats laikas kurti stovyklą, — pasakė Blera.

Moira didžiavosi stebėdama, kaip tokia gausybė jos žmonių, vyrų ir moterų, senų ir jaunų, dirba drauge. Lauke tuoj pat pradėjo dygti palapinės ir medžio bei durpių krūvos pakuroms. Buvo iškrauti atsargų ir ginklų vežimai.

— Štai ir tavo kariuomenė, — tarė Glena Moirai iš už nugaros.

— Tikiuosi, kad vieną gražią dieną čia vietoj palapinių vėl sudygs javai. Kiek čia visko daug. Neatrodė, kad bus tiek. Kaipgi mes išlaikysim saugius be apsauginio rato?

Glenos veide ji išvydo tvirtą apsisprendimą.

— Tas Lilitos pakalikas sugebėjo apsaugoti visą bazę. Tikiuosi, tu nenori pasakyti, kad mes su Hoitu jam neprilygstam?

— Net nepagalvojau apie tai.

— Labai didelis ratas, — pripažino Glena. — O saulė jau leidžiasi, taigi pats laikas pradėti. Tavo pagalba mums irgi praverstų.

— Tikėjausi, kad ką nors tokio galėsit padaryti.

Kartu su jais Moira keliavo iš vieno lauko galo į kitą ir, kaip Glena nurodė, rinko žoles, nedidelius akmenukus, žemės grumstelius. Paskui visi susitiko centre.

Išgirdę, kad bus kerima, kariai pritilo. Tyloje Moira išgirdo pirmuosius pašnabždom tariamus burtažodžius, kuriais buvo kviečiami sergėtojai iš rytų ir vakarų, šiaurės ir pietų, kviečiama jų globėja Morgana. Moira irgi prisidėjo prie jų maldos.

— Čionai šią valandą mes šaukiamės senovinių galių, kad atsilieptų į mūs maldą ir palengvintų mūs dalią. Tegul žolė ši, žemė ir šie akmenys apsaugo mus nuo viso pikto, kad į šį ratą teįžengtų tik gyvybė, bet neįžengtų niekas, trokštantis pakenkti. Saugok šią žemę ir dangų savo šviesa, diena ar naktis, naktis ar diena. Sutvirtinsim šį skydą savuoju krauju ir juo šį lauką apjuosim.

Kaip ir Hoitas su Glena, Moira įsipjovė delną ir suspaudė į kumštį surinktą žolę, žemę ir akmenėlius.

Ji pajuto kūnu sruvenant savo pačios ir jų karštį, o jų sukeltas vėjas suko vis didesniais šuorais, daužydamasis į palapines, dainuodamas žolėje, kol įsisuko į šviesos sūkurį palei lauko kraštus.

Paskui Hoitą su Glena ji metė žemėn krauju permirkusias žemes ir pajuto, kaip, plykstelėjus ir užgesus trims liepsnelėms, sudrebėjo žemė po kojomis. Kai jie susikibo už rankų, jos kūnas išsilenkė nuo juos sujungusios jėgos.

— Kilk ir apjuosk! — šaukė ji kartu su jais. — Apjuosk ir užsiverk, ir saugok vietą šią nuo mūsų priešų. Tesusimaišo kraujas ir ugnis savo galia. Tebūnie tavo valia.

Lauką apjuosė raudonos liepsnos. Kai žemėje iki baltumo išdegė tobulas ratas, nugrumėjus griaustiniui liepsnos išnyko.

Moirai dvejinosi akyse, o aplinkinių balsai skambėjo taip, lyg pasaulis staiga būtų atsidūręs po vandeniu.

Ji atsigavo beklūpanti ant žemės. Glena laikė ją už pečių ir vis šaukė vardu.

— Man viskas gerai. Aš tik... Visko buvo truputį per daug. Man reikia atgauti kvapą.

— Atsikvėpk. Kerai buvo labai stiprūs, ypač dėl to, kad naudojom kraują.

Moira žvilgtelėjo į įpjovą savo delne.

— Bet kas gali būti naudojama kaip ginklas, — pratarė ji. — Taip sakė Blera. Nesvarbu kas tai, kad tik būtų veiksminga.

— Man atrodo, pakankamai veiksminga, — tyliai tarė Hoitas.

Pažvelgusi ten, kur jis žiūrėjo, Moira pamatė Kianą, stovintį už rato ribos. Nors apsiaustas saugojo jį nuo saulės spindulių, ji puikiai matė jo kupinas įniršio akis.

— Ką gi. Leiskim vyrams baigti tvarkyti stovyklą.

— Šliekis prie manęs, — pasakė jai Glena. — Tu balta kaip drobė.

— Ne, negaliu, — atsisakė Moira, nors kojos visai nelaikė. — Nenoriu, kad žmonės dabar matytų mane svyrinėjančią. Man tik truputį negera.

Eidama per lauką ji pamatė, kaip Kianas apsisuko ant kulno ir nudrožė atgal į namą.

Jis laukė jų viduje bjauriai nusiteikęs.

— Ar norit ją pribaigti, kol to nepadarė Lilita? — piktai paklausė. — Ką sau galvojat įtraukdami ją į tokius burtus, kurie čia vos nesukėlė uragano?

— Mums jos reikėjo, — ramiai atsakė Hoitas. — Ne taip jau paprasta apsaugoti tokio dydžio plotą, kuriame tiek visko yra. O kadangi tu negalėjai peržengti ribos, vadinasi, kerai veikia.

Kianas jam nepasakė, kad tie kerai jį ne tik sulaikė, bet ir smagiai pakratė kaip elektra. Jis stebėjosi, kaip dar plaukai jam neatsistojo piestu.

— Ji nėra tokia stipri, kad...

— Tik nepradėk man aiškinti, kam nesu pakankamai stipri. Padariau tai, ką reikėjo padaryti. Ar ne tą patį sakytum man, jeigu pradėčiau priekaištauti dėl tavo pramuštgalviškos kelionės į slėnį? Dabar viskas baigta, mes abu čia ginčijamės, vadinasi, mums abiem viskas gerai. Man sakė, kad viršuje parengtas kambarys. Gal kas žino, kur jis yra?

— Pirmos durys į kairę, — metė jai Kianas.

Kai ji, kaip jam pasirodė, oriai pradėjo kopti į viršų, jis keiktelėjo, bet galų gale nusekė iš paskos.

Ji sėdėjo krėsle prie nepakurto židinio, nuleidusi galvą tarp kelių.

— Man ir taip negera, ir visai nereikia, kad tu mane koneveiktum. Tuoj atsigausiu.

— Tu man atrodai pakankamai atsigavusi, — jis įpylė jai vandens ir ištiesė taurę taip, kad pamatytų. — Išgerk. Tu išblyškusi kaip lavonas. Esu palikęs už tave rausvesnių negyvėlių.

— Kaip malonu tai iš tavęs girdėti.

— Teisybė retai kada būna maloni.

Ji atsilošė krėsle ir gerdama vandenį įdėmiai į jį pažvelgė.

— Tu piktas, bet nieko tokio, nes aš lygiai taip pat pykstu ant tavęs. Žinojai, kad esu čia, bet vis tiek nenusileidai žemyn.

— Ne, nenusileidau.

— Esi tikras kvailys, jeigu manai, kad nuo manęs paspruksi, kad aš tau leisiu pasprukti. Mums liko tik kelios dienos iki viskas pasibaigs, tad pirmyn — toliau slapstykis nuo manęs. O aš tikėsiuos, gal pavyks tave užspeisti kur nors kampe. Juk išmokau ne šiaip sau kovoti. Išmokau ir gudrauti. — Ji suvirpėjo: — Čia šalta. Tie kerai mane visai išsunkė — negaliu net ugnies įžiebti.

Jis prisiartino prie židinio ir, kai pasilenkė paimti dėžutės su titnagu ir pintimi, ji paėmė jo ranką ir prispaudė sau prie skruosto.

Jis iš karto pasidavė. Iškėlė ją iš krėslo ir laikydamas glėbyje įsisiurbė į lūpas. Atsiliepdama Moira apsivijo jį rankomis ir kojomis.

— Taip žymiai geriau, — sumurmėjo vos atgaudama kvapą. — Kur kas šilčiau. Kai tave išlydėjau, atrodė, kad sustojo laikas. O to laiko liko tiek nedaug, tiek nedaug.

— Pažvelk į mane. Štai mano gražusis veidelis, — jis tvirtai ją apkabino, o ji padėjo galvą jam ant peties.

— Pasiilgai manęs?

— Labai. Tau visai nereikia gudrauti — tu ir taip mane visiškai nuginklavai.

— Kažkodėl pyktis kur kas lengviau. Ne taip skaudu, — ji akimirką stipriai užsimerkė ir vėl atsimerkė, kai jis pastatė ją ant grindų. — Atsigabenau senovinį smuiką. Pamaniau, gal norėsi pagroti. Turėtume klausytis muzikos, mėgautis šviesa, juoktis — juk visi tie dalykai primena tai, dėl ko esam pasiryžę mirti, — ji nuėjo prie lango. — Saulė leidžiasi. Ar šiąnakt vėl keliausi į mūšio lauką? — nesulaukusi jo atsakymo atsisuko ir pažvelgė. — Mes matėm, kaip ten ėjai su Larkinu prieš dvi dienas ir kaip grįžai ten vienas praėjusią naktį.

— Kiekvieną kartą ten atsidūręs įgaunu vis daugiau stiprybės. Nebus nieko gero nei man, nei tau, jeigu mane užvaldys tai, ko prisigėrusi ta žemė.

— Tu teisus, todėl šiąnakt aš keliausiu su tavim. Gali gaišti laiką ginčydamasis, Kianai, — pertarė ji neleisdama jam prasižioti, — bet aš eisiu su tavim. Pažadėtoji žemė yra mano, kiekvienas jos colis ir net tai, kas slypi po ja. Prie tos vietos nebuvau prisiartinusi nuo pat vaikystės, tik sapnuodavau ją. Turiu pamatyti. Ir būtinai naktį, kaip tai bus per Vėlines. Todėl ir eisiu, su tavim ar be tavęs.

— Bet aš noriu eiti! Labai noriu. Prašau, prašau, prašau!

Lilita spėliojo, ar jos galva nesprogs nuo berniūkščio nenutrūkstamo verkšlenimo ir meilikavimo.

— Deivi, juk pasakiau, kad ne. Vėlinės jau čia pat, ir tau išeiti iš namų tikrai pavojinga.

— Aš karys, — jo mažas veidelis atrodė neįtikėtinai nuožmus.— Man taip sakė Liucijus. Turiu kalaviją.

Jis išsitraukė iš makšties nediduką specialiai jam nukaldintą kardą.

— Mes tik šiek tiek pamedžiosim, — bandė jį numaldyti Lilita.

— Aš irgi noriu medžioti. Noriu kovoti! — Deivis mostelėjo kalaviju. — Noriu žudyti.

— Taip, taip, žinoma, — mostelėjo ranka Lilita. — Tu dar pakankamai viso to patirsi, bet tik po Vėlinių. Ir daugiau nė žodžio! — įsakė, o jos akys iš pykčio apsipylė krauju. — Man tavo kaprizų šiandien jau užtenka. Tu dar per mažas. Taškas. O dabar žygiuok į savo kambarį ir žaisk su ta prakeikta kate, kurios taip norėjai.

Jo akys taip pat apsipylė krauju. Iššiepęs lūpas jis suurzgė, taip visiškai nusiplėšdamas vaikiško nekaltumo kaukę.

— Aš ne per mažas. O tos katės nekenčiu. Ir tavęs nekenčiu! — sviedė jis ir išlėkė lauk, piktai trepsėdamas mažomis kojomis. Išeidamas it pašėlęs mosikavo savo kardu ir perpjovė jiems patarnaujantį žmogų, kuris taip ir nespėjo atšokti į šalį.

— Prakeikimas! Tik pažiūrėk į visą šitą netvarką, — skėstelėjo rankomis Lilita, rodydama krauju aptaškytas sienas. — Tas berniūkštis mane išvarys iš proto.

— Man atrodo, jam tiesiog reikia smagiai pasimušti.

Įniršusi Lilita atsisuko į Lorą.

— Užsičiaupk! Neaiškink man, ko jam reikia. Aš esu jo motina.

— *Bien sur**. Ir nereikia čia kandžiotis vien dėl to, kad jis elgiasi kaip paskutinis šiknius, — paniurusi Lora sudribo į krėslą. Jos veidas buvo beveik užgijęs, bet randai taip ir liko įsiėdę it nuodai. — Man visiškai aišku, iš kur tos puikios jo manieros.

Lilita atsisuko atkišdama ranką raudonais nagais.

— Gal ir tau norisi pasimušti?

Žinodama, kad taip nusiteikusi Lilita gali neapsiriboti muštynėmis, Lora atsainiai gūžtelėjo pečiais.

— Juk ne aš per pastarąją valandą išūžiau tau galvą. Palaikiau tave prieš Deivį, o dabar tu išsilieji ant manęs. Gal mes visi dabar ne per geriausioje padėtyje, bet mudvi vis tiek turim laikytis drauge.

— Tu teisi, tu teisi, — Lilita rankomis persibraukė plaukus. — Man nuo jo tikrai įsiskaudėjo galvą. Ar gali įsivaizduoti?

— Jis tiesiog nori pasirodyti. Taip didžiuojasi tuo nužudymu per žygį.

— Bet juk negaliu jo dabar išleisti lauk.

— Žinoma, ne, — sumosavo ranka Lora. — Pasielgei visiškai teisingai. Praradom būrį, kuris buvo išėjęs medžioti, ir dar vieną, turėjusį rengti išpuolius. Deiviui ten tikrai ne vieta. Reikėjo jam smagiai užmesti per užpakalį už tai, kad taip su tavim kalbėjo.

— Ko gero, netrukus jis tikrai užsidirbs per užpakalį. Pasirūpink, kad viskas čia būtų išvalyta, — ji abejingai mostelėjo ranka link tarno kūno. — Paskui pasirūpink, kad medžioti iškeliautų kitas būrys. Gal šiąnakt jiems nusišypsos laimė ir pavyks sučiupti kokį pasiklydusį žmogėną. Kariams jau atsibodo avių kraujas. Tiesa, dar vienas dalykas, — pridūrė ji Lorai beišeinant. — Noriu ko nors užkąsti, kad apsiraminčiau. Ar dar turim likusį kokį vaikį?

— Tuoj išsiaiškinsiu.

— Bet kokiu atveju ką nors mažą. Šįvakar mano apetitas ne pats geriausias. Atsiųsk į mano kambarį. Norisi šiek tiek ramybės.

---

* Bien sur (*pranc.*) — žinoma.

Likusi viena ji žingsniavo po kambarį, lyg būtų uždaryta narve. Teko prisipažinti, kad jos nervai tikrai labai įtempti. Siekiant pribaigti tą šešiukę, jai teko rūpintis daugybe dalykų, o pečius slėgė milžiniška atsakomybė.

Karių žūtis ją siutino ir kėlė nerimą. Užteko jau dezertyrų, bet naktį ji išsiuntė savo maitėdas, kad juos sugaudytų ir sunaikintų. Ji nenorėjo tikėti, jog galėjo dezertyruoti du būriai.

Gal jie pateko į žmonių paspęstus spąstus? Jai tai brangiai atsiėjo, o kai baigs visą šitą reikalą, žmonės jai už tai sumokės dar daugiau.

Niekas nesuprato, kokią įtampą jai teko išgyventi. Buvo užsimojusi sunaikinti ištisus pasaulius. Jos lemtis slėgė pečius, o aplink save ji matė tik kvailius ir nemokšas.

Dabar dar jos mielasis Deivis, jos mažylis, pradėjo elgtis kaip koks kaprizingas niurzga. Jis elgėsi tikrai įžūliai, o to ji neleisdavo niekam. Ji jau nebežinojo, ar tuo didžiuotis, ar pykti.

Ir vis tiek įnirtingai mosikuodamas savo kardeliu jis atrodė toks mielas. To kvailo tarno vos neperpjovė pusiau, o paskui trepsėdamas išlėkė sau net nepažvelgęs į jį.

Visa tai, žinoma, erzino, bet nesididžiuoti ji irgi negalėjo.

Ji žengė pro duris į lauką, kad bent kiek pasimėgautų naktimi. Vargšas Deivis jautėsi čia įkalintas. Kaip ir ji pati. Bet jau greitai...

Po galais, kokia, pasirodo, ji prasta motina. Tuoj pat surengs medžioklę apsaugotose žemėse. Medžioklę tik jiedviem. Jai tai pagerins apetitą ir pakels dvasią. Ir nudžiugins Deivį.

Patenkinta savo sumanymu ji grįžo vidun ir peržengusi per kruviną kūną užkopė laiptais aukštyn.

— Deivi, kurgi tu, negeras berniuk? Turiu tau staigmeną.

Ji atvėrė jo kambario duris. Pirmiausia užuodė kvapą. Paskui pamatė, kad visur pritaškyta kraujo — ant grindų, sienų, ant mėlyno šilkinio lovos užtiesalo, kurį pati pasiuvo.

Katė buvo sudraskyta į gabalus. Kiek Lilita prisiminė, toji katė buvo tikrai didelė.

Lilita atsiduso ir pajuto, kad tuoj susijuoks. Ir kas per charakteris to jos mažiuko.

— Deivi, bjaurus berniūkšti. Gana slapstytis, nes dar apsigalvosiu dėl tos staigmenos, — pagrasino ji ir pavartė akis. Būti motina ne taip jau lengva. — Aš juk nepykstu ant tavęs, mielasis. Tiesiog turėjau daugybę rūpesčių ir kažkaip užmiršau, kad ir tau, ir man reikia pasilinksminti.

Kalbėdama ji apieškojo visą kambarį, o Deivio taip ir neradusi susiraukė. Pradėjo šiek tiek nerimauti. Išėjusi iš jo kambario pamatė Lorą, velkančią moterį apvyniota aplink kaklą grandine.

— Vaikų nebeturime, bet ši visai nedidukė.

— O ne, tik ne dabar. Niekur nerandu Deivio.

— Kambaryje jo nėra, — pasakė Lora žvilgtelėjusi vidun. — Matyt, kur nors slapstosi, nes mano, kad ant jo supykai.

— Man kažko... — Lilita prispaudė ranką prie krūtinės. — Kažko labai neramu. Noriu, kad jis būtų surastas. Tuoj pat.

Ji sutelkė visus ieškoti Deivio. Apieškojo visus dvaro rūmus, flygelį, laukus apsaugotoje zonoje. Kai kažkas pastebėjo, kad nėra ir Deivio ponio, Lilitai pasidarė visai negera.

— Jis pabėgo. Ir kodėl aš nepasirūpinau, kad būtų nuvestas į kambarį! Turiu jį rasti.

— Palauk, palauk, — Lora griebė Lilitai už rankos. — Negali rizikuoti išeidama iš saugios zonos.

— Privalau jį rasti. Jis mano.

— Mes jį ir surasim, būtinai. Išsiųsim jo ieškoti geriausius pėdsekius. Pasinaudosim Midiru. Aš pati leisiuos jo ieškoti.

— Ne, — stengdamasi susitvardyti Lilita užsimerkė. — Negaliu tavim rizikuoti. Surask Liucijų. Tegul jis ateina tiesiai į Midiro lindynę. Tuoj pat.

Ji pasistengė nusiraminti, kad vėl galėtų blaiviai mąstyti. Valdant buvo svarbu ir aistra, ir savitvarda. Jai tikrai prireiks savitvardos, kad išliktų stipri, kol mažasis princas vėl bus saugus.

— Pasikliauju tavim, Liucijau.

— Mano ponia, aš jį surasiu. Duodu žodį — nepagailėsiu savo gyvybės, kad tik princas saugiai pasiektų namus.

— Žinau, — ji uždėjo ranką jam ant peties. — Niekuo taip nepasitikiu kaip tavim. Grąžink jį man ir galėsi prašyti ko tik panorėjęs.

Ji atsisuko į Midirą.

— Surask jį! Surask princą per tą savo veidrodį.

— Jau ieškau.

Ant sienos kabojo didelis ovalus veidrodis. Jame atsispindėjo burtininkas tamsiais drabužiais, kambarys, kuriame jis užsiimdavo savo tamsiąja magija, bet nebuvo matyti nė vieno iš trijų vampyrų, kurie stebeilijo į jį.

Per veidrodžio paviršių nuvilnijo dūmai ir sūkuriuodami slinko jo kraštų link. Lyg per miglą pradėjo ryškėti nakties vaizdas. O iš tamsos išniro poniu jojančio berniuko siluetas.

— Štai, štai kur jis! — sušuko Lilita ir įsikibo Lorai į ranką. — Kaip puikiai jis laikosi balne, tiesus kaip styga. Kur jis yra? Kurioje šitos prakeiktos žemės vietoje mano princas?

— Jis vejasi medžiotojų būrį, — pasakė Liucijus, atidžiai žiūrėdamas į vaizdą veidrodyje. — Artėja prie kovos lauko. Man ta žemė pažįstama, mano ponia.

— Tuomet paskubėk. Neklusnus vaikiūkštis, — sumurmėjo Lilita. — Šįkart paklausysiu tavo patarimo, Lora. Kai jis grįš, gerai iškaršiu jam kailį. Nepaleisk jo iš akių, Midirai. Ar gali jam nusiųsti mano viziją?

— Vienu metu prašote labai daug burtų, jūsų didenybe, — plaikstydamasis drabužiais jis apsisukęs nuėjo prie savo katilo ir iškėlė virš jo rankas. Iš katilo pradėjo kilti blyškiai žali dūmai. — Man reikia dar kraujo, — pasakė.

— Ir, aišku, žmogaus.

Jo akys sublizgo.

— Žmogaus, aišku, būtų geriausia, bet galėčiau išsiversti ir su ėriuko ar ožiuko krauju.

— Juk kalbam apie princą, — šaltai atsakė ji. — Nėra čia ko smulkintis. Lora, atvesk čia tą moterį, kurią tempei man. Tegul Midiras ją turisi.

Deivis sparčiai jojo tamsoje. Jautėsi puikiai — stiprus ir įniršęs. Jis jiems dar parodys, kad yra geriausias iš visų karių. Kruvinasis princas, pagalvojo plačiai šypsodamasis. Privers visus taip jį vadinti. Net ir savo motiną.

Kaip ji drįso sakyti, kad jis per mažas?

Jis ketino pasivyti medžiotojų būrį ir perimti vadovavimą. Niekas nedrįs pasipriešinti Kruvinajam princui. Ir jis šiąnakt žudys pirmasis. Bet kažkas jį stūmė nuo jų, nuo tokių kaip jis pats. Kažkoks stiprus, viliojantis jausmas. Jam juk nereikėjo būtinai joti kartu su medžiotojais, sekti paskui juos kaip kokiam vaikui. Juk jie nė iš tolo jam neprilygsta.

Norėjosi paklusti savo kraujo šauksmui, pirmykščiam mirties kvapui.

Jis sulėtino ponio žingsnį, mėgaudamasis viduje kunkuliuojančiu jauduliu. Tamsoje jo laukė kažkas nuostabaus. Kažkas, kas priklausė tik jam.

Mėnesienoje jis išvydo kovos lauką ir jo grožis privertė suvirpėti, kaip ir tada, kai motina įsileisdavo jį pas save ir leisdavo joti, lyg būtų jo ponis.

Deginamas to jausmo jis pastebėjo ant aukštumos siluetus. Du žmonės ir slibinas.

Paskers juos visus, išsiurbs jų kraują, o galvas atnešęs tėkš savo motinai po kojų.

Daugiau jo niekas nebevadins mažyliu.

18 skyrius

Moira jautė, kaip kažkokia nematoma ranka negailestingai spaudžia jai širdį. Buvo beveik neįmanoma kvėpuoti. Kartu su Kianu ji stovėjo Tylos slėnio pakraštyje.

— Ką jauti? — paklausė ji.

— Trauką. Nebandyk manęs liesti.

— Kokią trauką?

— Lyg grandinės ant kojų, aplink kaklą trauktų mane į skirtingas puses.

— O skausmą?

— Taip, bet jis sumišęs su žavesiu. Ir troškulį. Užuodžiu, kiek ši žemė prisigėrusi kraujo. Tas kvapas toks sodrus... Girdžiu plakant tavo širdį, užuodžiu tavo kvapą.

Bet pažvelgusi ji vis tiek tebematė savo Kiano akis. Jos neužsidegė raudoniu, kaip tą naktį, kai jis buvo čia su Larkinu.

— Čia jie bus stipresni negu bet kur kitur.

Jis pažvelgė į ją ir pagalvojo, kad turėjo žinoti, jog ji tai supras.

— Jie čia bus stipresni. Jų čia bus daugiau už jus. Mirtis jiems nereikš to, ką reiškia jums, nes jie semsis stiprybės iš šios prakeiktos vietos ir Lilitos galios. Jie čia eis nė negalvodami apie išlikimą.

— Tu manai, kad pralaimėsim. Kad mirsim čia — visi iki vieno.

Jis pagalvojo: tiesa ją užgrūdins kur kas geriau už visas banalybes.

— Manau, kad galimybės juos nugalėti menkos.

— Gal tu ir teisus. O dabar aš tau papasakosiu, ką žinau apie šią vietą, ką apie ją skaičiau ir kas, mano nuomone, yra tiesa, — ji vėl apžvelgė duobėtą, it raupų išėstą žemę, vadinamą Tylos slėniu. — Kažkada labai seniai, kai pasauliai dar nebuvo atskirti, o visi egzistavo kaip vienas, gyveno tik dievai ir demonai. Žmonės dar nebuvo atsiradę, kad su jais kovotų ar pasiduotų jų pagundoms. Ir vieni, ir kiti buvo stiprūs, nuožmūs ir godūs, ir vieni, ir kiti troško viešpatauti. Bet kad ir kokie žiaurūs buvo dievai, jie nemedžiojo ir nežudė vieni kitų, lygiai kaip nemedžiojo ir nežudė demonų vien savo malonumui ar maistui.

— Vadinasi, egzistavo riba tarp gėrio ir blogio?

— Juk turi būti kažkokia riba, net ir menkutė. Kilo karas. Jis truko ištisą amžinybę, kol visi atsidūrė šioje vietoje paskutiniam mūšiui. Pačiam kruviniausiam, pačiam žiauriausiam ir pačiam beprasmiškiausiam — bent jau man taip atrodo. Laimėti negalėjo niekas. Tebuvo pralietas ištisas vandenynas kraujo, kuris laikui bėgant susigėrė giliai į žemę ir atsirado šis atšiaurus slėnis.

— Kodėl čia? Kodėl Pažadėtojoje žemėje?

— Turbūt, kai dievai ją sutvėrė ir skyrė jai šimtmečius gyvuoti taikoje ir klestėti, šis slėnis buvo kaina už tai. Pusiausvyra.

— Nėra nemokamų dalykų, ar ne?

— Visą laiką prie to artėjome, Kianai. O dabar dievai įpareigojo žmones kariauti su tais demonais, kurie kilo iš žmonių. Vampyrai kovoja su tais, iš kurių jie kilę ir kuriuos medžioja. Čia bus atstatyta pusiausvyra arba viskas žlugs. Tik Lilita nė iš tolo nesuvokia, kas nutiks, jeigu ji laimės šį mūšį.

— Tokie kaip aš tiesiog išnyks, — linktelėjo galva Kianas, pats priėjęs prie šios išvados. — Juk chaose gyvybei vietos nėra.

Moira kurį laiką patylėjo.

— Dabar tu ramesnis, nes mąstai.

Jis prajuko.

— Tu teisi. Ir vis tiek šita vieta paskutinė šiame ar bet kuriame kitame pasaulyje, kur norėčiau paiškylauti.

— Po Vėlinių dviese pasimėgausim bent viena mėnesienos naktimi. Mes su Larkinu turim vieną mėgstamą vietelę. Tai...

Nors jis ir buvo sakęs jai nesiliesti, dabar pats nutvėrė už rankos.

— Tylos. Ten kažkas yra...

Nieko nesakydama Moira iš strėlinės, kabančios ant nugaros, išsitraukė strėlę.

Šešėliuose besislapstantis Deivis išsišiepė ir išsitraukė savo brangųjį kardelį. Dabar jis kausis taip, kaip ir dera princui — kapos, badys, kandžios. O paskui gers, gers, gers.

Jis prigludo prie balno ruošdamasis kovos šūksniui. Ir staiga pamatė prieš save Lilitą.

— Deivi, tuoj pat apsuk ponį ir šuoliuok namo!

Jo nuožmiame veidelyje tuoj pat pasirodė rūgšti vaikiška mina.

— Aš medžioju!

— Medžiosi tada, kai aš tau leisiu, ir ten, kur leisiu. Nėra laiko tokioms nesąmonėms ir rūpesčiams. Turiu vadovauti karui.

Jo veidelyje atsispindėjo nepalaužiamas užsispyrimas, o akys piktai žibėjo tamsoje.

— Aš noriu kautis. Noriu nužudyti tuos žmones, kad nebesielgtum su manim kaip su vaiku.

— Aš tave sukūriau ir galiu padaryti taip, kad tavęs nebeliktų. Arba tu tuoj pat pradedi manęs klausyti, arba... Kokius žmones? Jis parodė kardeliu. Kai pasisukusi Lilita pamatė, ką jis rodo, ją apėmė gyvuliška baimė. Ji instinktyviai griebė už apynasrio, bet ranka tiesiog perėjo kiaurai per ponio kaklą.

— Dabar paklausyk manęs, Deivi. Iš jų tik vienas yra žmogus. O tas vyras yra Kianas. Jis labai galingas, labai stiprus ir labai senas vampyras. Privalai kuo greičiau iš ten bėgti. Leisk savo ponį šuoliais taip greitai, kaip tik jis gali. Tavęs čia neturi būti. Šiuo metu mūsų čia neturi būti.

— Aš alkanas, — pasakė jis, kyščiodamas pro iltis liežuvį, ir jo akis pamažu užliejo raudonis. — Noriu nužudyti tą senį. Noriu išsiurbti tos moters kraują. Jie mano, mano. Aš — Kruvinasis princas.

— Deivi, ne!

Bet jis neklausydamas paragino ponį kulnais ir pasileido šuoliais pirmyn.

Moira vos spėjo susigaudyti, kas aplinkui vyksta. Kianas žaibiškai išsitraukė kalaviją ir užstojo ją savo kūnu it skydu. Iš tamsos pasirodė raitelis ir ji nusitaikė į jį strėle.

O tada ji pamatė, kad atjoja vaikas, mažas berniukas tvirtu keršu poniu. Sudrebėjo jos širdis ir ranka. Strėlė pralėkė toli pro taikinį.

Vaikas klykė, bliovė, urzgė. Lyg vilkiūkštis medžioklėje.

Už ponio sklendė Lilita, smaragdo ir aukso spalvos demonė, išleidusi nagus ir iššiepusi iltis.

Antroji Moiros strėlė pataikė tiesiai jai į širdį, bet ją pasitiko tik oras.

— Ji netikra! — sušuko Kianas. — Bet jis tikras. Sėsk ant slibino ir skrisk.

Bebandant išsitraukti trečią strėlę Kianas nustūmė ją šalin ir šoko per puolantį ponį.

Mažas berniukas, pagalvojo Moira. Vaikas krauju pasruvusiomis akimis, iššieptomis iltimis. Jis įnirtingai tampė vadeles ir mosikavo savo trumpu kardeliu. Kai berniukas nukrito nuo ponio ir stipriai tėškėsi į akmenuotą žemę, Lilita taip suriko, kad Moirai atrodė lyg kas botagu kirstų per smegenis. Moira pamatė, kad jis apsidaužė į akmenis ir kraujavo. Ir verkė, visai kaip verktų mažas berniukas, jeigu pargriūtų.

Negalėdama prisiversti į jį šauti Moira stebėjo puolantį Kianą ir Lilitos viziją, bandančią jį draskyti.

Tada iš mėnesienos nušviestos tamsos pasiutusiu greičiu išniro antrasis raitelis — ne berniukas, bet mūšiui gerai pasirengęs vyras, palašu* skrosdamas orą.

Kianas apsisuko ir pasitiko puolimą.

Žvangėjo ginklai, jų mirtina muzika skambėjo po visą slėnį. Aukštai iššokęs Kianas smagiu spyriu į gerklę išspyrė raitelį iš balno.

Supratusi, kad tokiomis aplinkybėmis vis tiek negalės gerai nusitaikyti, Moira numetė lanką ir išsitraukė kalaviją. Jai nespėjus pasiekti Kiano, kad stotų su juo petys į petį, berniukas atsigavo ir atsiklaupė. Jis pakėlė galvą, įsistebeilijo į Moirą raudonomis akimis ir suurzgė.

— Net nebandyk, — Moira žengė atgal, pamačiusi, kad Deivis atsitūpė ruošdamasis šuoliui. — Nenoriu tau nieko blogo.

— Aš tau išplėšiu gerklę, — iššiepęs iltis jis suko aplink ją ratus. — Ir gersiu tavo kraują. Verčiau bėk. Man labai patinka, kai bando pabėgti.

— Net neketinu bėgti. O tau būtų jau pats laikas.

— Deivi, bėk! Tuojau pat!

Jis pasuko galvą Lilitos link ir suurzgė kaip pasiutęs šuo.

— Aš noriu pažaisti slėpynių! Nagi, bėk!

— Neketinu su tavim žaisti, — Moira suko ratą kartu su juo, laikydama jį atokiai kalavijo dūriais.

Griūdamas jis pametė savo kardelį, bet Moira buvo pasiryžusi pasinaudoti savuoju ginklu, jeigu jis šoktų ant jos. Jis juk nebuvo neginkluotas, kaip ir bet kuris kitas vampyras. Ką reiškia vien jau tos aštrios blizgančios iltys.

Ji apsisuko ir spyrė stengdamasi pataikyti jam į pilvą ir nublokšti tolyn. Virš Deivio sklandanti Lilitos vizija susirietė ir sušnypštė:

— Aš tave už tai nudėsiu. Bet prieš tai nudirsiu odą gyvai. Liucijau!

* Palašas — lengvas dviašmenis kardas.

Šis kirto Kianui. Abu buvo kruvini, krauju pasruvusiomis akimis. Šoko vienas ant kito ir aršiai susikibo ore.

— Bėk, Deivi! — sušuko Liucijus. — Bėk!

Deivis sudvejojo, ir jo veide Moira išvydo kažką, kas akimirką priminė tą vaiką, kurį buvo užvaldęs demonas, — baimė, nekaltumas, sutrikimas.

Jis pasileido bėgti visiškai kaip vaikas, linkstančiais nubrozdintais keliais, bet tuoj pat įgavo vampyrišką greitį ir nuskubėjo ten, kur žvangėjo ginklai.

Moira numetė kalaviją ir stvėrė lanką. Bet nespėjo nė nusitaikyti, kai Deivis, užšokęs Kianui ant nugaros, puolė kulti jį kumščiais ir kandžioti. Jeigu ji iššaus dabar, strėlė perskros berniuką ir įsmigs į Kianą.

Dar kelios akimirkos, ir nuo stipraus smūgio berniukas nuskriejo vartydamasis ore. Jis pasitrynė kumštukais raudonas akis ir pravirkęs pradėjo šauktis motinos. Lilita vėl suriko:

— Liucijau, padėk princui!

Jo ištikimybė, ilgi tarnybos metai kainavo jam gyvybę. Kai tik Liucijus šiek tiek pasuko galvą Lilitos pusėn, Kianas nušniojo jam ją vienu kalavijo kirčiu.

Deivis, visiškai apimtas panikos, bandė atsistoti.

— Nudėk jį! — šūktelėjo Kianas, pamatęs, kad Deivis pasileido bėgti. — Šauk!

Jai atrodė, kad laikas sustojo. Virpančiame ore skardėjo riksmai ir laukinė rauda. Ji matė vaiko, bėgančio kruvinomis pavargusiomis kojytėmis, figūrėlę, baimės ir siaubo kupiną Lilitos, besiblaškančios tarp vaiko ir Moiros, veidą ir jos išskėstas rankas, lyg bandytų jį apginti ar maldautų.

Moira pažvelgė Lilitai į akis ir pajuto, kaip vaizdas liejasi, o širdį draskyte drasko. Tada ji sumirksėjo, kad ašaros netemdytų vaizdo, ir paleido strėlę.

Kai strėlė perskrodė Lilitą, Moira išgirdo riksmą, kuris, jos siaubui, pasirodė labai žmogiškas ir nenutilo, iki strėlė pataikė tiesiai į širdį tam padarui, kuris kažkada buvo mažas berniukas, šiltoje jūroje žaidęs su savo tėvu.

Paskui Moira liko viena su Kianu slėnio pakraštyje ir klausėsi, kaip žemė vėl maldavo kraujo. Pasilenkęs Kianas surinko ginklus.

— Turim keliauti, tuojau pat. Ji jau išsiuntė kitus.

— Jinai jį mylėjo, — Moirai jos pačios balsas pasirodė tolimas ir nepažįstamas. — Ji tą vaiką mylėjo.

— Meilė būdinga ne tik žmonėms. Turime keliauti.

Ji jautėsi visiškai atbukusi ir stengėsi sutelkti mintis į tai, ką sakė Kianas.

— Tu sužeistas.

— Ir visai nepageidauju čia pralieti dar daugiau kraujo. Lipk, josim.

Ji linktelėjo galva, susirinko savo ginklus ir užsėdo ant slibino.

— Jinai jį nužudė, — sumurmėjo Moira, kai Kianas įsitaisė jai už nugaros. — Bet jinai jį mylėjo.

Nuo mūšio lauko jie tolo tylėdami.

Kai tik jie grįžo, Glena tuoj pat juos nusivarė į svetainę, kad suteiktų pirmąją pagalbą.

— Aš nesužeista, — priešinosi Moira, bet iškart susmuko krėsle. — Manęs net nepalietė.

— Nė nebandyk keltis, — paliepė jai Glena ir pradėjo sagstyti Kiano marškinius. — Nusivilk marškinėlius, gražuoli, kad būtų aišku, kokie tavo reikalai.

— Keli įpjovimai, keli įdūrimai, — jis pradėjo traukti nuo savęs drabužį ir susiraukė iš skausmo. — Puikiai valdė ginklą ir pats buvo greitas.

— Sakyčiau, tu vis tiek pasirodei geresnis ir greitesnis, — Blera ištiesė jam stiklą viskio. — Tau ant peties bjaurus įkandimas, drauguži. Tas vaikinas kovėsi kaip mergiotė.

— Ten buvo berniukas, — pasakė Moira dar nespėjus Kianui prasižioti. Pamačiusi, kad Blera siūlo jai viskio, papurtė galvą. — Lilitos berniukas, kurį ji vadino Deiviu. Jis mus puolė atjojęs savo poniu ir mosikuodamas žaisliniu kardu.

— Ten buvo ne berniukas, — pataisė ją Kianas.

— Žinau, kas ten buvo, — užsimerkė Moira.

— Ir visa tai kažkokio vampyriūkščio darbas? — nusistebėjo Blera.

— Ne, — žvilgtelėjo į ją suirzęs Kianas. — Kuo tu mane laikai? Ten dar buvo karys, gerai parengtas ir patyręs. Matyt, Lilita atsiuntė jį paskui tą vilkiūkštį, kuris mane sukandžiojo.

— Kaip man gydyti vampyro įkandimą vampyrui? — paklausė Glena.

— Kaip bet kurią kitą žaizdą. Tik jau malonėk susilaikyti nuo švęsto vandens. Ji greitai užgis, kaip ir visos kitos.

— Buvo kvaila ten vykti ir taip rizikuoti, — pasakė Hoitas.

— Tai buvo būtina, — atšovė Kianas. — Bent jau man. Taigi naujienos geros — kad ir kokia jėga valdo tą vietą, man tai nesutrukdė kitą vampyrą paversti dulkėmis. Moira, — Kianas palaukė, kol ji atsimerkė ir pažvelgė į jį. — Tai reikėjo padaryti. Po Liucijaus būtų pasirodę kiti. Jeigu būčiau vijęsis tą vaiką, būčiau užtrukęs ir turėjęs palikti tave vieną. Nors jis ir buvo nedidelis, bet dėl to nė kiek ne menkesnis priešas.

— Žinau, kas ten buvo, — pakartojo ji. — Tai jis nužudė Tininą, kėsinosi į Larkiną. O šiąnakt būtų nužudęs mus abu, jei būčiau pasielgusi kitaip. Bet aš mačiau jo veidą, jo tikrąjį veidą, tokį vaikišką ir mielą. Mačiau ir Lilitos veidą — tai buvo motina, persigandusi dėl savo vaiko. Jis bėgo šaukdamasis motinos, o aš paleidau į jį strėlę. Dabar jau žinau: kad ir kas atsitiktų, blogiau už tai, ką padariau, nebus. Ir žinau, kad tai išgyvensiu, — ji sunkiai atsiduso. — Gal vis dėlto išgersiu viskio. Jeigu jūs ne prieš, pasiimsiu su savim. Labai pavargau.

Kianas palaukė, kol Moira išėjo iš kambario.

— Lilita jos tikrai nepaliks ramybėje. Fiziškai jai gal ir nepavyks įsibrauti į namą, bet sapnuose ar kaip vizija ji tikrai bandys.

Hoitas pakilo.

— Pasirūpinsiu, kad mūsų turima apsauga būtų pakankamai stipri.

— Ji dabar nenorės manęs matyti, — sumurmėjo Larkinas. — Nė vieno iš mūsų, — pridūrė žvilgtelėjęs į Kianą. — Jai reikės šiek tiek laiko, kad su tuo susigyventų. Bet ji ištvers, kaip ir sakė, — jis atsisėdo priešais Kianą. — Sakei, kad tas, su kuriuo koveisi, buvo vardu Liucijus?

— Teisybė.

— Tas pats, su kuriuo buvau susidūręs urvuose. Su berniuku taip pat. Sakyčiau, tu ką tik pašalinai vieną svarbiausių Lilitos karių. Gal net generolą. Jūsų su Moira dėka Lilitos laukia sunki naktelė.

— Dabar ji bus dar nuožmesnė. Sunaikinom ir sužeidėm artimiausius jai asmenis, taigi mūsų laukia kruvinas kerštas.

— Tegul pabando, — pasakė Blera.

Ji blaškėsi tai šen, tai ten, pakvaišusi iš įniršio ir sielvarto. Prireikė šešių sargybinių ir Midiro burtų, kad Lora galėtų sugirdyti jai kraujo su vaistais.

— Išžudysiu jus visus! Už tai mirties nusipelnot visi. Patraukit šalin rankas, nes nupjausiu ir sušersiu vilkams.

— Palaikykit ją! — įsakė Lora ir supylė Lilitai į burną dar kraujo. — Negali leistis į jų bazę šiąnakt. Negali eiti su armija ir pulti. Taip prarastum viską, dėl ko taip stengeisi ir planavai.

— Viskas ir taip prarasta. Ji pervėrė jį strėle, — Lilita pasuko galvą, apnuogino iltis ir suleido jas į vieną iš laikančių rankų. Jos riksmai susimaišė su sužeistojo dejonėmis.

— Tik paleisk ją ir neteksi ne tik rankos, — įspėjo Lora. — Mano meile, mano brangioji, jo jau nebesugrąžinsi.

— Tai sapnas. Tik blogas sapnas, — Lilitos veidu ritosi kruvinos ašaros. — Negali būti, kad jo nebėra.

— Nagi, nusiramink, — davusi ženklą kitiems atsitraukti Lora apkabino Lilitą. — Palikit mus. Visi. Lauk!

Ji sėdėjo ant grindų sūpuodama Lilitą ir guosdama, o jos ašaros sumišo su anos ašaromis.

— Jis buvo mano brangenybė, — raudojo Lilita.

— Žinau, žinau. Mano taip pat.

— Noriu, kad būtų surastas ponis. Ir paskerstas.

— Taip ir bus. Tik nusiramink.

— Jis tik norėjo pažaisti, — ieškodama paguodos Lilita įsikniaubė Lorai į petį. — Po kelių dienų būčiau leidusi jam viską. O dabar... Nunersiu jai gyvai odą, o kraują suleisiu į sidabrinę vonią ir jame išsimaudysiu. Pamatysi.

— Maudysimės drauge ir gersim kraują to išverstaskūrio, kuris nužudė Liucijų.

— Vargšas Liucijus, — vėl susigraudino Lilita. — Paaukojo savo amžinąjį gyvenimą, kad išgelbėtų mūsų Deivį. Pastatysim jam paminklą, jiems abiem. Sutrinsim į miltus žmonių kaulus, o iš jų pastatysim paminklą.

— Jiems tai patiks. O dabar eikš su manim. Tau reikia poilsio.

— Jaučiuosi visiškai nusilpusi, pervargusi, — padedama Loros Lilita pakilo nuo grindų. — Pasirūpink, kad visi žmonės, kurie dar likę atsargoje, būtų nužudyti, o jų kraujas nuleistas. Ne, pirma tegul juos gerai pakankina. Iš lėto. Noriu per miegus girdėti jų klyksmus.

Moira nesapnavo. Jautėsi lyg sklandytų tuštumoje. Kai pradėjo busti, pagalvojo, kad už tas ramybės valandas turėjo būti dėkinga Hoitui. Kelios valandos, kai ji nematė vaiko veido, vis pavirstančio į monstrą.

O dabar vėl reikėjo imtis darbo. Prabėgo keli pasiruošimo mėnesiai ir teliko kelios dienos, jas jau buvo galima skaičiuoti valandomis. Kol vampyrų karalienė gedėjo, Pažadėtosios žemės karalienė privalėjo imtis neatliktų darbų.

Ji išsibudino ir atsisėdo. Ir pamatė krėsle šalia degančio židinio besėdintį Kianą.

— Švisti dar nepradėjo, — tarė jis. — Gali dar pamiegoti.

— Man jau gana. Kiek laiko čia mane saugai?

— Laiko neskaičiuoju, — atsakė jis ir pagalvojo, kad ji miegojo kaip užmušta. Ir jis skaičiavo jos širdies dūžius.

— Kaip tavo žaizdos?

— Gyja.

— Nebūtum buvęs taip sužalotas, jeigu būčiau buvusi stipresnė. Daugiau sau tokio silpnumo neleisiu.

— Juk sakiau, kad keliautum sau. O tu nepatikėjai, kad susidorosiu su dviem vampyrais, kurių vienas ir pusės manęs nevertas.

Ji atsilošė.

— Koks tu gudrus — bandai viską suversti mano nepasitikėjimui tavo koviniais gabumais, o ne tam, kad pasirodžiau esanti visiška bestuburė.

— Jeigu būtum buvusi šiek tiek didesnė bestuburė ir turėjusi bent kiek sveiko proto, būtum atsitraukusi, kai tau liepiau.

— Nesąmonė. Niekada nebūčiau tavęs palikusi ten vieno. Aš juk tave myliu. Reikėjo jį nukirsti kalaviju neabejojant. O aš dvejojau ir ieškojau būdų, kaip jį atbaidyti, kad man pačiai nereikėtų jo pribaigti. Ta silpnybė galėjo kainuoti gyvybę mums abiem. Bet gali būti ramus, daugiau tai nepasikartos.

— O kaip tas kaltės jausmas?

— Gali šiek tiek užsitęsti, bet jis man netrukdys. Mums liko tik dvi dienos. Vos dvi dienos, — ji pažvelgė į langą. — Kaip tylu. Tokiu metu prieš pat aušrą visada būna tylu. Taigi ji nužudė mažą berniuką, o paskui pamilo tą padarą, kurį sutvėrė.

— Ir nuo to nė vienas netampa mažesniu monstru.

— Dvi dienos, — pakartojo ji beveik pašnibždomis. Jautė, kad kažkas jos viduje miršta. — Kai viskas baigsis, tu išvyksi, ir visai nesvarbu, ar aš laimėsiu, ar pralaimėsiu, tu iškeliausi pro Dievų Vartus. Ir aš tavęs niekada nebepamatysiu, nebepaliesiu, atsibudusi nerasiu tavęs, saugančio mane tamsoje.

— Aš išvyksiu, — tepasakė jis.

— Eikš, apkabink mane, kol dar nepatekėjo saulė.

Jis pakilo ir priėjo. Atsisėdęs šalia prisitraukė ją, o ji padėjo galvą jam ant peties.

— Pasakyk, kad myli mane.

— Myliu taip, kaip dar nieko nemylėjau, — ištarė jis ir pasisukęs palietė lūpomis jos lūpas.

— Paliesk mane. Ragauk manęs, — ji pasikėlė ir atsidūrė ant jo, glausdamasi virpančiu kūnu, godžiomis lūpomis. — Imk mane.

Ar jis galėjo rinktis? Ji užpildė jį savimi, pripildė jį jausmų, kurstė troškimus, kol jie liepsnote užsiliepsnojo. Prispaudusi jo lūpas sau prie krūtinės, ji tuo pat metu ir siūlėsi, ir reikalavo.

— Imk dar. Dar daugiau.

Jos lūpos buvo karštos ir ištroškusios. Plėšdamasi nuo savęs drabužius ji erzinio jį, atsargiai grybštelėdama dantimis ir trūkčiojamai alsuodama. Jautėsi gyva kaip niekada, o nuo deginančios aistros viskas joje kilo ir sopėjo. Kaip ji galėjo nuo to atsitraukti? Kaip galėjo atsitraukti nuo meilės, nuo aistros, nuo gyvenimo?

Jeigu jai buvo skirta mirti mūšyje, ji tai priims. Bet kaip jai reikės gyventi, diena po dienos, naktis po nakties, be savo širdies?

Ji apsižergė jį, įsileido vidun ir apsivijusi kojomis stengėsi pajusti dar daugiau, gauti dar daugiau, pažinti dar daugiau.

Moira negalėjo atplėšti savo spindinčių akių, kuriose beveik galėjai įžvelgti beprotybę, nuo jo akių. Pasilenkė prie jo ir savo plaukais uždengė abu lyg užuolaida, visiškai paskandindama jį savo vilnyse ir kvapuose.

— Mylėk mane.

— Myliu tave.

Jausdamas, kaip ji neša jį į beprotiškas aukštumas, Kianas pirštais įsikirto jai į klubus.

— Liesk mane, ragauk manęs, imk mane, — sudejavo ji ir priglaudė savo kaklą jam prie lūpų, kad jis jaustų jos švelnią odą ir po ja pulsuojantį karštą kraują. — Paversk mane.

Jis nebegalėjo atsispirti tai stipriai, sūkuriuojančiai aistros tėkmei, kuri, žinojo, paskandino ir ją, nes jos kūnas rangėsi ir virpėjo. Ji spaudė savo pulsuojantį kaklą jam prie lūpų.

— Paversk mane tokia pat kaip ir tu. Suteik man amžinybę su tavimi.

— Liaukis, — sudrebėjęs jis atstūmė Moirą taip stipriai, kad ji vos neatsidūrė ant grindų. — Ketini panaudoti tai, kas aš esu, prieš mane?

— Taip, — gerklę jai smaugė ašaros, kurias išdavė virpantis balsas. — Panaudosiu bet ką ir prieš bet ką. Negi visa tai turėjom atrasti tik tam, kad prarastume? Mums liko tik dvi dienos. O aš noriu daugiau.

— Daugiau turėti negalim.

— Bet juk galėtume. Mačiau, kaip Lilita mylėjo tai, ką pati sukūrė. Dabar tu myli mane, o aš myliu tave. Jeigu tu mane paversi, mūsų meilė niekur neišnyks.

— Nieko apie tai neišmanai.

— Išmanau, — ji sugriebė belipančio iš lovos jo ranką. — Viską apie tai perskaičiau. Kaip galim nusisukti vienas nuo kito ir gyventi toliau? Kodėl turėčiau rinktis mirtį kovos lauke, o ne nuo tavo rankos? Jeigu paversi mane, tai nebus tikra mirtis.

Jis ištraukė ranką ir atsiduso. Paskui taip švelniai, kaip ji dar niekada nebuvo mačiusi, suėmė delnais jos veidą.

— Už nieką pasaulyje taip nepadaryčiau.

— Jeigu mane mylėtum...

— Ta frazė — prastas moteriškas triukas, visiškai nevertas tavęs. Jei ne taip stipriai tave mylėčiau, gal ir padaryčiau, ko prašai. Jau esu taip daręs.

Jis nuėjo prie lango. Jau švito, bet užuolaidų traukti kol kas nereikėjo — aušra atėjo kartu su lietum.

— Kažkada labai seniai mylėjau vieną moterį. Ji irgi mane mylėjo ar bent jau manė, kad myli. Paverčiau ją vampyre, nes nenorėjau jos prarasti, — jis atsisuko ir pažvelgė į Moirą, klūpančią lovoje ir tyliai verkiančią. — Ji buvo graži, linksma, protinga. Pamaniau, kad būsim puiki pora. Ir buvom — beveik dešimt metų, kol ją pribaigė gerai nutaikytas deglas.

— Bet juk galėjo būti ir kitaip.

— Ji buvo kur kas aršesnė žudikė už mane. Labiausiai jai patiko vaikai. Kaip sakiau, buvo graži, linksma ir protinga — ir nenustojo viso to net paversta vampyre. Tik kai tapo tokia kaip aš, prisiviliodavo vaikus.

— Niekada negalėčiau...

— Galėtum, — nutraukė jis ją. — Ir tikrai darytum. Neketinu skaisčiausios savo gyvenimo šviesos paversti monstre. Tikrai nenoriu matyti tavęs tokios, koks esu aš.

— Kai žvelgiu į tave, nematau monstro.

— Jeigu taip padarysiu, tikrai vėl juo tapsiu. Neketinu būti tuo, kuris paverstų tave vampyre, Moira. Negi vėl nori mane pasmerkti prakeikimui?

Ji užsidengė rankomis akis.

— Ne, ne. Tuomet pasilik, — ji nuleido rankas. — Tiesiog pasilik su manim. Arba pasiimk mane su savimi. Kai Pažadėtoji žemė bus saugi, galiu palikti ją valdyti savo dėdei arba...

— Ir ką? Nuolat gyvensi šešėliuose? Nuo manęs niekada nesusilauksi vaikų. Niekada nesuteiksiu tau tikro gyvenimo. Kaip jausiesi po dešimties ar dvidešimties metų, kai tu sensi, o aš ne? Kai pažvelgusi į veidrodį savo veide išvysi tai, ko niekada nematysi manajame? Jau ir taip pasivogėm kelias savaites. Turėtum pasitenkinti jomis.

— O tau jų užtenka?

— Tos kelios savaitės — kur kas daugiau negu kada nors esu turėjęs ar svajojęs. Moira, negaliu būti žmogumi, net ir dėl tavęs. Bet galiu jausti skausmą ir tu dabar mane skaudini.

— Atleisk man, atleisk. Man taip skaudu. Taip gelia širdį, negaliu net kvėpuoti. Žinau, kad neturiu teisės tavęs to prašyti. Žinojau, bet vis tiek prašiau. Tai egoistiška ir nedora. Žinau, tai silpnumas, — pridūrė ji. — O juk prisiekiau, kad nepasiduosiu silpnumui. Suprantu, viso to negali būti. Tik nežinau, ar galėsi man atleisti.

Jis priėjo prie jos ir atsisėdo ant lovos.

— Ta moteris, kurią paverčiau vampyre, iki pat tos akimirkos nežinojo, kas aš toks. Jeigu būtų žinojusi, būtų bėgusi kuo toliau nuo manęs. Tu žinai, kas aš toks. Ir paprašei to, nes esi žmogus. Ir jeigu man nereikia tavęs prašyti atleidimo už tai, kas esu aš, tai ir tau nereikia manęs prašyti atleidimo už tai, kas esi tu.

19 skyrius

Didžiąją dalį dienos Moira praleido su Glena darydama ir kerėdama ugnies kamuolius. Kas valandą ar dvi į bokštą ateidavo du ar trys žmonės, kad išneštų jau pagamintas bombas ir krautų į krūvas lauke.

— Niekada nemaniau, kad tai ištarsiu, — prašneko Moira po ketvirtos valandos darbo, — bet burtai gali būti gana nuobodūs.

— Hoitas pasakytų, kad mokslo čia tiek pat, kiek ir magijos, — Glena ranka persibraukė prakaituotą veidą. — Deja, ir tai, ir tai gali mirtinai nusibosti. Bet tavo pagalba man sutaupo laiko ir padeda didinti mūsų kovines atsargas. Hoitas visą dieną užsidaręs su Kianu nagrinėja žemėlapius ir kuria strategijas.

— Lygiai taip pat nuobodu.

— Gal dar nuobodžiau.

Glena priėjo prie naujos jų pagamintų kamuolių eilės, ištiesė rankas, įsistebeilijo į juos ir pradėjo giedoti savo burtus. Prie darbastalio likusi Moira matė, kad nuolatinis galios eikvojimas darė savo. Šešėliai po Glenos akimis tolydžio tamsėjo. Jos skruostai vis labiau blyško, oda atrodė papilkėjusi ir visa ji buvo sublogusi.

— Turėtum šiek tiek pailsėti, — pasiūlė Glenai Moira, kai toji baigė kerėti bombų eilę. — Pakvėpuok grynu oru, užkąsk ko nors.

— Noriu užbaigti šitą partiją, bet tai dar šiek tiek užtruks. Čia atsiduoda siera, — ji nuėjo prie lango ir persisvėrusi įkvėpė vėsaus, gaivaus oro. — Moira, tik pažiūrėk, koks vaizdas. Virš palapinių miestelio skraido slibinai.

Moira nuėjo jų pažiūrėti. Daugelis slibinų buvo su raiteliais, kurie mokė juos pagal komandą nerti žemyn arba pasukti. Ji nusistebėjo pamačiusi, kaip greitai jie mokosi ir kokį šaunų pasirodymą surengė ūkanotame danguje.

— Turbūt norėtum visa tai nufotografuoti ar bent jau nusipiešti eskizą.

— Kad nupieščiau viską, ką pamačiau per pastaruosius kelis mėnesius, man prireiks kokių dešimties metų.

— Aš tavęs labai pasiilgsiu, kai viskas baigsis, o tavęs čia nebebus.

Viską suprasdama Glena apkabino Moirą per pečius ir pabučiavo į smilkinį.

— Jeigu tik bus koks būdas tave aplankyti, taip ir padarysim. Turim raktą, žinom, kur yra vartai, ir jeigu už tai, ką čia nuveikėm, nebūsim palaiminti dievų, daugiau jau mums niekas nepadės.

— Žinau. Nors pastarieji mėnesiai ir buvo siaubingi, jie tiek daug davė — tave, Hoitą, Blerą. Ir...

— Kianą.

Moira tebežiūrėjo į slibinus.

— Jis neketina čia daugiau lankytis, net jeigu ir gautų dievų palaiminimą.

— Nebūčiau dėl to tokia įsitikinusi.

— Jis nebegrįš pas mane, net jeigu ir bus įmanoma. — Moira jautė, lyg lėtai mirtų kiekvieną dieną, kiekvieną valandą. — Žinojau tai nuo pat pradžių. Kad ir kaip norėčiau, jog viskas būtų kitaip, nuo to niekas nesikeistų. Būtent apie tai man ir kalbėjo Morgana — apie pažinimo metą, kai reikės kliautis protu ir širdimi. Ir protas, ir širdis man sako, kad kartu būti mes negalim. Jeigu ir bandytume, galų gale išsikankintume tiek, kad nė vienas negalėtume ištverti. Nenorėjau to pripažinti, todėl užsitraukiau gėdą ir įskaudinau jį.

— Kaip?

Moira nespėjo atsakyti, nes įėjo Blera.

— Kas naujo? Moteriški tauškalai? Apie ką šnekam — mados, valgiai ir vyrai? Aha, — pasakė ji, kai šiedvi atsisuko ir ji pamatė jų veidus. — Matyt, apie vyrus, o aš nelabai turiu kuo prisidėti. Klausykit, aš tuoj pat išsinešdinsiu, tik norėjau jums pasakyti, kad jau pastebėti paskutiniai atvykstantys kariai. Jie čia turėtų būti po valandos.

— Puikios naujienos. Pasilik dar minutėlę, — paprašė jos Moira. — Noriu, kad ir tu išgirstum mano išpažintį. Jūs abi į šį reikalą įdėjot širdies ir praliejot dėl jo kraujo. Buvot man geriausios draugės, kokias tik kada esu turėjusi ar turėsiu.

— Labai jau rimtas tonas, Moira. Ką tokio iškrėtei? Nusprendei prisidėti prie tamsiųjų jėgų ir susibičiuliauti su Lilita?

— Beveik atspėjai. Paprašiau Kiano, kad paverstų mane vampyre.

Priėjusi arčiau Blera ją apžiūrėjo ir pakraipė galvą.

— Kažkodėl nematau ant tavo kaklo įkandimų.

— Kažkodėl nė viena iš jūsų nei pykstat, nei stebitės.

— Man atrodo, — tarė Glena, — kad tavim dėta būčiau pasielgusi taip pat. Bent jau būčiau norėjusi. Kai viskas baigsis, ir Blera, ir aš liksim su savo vyrais. O tu ne. Negi manai, jog teisim tave už tai, kad bandai ieškoti būdų susiklosčiusiai padėčiai pakeisti?

— Nežinau. Gal būtų lengviau, jeigu nuteistumėt. Jo jausmus panaudojau kaip ginklą. Beveik maldavau jo, kad paverstų mane vampyre, pačią intymiausią mūsų akimirką.

— Smūgis žemiau juostos, — konstatavo Blera. — Jeigu būčiau bandžiusi ką nors tokio daryti, tai geresnį momentą būtų sunku pasirinkti. Bet jis atsisakė tai padaryti, taigi nelieka jokių abejonių dėl to, ką jis tau jaučia. O jeigu jums įdomu, ką aš manau, galiu pasakyti tik tiek, kad jausčiausi kur kas geriau žinodama, jog ir jis jausis toks pat vienišas ir apgailėtinas kaip ir aš, kai jam teks iškeliauti.

Moira nustebusi ir sutrikusi nusijuokė.

— Tu ką, rimtai?

— Pasakiau, kad viskas neatrodytų taip rimta, bet iš tikrųjų, na, nežinau. Galbūt. Man gaila, kad tu šitoj situacijoj lieki kaip nukentėjusioji. Tikrai.

— Ką gi, gal man pasiseks ir rytoj naktį aš žūsiu per mūšį. Tuomet nebebūsiu vieniša ir apgailėtina.

— Pozityvus mąstymas, — tarė Blera apkabindama Moirą, kad bent taip ją paguostų, ir susižvalgė su Glena.

Moira žinojo, kaip svarbu, kad paskutinius karius pasveikintų pati karalienė ir kad per tas kelias valandas, likusias iki paskutinio žygio, ji turi pasirodyti kuo didesniam karių skaičiui. Iki pat sutemų ji ėjo nuo palapinės prie palapinės, kaip ir kiti karališkosios šeimos nariai. Kalbėjosi su visais, su kuo tik galėjo. Buvo apsirengusi kariškai, užsimetusi apsiaustą, kurį susisegė paprasta sege, vaizduojančia širdį laikančias rankas, o prie šono turėjo Pažadėtosios žemės kalaviją.

Kai grįžo į namą, kur turėjo būti paskutinis jos ir kitų penkių bendrų strateginis susitikimas, buvo jau seniai sutemę.

Jie visi jau buvo susirinkę prie apskrito stalo, tik Larkinas stovėjo atokiau, rūsčiai žvelgdamas į ugnį. Kažkas naujo, pagalvojo ji, pajutusi virptelint širdį. Kažkas dar.

Ji atsisegė apsiaustą stebėdama veidus tų, kuriuos taip gerai pažino per pastaruosius kelis mėnesius.

— Ką čia tokio planuojat, kad Larkinas taip susirūpino?

— Sėskis, — tarė Glena. — Mes su Hoitu kai ką sugalvojom. Jeigu mums pavyks, — tęsė ji, kai Moira priėjo prie stalo, — pergalė turėtų būti mūsų.

Kuo toliau Moira klausėsi, tuo labiau jai spaudė širdį. Tiek rizikos, galvojo ji, tiek galimų atsitiktinumų, tiek tikimybių, kad nepavyks. O užvis daugiausia Kianui.

Bet pažvelgusi jam į akis suprato, kad jis jau apsisprendė.

— Tau teks didžiausia našta, — tarė ji jam. — Čia laiko klausimas. Jeigu bent akimirką suvėluosi...

— Mums visiems tai našta. Visi žinojom, ko imamės, kai prasidėjo kova.

— Nė vienas iš mūsų neturi rizikuoti daugiau už kitus, — įsiterpė Larkinas. — Nėra jokio reikalo aukoti kurį nors iš mūsų.

— Negi manai, kad man buvo lengva tai pasiūlyti? — tyliai prabilo Hoitas. — Kartą jau netekau savo brolio, paskui vėl jį susigrąžinau. Susigrąžinau kur kas daugiau, negu mes abu turėjom prieš tai. O dabar darydamas tai, ką esu įpareigotas daryti, galiu vėl jo netekti.

— Kažkaip nejaučiu didelio pasitikėjimo mano sugebėjimais, — Kianas paėmė nuo stalo ąsotį su alumi ir įsipylė. — Matyt, tai, kad išgyvenau daugiau kaip devynis šimtus metų, mano profesinėje biografijoje reiškia nelabai daug.

— Aš tave samdyčiau, — pasakė Blera ir ištiesė savo bokalą. — Aišku, labai rizikinga. Daug veiksmų, daug kintamųjų, bet jeigu pavyks, mums niekas nesutrukdys. Kažkodėl man atrodo, kad tau pasiseks, — ji susidaužė bokalu su Kianu. — Taigi aš balsuoju už.

— Aš nekokia strategė, — prakalbo Moira. — Mano magiškosios galios irgi ribotos. Tu gali tai padaryti? — paklausė ji Hoito.

— Manau, kad įmanoma, — jis paėmė už rankos Gleną.

— Tiesą pasakius, mums ta mintis kilo po to, ką tu pareiškei dar pilyje, — tarė Glena Moirai. — Todėl naudosimės Pažadėtosios žemės simboliais. Visais. Tai sustiprins burtus, be to, nors ir reikės kraujo jiems sutvirtinti, jie bus švarūs.

— Manau, kad net kiekvienas atskirai mes turim daugiau tikrosios galios už Midirą, — tarė Hoitas, nužvelgdamas visų susirinkusiųjų veidus. — O visi kartu tiesiog sumalsim jį į miltus.

Moira atsisuko į Kianą.

— O jeigu tu atsitrauktum? Jeigu tau, visiems mums būtų duotas signalas, baigus visus veiksmus...

— Lilitos kraujas mūšio lauke būtinas. Vienas iš mūsų šešių turi ją bent jau sužeisti. Ir tai turiu padaryti aš, — kategoriškai pasakė jis. — Nepriklausomai nuo to, ar man pavyks, ar ne — ji mano. Už Kingą.

Už Kingą, pagalvojo Moira, ir už jį patį. Kažkada juk jis irgi buvo nekaltas. Kažkada jis irgi buvo auka, iš kurios atimtas gyvenimas. Ji praliejo jo kraują ir girdė jį savuoju. O dabar nuo to, kas juos siejo, priklausė žmonijos išlikimas.

Ji pakilo slegiama viso to svorio ir nuėjo prie Larkino.

— Jūs jau apsisprendėt, — atsigręžusi pažvelgė į sėdinčią prie stalo ketveriukę. — Keturi iš šešių. Kad ir kaip balsuotume mes su Larkinu, vis tiek viskas bus taip, kaip suplanavot jūs. Bet bus geriau, jeigu viską darysim kartu. Geriausia, jeigu visi su tuo sutiksim be jokių svyravimų ir abejonių, — tarė ji imdama Larkinui už rankos.

— Gerai jau, gerai, — linktelėjo galva šis. — Kartu, tai kartu.

— Aptarkim viską dar sykį, — pasakė Moira grįžusi prie stalo. — Visas smulkmenas ir visus veiksmus. O tada perduosim padalinių vadams.

Tai bus lyg brutalus kruvinas šokis, pagalvojo Moira, kuriam akompanuos kalavijas, pasiaukojimas ir burtai. Ir, žinoma, kraujas. Be kraujo čia neapsieisi.

— Vadinasi, pradėsim ruoštis rytą, — ji atsistojo, visiems į taures pripylė viskio ir išdalijo. — Paskui kiekvienas darysim savo darbus ir, jeigu tokia bus dievų valia, užbaigsim visą šį reikalą. O pabaiga su Pažadėtosios žemės simboliais, mano nuomone, bus pati tinkamiausia. Išgerkim už mus, o juos tegul velnias nujoja.

Kai visi išgėrė, ji nuėjusi paėmė senovinį smuiką.

— Gal pagrosi? — paprašė Kiano. — Reikia muzikos. Klausysimės muzikos patys ir leisim nakčiai jos klausytis. Tikiuosi, kad ir Lilita ją išgirs, o išgirdusi sudrebės.

— Tu juk nemoki groti, — tarė Hoitas.

— Kažkada nemokėjau ir kinų kalbos. Bet viskas keičiasi, — atrėžė Kianas ir vis tiek jautėsi labai keistai laikydamas rankose smuiką ir tikrindamas, ar suderintos stygos.

— Kas čia per daiktas? — nusistebėjo Blera. — Lašo formos smuikas?

— Turbūt čia smuiko pirmtakas, — atsakė Kianas ir pradėjo groti, po truputį užmiršdamas karą ir prisimindamas muziką. Keistumo jausmas išnyko ore pasklidus tyliai, užburiančiai melodijai.

— Nuostabu, — tarė Glena. — Už širdies griebia, — ir negalėdama susilaikyti pasiėmė popieriaus ir anglies, kad nupieštų jį grojantį.

Iš lauko pasigirdo arfos ir dūdelės garsai, jų muzika įsiliejo į Kiano melodiją.

Kiekviena nata Moirai priminė ašarą.

— Puikiai groji, — tarė Larkinas Kianui, kai melodija nutilo. — Ir labai jausmingai. Bet gal pagrotum ką nors smagesnio? Žinai, kad kojos pačios imtų kilnotis?

Larkinas pakėlė savo dūdelę ir išpūtė kelias smagias natas, kurios tuoj pat išsklaidė melancholijos gaideles. Kianui prisiderinus prie melodijos ir ritmo, vėl pasigirdo iš lauko būgnai ir dūdelės. Pritariamai šūktelėjęs Larkinas pradėjo trepsėti kojomis, lyg jo keliuose būtų atsileidusios spyruoklės. Moira plojo jam į ritmą.

— Eikš čia, — numetęs dūdelę Blerai, Larkinas čiupo Moirą už rankų. — Parodykim šitai šutvei, kaip šoka Pažadėtosios žemės žmonės.

Nusijuokusi Moira tuoj pat įsitraukė į šokį, kuris Kianui labai priminė airiškąjį stepą: neramios kojos, sustingę pečiai, kunkuliuojanti energija. Jis palinko virš smuiko, truputį juokdamasis iš žmogiškosios širdies gajumo, o ant jo veido žaidė šešėliai ir ugnies atšvaitai.

— Nė nemanau jiems nusileisti, — Hoitas pašoko iš vietos ir stvėrė į glėbį Gleną.

— Bet aš nemoku.

— Aišku, kad moki. Tokie dalykai būna kraujyje.

Grindys drebėjo nuo trepsinčių kojų, o naktį užpildė šokis, muzika ir juokas. Kaip žmogiška, galvojo sau Kianas, šitaip mėgautis džiaugsmu iki paskutinio atodūsio.

Reikėjo tik pažiūrėti į jo brolį, burtininką, kuris taip vertino savo orumą ir galias, o dabar sukosi aplinkui su savo raudonplauke raganaite, kuri kikeno it mergiotė stengdamasi pataikyti į žingsnį.

Demonų medžiotoja, kuri visada buvo pasirengusi išspardyti visiems užpakalius, į liaudišką šokį įpynė hiphopo elementų, taip priversdama išsišiepti savo kaubojų, mėgstantį keisti pavidalus.

Pažadėtosios žemės karalienė, tokia ištikima, atsidavusi ir nešanti visą savo pasaulio naštą, švytėte švytėjo ir kaito nuo paprasčiausio muzikos teikiamo malonumo.

Rytoj jie galėjo žūti, visi iki vieno, bet šįvakar dievų valia jie šoko. Lilitai to suprasti nepadės jokie jos nugyventi amžiai, jokios jos galios ar ambicijos. O jų kerai, jų skleidžiama šviesa galėjo amžiams išstumti naktį.

Pirmą kartą jis patikėjo, kad, nepriklausomai nuo to, ar jis išgyvens, ar ne, žmonija triumfuos. Žmonių taip paprastai nesunaikinsi. Net jie patys to negalėtų padaryti, nors jis ne kartą matė juos bandant.

Pernelyg daug buvo tokių kaip ši penkiukė, kurie kovojo, liejo prakaitą ir kraują. Ir šoko.

Jam begrojant Hoitas liovėsi šokęs ir atėjo atsigerti alaus.

— Tik pažiūrėk į mano Gleną — trypia lyg būtų tam sutverta, — mirktelėjo patenkintas.

— Nusiųsk jai tai.

— Ką pasakei? — susiraukė Hoitas

Kianas pažvelgė į jį iš apačios. Šypsena buvo pranykusi iš jo veido, nors muzika, kurią grojo, tebebuvo nerūpestinga kaip danguje sklandantis balionėlis.

— Nusiųsk Lilitai tą muziką, kaip siūlė Moira. Juk gali tai padaryti. Tegul ji paspringsta.

— Taip ir padarysim, — Hoitas uždėjo ranką Kianui ant peties. — Būtinai padarysim.

Kianas pajuto jį užplūstančią galią, kuri jį šildė, ir vis grojo ir grojo nesustodamas.

Lilita stovėjo tamsoje, stebėdama savo karius, besikaunančius dar viename mokomajame mūšyje. Kiek tik užmatė, o jos akys tikrai buvo aštrios, aplinkui regėjo savo vampyrų, pusvampyrių ir jai tarnaujančių žmonių armiją, kurią ji formavo šimtus metų.

Rytoj, mąstė ji, jie užplūs žmones it maras, ir slėnis pavirs kraujo jūra.

Toje jūroje ji paskandins tą karaliene apsišaukusią kekšę už tai, ką ji padarė Deiviui.

Atėjo Lora, ir jos apkabino viena kitą per liemenį.

— Grįžo žvalgai, — tarė Lora. — Mes priešą skaičiumi pranokstam bent tris kartus. Midiras jau ateina, kaip buvai liepusi.

— Iš čia toks geras vaizdas... Deiviui būtų patikę čia stovint stebėti kovą.

— Rytoj tokiu metu už jį jau bus atkeršyta.

— O, taip. Bet tuo viskas nesibaigs, — ji pajuto Midirą užkopus ant stogo, kur ir stovėjo abi. — Viskas prasidės jau netrukus, — pasakė jam neatsisukdama. — Jeigu mane apvilsi, pati perpjausiu tau gerklę.

— Neapvilsiu jūsų.

— Rytoj, kai viskas prasidės, turi būti savo vietoje. Noriu, kad stovėtum ant to aukšto gūbrio vakaruose, kad visi tave matytų.

— Jūsų didenybe...

Ji atsisuko ir nužvelgė jį šaltomis mėlynomis akimis.

— Negi manai, kad leisiu tau pasilikti ir saugiai čia tūnoti? Darysi tai, ką liepsiu, ten, kur liepsiu, Midirai. Stovėsi ant to gūbrio, kad tavo galią matytų ir mūsų, ir jų kariai. Bus paskata ir jiems, ir tau, — pridūrė ji. — Ir tegul tavo burtai būna stiprūs, antraip — brangiai užmokėsi. Per mūšį arba po jo.

— Tarnauju jums jau ne vieną amžių, o pasitikėjimo vis tiek nesulaukiu.

— Tarp mūsų negali būti jokio pasitikėjimo, Midirai. Tik ambicijos. Aišku, man būtų geriau, kad tu liktum gyvas, — šykščiai šyptelėjo ji. — Kai laimėsiu, tau darbo vis tiek atsiras. Pažadėtosios žemės pilyje yra vaikų, jie saugomi. Kai naktis priklausys man, norėsiu jų, visų. Iš jų išsirinksiu naująjį princą. O kiti labai tiks puotai. Taigi tu turi stovėti ant gūbrio, — pakartojo ji ir vėl atsuko jam nugarą. — Ir užmesti tamsų šešėlį. Apskritai nėra čia ko rūpintis — juk tavo dūmai parodė, kuo viskas baigsis. Ir tu pats man apie tai ne kartą sakei.

— Iš manęs būtų kur kas daugiau naudos čia, su mano...

— Nutilk! — metė ji ir pakėlė ranką. — Kas čia per garsas? Girdit?

— Skamba kaip muzika, — Lora susiraukė negalėdama patikėti savo ausimis.

— Ją siunčia jų burtininkas, — Midiras pakėlė galvą ir iškėlė rankas. — Naktį jaučiu jo menką, apgailėtiną galią.

— Priversk juos liautis! Neleisiu iš savęs tyčiotis mūšio išvakarėse. Man to nereikia. Muzika! — spjaute išspjovė ji. — Žmogiškos nesąmonės.

Midiras nuleido rankas ir susinėrė ant krūtinės.

— Galiu padaryti, ką liepiate, mano karaliene, bet tai tėra menkos ir kvailos pastangos jus suerzinti. Tik pažvelkit į savo karius, kurie treniruojasi, kala ginklus, ruošiasi mūšiui. O ką per tas paskutines valandas veikia jūsų priešai? — jis paniekinamai mostelėjo ranka, iš pirštų galiukų išleisdamas liepsną. — Jie žaidžia kaip nerūpestingi vaikai. Bet jeigu jau liepsit...

— Palauk, — ji vėl pakėlė ranką. — Tegul džiaugiasi ta savo muzika. Tegul šoka iki pat mirties. Keliauk pas savo katilą ir dūmus. Ir būk pasiruošęs rytoj užimti savo vietą ir ją išlaikyti. Arba pergalės tostą užgersiu tavo krauju.

— Kaip pageidaujate, jūsų didenybe.

— Įdomu, ar jis sakė tiesą, — prabilo Lora, kai jos vėl liko vienos. — Gal tiesiog jis abejojo, ar jo galia įveiks jų galią.

— Nesvarbu, — Lilita negalėjo pripažinti, kad tai svarbu, tik ne dabar, kai tiek nedaug liko iki jos troškimų išsipildymo. — Kai viskas bus taip, kaip noriu aš, kai sunaikinsiu tuos žmones ir išgersiu jų vaikų kraują, jis bus atgyvenęs savo dienas.

— *Certainement**. O kai jis turės tai, ko nori, jo galia gali atsigręžti prieš tave. Ką ketini su juo daryti?

— Iš jo išeis puikus patiekalas.

— Pasidalysi?

— Tik su tavimi.

Lilita toliau stebėjo besitreniruojančius karius, bet muzika, prakeikta muzika, gadino visą nuotaiką.

Jau buvo vėlu, kai Kianas prigulė šalia Moiros. Jų šešiukė buvo pasidalijusi į tris dalis. Jis stebėjo židinyje žaižaruojančią ugnį, blykčiojančias žvakių liepsneles ir žinojo, kad Hoitas guli apsikabinęs su Glena. Kaip kad jis čia guli su Moira. Kaip Larkinas turbūt gulėjo su Blera.

— Taip visada turėjo būti, — tyliai tarė Moira. — Mes šeši turėjom susieiti, kad mus visus susietų dar stipresni ryšiai. Turėjom susirinkti drauge, mokytis vieni iš kitų. Pažinti meilę. Šįvakar šis namas net nušvito nuo meilės. Tai irgi savotiški burtai, nė kiek ne silpnesni už bet kokius kitus. Kad ir kas atsitiktų, tai turėsime visada.

Ji pakėlė galvą norėdama pažvelgti į jį.

— Tai, ko tavęs prašiau, prilygo išdavystei.

— Nėra jokio reikalo apie tai kalbėti.

— Ne. Noriu pasidalyti su tavim tuo, ką žinau, jeigu iš viso ką nors žinau. Taip išdaviau tave, save, visus kitus ir viską, ko pasiekėm. Tu pasirodei stipresnis ir suteikei jėgų man. Myliu tave visa savo esybe. Tai dovana mums abiem. Niekas negali to atimti ar pakeisti.

Ji paėmė medalioną, kurį jis nešiojo ant kaklo. Su juo atidavė jam ne tik savo plaukų sruogą. Su juo atidavė jam savo meilę.

— Nepalik jo, kai išvyksi. Noriu žinoti, kad jį turėsi visada.

— Jis visur keliaus su manimi. Duodu tau žodį. Myliu tave visa savo esybe.

---

* Certainement (*pranc.*) — žinoma.

Ji vėl uždėjo medalioną jam ant krūtinės, o savo ranką ten, kur turėjo plakti širdis. Akis jai užplūdo ašaros, bet ji vis dar valdėsi.

— Dėl nieko nesigaili?

— Visiškai.

— Aš taip pat. Pamylėk mane dar, — paprašė ji. — Dar kartą, paskutinį kartą prieš aušrą.

Jie mylėjosi švelniai, neskubėdami, mėgaudamiesi kiekvienu prisilietimu, skanaudami vienas kitą. Ilgi švelnūs bučiniai buvo it vaistai nuo visų skausmų, švelnios glamonės — it balzamas žaizdoms, kurias dar teks iškęsti. Šį paskutinį kartą Moiros širdis plakė taip stipriai, kad to užteko jiems abiem.

Ji neleido sau užsimerkti, akimis ryte rydama jo veidą, ir pasiekusi viršūnę matė, kaip malonumo banga nunešė jį kartu.

— Pasakyk man vėl, — sumurmėjo Moira. — Dar kartelį.

— Myliu tave. Amžinai.

Paskui jie gulėjo tylėdami. Daugiau nebuvo ką pasakyti.

Likus valandai iki aušros visi šeši atsikėlė pasiruošti paskutiniam žygiui.

Jie keliavo žirgais, slibinais, pėsčiomis, vežimais ir vežimaičiais. Aukštai danguje slinko debesys, bet saulės neužstojo. Ji prasiskverbdavo pro juos savo neramiais pirštais ir netikėtais blyksniais, kad rodytų kelią į Tylos slėnį.

Pirmi atvykusieji paspendė spąstų šešėliuose ir urvuose. Sargybiniai tuo metu skraidė virš slėnio arba jodinėjo po jį stebėdami, ar niekur netyko pavojus.

Rado ir spąstų, paspęstų jiems. Po žmonių kojomis vėrėsi kraujo klanai, kurie įtraukdavo juos lyg pelkės. Juodas it degutas dumblas burbuliuodamas pradegindavo apavą ir skverbdavosi pro odą.

— Midiro darbas, — nusispjovė Hoitas, pamatęs žmones, bėgančius gelbėti nelaimėlių.

— Reikia užblokuoti, — nurodė Kianas. — Kitaip dar nė neprasidėjus mūšiui kils panika.

— Pusvampyriai! — įspėdama šūktelėjo Blera nuo slibino nugaros. — Apie penkiasdešimt. Pirmoji linija — pirmyn, — ir nėrė žemyn rodydama kelią.

Skraidė strėlės, žvangėjo kalavijai. Per pirmą valandą Pažadėtosios žemės pajėgos neteko penkiolikos žmonių. Bet išlaikė poziciją.

— Jie norėjo, kad pajustume, ką tai reiškia, — krauju aptaškytu veidu Blera nulipo nuo slibino. — Bet mes jiems patiems parodėm.

— Reikia pasirūpinti žuvusiais ir sužeistaisiais, — stengdamasi neprarasti savitvardos Moira apžvelgė kritusiuosius. — Hoitas bando užblokuoti Midiro kerus. Kiek jam tai atsieis?

— Jis padarys viską, ką gali. Aš vėl kylu aukštyn, apsuksiu porą ratų. Pažiūrėsiu, ar nėra dar kokių staigmenų. — Blera vėl užšoko ant slibino. — Laikykit frontą.

— Ko gero, buvom ne taip jau gerai pasiruošę spąstams, ir dar dienos metu, — kišdamas kruviną kalaviją į makštis prie Moiros priėjo Larkinas. — Bet pasirodėm visai neblogai. Paskui pasirodysim dar geriau.

Jis paėmė ją už rankos ir nusitempė į šoną, kad daugiau niekas jų negirdėtų.

— Glena sako, kad jų čia jau yra — po žemėmis. Hoitas dabar jai padėti negali, bet ji mano, kad jie su Kianu gali surasti bent kai kuriuos ir su jais susidoroti.

— Gerai. Nors ir saujelė, vis tiek tai pergalė. Man reikia išrikiuoti lankininkus.

Saulė jau pasiekė pusiaudienį, paskui pasuko vakarop. Dukart Moira matė, kaip ten, kur Glena laikė gluosnio rykštelę, atsivėrė žemė, o kai joje besislapstančius padarus paliesdavo saulė, iš po žemių pliūptelėdavo liepsna. Kiek dar čia jų yra? Šimtas? Penki šimtai?

— Jis palaužtas, — tarė Hoitas, prisiartinęs prie Moiros ir braukdamasis nuo kaktos prakaitą. — Midiro spąstai užblokuoti.

— Nugalėjai jį.

— Sunku pasakyti. Gal jis užsiėmęs kokiu kitu darbu, bet kol kas yra užblokuotas. Ta žemė... Sukrečia sielą iki pat gelmių. Blogis iš jos skliste sklinda, atrodo, lyg kas smaugtų. Einu padėsiu Glenai su Kianu.

— Ne, turi bent kiek pailsėti. Pataupyk savo energiją. Aš jiems padėsiu.

Žinodamas, kad jam reikia atsigauti, Hoitas linktelėjo galva. Bet rūsčiomis akimis vis tiek stebėjo slėnį ir nužygiavo ten, kur dirbo Glena ir Kianas.

— Visų jie vis tiek nesuras.

— Ne. Tik bus bent vienu kitu mažiau.

Pasiekusi Gleną, Moira pamatė, kad tas darbas nėra toks jau lengvas. Glena buvo išblyškusi, išpilta prakaito, kaip ir Hoitas.

— Laikas pailsėti, — pasakė jai Moira. — Eik, atsigauk. O aš padirbėsiu už tave.

— Tai ne tavo jėgoms. Net ir manųjų vos ne vos pakanka, — dėkinga Glena paėmė iš Moiros gertuvę su vandeniu. — Atkasėm tik kokį tuziną. Dar pora valandų ir...

— Jai jau gana. Tau jau gana, — Kianas paėmė Gleną už rankos. — Tu jau kone išsunkta ir pati tai žinai. Kas gero, kad saulei nusileidus iš tavęs nieko nebebus likę?

— Žinau, jų čia yra daugiau. Kur kas daugiau.

— Vadinasi, kai jie pasirodys iš po žemių, būsim tam pasiruošę. Eik, Hoitui tavęs reikia. Jis irgi visai nusivaręs.

— Gera strategija, — tarė Kianas Moirai, kai Glena nuėjo sau. — Pasinaudoti Hoitu.

— Gera. Be to, tai yra teisybė. Jie abu išsekę. Ir tu, — pridūrė ji. — Girdžiu iš tavo balso, kad esi pervargęs. Todėl pakartosiu, ką tu pasakei jai: kas gero, kad saulei nusileidus iš tavęs nieko nebebus likę?

— Tas prakeiktas apsiaustas mane dusina. Bet nėra iš ko rinktis. Ir esu alkanas, — prisipažino jis.

— Tai žygiuok ant aukštumos ir pasirūpink savimi. Padarėm beveik viską, ką galėjom, viską, ką buvom suplanavę iki šio momento.

Ji pamatė Blerą ir Larkiną einant su Hoitu ir Glena. Kai nusileis saulė, jie visi šeši turės sutelkti savo galias. O dabar jie perėjo per nualintą žemę, perlipo per randuotą uolą ir ėmė kopti stačiu šlaitu.

Kai jie pasiekė gūbrį, ji pajuto vidinį drebulį. Net ir be Midiro kerų ta žemė buvo nesvetinga.

Kianas išsitraukė gertuvę, kurioje, ji žinojo, buvo kraujas.

— Laukiam tavęs, — prabilo Blera. — Nemažai tavo karių įsibauginę.

— Jeigu manai, kad jie nestos į kovą...

— Niekas nenori įžeisti tavo išdidumo, — Blera pasiduodama iškėlė rankas. — Tik noriu pasakyti, kad jie laukia tavo žodžio. Jiems reikia paskatos. Šventojo Krispino* dienos kalbos.

— Ką tai reiškia?

Blera maivydamasi žvilgtelėjo į Kianą.

— Matyt, kai naršei biblioteką, „Henriką V" kažkaip pražiopsojai.

— Ten buvo daug knygų.

— Blera turi omeny, kad reikia pakelti jų kovinę dvasią, — paaiškino Glena. — Padėti jiems pasiruošti kovai, o gal net mirčiai. Priminti, kam jie čia yra, įkvėpti juos.

— Ir visa tai turiu padaryti aš?

— Niekas kitas negali to padaryti geriau už tave, — Kianas uždarė gertuvę. — Tu esi karalienė. Nors mes ir generolai būtume, vis tiek jiems reikės tavęs.

— Nežinau ką sakyti.

— Ką nors sugalvosi. O kol tu galvosi, mes su Larkinu surinksim karius į vieną vietą. O „Henriką" paįvairinsim „Narsiosios širdies" motyvais, — pasakė Kianas Blerai. — Atvesk jai žirgą.

— Puiki mintis, — pritarė jam Blera ir nuėjo atvesti Kiano žirgo.

— Apie ką tas Henrikas kalbėjo? — pasiteiravo Moira.

— Apie tai, ką jiems reikėjo išgirsti, — Glena paspaudė Moirai ranką. — Tu irgi taip padarysi.

20 skyrius

— Mano galvoje visiškai tuščia.

— Ne ten turėtum ieškoti. Na, bent jau ne vien ten, — Glena pa-

---

* Šventasis Krispinas — batsiuvių, kailiadirbių ir odininkų globėjas.

davė Moirai jos vainiką. — Prisimeni? Protas ir širdis. Įsiklausyk į abu ir kalbėsi teisingai.

— Norėčiau, kad tą kalbą pasakytum tu. Kvaila taip bijoti kalbėti priešais juos, — šyptelėjo Moira. — Ko gero, baisiau negu mirti kartu su jais.

— Apsivilk, — Blera ištiesė Moirai jos apsiaustą. — Gerai atrodys vėjyje besiplaikstantis. Ir kalbėk nuoširdžiai, mergyt. Turi pasiekti net ir stovinčius paskutinėje eilėje.

— Kas bus, tas bus, — Moira giliai atsiduso ir užšoko ant žirgo.

Pavarė jį į priekį jausdama, kaip krūtinėje netelpa širdis. Priešais laukė jos žmonės, daugiau kaip tūkstantis, o už jų nugarų driekėsi slėnis. Nors saulė jau buvo gana žemai, tai šen, tai ten švytėjo kalavijai, skydai ir ietys, matėsi apšviesti veidai tų, kurie atėjo čia, pasirengę paaukoti savo gyvybę.

Tada ji įsiklausė, ką sakė širdis, ir prabilo:

— Pažadėtosios žemės žmonės!

Jie pasveikino ją, risčia prijojusią prie pirmųjų eilių. Net ir sužeistieji šaukė jos vardą.

— Pažadėtosios žemės žmonės. Aš esu Moira, karalienė karžygė. Esu jūsų sesuo. Jums tarnauju. Dabar čia susirinkom, nes tokia dievų valia, kad jiems patarnautume. Ne visų jūsų veidus pažįstu, ne visų vardus žinau, bet jūs, kiekvienas čia esantis vyras ir moteris, esat mano.

Vėjas ėmė plaikstyti jos apsiaustą. Moira apžvelgė į ją pakeltus veidus.

— Šiąnakt, kai nusileis saulė, šaukiu jus atkovoti šią priešišką žemę, kuri šiandien jau paragavo mūsų kraujo. Prašau to jūsų, bet kovoti turite ne už mane, ne už Pažadėtosios žemės karalienę.

— Kovosim už Moirą, už karalienę! — sušuko kažkas. Ir vėl jos vardas nuvilnijo per minią, palydimas sveikinimų ir šūksnių.

— Ne, kovoti turite ne už mane. Kovoti turite ne dėl dievų. Netgi ne dėl Pažadėtosios žemės, bent jau šiąnakt. Ir ne dėl savęs, net ne dėl savo vaikų. Ne dėl savo vyrų ir žmonų. Ne dėl savo motinų ar tėvų.

Žmonės klausėsi nuščiuvę, o ji jojo vis toliau pro jų eiles, įsižiūrėdama į veidus, žvelgdama į akis.

— Ne dėl to šiandien esate šiame nesvetingame slėnyje, žinodami, kad čia gali būti pralietas jūsų kraujas. Čia esate dėl visos žmonijos. Esate išrinktieji. Palaimintieji. Visi pasauliai ir visos juose plakančios širdys dabar priklauso nuo jūsų. Mes, išrinktieji, dabar esam vienas pasaulis, viena širdis, vienas tikslas.

Žirgui atsistojus piestu jos apsiaustas plaikstėsi vėjyje, o besileidžiančios saulės atspindžiai žaidė jos karūnoje ir ant kalavijo ašmenų.

— Šiąnakt mes laimėsim. Pralaimėti negalim. Net jeigu kai kurie iš mūsų kris, vietoj jų prieš tą marą, kuris gresia žmonijai ir jos būčiai, su kalavijais, ietimis, basliais ir plikomis rankomis stos kiti. O jeigu kris ir jie, po jų vėl ir vėl eis kiti, nes mūsų čia visas pasaulis, o priešas su tokiais kaip mes dar nėra susidūręs.

Jos akis ir veidą nutvieskė aistra. Balsas skardėjo virš minios, kiekvienas žodis buvo tvirtas ir aiškus.

— Iš šios žemės išgrūsim juos į pragarą, — kalbėjo ji toliau, nustelbdama šauksmus, kurie nuvilnijo per minią. — Šiąnakt neatsitrauksim ir nepralaimėsim. Atsilaikysim ir triumfuosim. Jūs turite širdis, o jie jų niekada neturės. Jūs kvėpuojate ir matote šviesą, o jie jos niekada nepamatys. Ateities kartos apdainuos šias Vėlines, apdainuos Tylos slėnio mūšį, žmonės porins apie mūsų šlovę šildydamiesi prie savo židinių. Leidžiasi saulė, — ji išsitraukė kalaviją ir nukreipė jį vakarų link, kur švietė raudonas it kraujas saulėlydis. — Stojus tamsai pasiimsim kalavijus, pasitelksim savo širdis, protus ir kilsim prieš niekšus. Ir tegul manęs klausosi visi dievai: prisiekiu, saulė vėl patekės. — Jai mostelėjus kalaviju į dangų, iš jo šovė ugnies pliūpsnis.

— Nepasikuklino, — stebėjosi Blera, kai minia pratrūko šūksniais ir sveikinimais. — Tavo mergina žodžių kišenėje neieško.

— Ji nuostabi, — Kianas negalėjo atplėšti nuo jos akių. — Kas gali atsilaikyti prieš tokią šviesą?

— Ji visiškai teisi, — konstatavo Hoitas. — Tokių kaip mes jie dar nematė.

Padalinių vadai išskirstė karius, kad šie užimtų savo pozicijas. Moira atjojusi atgal nušoko nuo žirgo.

— Laikas, — tarė ji ir ištiesė rankas.

Visi šeši sustojo ratu ir susikibo rankomis, kad sutvirtintų juos siejantį ryšį.

— Iki susitikimo, — plačiai nusišypsojo Blera, kai jie paleido vieni kitų rankas. — Įkrėskim jiems, kaubojau! — sušuko ji, užšoko ant savo slibino ir pakilo į dangų.

Larkinas šoko ant savojo.

— Paskutinis — supuvęs kiaušinis, — šūktelėjo jis ir pakilęs leidosi tolyn nuo Bleros.

— Tepadeda mums dievai. Ir kad juos kur velnias! — Glena su Hoitu patraukė į savo postus. — Ką jūs čia su Kianu sugalvojot? — paklausė ji Hoito, pastebėjusi, kaip jis susižvalgė su Kianu. — Tik nebandyk man meluoti, kai visai netrukus mūsų gal laukia mirtis.

— Jis liepė man prisiekti, kad jeigu mums pavyks su tais kerais, mes jo nelauksim.

— Bet juk negalim...

— Tai buvo jo paskutinis prašymas. Kad mums nereikėtų rinktis. Už jų su Kianu kalbėjosi Moira.

— Kaukis kaip liūtas, — pasakė ji jam. — Ir gyvenk dar tūkstantį metų.

— Tai mano karščiausias troškimas, — sumelavo jis ir, kad tai užmaskuotų, suėmęs jos rankas paskutinį kartą jas pabučiavo. — Kovok, *mo chroi*, ir gyvenk.

Jai nespėjus nieko atsakyti jis šoko ant žirgo ir pasileido šuoliais.

Iš dangaus girdėjosi Bleros komandos. Kojomis maigydama savo slibinui šonus ji gainiojo jį, stebėdama, kas dedasi ant žemės. Nusileido saulė, paskandindama slėnį tamsoje. Vos tik sutemus prasiskyrė žemė ir nesuskaičiojama gausybė vampyrų pradėjo lįsti iš olų ir plyšių.

— Pasirodymas prasideda, — sušnibždėjo Blera ir pasuko į pietus, žiūrėdama, kaip žemyn į slėnį it lietus pasipylė Moiros ir jos šaulių strėlės. — Dar palaukit, dar palaukit, — sumurmėjo ji, žvilgtelėjusi ten, iš kur pasigirdo Nailo pėstininkų skanduotės, ir supratusi, kad jie tik ir laukia signalo.

Reikia šiek tiek palaukti, kol jų prisirinks daugiau, galvojo ji stebėdama, kaip vampyrai užplūdo slėnį ir čia pat buvo suvarpyti strėlių.

Ji mostelėjo liepsnojančiu kalaviju ir nėrė. Kai vyrai puolė, ji trūktelėjo virvę ir numetė pirmąją bombą.

Plykstelėjo liepsna, pasipylė šrapneliai, aplinkui pasigirdo liepsnos apimtų vampyrų riksmai. Ir vis tiek jie slinko, ropojo vis labiau artėdami prie Pažadėtosios žemės karių.

Nusimetęs apsiaustą Kianas sėdo ant žirgo ir pakėlė kalaviją, kad sulaikytų jam už nugaros laukiančius karius. Viena po kitos sproginėjo ugninės bombos, degindamos priešus ir žemę, bet jie vis sėlino, šliaužė ir ropojo artyn. Riktelėjęs kovos šūkį, Kianas mostelėjo kalaviju ir nuvedė karius tiesiai į siaučiančią ugnį.

Žirgo kanopomis ir kalaviju jis praskynė kelią per puolančio priešo eiles, kurios vėl susiglaudė, apsupdamos jį ir jo vyrus.

Slėnis skardėjo nuo riksmų.

Ant nuožulnios plynaukštės laukusi Moira stvėrė savo alebardą. Širdis šoktelėjo iki pat gerklės, kai ji pamatė vampyrus pralaužus jų frontą rytų pusėje. Kartu su Hoitu jie pradėjo vesti savo būrius, kad kalavijų ir baslių siena apsuptų priešo linijas.

Per riksmus, trenksmus ir sprogimus jie išgirdo slibinų trimitavimą. Artėjo kita Lilitos armijos banga.

— Strėlių! — sušuko Moira, pamačiusi, kad jos strėlinė tuščia, ir tuoj pat jai po kojom buvo numesta kita, pilna strėlių. Ji tik įstatinėjo jas ir leido, įstatinėjo ir leido, kol per dūmus tapo neįmanoma ką nors pamatyti ir lankas pasidarė bevertis. Ji pakėlė ugninį kalaviją ir kartu su savo pulku pasileido į pačią priešų tirštymę.

Tai, ko ji bijojo, viskas, ką žinojo, ką buvo mačiusi dievų atsiųstose vizijose, nė iš tolo neprilygo tam, ką išvydo dvokiančiuose dūmuose. Išžudyti vyrai ir moterys, sunaikintų priešų pelenai, nukloję prakeiktą žemę lyg dvokiantis sniegas. Kraujas trykšta upeliais, nuspalvindamas geltoną žolę raudonai.

Žmonių ir vampyrų riksmai aidėjo tamsoje po išblyškusiu mėnuliu.

Moira atmušė kalavijo smūgį, jos kūnas judėjo pasikliaudamas instinktu, kurį išugdė sunkios treniruotės, ir ji pasisuko atremti kito išpuolio. Peršokusi žemą kalavijo kirtį, pajuto po kojomis jo sukeltą oro gūsį ir surikusi perrėžė priešininkui gerklę.

Lyg per miglą ji pamatė, kaip slibinas, ant kurio sėdėjo Blera, sukdamasis spirale leidosi žemėn, o visas jo šonas buvo išvarpytas strėlių. Žemė buvo nusėta basliais. Stvėrusi vieną laisvąja ranka, ji pasileido pirmyn ir bedė jį į nugarą, tiesiai širdin Blerą puolusiam vampyrui.

— Ačiū, brangute, — Blera nustūmė Moirą šalin ir iki pat rankenos nukirto kito vampyro kalaviją. — Kaip Larkinas?

— Nežinau. Jų nė kiek nemažėja.

— Neužmiršk, ką sakei kariams, — priminė Blera, pašoko aukštyn smūgiuodama kojomis ir basliu persmeigė vampyrą, kuriam ką tik spyrė.

Tada ji dingo dūmų kamuoliuose, o Moira toliau kovėsi už savo gyvybę.

Kai Blera prasibrovė pro priešų liniją, jie ją apsupo. Ji smūgiavo, kapojo kalaviju, smaigstė basliu, kovojo iš paskutiniųjų, kad atgautų poziciją. Staiga pasijuto kiaurai šlapia, o jos priešininkai pradėjo klykti permerkti švęsto vandens lietaus, kuris pasipylė iš dangaus. Tada iš dūmų išnėrė Larkinas ir, stvėręs ją už pakeltos rankos, iškėlė aukštyn.

— Puikiai apsisukai, — tarė ji jam. — Išlaipink mane čia, ant tos didelės plokščios uolos.

— Geriau aš šoksiu žemyn. Man jau pats laikas. Vanduo baigėsi, bet yra dar dvi ugninės bombos. Jie dabar spaudžia mus iš pietų.

— Tuoj užkursiu jiems ugnelę.

Jis nušoko nuo slibino, o ji nukrido tolyn.

Žmonių ir vampyrų grūstyje Hoitas žvalgėsi pasitelkęs savo galias. Jam pavyko apčiuopti tamsią Midiro galią, bet aplinkui buvo tiek juodumos, tiek šalčio, kad jis nesumojo, kuria kryptimi reikėtų ieškoti toliau.

Tada jis pamatė Gleną, kovojančią, kad vėl pasiektų gūbrį, ant kurio it juodas varnas stovėjo Midiras. Su siaubu Hoitas išvydo, kaip iš po žemių ir akmenų it gyvatė išniro ranka ir nutvėrė Gleną už kojos. Jam pasirodė, kad girdi ją šaukiant, ir pamatė ją spyriais ir nagais besipriešinančią tai tempiančiai į plyšį rankai. Net ir žinodamas, kad yra per

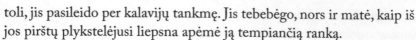

toli, jis pasileido per kalavijų tankmę. Jis tebebėgo, nors ir matė, kaip iš jos pirštų plykstelėjusi liepsna apėmė ją tempiančią ranką.

Pajutęs Hoito galią, Midiras paleido juodą lyg degutas žaibą, kuris nusviedė Gleną tolyn.

Galutinai persiutęs Hoitas kovojo kaip laukinis, nekreipdamas dėmesio į smūgius ir įpjovimus, kad tik prasibrautų prie jos. Kai į Midiro žaibą ji atsakė baltu ugnies pliūpsniu, Hoitas pamatė, kad jos veidas kruvinas.

Baslys nepataikė Kianui į širdį tik per plauką. Nuo skausmo jam sulinko keliai. Griūdamas jis dar iškėlė savo kalaviją ir perkirto priešininką pusiau, o tada apsivertė. Šalia jo į akmenuotą žemę buvo įsmigusi ietis. Jis stvėrė ją ir ištraukęs iš žemės smeigė tiesiai į širdį kitam užpuolikui. Tada remdamasis į ją pašoko ant kojų ir spyriu nusviedė trečiąjį ant medinių baslių, kurių Pažadėtosios žemės kariai buvo prismaigstę į žemę.

Pro dūmus, kurie kilo nuo ugninių bombų ir liepsnojančių strėlių, jis pamatė Blerą. Smagiai atsispyręs pašoko aukštyn ir, nutvėręs už jos slibino pavalkų, užšoko jai už nugaros, kol ji nespėjo numesti dar vienos bombos.

— Nepastebėjau tavęs! — sušuko Blera.

— Taip ir maniau. Ką nors žinai apie Moirą?

— Nieko nežinau. Perimk slibiną, o aš šoku žemyn.

Ir nušoko ant plokščios uolos. Kianas matė, kaip ji versdamasi pasileido žemyn, abiem rankom svaidydama baslius, kol galų gale ją prarijo miglos. Jis apsuko savo slibiną, taikydamasis kalaviju ir svaidydamas juo liepsnas. Ta žemė jį tebetraukė; iš jos sklido svaiginantis kraujo ir baimės kvapas, kuris žadino jame žvėrišką alkį.

Tada jis pamatė Gleną, iš paskutiniųjų kopiančią stačiu šlaitu, puolamą trijų vampyrų. Ji svaidė liepsnas savo alebarda, bet kiekvieną kartą, kai pašalindavo vieną priešininką, jos link jau braudavosi kitas.

Pamatęs juodą siluetą ant gūbrio, Kianas suprato, kodėl tiek daug jų puolė vieną moterį.

Kai jis su slibinu pagaliau priskrido prie Glenos, jos šviesiosios galios nuslopino jo alkį.

Tris vampyrus slibinas vienu uodegos mostu nuleido nuo uolos, kur laukė baslių ir švęsto vandens spąstai. Kianas kalaviju pašalino dar du, o Glena savo ugnine alebarda vertė priešus pelenais.

— Gal pavėžėti? — Jis nėrė žemyn, suėmė ją per juosmenį ir iškėlė aukštyn.

— Midiras, tas šunsnukis.

Viską supratęs Kianas vėl nėrė žemyn. Bet kai jo slibinas mostelėjo uodega, toji atsitrenkė lyg į kokį akmenį.

— Tas bailys slepiasi po skydu, — trūkčiojamai kvėpuodama Glena akimis ieškojo Hoito apačioje ir pajuto didžiulį palengvėjimą, kai pamatė jį skinantis kelią šlaito link.

— Nuleisk mane ant gūbrio ir keliauk sau.

— Dar ko užsimanysi.

— Taip reikia, Kianai. Magija prieš magiją. Tam čia ir esu. Surask kitus ir visi pasiruoškit. Turim tai padaryti.

— Gerai, Rude. Statau už tave.

Jis praskrido virš gūbrio ir šiek tiek pristabdė, kad ji galėtų nulipti. Ir paliko ją akis į akį su juoduoju magu.

— Tai raudonplaukė ragana prisistatė čia pasitikti mirties.

— Atėjau čia ne tam, kad maloniai praleisčiau laiką.

Ji pakėlė ranką ir mostelėjusi kirviu puolė Midirą. Jo akys išsiplėtė ir ji suprato, kad toks ėjimas jį nustebino. Liepsnojantis kirvio kraštas perėjo per skydą, bet pati Glena buvo nusviesta tolyn, išmesta į orą ir skaudžiai trenkėsi į žemę.

Nors ji svaidėsi savo galia, jo deginantis juodas žaibas svilino jai delnus. Glena ištiesė rankas, sutelkdama delnuose visą savo galią, ir sunkiai atsistojo.

— Negali laimėti, — pasakė Midiras, apgaubtas virpančios tamsos. — Mačiau pabaigą. Ir tavo mirtį.

— Matei tai, ką norėjo matyti ta šėtono močia, kuriai parsidavei, — atrėžė ji ir sviedė ugnies pliūpsnį. Ir nors Midiras nukreipė jį vienu rankos mostu, ji žinojo, kad nudegino jį, kaip kad jis nudegino ją. — O galas bus toks, kokio norėsim mes.

Ledinio įsiūčio perkreiptu veidu jis sukėlė žvarbų vėją, kuris it peiliais čaižė jos odą.

Kažkaip laikomės, pagalvojo Blera. Ji labai norėjo tikėti, kad jie laikosi, bet sulig kiekviena Pažadėtosios žemės karių atkovota pėda naktį rasdavosi dar daugiau vampyrų.

Ji jau seniai pametė nužudytų vampyrų skaičių. Bent tuzinas kalaviju ir basliu, dar apie tiek iš viršaus. Ir vis tiek to nepakako. Bjauri žemė buvo nuklota kūnais, o ji jautė, kad jėgos senka.

Reikia stebuklo, pagalvojo ji, ir piktai surikusi pribaigė vampyrą, kuris buvo nusprendęs pasimėgauti kritusio kario krauju.

Sukdamasi kaip viesulas ji skerdė kitus ir pamatė ant aukštos kalvos kovojančius Gleną su Midiru — juoda audra kovėsi su balta.

Iš negyvėlio rankos ji ištraukė ietį ir sviedė. Ieties smaigalys perskrodė du petys į petį kovojančius vampyrus, o medinis kuolas pervėrė jų širdis.

Kažkas ant jos šoko iš viršaus. Ji puolančiojo nematė, tik pajuto ir instinktyviai pašokusi plačiai apsisuko. Palietusi žemę mostelėjo kalaviju, ir šis atsitrenkė į Loros kalaviją.

— Štai kur tu, — Lora stūmė savo kalaviją žemyn, kol jis smailiu kampu atsirėmė į Bleros ginklą. — Visur tavęs ieškojau.

— O manęs visai nereikia ieškoti. Tau čia kažkas ant veido. O, varge, ar tik ne randas? Tai čia mano darbas? Labai apgailestauju.

— Išėsiu tau veidą.

— Ar ne per daug nori? Kas per šlykštūs norai. Nemanai, kad gana plepalų?

— Per akis.

Kai Blera ir Lora atsitraukė viena nuo kitos, jų kalavijai sužvangėjo. O susikirtus jų geležtėms šios uždainavo. Blerai užteko kelių akimirkų suprasti, jog susidūrė su grėsmingiausiu priešininku savo gyvenime. Gal Lora ir atrodė kaip oda apsitempusi, dominuoti mėgstanti kekšelė iš prasto filmo, bet kautis ta prancūzė tikrai mokėjo. Smūgių taip pat nesibaimino, suprato Blera, kai pagaliau pralaužusi Loros gynybą smagiai vožtelėjo jai kumščiu į veidą. Tuoj pat pajuto deginimą palei krumplius, kai Lora suleido jai į ranką dantis. Ji apsivertė ore ir šokdama ant dantytos uolos kirto kalaviju, bet sutiko tik orą, nes Lora jau buvo pakilusi nuo žemės lyg turėtų sparnus. Loros kalavijas prašvilpė Blerai pro pat veidą, o jo galiukas įbrėžė jai skruostą.

— Vaje, ar tik neliks rando? — Lora kartu su Blera nusileido ant uolos. — Labai apgailestauju.

— Nieko, užgis. Tavo darbai juk tokie neilgaamžiai.

Į pirmąjį kraują ji atsakė žaibišku puolimu, įpjaudama Lorai ranką ir paleisdama ugnies pliūpsnį. Bet Lora atmušė Bleros smūgį kalaviju, kuris net pajuodo nuo raudonos liepsnos. Dar kartą blykstelėjusi liepsna užgeso.

— Manai, kad nebuvom tam pasiruošę? — Lora apnuogino iltis nesiliaudama kautis. — Apie tai, ką sugeba Midiras, jūsų burtininkėliams nėra ko nė svajoti.

— Tai kodėl visi jūsų kariai neturi tokių kalavijų kaip tavo? Tiesiog jis tiek nepatempia.

Blera vėl šoko aukštyn, persivertė ir smogė Lorai kojomis. Ši, pasinaudojusi proga, pakilo į orą ir leisdamasi mosavo kalaviju. Blera pakėlė savąjį, kad atremtų smūgį, ir nepamatė durklo, kuris išlėkė iš kitos Loros rankos. Kai durklas pervėrė jai šoną, Blera suklupo iš netikėtumo ir skausmo.

— Tik pažiūrėk, kiek kraujo. Srūte srūva iš tavęs. Skanumėlis, — su pasitenkinimu juokėsi Lora, žiūrėdama į parklupusią Blerą. Kai pakėlė kalaviją paskutiniam mirtinam smūgiui, jos akys švytėjo raudoniu.

Staiga su laukiniu kauksmu iš viršaus pasirodė auksinis vilkas. Jis puolė nagais ir dantimis, tuo pat metu stengdamasis išsisukti nuo kalavijo, kuriuo švaistėsi Lora. Kai jis pasiruošė stverti ją už gerklės, Blera nusikeikė.

— Ne! Ji mano. Juk davei žodį, — prašvokštė ji klūpėdama su šone tebestyrančiu durklu. — Traukis, vilkiūkšti. Po velniais, traukis.

Larkinas atsivertė į žmogų ir pasitraukė.

— Tai pribaik ją, — metė jis, piktai žvelgdamas į Blerą, — gana čia žaisti.

— Paklusnus kaip šuniukas, ar ne? — Lora suko aplink juos ratus, kad matytų abu — kraujuojančią moterį ir beginklį vyrą. — Bet jis teisus, žaisti tikrai gana. Aš ir taip turiu daug reikalų.

Ji mostelėjo kalaviju žemyn, Blera savuoju aukštyn, kad sulaikytų smūgį. Jos rankų raumenys virpėjo nuo įtampos, o iš žaizdos srūte sruvo kraujas.

— Jis ne šuniukas, — prašvokštė ji. — O tau galas.

Išsitraukusi iš šono durklą, iki pat kriaunų suvarė jį Lorai į pilvą.

— Tai nemalonu, bet čia tik plienas.

— Čia irgi, — tarė Blera ir sukaupusi paskutines jėgas nustūmė šalin Loros kalaviją, o savąjį suvarė jai į krūtinę.

— Kaip tu mane nervini, — Lora nukreipė savo ginklą žemyn. — Tai kam čia galas?

— Tau, — atrėžė Blera, o Lorai į krutinę įbestas kalavijas staiga užsiliepsnojo.

Deganti ir rėkianti Lora pradėjo ristis nuo uolos. Blera ištraukė jai iš krūtinės kalaviją, smagiai juo užsimojo ir nukirto degančią galvą.

— Susitvarkiau kaip reikiant, — pasakė svyruodama Blera, suklupo ir jau būtų griuvusi, jeigu pripuolęs Larkinas nebūtų jos pagavęs.

— Ar tau labai blogai? — klausinėjo spausdamas ranką prie kraujuojančios žaizdos.

— Jaučiuosi sumautai. Bet organai nepažeisti. Reikia greitai mane palopyti, kad sustotų kraujavimas, ir aš grįžtu į žaidimą.

— Tuojau tuo pasirūpinsim. Lipk ant nugaros.

Kai jis pasivertė į slibiną, Blera užsiropštė jam ant nugaros. Jiems pakilus aukštyn ji pamatė Gleną, ant gūbrio kovojančią su Midiru. Glena parkrito.

— O dievai, jis į ją pataikė. Jai viskas. Kuo greičiau suk tenai.

Larkinas pagalvojo, kad jis, deja, nepakankamai greitas.

* * *

Glena pajuto burnoje kraujo skonį. Kraujas sunkėsi ir iš daugybės negilių įpjovų odoje. Ji žinojo, kad sužeidė jį, žinojo, kad pažeidė jo skydą, jo kūną ir net galias. Bet taip pat jautė, kad jos pačios galios silpsta sulig kiekvienu pralieto kraujo lašu. Ji padarė viską, ką galėjo, bet to nepakako.

— Tavo ugnis kažko priblėso. Teliko kelios žarijos, — Midiras prisiartino prie Glenos, gulinčios ant išdegintos, krauju permirkusios žemės. — Ir vis tiek jos gali būti per daug, kad pasiimčiau tavo galias ir ramiai tave pribaigčiau.

— Tu paspringsi mano galiomis, — išstenėjo Glena. Jis nukraujuos, pagalvojo ji. Ji pasistengs, kad jo kraują sugertų ši žemė. — Pažadu tau.

— Prarysiu tavo galią net nekramtęs. Juk galų gale iš jos nekas teliko. Ar matai, kas dedasi apačioje? Viskas, kaip aš ir pranašavau. Jūs suniokoti lyg po skėrių antplūdžio, ir ne be mano pagalbos. O kai jūs vienas po kito krisit, mano galios tik stiprės. Dabar jau mūsų niekas nesulaikys. Niekas nesustabdys.

— Aš sustabdysiu, — tarė iš už gūbrio pasirodęs kruvinas, smarkiai apdaužytas Hoitas.

— Štai kur tu, — prašvokštė Glena pro sukąstus iš skausmo dantis. — Aš jį paruošiau tau.

— Gardus kąsnelis, — pasakė Midiras ir apsisukęs paleido juodą žaibą. Susidūręs su akinančio baltumo Hoito paleistu žaibu, juodasis žaibas traškėjo ir spjaudėsi kruvinomis liepsnomis. Susidūrimo jėga nusviedė Midirą ir Hoitą tolyn vieną nuo kito, oras tarp jų įkaito.

Glena nusirito toliau nuo ugnies pliūpsnio, paskui parklupusi mėgino keltis. Sukaupusi paskutinius savo galios likučius, pabandė perduoti juos Hoitui. Drebančia ranka suėmusi sau ant kaklo kabantį kryžių, sutelkė visą galią į jį ir į tokį pat kryžių, kurį turėjo Hoitas. Ji progiesmiu kuždėjo burtažodžius, o burtininkai — juodasis ir baltasis — kovėsi ant skendinčio dvokiančiuose dūmuose gūbrio.

Hoitas pajuto, kaip jį perskrodė šalta it ledas ugnis, kuri pro žaizdas skverbėsi į kraują ir stengėsi atimti jo galią. Ji draskė jį nematomais nagais, o ore blyksėjo ir dundėjo magija, pripildžiusi visą dangų dūmų ir kone paskandinusi mėnulį. Žemė po jo kojomis trūkinėjo nebeatlaikydama milžiniško spaudimo. Hoitui buvo sunku kvėpuoti, širdis veržėsi iš krūtinės, bet jis nepaisė savo kūno poreikių, nepaisė žaizdų keliamo skausmo ir sūraus prakaito, kuris dar labiau tą skausmą aitrino.

Jis jautė viduje susikaupusias galias. Kažkada, kai dar tik pradėjo žengti savo keliu, buvo susvyravęs prieš juodąsias jėgas. Bet dabar, stovėdamas ant gūbrio, nepaisant viso pralieto kraujo ir mirties, be žmogiškosios drąsos, pasiaukojimo ir įniršio, jis jautė savyje įsikūnijus baltai liepsnojančią galią.

Kai prie jo magijos prisidėjo Glena, jo sidabrinis kryžius užsiplieskė. Jis ištiesė ranką ir tvirtai suėmė josios. Įsikibusi į jį, Glena pamažu atsistojo. Kita ranka jis iškėlė kalaviją, iš kurio plykstelėjo akinamai balta liepsna.

— Tai mes tave įveiksim, — tarė Hoitas ir kalaviju atmušė Midiro žaibą. — Mes, kurie kovojam už tyrą magiją, už žmoniją. Tai mes tave nugalėsim, sunaikinsim, amžiams paskandinsim pragaro liepsnose.

— Būkit prakeikti! — suriko Midiras ir pakėlęs abi rankas paleido du žaibus. Bet kai Glena vienu rankos mostu pavertė juos pelenais, jo veidą iškreipė baimė.

— Tai tu būk prakeiktas, — metė Hoitas ir mostelėjo kalaviju. Iš jo pliūptelėjusi liepsna kaip plienas pervėrė Midiro širdį.

Ten, kur jis krito negyvas, pajuodo žemė.

Reikia kažkaip prisikasti prie aukštumos, galvojo Moira, ir pergrupuoti lankininkus. Ji išgirdo šūksnius, iš kurių suprato, kad jų frontas vėl pralaužtas šiaurėje. Liepsnojančios strėlės atstums įsibrovėlius, o jos kariai gaus laiko vėl sutvirtinti savo gretas. Ji apsižvalgė ieškodama visame šitame knibždėlyne žirgo ar slibino, kuris padėtų atsidurti ten, kur, žinojo, jos reikia labiausiai.

Pažvelgusi aukštyn pamatė Hoitą su Glena, nutviekstus akinamai baltos šviesos, akis į akį su Midiru. Atgijusi viltis suteikė jai jėgų toliau brautis pirmyn. Ir nors atrodė, kad net žemė bando ją sulaikyti, Moira nenuilsdama mosavo kalaviju prieš puolantį priešininką. Pristabdė jį tvirtu smūgiu ir kai nusitaikė smogti vėl, jį iš už nugaros pribaigė Ridokas.

Nuožmiai išsišiepęs, su saujele vyrų jis brovėsi link pažeistos fronto linijos. Ji apsidžiaugė pamačiusi savo dėdę gyvą. Kai bėgte pasileido pas jį, po kojomis subangavo žemė ir Moira parpuolė. Stodamasi pamatė negyvą moterį atmerktomis akimis ir atpažino Isliną.

— O, ne...

Islinos gerklė buvo perplėšta, odinė juostelė, ant kurios paprastai kabodavo jos medinis kryželis, buvo nutraukta ir permirkusi krauju. Apimta baisios širdgėlos Moira suėmė Islinos kūną į glėbį. Supdama jį pajuto: dar šiltas. Jeigu tik ji būtų atėjusi anksčiau, gal dar būtų ją išgelbėjusi.

— Islina, Islina...

— Islina, Islina, — pasigirdo pasityčiojimo kupinas balsas, ir iš dūmų plaukte išplaukė Lilita.

Mūšiui ji buvo apsivilkusi raudoną, sidabru puoštą drabužį, o jos galvą juosė visiškai toks pat kaip ir Moiros vainikas. Kalavijas buvo kruvinas iki pat brangakmeniais nusagstytos rankenos. Pamačius ją, Moirą nusmelkė baimė ir įniršis, ji tuoj pat pašoko ant kojų.

— Tik pažiūrėkit, — tarė Lilita, sukdama ratus aplink Moirą. Ji taip grakščiai ir mitriai mosavo kalaviju, kad neliko jokių abejonių — vampyrų karalienė puikiai jį valdo. — Menka ir nereikšminga, purvina ir apsižliumbusi. Juokinga, kai pagalvoju, kiek laiko sugaišau planuodama tavo mirtį. O juk viskas taip paprasta.

— Nė nesitikėk laimėti, — atrėžė Moira. Karalienė prieš karalienę, pagalvojo ji atremdama pirmus bandomuosius Lilitos smūgius. Gyvenimas prieš mirtį. — Mes jus išstumsim. Nė už ką jums nepasiduosim.

— Tik jau nereikia, — niekinamai mostelėjo Lilita. — Jūsų gretos trupa kaip sudžiūvęs molis, o aš rezerve turiu dar du šimtus. Bet tai nesvarbu. Dabar svarbios esam tik mudvi.

Nė nemirktelėjusi Lilita nutvėrė už gerklės ją puolusį kareivį ir nusuko jam sprandą. Nerūpestingai nusviedusi kūną žemėn, atmušė ugninio Moiros kalavijo smūgį.

— Midiras neblogai pasidarbavo, — pasakė Lilita, kai liepsna užgeso. — O dabar turiu išsiaiškinti su tavim, kale. Tu nužudei mano Deivį.

— Ne, tai tu jį nužudei. Paversdama jį tuo bedvasiu padaru atėmei jo tyrumą ir taip save prakeikei.

Staigiu it gyvatės judesiu Lilita perdrėskė Moirai skruostą.

— Tūkstantis pjūvių, — pasakė ji, laižydamasi nuo pirštų kraują. — Štai ko iš manęs sulauksi. Tūkstantis pjūvių, o mano armija sočiai pasimaitins iš tavosios.

— Daugiau prie jos neprisiliesi, — nutraukė ją Kianas, lėtai, lyg būtų sustojęs laikas, prijojęs prie jų savo žirgu. — Niekada.

— Atėjai gelbėti savo kekšelės? — Lilita išsitraukė iš už diržo spindintį baslį. — Paauksuotas ąžuolas. Specialiai tau. Aš tave sukūriau, aš tave ir pribaigsiu. Negi tavęs nejaudina visas šis kraujas? Šilto kraujo klanai, dar neatšalę kūnai, tik ir laukiantys, kol jis jiems bus nuleistas. Žinau, kad trokšti to skonio. Pati tau suteikiau tą troškimą, todėl jis man labai gerai pažįstamas.

— Niekada manęs nepažinojai. Eik, — tarė jis Moirai.

— Taip, taip, bėk. Susirasiu tave vėliau.

Ji pakilo į orą ir puolė Kianą, šoktelėjo aukštyn dar per kalavijo ilgį ir ėmė suktis jam virš galvos. Įnirtingai mosavo kalaviju, bet pasiekdavo tik orą, nes iššokęs aukštyn Kianas persivertė ir vos neįspyrė jai į veidą.

Jie judėjo tokiu nežmonišku greičiu, kad Moira matė tik kažkokį neaiškų vaizdą ir girdėjo žvangant kalavijus. Ji žinojo, kad šis mūšis priklauso jam, nes laimėti gali tik jis. Bet palikti jo negalėjo.

Ji užšoko ant Vlado ir užjojo ant uolos, kuri buvo slidi nuo kraujo, ir atsidūrė jiems virš galvų. Ten ji kalaviju paleido ugnies pliūpsnį, kad sulaikytų Lilitos karius, kurie atskubėjo padėti karalienei. Moira prisiekė, kad ir ji, ir Pažadėtosios žemės kalavijas iki paskutinės akimirkos gins jos mylimąjį.

Kianas žinojo, kad Lilita labai įgudusi. Juk kovos menams studijuoti ji, kaip ir jis, turėjo ištisus amžius. Ji buvo tokia pat stipri ir greita kaip ir jis. Gal net stipresnė ir greitesnė. Ji atremdavo jo smūgius, priversdavo jį trauktis, išsisukdavo nuo jo galingų atakų.

Jis žinojo, kad ši žemė, ši tamsos zona vis dar priklausė jai. Ji mito ja, o jis to daryti nedrįso. Ji mito šauksmais, kurie aidėjo ore, ir krauju, kuriuo čia, atrodė, lyja.

Kianas kovėsi ne tik su ja, bet ir su savimi, tuo padaru, kuris taip troško išsilaisvinti ir mėgautis tuo, kuo jis buvo, kuo jinai jį pavertė. Pasinaudojusi tuo ji išmušė jam iš rankos kalaviją ir tą trumputę akimirką, kol jis stovėjo niekuo neprisidengęs, suvarė jam į krūtinę baslį su tokia jėga, kad Kianas susvirduliavo. Bet kai jos triumfo šūksnis nutilo, jis ir toliau stovėjo visiškai sveikas.

— Kaip? — spoksodama tepaklausė ji.

Jis pajuto, kaip širdį spaudžia Moiros medalionas, bet tas skausmas buvo saldus.

— Šie burtai tau nepasiekiami, — atšovė jis ir kirto kalaviju, užkliudydamas penkiakampės žvaigždės pavidalo randą jai ant krūtinės. Iš žaizdos pasipylė juodas, tirštas it degutas kraujas. Nuo skausmo ir įniršio Lilitos akis užliejo demoniškas raudonis. Rėkdama ji puolė jį su nauja laukine jėga. Jis kirto atgal ir vėl ją sužeidė, atmušinėjo jos kirčius jausdamas medalioną, kuris, atrodė, pulsavo vietoj jo neplakančios širdies.

Ji kirto kalaviju jam per ranką, ir jo ginklas tarškėdamas nulėkė žemėn.

— Dabar tu, o paskui tavo kekšė!

Kai ji puolė, jis sugriebė to kalavijo rankeną kruvinomis rankomis. Ji nusišypsojo.

— Galima ir taip. Taip bus kur kas poetiškiau.

Ji apnuogino iltis ir taikėsi jas suleisti jam į gerklę, bet jis nieko nelaukęs suvarė jai širdin baslį, kurį buvo padariusi jam.

— Sakyčiau, riskis pragaran, bet net ir ten tavęs niekas nepriims.

Jos akys išsiplėtė, jų raudonis atslūgo. Jis pajuto, kaip pranyko riešas, kurį jis laikė, o jos mėlynos akys į jį žiūrėjo dar kurį laiką. O paskui iš jos nebeliko nieko, tik saujelė pelenų prie jo kojų.

— Pribaigiau tave, — pareiškė jis, — kaip kad tu kažkada pribaigei mane. Va čia tai poetiška.

Žemė po jo kojomis pradėjo virpėti. Štai ir prasideda, pagalvojo jis. Nuo uolų atšuoliavo juodas žirgas, barstydamas į šalis pelenus.

— Tau pavyko! — Moira šoko iš balno tiesiai jam į glėbį. — Tu ją nugalėjai. Tu laimėjai.

— Ar žinai, kas mane išgelbėjo? — paklausė jis ir ištraukęs medalioną parodė jai, kokį įdubimą jame paliko baslio smūgis. — Tu.

— Kianai, — pradėjo sakyti ji, bet čia pat išblyškusi šoko žemyn, nes uolos po jos kojomis pradėjo skilinėti lyg kiaušinio lukštas. — Paskubėk. Eime, greičiau. Jau prasideda. Jos kraujas, jos mirtis buvo paskutinis etapas. Burtai pradeda veikti.

— Tai tu ją nugalėjai. Tu laimėjai. Niekada to nepamiršk, — pasakė jis ir prisitraukęs stipriai ją pabučiavo.

Tada šoko ant žirgo ir po akimirkos jo jau nebebuvo.

Aplink Moirą užvirė tikras chaosas. Dūmuose skardėjo riksmai ir girdėjosi sužeistųjų dejonės. Priešai pradėjo skubiai trauktis.

Iš miglos išniro auksinis slibinas su Blera ant nugaros. Jausdama, kaip žemė banguoja jai po kojomis, Moira ištiesė rankas aukštyn, kad Larkinas galėtų suimti ją nagais. Jie leidosi skristi virš drebančios žemės aukšto gūbrio link. Kai ji pasiekė ir nusileido, Hoitas pripuolęs stvėrė Moirai už rankos.

— Reikia pradėti dabar.

— Kianas. Juk nežinom, ar...

— Aš daviau jam žodį. Turim pradėti dabar. — Jis iškėlė jų susikibusias rankas ir žvelgdami į juodą dangų jie pradėjo kartoti magiškuosius žodžius.

„Sutelkiame mes savo galią šią paskutinę valandą vietoje šioje prakeiktoje. Juodžiausią naktį liejos kraujas čia — už tamsą ir už šviesą. Piktoji demonė ir magija juoda čia buvo nugalėta, todėl dabar šią žemę reikalaujame grąžinti. Vardan visų mūs žygių kviečiame pakilti saulę, kad jos šviesa mūs priešą sunaikintų savąja galia. Tebūnie tavo valia."

Žemė sudrebėjo ir pakilo laukinis vėjas.

— Šaukiamės saulės! — suriko Hoitas. — Šaukiamės šviesos!

— Šaukiamės aušros! — prisidėjo prie jo Glena, o Moirai suspaudus jos laisvąją ranką jų galia dar sustiprėjo. — Sudegink naktį.

— Pasirodyk iš rytų, — giedojo Moira, pro dūmus, kurie sūkuriuodami kilo aukštyn, žvelgdama į Larkiną su Blera, užbaigiančius ratą. — Ir keliauk į vakarus.

— Ji kyla! — sušuko Blera. — Žiūrėkit! Žiūrėkit į rytus!

Palei kalnų šešėlius dangus prašvito, ir šviesa vis ryškėjo, kol pagaliau pasidarė šviesu kaip dieną. Apačioje besislapstantys vampyrai pavirto į dulkes. Ant akmenuotos suskeldėjusios žemės tiesiog akyse pradėjo skleistis gėlės.

— Tik pažiūrėkit, — pusbalsiu rimtai ištarė Larkinas, stipriai spausdamas Moiros ranką. — Žolė. Ji žaliuoja.

Ji matė žolę, nuostabias baltas ir geltonas gėles, pabirusias po visą žalią kilimą. Vešlioje saulės nutvieksto slėnio žolėje matė ir žuvusiųjų kūnus.

Tik niekur nebuvo Kiano.

21 skyrius

Nors mūšis ir buvo laimėtas, darbų — nors vežimu vežk. Moira dirbo su Glena, kuri teikė pagalbą sužeistiesiems. Blera su Larkinu išvyko ieškoti ir naikinti vampyrų, galėjusių spėti pasislėpt nuo saulės. Hoitas padėjo perkelti karius, kurie nebuvo labai sužaloti, atgal į bazes.

Nusiplovusi nuo rankų kraują, Moira išsitiesė ir pamatė artyn ateinančią Kiarą, kuri svirduliavo lyg apsvaigusi.

— Čionai, tu sužeista, — Moira prispaudė ranką prie žaizdos Kiaros petyje. — Leisk, aptvarstysiu.

— Mano vyras... — Kiara visu svoriu parimo Moirai ant peties, o jos žvilgsnis klajojo nuo gulto prie gulto. — Orenas. Niekur jo nerandu. Jis...

— Čia. Jis čia. Tuoj tave ten nuvesiu. Jis jau klausė apie tave.

— Sužeistas? — svyruodama klausinėjo Kiara. — Jis...

— Nemirtinai. O pamatęs tave pasveiks kur kas greičiau. Ten, štai ten, matai? Jis...

Moira liko kur stovėjusi, o Kiara sušuko ir klupdama nuskubėjo prie savo vyro gulto ir ten suklupo.

— Kaip gera tave matyti, iš karto lengviau širdžiai.

Moira pasisuko ir nusišypsojo dėdei. Ridokas sutvarstyta ranka ir koja sėdėjo ant atsargų dėžės.

— Būtų gerai, kad vėl susitiktų visi mylimieji. Deja... Netekom daug žmonių. Žuvo daugiau kaip trys šimtai, ir tai ne galutinis skaičius.

— Bet ar pagalvojai, kiek išgyveno, Moira? — Jis matė jos kūno žaizdas, o iš akių suprato, kad kenčia ir širdis. — Pagerbkime žuvusiuosius, bet džiaukimės dėl tų, kurie gyvena.

— Aš džiaugiuosi, tikrai džiaugiuosi, — patikino ji, toliau atidžiai apžiūrinėdama sužeistuosius ir tuos, kurie jais rūpinuosi, ieškodama to vieno vienintelio. — Ar manot, kad galit keliauti namo?

— Keliausiu su paskutiniais. Kartu su mūsų žuvusiaisiais, Moira. Leisk man tuo pasirūpinti.

Ji linktelėjo galva, apkabindama atsisveikino su juo ir nuėjo toliau tvarkyti savo reikalų. Kaip tik girdė sužeistą kareivį, kai ją vėl susirado Kiara.

— Jo koja... Oreno koja... Glena sakė, kad ją pavyks išsaugoti, bet...

— Vadinasi, taip ir bus. Ji nemeluotų nei tau, nei jam.

Šiek tiek aprimusi Kiara atsiduso ir linktelėjo galva.

— Galiu jums padėti. Noriu kuo nors užsiimti. — Kiara palietė savo aptvarstytą petį. — Glena mane apžiūrėjo ir pasakė, kad nieko baisaus nėra. Mačiau Darvelą. Jai irgi neatsitiko nieko labai blogo. Daugiausia įpjovos ir sumušimai.

— Žinau.

— Mačiau jūsų pusbrolį Oreną ir jis pasakė, kad Šinonos Falenas jau keliauja atgal į pilį. Tik dar neradau Islinos. Ar jūs ją matėt?

Moira nuleido kareivio galvą ant pagalvės ir atsistojo.

— Ji žuvo.

— O ne, mano ponia. To negali būti. Tiesiog jūs jos dar neradot, — Kiara vėl pradėjo žvalgytis po gultus, kurių buvo pristatytas visas laukas. — Juk jų čia tiek daug.

— Aš ją mačiau. Ji krito per mūšį.

— O ne. Ne, — Kiara užsidengė veidą rankomis. — Pasakysiu Darvelai. — Kai ji atsitraukė rankas, skruostais ritosi ašaros. — Ji kaip tik ieško Islinos. Pasakysiu jai, ir mes... Negaliu su tuo susitaikyti, mano ponia. Tiesiog negaliu.

— Moira! — pašaukė ją Glena iš kito lauko galo. — Reikia tavo pagalbos.

— Aš pasakysiu Darvelai, — kartodama tai Kiara nuskubėjo.

Moira dirbo iki pat saulėlydžio. Tada ją pervargusią ir iškamuotą nerimo Larkinas nuskraidino į ūkį, kuriame ji turėjo praleisti paskutinę naktį. Galbūt jis laukia manęs ten, vylėsi ji. Kurgi daugiau jis galėtų būti? Ten jo nepasiekia saulė, o jis gali padėt tvarkyti atsargas, rūpintis sužeistaisiais ar perskraidinimu. Žinoma, kad jis bus ten.

— Beveik sutemo, — pasakė Larkinas, kai jie nusileido ir jis atgavo savo žmogiškąjį pavidalą. — Daugiau Pažadėtojoje žemėje nebebus ko baimintis naktį, išskyrus motinos gamtos padarus.

— Tai nieko neradot? Niekas neišliko?

— Pelenai. Visur tik pelenai. Net ir tamsiausiuose urvų šešėliuose likę tik pelenai. Lyg saulė būtų viską kiaurai išdeginusi, kad jie negalėtų išgyventi net ir giliausiai slapstydamiesi.

Jos ir taip išblyškęs veidas papilkėjo, ir viską supratęs Larkinas suspaudė jos ranką.

— Su juo viskas kitaip. Tu ir pati tai žinai. Jis turėjo tą apsiaustą. Turėjo spėti juo apsigaubti. Nemanau, jog mūsų burtai, kad ir kokie jie būtų, galėtų pakenkti vienam iš mūsų.

— Žinoma, ne. Turbūt tu teisus. Tiesiog aš pavargusi.

— Užkąsk ko nors ir prigulk, — tarė jis ir nuvedė ją į namą.

Ten jie rado Hoitą ir Gleną su Blera. Pamačius jų veidus Moirai sulinko keliai.

— Jis mirė?

— Ne, — Hoitas atskubėjęs paėmė ją už rankų. — Ne, jis išgyveno.

Ašaros, kurias ji slopino ištisas valandas, pasipylė iš akių ir pasruvo skruostais.

— Ar tu tikrai žinai, kad jis gyvas? Matei jį? Kalbėjaisi su juo?

— Galiu tau prisiekti.

— Moira, prisėsk. Tu pervargusi.

Bet ji nesiklausė, ką jai sako Glena, ir tik purtė galvą neatplėšdama akių nuo Hoito.

— Viršuje? Jis viršuje? — supratus, ką sako Hoito žvilgsnis, Moiros kūnu nubėgo virpulys. — Ne, — lėtai ištarė ji. — Viršuje jo nėra. Nėra nei šiame name, nei Pažadėtojoje žemėje. Jis išvyko. Grįžo į savo pasaulį.

— Jis jautė... Prakeikimas, man taip gaila, Moira. Jis buvo apsisprendęs, kad išvyks iš karto. Aš jam atidaviau savo raktą, ir slibinas jį nuskraidino prie Dievų Vartų. Jis sakė... — Hoitas paėmė nuo stalo užantspauduotą voką. — Prašė, kad perduočiau tau šį laišką.

Ji ilgai žiūrėjo į jį, paskui linktelėjo galva.

— Ačiū.

Kai ji paėmė laišką ir viena užkopė laiptais, niekas nieko nepasakė.

Ji užsidarė kambaryje, kuriame anksčiau buvo apsistojusi su juo, uždegė žvakių. Tada atsisėdo ir ilgai sėdėjo prispaudusi jo laišką prie krūtinės, kol pagaliau įgavo jėgų sulaužyti antspaudą ir perskaityti, kas ten buvo parašyta.

Moira,

taip bus geriausia. Esi protinga ir suprasi. Jei likčiau ilgiau, tik ilgiau kankintumės, o mes ir taip prisikentėjom daugiau, negu galima iškęsti per vieną gyvenimą. Palikdamas tave išreiškiu savo meilę. Tikiuosi, kad suprasi ir tai.

Turėsiu tiek daug prisiminimų apie tave — kaip tu sėdėdavai mano bibliotekoje užsivertusi knygomis, įnikusi į jas, kaip juokdavaisi su Kingu ar Larkinu, nors pirmomis savaitėmis taip retai juokdavaisi kalbėdama su manimi. Kokia drąsi būdavai mūšyje ir kokia kartais būdavai paskendusi mintyse. Negali net įsivaizduoti, kaip dažnai tave stebėdavau ir tavęs trokšdavau.

Matysiu tave ryto miglose, ištraukiančią iš akmens spindintį kalaviją, skrendančią ant slibino ir laidančią iš lanko zvimbiančias strėles.

Matysiu tave nutviekstą žvakių šviesos, tiesiančią į mane rankas, vedančią mane į šviesą, kokios neteko pažinti iki tavęs ir kokios jau niekada nebepažinsiu.

Išgelbėjai ir savo, ir mano pasaulį, ir dar daugybę kitų, kad ir kiek jų būtų. Tikriausiai tu buvai teisi sakydama, jog mums buvo lemta rasti vienam kitą ir būti kartu tam, kad taptume stipresni ir įgautume galios, kurios reikėjo išgelbėti tiems pasauliams.

O dabar laikas atsitraukti.

Prašau, kad būtum laiminga, atkurtum savo pasaulį, savo gyvenimą ir mėgautumeis juo. Gyvendama kitaip paniekintum tai, ką buvo lemta patirti mums, ir tai, ką suteikei man.

Su tavimi jaučiausi taip, lyg kažkokiu būdu vėl būčiau tapęs žmogumi.

Tas žmogus beprotiškai tave mylėjo. O aš, nepaisant visko, nesu tas žmogus, kuris tave mylėjo. Mylėjau tave per visus tuos amžius. Tad jei ir tu myli mane, padarysi tai, ko prašau.

Gyvenk dėl manęs, Moira. Net būdamas kitame pasaulyje ir žinodamas, kad tu gyveni, aš būsiu patenkintas.

Kianas

Ji raudojo. Jos širdžiai reikėjo pagaliau išlieti susikaupusį gilų ašarų šaltinį. Gulėdama lovoje, kurioje jie mylėjosi paskutinį kartą, ji spaudė jo laišką sau prie širdies ir leido tai širdžiai išsilieti.

Niujorkas
Po aštuonių savaičių

Didžiąją laiko dalį Kianas praleisdavo tamsoje, gurkšnodamas viskį. Prieš akis turėdamas amžinybę jis galėjo leisti sau paskęsti apmąstymuose dešimtmečiui ar net dviem. O gal ir visą amžių, nes tas prakeiktas amžinas gyvenimas jam vis tiek neteikė jokio džiaugsmo. Viskas, aišku, praeis. Jis kaip nors susitvarkys. Grįš prie savo verslo. Šiek tiek pakeliaus. Bet prieš tai dar šiek tiek pagirtaus. Metai ar dveji girtavimo dar nėra pakenkę nė vienam nemirusiajam.

Jis žinojo, kad jai sekasi gerai, kad ji padeda savo žmonėms atsigauti ir jau planuoja, kokį monumentą kitą pavasarį pastatys slėnyje. Jie palaidojo žuvusiuosius, o per atminus ji garsiai perskaitė visų jų vardus — jų buvo beveik penki šimtai.

Visa tai jis žinojo todėl, kad kiti jau buvo grįžę ir būtinai norėjo išpasakoti jam visas smulkmenas, apie kurias jis visai neklausė.

Laimė, kad dabar Blera su Larkinu gyveno Čikagoje ir nekvaršino jam galvos savo šnekomis ar pasiūlymais susitikti. Praleidę tiek laiko su juo, tie žmonės galėjo įsikalti į galvą, kad kompanija jam nebuvo tokia jau svarbi.

Jam rūpėjo tik lėbavimas. Kai pagaliau liausis lėbavęs, jo apskaičiavimais, daugelis jų bus seniai mirę.

Jis vėl įsipylė viskio ir pasiguodė tuo, jog dar nebuvo smukęs taip žemai, kad gertų viskį tiesiai iš butelio.

O čia dar Hoitas su Glena nedavė jam ramybės ir kvietė kartu su jais švęsti Kalėdas. Kad juos kur! Kas jam tos Kalėdos? Jis troško, kad jie greičiau išsineštų į Airiją, į tą namą, kurį jis jiems padovanojo, ir pagaliau paliktų jį ramybėje.

Kažin, ar Pažadėtojoje žemėje jie švenčia Kalėdas? Jis mąstė apie tai čiupinėdamas įlenktą sidabrinį medalioną, kurio nenusiimdavo nei dieną, nei naktį. Jis niekada jos neklausė apie jokius jų papročius, o kodėl ir būtų turėjęs klausti? Dabar ten turėtų būti Kalėdų metas, kūrenami židiniai, skamba muzika. Bet koks jo reikalas!

Na, Moira turėtų švęsti. Turėtų uždegti tūkstantį žvakių, kad Pažadėtosios žemės pilis nušvistų. Visur turėtų būti prikabinėta papuošalų ir sumautų šventinių juostų.

Kada, po galais, jį nustos kankinęs tas skausmas? Kiek dar viskio reikės išlakti, kad bent kiek apmalštų?

Jis išgirdo burzgiant liftą ir susiraukė. Juk pasakė tam susikuitusiam durininkui, kad nieko čia neleistų. Reikės nusukti sprandą tam idiotui. Kita vertus, jis juk užrakino mechanizmą iš vidaus, kad apsauga būtų tikresnė. Gal jie ir pakils į viršų, bet vidun tikrai neįeis, džiūgavo Kianas.

Jam teliko nusikeikti, kai durys atsivėrė ir į jo tamsų būstą įžengė Glena.

— O dievai... — nekantriai tarė ji, ir po akimirkos visur užsiplieskė šviesos.

Jos jį apakino, ir dabar jis keikėsi garsiai ir nesivaržydamas.

— Tik pažvelk į save, — ji padėjo didelę, gražiai įvyniotą dėžę, kurią atsinešė. — Sėdi tamsoj kaip koks...

— Vampyras. Dink iš čia.

— Čia atsiduoda viskiu, — jausdamasi kaip namuose ji nuėjo į virtuvę ir pradėjo ruošti kavą. Palikusi ją grįžo atgal į kambarį ir pamatė, kad jis taip ir nepasijudino iš vietos. — Tau irgi linksmų Kalėdų, — palinkėjo ji pakreipusi galvą. — Reikėtų tau nusiskusti ir apsikirpti, ir vieną gražią dieną, kai nebūsi toks surūgęs, gal papasakosi, kaip sugebi taip apsikuisti. Nusiskusti, — pakartojo ji, — apsikirpti, o kadangi čia dvokia ne tik viskiu, tai dar ir nusiprausti.

Jis nesiteikė net atsimerkti, o kai nusišiepė, šypsenoje nebuvo nė kiek linksmumo.

— Ar patrinsi man nugarą, Rude?

— Jeigu reikės, tai ir patrinsiu. Kianai, gal truputį apsitvarkyk ir važiuojam pas mus. Turim daug nuo šventinės vakarienės likusių valgių. Šiandien juk Kalėdos, — pasakė ji jam pažvelgus taip, lyg nieko nesuprastų. — Jau beveik devynios vakaro, šventinio vakaro, ir aš palikau savo vyrą vieną namuose, nes jis toks pat užsispyręs kaip tu ir nenorėjo čia eiti nekviestas.

— Bent jau tiek. Nenoriu jūsų išėdų ir tos kavos, kurią čia darai, — jis pakėlė stiklą. — Turiu viską, ko reikia.

— Puiku. Sėdėk toliau čia persigėręs, pasmirdęs ir apgailėtinas. Bet gal norėsi bent jau šito, — ji nuėjo prie dėžės, pakėlė ją ir atnešusi pastatė jam ant kelių. — Atidaryk.

Jis pažiūrėjo į dėžę be jokio susidomėjimo.

— Aš neturiu dovanos tau.

Ji pritūpė šalia jo.

— Tai, kad tu ją atidarysi, man bus puikiausia dovana. Man tai labai svarbu.

— Ar išeisi, jeigu ją atidarysiu?

— Iš karto.

Kad jai įsiteiktų, Kianas pakėlė dėžės dangtį su sidabriniu popieriumi bei įmantriu kaspinu ir nubraukė į šoną blizgantį aplanką. Į jį žvelgė Moira.

— Po galais, Glena, kad tave kur, — tam vaizdui atsispirti jam nebūtų padėjęs nei viskis, nei valia. Kai jis išėmė iš dėžės įrėmintą portretą, balsas virpėjo nuo sunkiai tramdomų emocijų. — Kaip nuostabu. Ji tokia graži.

Glena buvo nutapiusi Moirą, ištraukusią iš akmens kalaviją. Tame paveiksle — visas momento reikšmingumas ir galia, žali šešėliai, sidabro miglos ir naujoji karalienė, nukreipusi į dangų spindintį kalaviją.

— Pamaniau, kad tas portretas tau primins, ką jai suteikei. Jeigu ne tu, ji nebūtų ten stovėjusi. Be tavęs Pažadėtosios žemės būtų nelikę. Be tavęs čia nebūtų manęs. Vieni be kitų to nebūtume išgyvenę, — ji uždėjo savo delną jam ant rankos. — Mes tebepriklausom vieni nuo kitų, Kianai. Ir taip bus visada.

— Aš teisingai pasielgiau, kad tada išvykau. Teisingai padariau.

— Taip, — ji spustelėjo jam ranką. — Tu pasielgei teisingai. Ir padarei tai iš meilės. Bet net ir žinojimas, kad pasielgei teisingai, nesumažina skausmo.

— Niekas jo nesumažina.

— Norėčiau pasakyti, kad laikas jį numalšins, bet tikrai nežinau, ar tai tiesa, — jos akys ir balsas buvo kupini užuojautos. — Tik žinok, kad turi draugų ir šeimą, kurie tave myli ir visada pasirengę tau padėti. Turi kas tave myli, Kianai, kas dėl tavęs pasiryžę net numirti.

— Nemoku priimti, ką man siūlai. Kol kas dar nemoku. Bet šis portretas... — jis apvedė pirštu palei portreto rėmą. — Ačiū tau už jį.

— Nėra už ką. Turiu ir nuotraukų. Fotografavau Airijoje. Pamaniau, gal ir jų norėsi.

Jis buvo bekeliąs kitą popieriaus sluoksnį, bet stabtelėjo.

— Palik mane minutę vieną.

— Žinoma. Einu baigsiu ruošti kavą.

Likęs vienas jis ištraukė iš po popieriaus didžiulį rudą voką ir jį atidarė.

Nuotraukų ten buvo daugybė. Moira tarp knygų, Larkinas lauke, Kingas, šeimininkaujantis prie viryklės, Blera degančiomis akimis, nuo prakaito žvilgančia oda, kovingai pritūpusi.

Vienoje jis pats su Hoitu. Net nežinojo, kad buvo fotogafuojamas.

Jis žiūrinėjo nuotrauką po nuotraukos draskomas prieštaringų jausmų, malonumo, sumišusio su liūdesiu.

Kai pagaliau pakėlė galvą, pamatė Gleną pasirėmusią į durų staktą su kavos puodeliu rankoje.

— Lieku tau skolingas daugiau negu dovaną.

— Visai ne. Kianai, Naujųjų metų sutikti vykstam į Pažadėtąją žemę. Visi.

— Aš negaliu.

— Na ne, — sutiko ji po minutės, ir jos supratingumas jį visiškai papirko. — Žinau, kad negali. Bet jeigu norėtum ką nors perduoti...

— Nieko nenoriu perduoti. Pernelyg daug ką reikėtų pasakyti, Glena, ir nėra ko apie tai kalbėti. Tu tiki, kad galėsit grįžti?

— Taip, turim Moiros raktą ir pačios Morganos palaiminimą. Dievų padėkos ilgai laukti netenka.

Ji prisiartino ir ant staliuko šalia jo padėjo puodelį su kava.

— Jeigu apsigalvosi... Mes išvyksim ne anksčiau kaip Naujųjų metų išvakarių vidudienį. Jeigu ne, tai po Naujųjų mudu su Hoitu būsim Airijoj. Tikimės, kad mus ten aplankysi. O Blera su Larkinu ketina apsigyventi čia, mano bute.

— Tegul saugosi Niujorko vampyrai.

— Visiškai teisingai, — ji pasilenkė ir pabučiavo jį. — Linksmų Kalėdų.

Kavos jis negėrė, bet daugiau nepalietė ir viskio. Ir tai jau buvo šioks toks žingsnis pirmyn. Jis sėdėjo ir iki pat vidurnakčio žiūrėjo į Moiros portretą.

Staiga pasirodęs šviesos sūkurys privertė jį pašokti iš krėslo. Kadangi daugiau nieko po ranka nebuvo, jis nutvėrė už kaklelio viskio butelį. Nebuvo toks girtas, kad jam vaidentųsi, taigi nusprendė, jog bute stovinti deivė yra tikra.

— Kokia atmintina diena. Turbūt niekada nesi lankiusis pas tokį kaip aš.

— Esi vienas iš šešių karžygių, — tarė Morgana.

— Buvau.

— Ir tebesi. O vis tiek laikaisi nuo jų atokiai. Tuomet pasakyk man, vampyre, kodėl kovojai? Juk ne dėl manęs.

— Ne, tikrai ne dėl dievų. O kas tau rūpi? — jis gūžtelėjo pečiais ir demonstratyviai rodydamas nepagarbą gurkštelėjo iš butelio. — Tiesiog reikėjo kažkuo užsiimti.

— Tokiam kaip tu kvaila apsimetinėti prieš mane. Juk tikėjai, kad tai teisinga, kad dėl to verta kovoti, net jeigu tektų paaukoti savo egzistenciją. Tokius kaip tu pažįstu nuo pat tada, kai pirmas iš jų atsirado per žmogaus kraują. Nė vienas jų nebūtų pasielgęs taip, kaip tu.

— Tu juk atsiuntei manęs verbuoti mano brolį.

Išgirdusi jo toną, deivė ironiškai pakraipė galvą.

— Tavo brolį siunčiau, kad tave surastų. O pasirinkimas buvo tavo valia. Tu tikrai myli šią moterį, — plaikstydamasi drabužiais ji priėjo prie portreto. — Ji prašė, kad paverstum ją viena iš jūsų, bet tu atsisakei. Jeigu būtum padaręs tai, ko ji prašė, būtum galėjęs ją pasilaikyti.

— Kaip naminį gyvulėlį? Pasilaikyti? Tai būtų jos prakeikimas, jos mirtis, tai būtų nužudę tą šviesą, kurią ji skleidžia.

— Būtum suteikęs jai amžinybę.

— Amžiną tamsą, amžiną kraujo troškimą, kraujo tų, iš kurių kilusi ji pati. Būčiau pasmerkęs ją gyvenimui, kuris net nėra gyvenimas. Ji pati nežinojo, ko manęs prašo.

— Ji žinojo. Būdama tokios stiprios širdies ir proto, tokia drąsi, vis tiek paprašė, nors puikiai žinojo, ką tai reiškia. Ir būtų atidavusi tau savo gyvybę. O tau juk visai neprastai sekasi. Tu principingas, turtingas, daug ką moki. Turi puikių namų.

— Teisybė. Sugebėjau šį tą išspausti iš savo egzistencijos. Kodėl gi ne?

— Ir mėgaujiesi tuo. Aišku, ne tada, kai sėdi tamsoje svajodamas apie tai, kas neįmanoma. Apie tai, ko negali turėti. Mėgaujiesi savo amžinybe, jaunyste, jėga ir žiniomis.

Jis nusišiepė prakeikdamas visus dievus.

— O tau labiau patiktų, jeigu raučiausi plaukus dėl savo likimo? Nuolat gedėčiau dėl savo paties mirties? Ar to dievai reikalauja?

— Mes nereikalaujam nieko. Mes paprašėm, tu davei tai, ko prašėm. Tiesą pasakius, davei daugiau, negu iš tavęs tikėjomės. Jeigu būtų buvę kitaip, dabar manęs čia nebūtų.

— Tai puiku. Gali keliauti sau.

— Manęs čia nebūtų, — tęsė ji tuo pačiu ramiu tonu, — ir aš neleisčiau tau rinktis — ar toliau gyventi ir kaupti dar didesnius turtus, amžius po amžiaus, nesenstant, nesergant, palaimintam dievų.

— Turiu tai ir be tavo palaiminimo.

Jos akyse kažkas blykstelėjo, bet jis nebūtų galėjęs pasakyti, — o jam ir nerūpėjo, — ar tai pyktis, ar juokas.

— Dabar tu tai turi, vienintelis toks. Tu ir aš apie mirtį žinom daugiau už bet kurį žmogų. Ir bijom jos kur kas labiau. Tavo gyvenimui pabaigos nėra. Bet gali ir būti.

— Ką? Dievai nusprendė persmeigti mane basliu? — nusijuokė jis ir gerokai truktelėjo iš butelio. — O gal supleškinti šventojoje ugnyje? Kad apvalytų mano prakeiktą sielą?

— Gali tapti tuo, kuo kažkada buvai, ir nugyventi gyvenimą, kuris baigsis taip, kaip ir visų žmonių. Gali gyventi, senti ir sirgti, ir vieną dieną pažinti mirtį, kaip tai būna žmonėms.

Butelis išslydo jam iš rankos ir dunkstelėjo į grindis.

— Ką?

— Tau rinktis, — tarė Morgana, ištiesusi abi rankas delnais į viršų. — Amžinybė, kuria galėsi džiaugtis su mūsų palaiminimu. Arba saujelė žmogiškojo gyvenimo. Ką renkiesi, vampyre?

Pažadėtojoje žemėje tyliai krito snaigės, viską užklodamos plona antklode. Ryto saulė žaižaravo jose ir medžius papuošusiame šerkšne. Moira atidavė Šinonai jos kūdikį.

— Ji gražėja sulig kiekviena diena. Galėčiau į ją žiūrėti ištisas valandas. Bet po pusiaudienio atvyksta mūsų kompanija, o aš dar nebaigiau ruoštis.

— Tu grąžinai juos namo, — Šinona priglaudė dukrelę prie savęs. — Visus, kuriuos myliu. Norėčiau, kad ir tu šalia turėtum visus, kuriuos myli.

— Per kelias savaites išgyvenau ištisą gyvenimą, — Moira paskutinį kartą pabučiavo mergytę ir nustebusi pažvelgė į atskubančią Kiarą.

— Jūsų didenybe, ten... Apačioje kai kas nori su jumis pasikalbėti.

— Kas?

— Aš... Man tepasakė tiek, kad su jumis nori pasikalbėti lankytojas, atvykęs iš labai toli.

Nustebusi Moira nusekė akimis išskubančią Kiarą.

— Kad ir kas tai būtų, ją aiškiai sujaudino. Iki pasimatymo.

Ji išėjo braukdamasi nuo kelnių dulkes. Pilyje jau kelios dienos buvo tvarkomasi ruošiantis Naujiesiems metams ir jos labai laukiamiems svečiams. Kaip bus puiku vėl juos pamatyti, su jais pasikalbėti. Stebėti, kaip Larkinas šypsosi savo mažajai dukterėčiai.

Galbūt jie atneš ir kokių nors žinių nuo Kiano?

Susigriebusi ji priminė sau, kad neturi rodyti vidinės širdgėlos. Dabar laikas švęsti ir džiaugtis. Ji neleis sau temdyti Pažadėtosios žemės džiaugsmo po to, kai jiems pavyko laimėti žūtbūtinę kovą.

Pradėjusi leistis laiptais pajuto, kaip šiurpsta ir šiurpulys nuvilnija stuburu iki pat kaklo, kur ją taip mėgdavo bučiuoti mylimasis. Paskui jos širdis suvirpėjo ir Moira leidosi bėgti. Širdis ėmė daužytis kaip pašėlusi, atrodė, tuoj iššoks iš krūtinės.

Ji tikrai nesitikėjo, jog tai kada nors atsitiks, bet ten, apačioje, stovėjo jis ir žvelgė į ją.

— Kianai! — džiaugsmas, kurį ji dar stengėsi suvaldyti, prasiveržė lauk kaip muzika. — Tu grįžai... — Norėjosi pulti jam į glėbį, bet jis žiūrėjo į ją taip įdėmiai, taip keistai, kad ji nebuvo tikra, ar yra laukiama. — Tu grįžai.

— Buvo įdomu, ką man pasakys tavo veidas. Nuolat apie tai galvodavau. Ar galim pasikalbėti dviese?

— Žinoma. Taip, mes... — ji sutrikusi apsižvalgė. — Atrodo, galim. Čia nieko nėra, — kalbėjo nežinodama kur dėti rankas, kurios, atrodė, pačios tiesėsi į jį. — Kaip tu čia atsiradai? Kaip...

— Šiandien Naujųjų metų išvakarės, — pasakė jis stebėdamas ją. — Baigiasi senieji, tuoj prasidės naujieji. Norėjau tave pamatyti šio pasikeitimo išvakarėse.

— Aš irgi tave norėjau pamatyti — bet kur, bet kada. Kiti atvyks po kelių valandų. Juk tu pasiliksi? Prašau, pasakyk, kad pasiliksi švęsti.

— Dar nežinau.

Jai perdžiūvo gerklė, lyg būtų kuo nudeginta.

— Kianai, žinau, kad tai, ką parašei savo laiške, tiesa, bet man buvo taip sunku, pernelyg sunku tavęs nebematyti. Kai paskutinį kartą matėmės, aplink telkšojo kraujo klanai... O aš taip norėjau... — akyse jai sublizgo ašaros, ji vos valdėsi nepravirkusi. — Norėjau dar bent akimirkos kartu. Ir ta akimirka atėjo.

— Ar priimtum daugiau negu akimirką, jeigu galėčiau tau pasiūlyti?

— Nieko nesuprantu, — sutrikusi atsakė ji ir nurijusi ašaras nusišypsojo, kai jis iš po marškinėlių išsitraukė medalioną, gautą iš jos. — Tu jį tebeturi?

— Žinoma, turiu. Tai vienas iš brangiausių man dalykų. Tau nepalikau nieko, kas priklausė man. O dabar norėčiau paklausti, ar priimsi iš manęs daugiau kaip akimirką, Moira? Ar priimsi tai? — paklausė jis ir paėmęs jos ranką prispaudė sau prie krūtinės.

— Aš jau buvau išsigandusi, kad nenori manęs net paliesti, — Moira su palengvėjimu atsiduso. — Kianai, juk žinai, negali nežinoti, kad aš... — Staiga jos ranka suvirpėjo, o akys išsiplėtė. — Ji plaka! Tavo širdis plaka!

— Pameni, sakiau, kad jeigu ji plaktų, tai tik dėl tavęs. Dabar ji plaka.

— Ji plaka — tiesiai man po ranka? — sušnibždėjo Moira. — Kaip?

— Kalėdinė dievų dovana. Jie grąžino man tai, kas iš manęs buvo atimta. — Jis išsitraukė sidabrinį kryžių, kuris kabėjo ant krūtinės kartu su jos medalionu. — Tai žmogus, kuris stovi prieš tave, Moira.

— Žmogus, — sukuždėjo Moira. — Tu gyvas.

— Tai vyras, kuris tave myli.

Jis nuvedė ją prie durų ir plačiai jas atidaręs įleido vidun saulės. Jam ir pačiam tai dar vis atrodė tikras stebuklas, todėl jis užvertė galvą, užsimerkė ir tiesiog mėgavosi saulės spinduliais, glamonėjančiais veidą.

Ji nebegalėjo suvaldyti ašarų ir kūkčiojimo.

— Tu gyvas. Grįžai pas mane ir esi gyvas.

— Tai žmogus, kuris stovi prieš tave, — pakartojo jis. — Vyras, kuris tave myli. Ir kuris klausia, ar dalinsies su juo gyvenimu, ar nugyvensi jį kartu. Ar priimsi mane tokį, koks esu, ar kursim gyvenimą drauge. Pažadėtoji žemė taps mano pasauliu, kaip ir tu. Ji taps mano širdimi, kaip ir tu. Jeigu tik mane priimsi.

— Priklausau tau nuo pat pirmos akimirkos. Ir taip bus iki pat paskutinės akimirkos. Tu grįžai pas mane, — ji uždėjo ranką jam ant krūtinės, ten, kur plakė širdis, o antrą ranką ant pirmosios. — Širdis ir vėl plaka.

Ji apsivijo jį rankomis, o kieme ir ant laiptų susirinkę žmonės smagiais šūksniais pasveikino Pažadėtosios žemės karalienę, žiemos saulėje bučiuojančią savo mylimąjį.

— O paskui jie ilgai ir laimingai gyveno, — pasakojo senolis. — Jų draugija dar labiau sustiprėjo, o iš jos, lyg vandenyje pasklidę ratilai, radosi kitos draugijos. Slėnyje, kuris taip ilgai buvo nebylus, dabar dainavo vasaros vėjelis, šiurenantis žalią žolę, kurioje maurojo galvijai. Skardėjo vaikų juokas, aidėjo dūdelių ir arfų muzika.

Senolis paglostė galvelę mažyliui, kuris buvo užsiropštęs jam ant kelių.

— Valdant karalienei Moirai ir jos riteriui Pažadėtoji žemė klestėte klestėjo. Net ir pačią tamsiausią naktį jiems nebuvo tamsu. Štai ir baigtas mano pasakojimas apie burtininką, raganą, karžygę, mokslininkę, keičiantįjį pavidalus ir vampyrą.

Jis paplekšnojo per užpakaliuką glėbyje susirangiusiam mažyliui.

— O dabar keliaukit. Kol saulutė dar nenusileido, bėkit ja pasidžiaugti.

Vaikai pratrūko šūksniais ir aikčiojimais, o senolis tik šypsojosi sau klausydamasis, kaip jie ginčijasi, kas bus burtininkas, o kas karalienė.

Kadangi dar ne visi jo pojūčiai buvo atbukę, Kianas ištiesė ranką krėslo atlošo link ir uždėjo ją Moirai ant peties.

— Tu taip gražiai pasakoji.

— Nesunku pasakoti apie tai, ką pats esi išgyvenęs.

— Nesunku ir pagražinti tai, — pataisė ji, apeidama jo krėslą. — Bet tu ne taip jau labai nutolai nuo tiesos.

— Argi tiesa pati savaime nebuvo pakankamai keista ir stebuklinga?

Ji buvo visiškai pražilusi, o jos besišypsantį veidą raukšlelėmis išvagojo nugyventi metai. Bet jam ji buvo graži kaip niekada anksčiau.

— Eime pasivaikščioti, kol nesutemo. — Ji padėjo jam atsistoti ir įsikibo į parankę. — Ar tu pasirengęs svečių antplūdžiui? — paklausė pakėlusi į jį akis.

— Greičiau jau viskas prasidėtų, bent liausiesi dėl to rūpintis.

— Taip noriu juos visus pamatyti. Mūsų draugija, iš jos atsiradusios draugijos. Sunku laukti jų visus metus, net jeigu kai kurie mus aplanko ir dažniau. Iš visų jų pasakojimų aš vėl viską aiškiai prisimenu. O tu?

— Žinoma. Nieko nesigaili?

— Nė karto nesigailėjau nieko, ką patyriau su tavimi. Kokį nuostabų gyvenimą nugyvenom, Kianai. Žinau, kad jau atėjo mūsų gyvenimo žiema, bet man visai nešalta.

— Man būna šaltoka, kai naktį lendi prie manęs su savo šaltomis kojomis.

Ji nusijuokė ir pabučiavo jį su visa šešiasdešimties metų santuokos šiluma ir meile.

— Štai mūsų amžinybė, Moira, — Kianas mostelėjo jų anūkų ir proanūkių link. — Štai kur ji.

Susikibę rankomis jie vaikštinėjo mėgaudamiesi vakarėjančios saulės šiluma. Ir nors amžius gerokai sulėtino jų žingsnį, jiedu ir toliau keliavo per kiemus ir sodelius, kol išėjo lauk pro vartus, klausydamiesi pilies kieme žaidžiančių ir krykštaujančių vaikų.

Aukštai ant pilies bokštų plevėsavo vėliavos, kurių baltame fone auksu švytėjo trys Pažadėtosios žemės simboliai: širdį laikančios rankos, slibinas ir saulė.